KB059219

Story by Fuse, Illustration by Mitz Vah

후세 지음
밋츠바 일러스트
도영명 옮김

전생했더니 슬라임이 었던 건에 대하여 9

Regarding Reincarnated to Slime

그것은 조용하면서 부드러운 피아노의 연주.
그 연주에 더해지는, 불타는 듯이 격렬한 바이올린의 선율.
갑자기 곡은 그 성격을 바꾼다.
그건 듀오(이중주)라기보다 결투 같았다.
——하지만, 너무나도,
시온의 과격한 성격을,
그대로 솔직하게 표현한 것 같은 선율이다.
슈나가 자아내는 분위기와 마찬가지로,
피아노의 연주가 그 선율을 부드럽게 감싼다.
격렬함과 부드러움이 서로 뒤섞이면서,
각자의 장점을 둘 다 돋보이게 만들고 있다.
멋진 조화.
아아, 참으로 훌륭하다.
영혼이 흔들리는 듯한 느낌을 받으면서,
너무나도 풍부한 소리의 파도 속으로
빠져든다.
이건 아니다.
벼락치기로 익혀서 도달할 수
있는 영역이 아니다.
태어났을 때부터 익혀온
수련의 성과다.

그곳에 루미너스가 있었다.
아루노 일행이 긴장하는 모습을 보고,
그렇지 않을까 하고 생각했지만,
역시 예상이 틀리지 않았던 모양이다.
의자에 다리를 꼬고 앉아 있는 메이드 복 차림의 루미너스.
새하얀 다리와 검은색의 가터 스타킹이 너무나 야한 느낌이다.

전생했더니 슬라임이 었던 건에 대하여 ⑨

Regarding Reincarnated to Slime

목차 ― 마도개국 편

서장	제1장	막간	제2장	막간	제3장	막간	제4장	제5장	종장
섬광의 용사	개국제 전야	심야 회의	개국제	문제 발생	무투대회	한밤중의 회담	결승과 미궁 개방	축제가 끝난 후	탐욕의 불꽃
7	33	154	169	234	251	326	345	447	525

서장

섬광의 용사

Regarding Reincarnated to Slime

그 남자—— 혼죠 마사유키는 '용사'이다.

마사유키가 스스로 자신을 용사라고 칭하지는 않지만, 무슨 이유인지 만나는 사람들이 멋대로 그렇게 부르게 된 것이다.

이 영문 모를 세계에 온 뒤로 아직 1년도 지나지 않았다. 그런데도 마사유키의 이름은 서방 열국에 널리 알려졌으며, 그를 모르는 사람은 없을 정도로 유명해지고 말았다.

어쩌다가 이렇게 된 거지?

이것이 그의 솔직한 심정이었다.

어쩌다가 일이 이렇게 된 것인가?

그걸 이야기하려면 1년의 세월을 거슬러가야만 한다.

·················.

············.

······.

마사유키가 친구들과 같이 하교를 하던 중이었다.

그때 푸른색의 머리카락을 가진 아름다운 여성을 우연히 봤다. 모델이나 연예인도 깜짝 놀랄 만한 북유럽계의 미녀였다.

그 기발한 머리카락 색은 멀리서 봐도 눈에 띄었다. 마사유키조차 난생 처음 보는 미인이니, 그 여성이 주위의 주목을 받는 것은 당연했다.

"애들아, 저기 봐. 엄청난 미인이야——."

그래서 마사유키도 남자 고교생에 걸맞은 솔직한 감상을 열거하면서, 옆에서 걷고 있던 친구에게 말을 걸었던 것이다.

그러나—— 반응이 없었다.

어라? 그런 의문을 떠올리며 돌아본 시선 끝에는—— 낯선 도시가 펼쳐져 있었다.

"——어?"

자신도 모르게 머릿속이 멈추면서 그 자리에 굳어버린 마사유키.

(서, 선생님——! 이게 어떻게 된 건지 이해가 안 되는데요!!)

평소에 업신여기던 담임선생에게 속으로 물어봤지만, 그런다고 해서 어떻게 해결되는 것도 아니기…… 마사유키는 그 자리에서 넋을 놓을 수밖에 없었다.

도시의 광장에 있는 분수에 걸터앉은 채, 마사유키는 멍하니 있었다.

시간이 지나면서 조금은 침착함을 되찾은 마사유키. 이대로 이러고 있어도 소용이 없다는 것을, 그리고 왜 이렇게 된 것인지를 진지하게 생각해보기로 했다.

그러고 보니 그 미녀가 수상했다.

그 정도로 아름다웠는데 무슨 이유인지 주목을 받지 않았다. 그래서 그게 어쨌다는 거냐고 물으면 할 말이 없지만, 마사유키의 감이 그렇게 알려주고 있었다.

하지만 그 미녀는 여기엔 없다.

돌아봤지만 어디에도 모습이 보이지 않았던 것이다.

(이런 경우에는 원인으로 보이는 미녀도 같이 오는 게 정해진 패턴 아냐? 아니, 잠깐? 이거 정말이야? 몰래카메라 같은 게 아니라 정말 이세계로 와버렸다는 얘기야?)

사정을 아는 자가 곁에 있다. 그건 참으로 편의주의적인 전개라고 할 수 있겠다.

하지만 마사유키에게는 그런 편한 전개 따위는 준비되어 있지 않은 것 같았다.

이제 곧 해가 진다. 점심 때 학교 식당에서 밥을 먹은 이후로 아무것도 먹지 않았다. 당연히 배가 고프기 시작했다.

잠깐만. 마사유키는 진심으로 그렇게 생각했다.

이곳은 도시다. 숲이나 마물 앞에 있는 게 아닌 것은 행운이라고 할 수 있겠지만, 그래도 너무나 불친절하기 짝이 없는 전개인 거 아냐? 라고.

(대개는 이런 경우에 왕 정도 되는 사람이 기다렸다가 사정을 설명해주거나 뭔가 도움을 주는 거 아니냐고?)

친구들 사이에서 화제인 인터넷 소설 같은 전개를 떠올리면서 마사유키는 속으로 푸념을 털어놓았다.

그러나 현실은 냉혹한 것이다.

투덜대봤자 소용이 없기에 한 번 더 마사유키는 지금 자신이 처한 상황을 돌아봤다.

이름은 혼죠 마사유키.

나이는 열여섯 살.

올해 고등학교에 갓 입학했다. 입학 기준이 상당히 높은 명문

고였다.

참고로 말하자면, 마사유키는 고등학생이 되면서 이미지 변신을 시도했다. 교복을 약간 개조한 데다, 가볍게 금발로 염색도 시도해봤다.

이목구비는 꽤나 반듯하다. 아무래도 러시아계의 혈통도 섞인 것 같으며, 어머니도 미인이었던 것이다. 그 영향을 받았을 것이라고 본인은 생각했다.

반드시 그게 원인이라고는 할 수 없겠지만, 금발로 바꾸면서 그는 상당히 눈에 띄게 되었다. 학교에서도 많은 인기를 얻었으며, 싸움 실력이 그렇게 강하지 않은데도 다들 인정하는 존재가 되었을 정도였다.

그리고 마사유키가 비밀로 즐기는 취미가 있는데── 그건 바로 만화와 애니메이션이었다.

학교에선 그런 모습을 일절 보이지 않으려 하지만, 실은 상당한 '숨덕'이었던 것이다.

그래서 지금도 이해가 안 되는 상황에 처했음에도 불구하고, 그렇게까지 당황하진 않았다…….

마사유키는 곰곰이 그런 생각을 하면서 교복의 주머니와 가방 안을 확인하기 시작했다.

주머니에는 지갑이 하나.

비상금으로 넣어둔 유키치 선생(1만 엔 지폐)과 노구치 씨(1천 엔 지폐)가 세 명, 그리고 약간의 동전.

교과서──는 전부 학교의 책상과 로커 안에 있다. 그러므로 가방 안에 든 것을 말하자면 방금 산 주간지 한 권과 스마트폰 그리고 껌밖에 들어 있지 않다. 등하굣길을 편하게 다니려고 텅텅 비워둔 것이 화근이었다고 할 수 있겠다.

(아니, 이렇게 될 줄 알았다면 좀 더 많은 걸 준비해두었겠지⋯⋯.)

지금 자신이 가진 물건을 확인한 뒤에 마사유키는 그렇게 생각하며 탄식했다.

자신의 방구석에 준비되어 있던 재해 피난용 가방에는 그야말로 필요한 모든 것들이 들어 있었다. 그게 지금 여기 있다면 적어도 사흘은 버틸 수 있을 것이다.

적어도 다용도 칼이라도 있다면 조금쯤은 든든했을지도 모른다. 애초에 나이프 하나로 뭘 할 수 있는지는 의문이지만.

어쨌든 유용해 보이는 소지품은 없었다.

굳이 말하자면 껌 정도랄까.

마사유키는 껌을 집어서 입에 넣었다.

적어도 공복감은 덜어줄 수 있을 거라 생각한 것이다.

이걸로 유용해 보이는 소지품은 제로가 된 셈이다. 슬픈 사실이었다.

방금 전까지 몇 시간 동안이나 넋을 놓고 있던 마사유키였지만, 하나 깨달은 사실이 있다. 길을 오가는 사람들의 대화를 전혀 알아듣지 못하겠다는 것이다. 즉, 이세계는 말도 다른 것 같으며 뭔가 먹을 것을 구하는 것도 아주 힘들 것으로 보인다는 의미였다.

(난이도가 너무 높은 거 아냐⋯⋯? 하지만 뭐, 이러고 있어봤

자 소용없지. 최악의 경우엔 이 가방이나 스마트폰과 맞바꿔서 먹을 걸 살 수 없는지 교섭해보기로 할까――.)

마사유키는 각오를 굳힌 뒤에 분수 앞에서 일어섰다.

이 이세계에서, 이 나라의 법률이나 치안이 어떻게 돌아가는지는 잘 모르겠지만 공공기관에 보호를 받을 수 있으면 그게 최선일 것이라고, 마사유키는 그렇게 결론을 내렸다.

그때까지는 무슨 짓을 해서라도 살아남는 것을 우선적으로―― 즉, 무슨 짓을 해서라도 먹을 것을 얻는 것을 목표로 설정한 것이다.

대화가 통하지 않는 것은 최악이다.

그러나 이대로 있다가는 굶어 죽는다는 미래가 예상된다.

물은 어떻게 해결할 수 있을 것 같아도 먹을 것은 그렇게 되지 않을 것이다. 내키진 않지만, 어딘가에서 먹다 남긴 음식이 버려져 있지는 않은지 찾아보는 것도 한 방법이었다.

이런 경우에 찾아가야 할 곳은 역시 식재료를 대량으로 다루는 장소. 식당이나 청과상, 어쨌거나 그런 식으로 식품을 다루는 가게라고 마사유키는 점찍었다.

자존심은 여기 온 지 몇 시간 만에 버렸다.

마사유키는 상당히 융통성이 좋은 남자인 것이다.

걷기 시작한 지 몇 분 후.

마사유키는 용케도 이 도시의 식당 앞에 도착해 있었다.

별다른 이유 없이 맛있을 것 같은 냄새에 이끌려 걸어왔을 뿐이다.

(자, 우선은 교섭을 해야겠지. 아르바이트……는 무리일 거야. 어차피 말이 통하질 않으니…….)

언어의 벽이 너무 높았다.

이세계가 등장하는 작품도 자주 읽는 마사유키였지만, 그런 작품 속의 주인공은 무슨 이유인지 말은 통하는 경우가 많았던 것 같다. 지금 생각해보니, 그것만으로도 상당한 대우를 받는 셈이었다.

(치트 능력까지는 바라지 않을 테니까, 적어도 말 정도는 통하게 서비스해주면 좋겠는데──.)

그렇게 투덜댔지만, 아무도 대답해주는 자는 없었다.

마사유키는 포기하고 가게 문을 열려고 했다.

그때 거칠게 반대 방향으로 문이 열리더니, 가게 안에서 시끄러운 소리가 들려왔다.

"?!"

놀라서 한 발짝 물러선 마사유키의 가슴에 부드러운 감촉이 날아들었다. 몸집이 작고 귀엽게 생긴 여성이었는데, 살짝 겁을 먹은 표정을 짓고 있었다.

(어라? 혹시 이렇게 갑자기 트러블에 휩쓸린단 말이야……?)

마사유키는 설마, 하고 생각했지만 그 예상은 적중했다.

"○×△……?!"

자신의 가슴에 매달린 여성이 알아들을 수 없는 말로 마구 떠들어댔다.

그러나 마사유키는 그 뜻을 몰라서 애매한 웃음을 지으며 고개를 끄덕일 수밖에 없었다.

그런 마사유키의 표정을 보고 여성은 곧바로 침착함을 되찾았다. 그리고 무슨 이유인지 볼을 붉히면서 마사유키를 황홀하게 바라보기까지 했다.

그걸로 끝나면 다행이었지만, 당연히 그럴 리가 없다.

체격이 다부진 것이, 딱 봐도 힘 좀 쓰게 생긴 사람이 마사유키에 매달린 여성을 쫓아서 튀어나온 것이다.

(아, 이거, 자칫하면 죽겠는데…….)

마사유키에게 그런 직감이 드는 것도 무리는 아니다.

마사유키도 키가 170센티미터가 넘지만, 그 덩치 큰 남자는 자신보다 머리 하나 정도는 더 커 보였다. 술에 취했는지 붉어진 얼굴이었고, 게다가 그 허리에는 장검을 차고 있었다.

평범하게 싸워도 이길 리가 없을 텐데, 상대는 무기까지 지니고 있다. 섣불리 굴지 않더라도 살해될 가능성이 아주 높았다.

마사유키는 도망치려고 생각했지만, 자신의 가슴에는 여성이 매달려 있었다.

(끝났군. 이거, 끝난 것 같아…….)

웃는 얼굴 그대로 굳어지는 마사유키.

그의 다리는 바들바들 떨렸다. 공포로 소변을 지리지 않은 것만으로도 자신을 칭찬해주고 싶다고 마사유키는 생각했다.

그러나 그때, 마사유키의 귀에 신비한 목소리가 들렸다.

《영웅적이며 '용기 있는 행동'을 확인했습니다. 유니크 스킬 '선택된 자(영웅패도, 英雄覇道)'가 해방되었습니다. 발동하시겠습니까?

YES / NO》

저기, 네? ──그렇게 말하면서 의문이 가득 찬 승낙을 하는 마사유키. 이게 그의 운명을 결정적으로 바꾸는 것이 되었다.

《확인했습니다. '영웅패도'의 효과로, 언어를 습득…… 성공했습니다. 뒤이어 '영웅패기(英雄覇氣)'와 '영웅보정(英雄補正)'이 상시 발동됩니다.》

그렇게 줄줄 말하는 낯선 목소리가 마사유키의 머릿속에서 울렸다.

(──네? 이건 대체 무슨…….)

마사유키는 상황을 이해하지 못하는 바람에 혼란스러웠지만, 그럴 때가 아닌 것 같았다.

"이봐, 이봐. 뭐야, 형씨. 설마 날 방해하겠다는 거야?"

갑자기 덩치 큰 남자의 말을 이해할 수 있게 되었다. 그건 지금 각성된 유니크 스킬인 '영웅패도'의 권능이시만, 그 사실을 기쁘게 여길 여유 따윈 지금의 마사유키에겐 없었다.

이 자리를 어떻게 넘기느냐, 그게 중요한 것이다. 까딱 대응을 잘못했다간 그 자리에서 인생이 종료될지도 모르니까.

아뇨, 그럴 생각은 털끝만큼도 없습니다. ──그렇게 말하면서 그 자리에서 엎드려 빌어볼까, 하고 마사유키는 생각했다. 그러나 그 생각을 실행으로 옮기기 전에 먼저, 마사유키에게 매달린 여자가 큰 소리로 말했다.

"맞아! 이 사람은 나를 도와주겠다고 말했으니까!"

"──호오?"

덩치 큰 남자의 관자놀이에 힘줄이 불끈 돋아났다. 근육이 팽

창하면서 온몸에 힘이 들어가는 것도 느껴졌다.

(아, 이거, 검을 쓰지도 않겠는데. 주먹으로 한 방 맞으면 그냥 끝나겠어…….)

공포가 너무 지나쳤는지, 오히려 냉정한 판단을 하는 마사유키. 그렇다고 해서 이 자리를 무사히 넘길 수 있는 좋은 방법이 떠오르지도 않겠지만…….

"재미있군. 그렇다며언, 나를 쓰러뜨리고 그 여자를 지켜보시지!!"

덩치 큰 남자가 울부짖었다.

그 말을 듣고 후끈 달아오른 건 어느새 주위를 둘러싸고 있던 통행인과 가게의 손님들이다.

"이봐, 이봐. 저 애송이가 '미친 늑대' 진라이에게 싸움을 걸었어!"

"말리는 게 좋지 않겠어? 죽을 텐데?"

"진라이 녀석, B급 시험에서 떨어지는 바람에 신경이 날카롭단 말이지. 카챠도 그걸 알고 시중드는 일을 거절한 걸 텐데."

"아차, 그래서였나. 좋아하는 여자가 소홀히 대하는 바람에 결국 머리끝까지 피가 솟은 거로군. 이건 말릴 수가 없겠는데……."

"아니, 그럴 때가 아니잖아. 아무리 그래도 도시 한복판에서 모험가가 일반인을 죽이기라도 하면 큰 문제가 된다고. 빨리 누가 조합에 가서 좀 알려!"

"벌써 갔어. 그보다 그런 말을 할 거면 네가 말려보라고."

"말도 안 되는 소리 하지 마! 진라이라고 하면 C+랭크지만 그 실력은 B랭크 이상이라고!! 행실이 안 좋은 바람에 시험에서 감점을 당했던 것뿐이지, 실력만 따진다면 일류란 말이야. 내가 이길 수 있는 상대가 아니라고!"

그런 말을 주고받는 사람들은 이 덩치 큰 진라이의 동업자들인 것 같았다.

마사유키는 그런 대화를 듣고, 희망과 절망을 동시에 느꼈다.

조합이란 곳에 알리러 간 것 같으니, 시간을 벌면 구원의 손길이 와줄 것 같았다. 그러나 그 구원의 손길이 올 때까지 어느 정도 시간이 걸릴지 명확하지 않으며 주위의 사람들이 도와줄 것 같지도 않았다. 어떻게든 스스로 시간을 벌어야겠지만, 그건 마사유키에겐 사형선고와 같은 뜻이었다.

"카챠 녀석도 너무하는군. 관계없는 애송이를 끌어들이지 말라고⋯⋯."

주위에서 지켜보던 누군가가 그렇게 중얼거렸다.

(그 말이 맞아! 왜 하필 나냐고!?!)

그렇게 생각했지만, 그녀의 말을 알아듣지도 못하면서 고개를 끄덕인 기억이 있다. 결국 그건 마사유키의 자업자득이었던 것이다.

"각오는 되어 있냐?"

되어 있을 리가 없다.

없지만, 이 이상 기다려줄 것 같지도 않았다.

그러므로 마사유키는 적어도 마지막만큼은 폼을 잡아보자고 생각했다.

고등학교에 들어와서 이미지 변신을 했다고 해도 딱히 불량학생이 된 건 아니다. 실제로 머리만 조금 염색한 정도지, 싸움도 할 줄 모른다.

검도는 조금 배웠지만, 작대기 하나 들고 있지 않은 지금의 마사유키에게는 그런 사실이 아무런 위안도 되지 않았다.

그런 마사유키였지만, 허세부리는 것 하나만큼은 잘했다.

"약한 개일수록 크게 짖는다고 하지. 너야말로 각오는 되어 있나? 나한테 싸움을 걸다니 말이야."

어차피 한 대 맞으면 죽을 거라고 포기하고 있었기 때문에, 마사유키는 허세를 부리는 것을 주저하지 않았다. 이걸로 시간을 벌 수 있으면 최선이고, 그렇지 않다 해도 운이 좋다면 큰 상처로 끝날 것이다. 그리고 운이 나쁘다면 죽을 것이다.

아까부터 공포의 감정도 마비되었는지 다리의 떨림도 멈춰 있었다.

"……배짱 한번 좋구나. 좋아, 그렇다면 나도 사양하지 않고 공격할 수 있겠군."

진라이는 사납게 보이는 웃음을 지으면서 마사유키를 노려보았다.

그 흉악한 시선을 본 마사유키는 벌써부터 후회하기 시작했다.

(역시, 지금이라도 도망을── 아니, 뒤에는 카챠라는 여자가 있었지…….)

"당신, 조금 뒤로 물러나주지 않겠어?"

"응! 저 자식은 늘 날 음흉한 눈으로 바라본다고. 당신이 아주 박살을 내줘!"

마사유키는 도망칠 계산을 하면서, 카챠에게 거리를 두면서 물러나라고 말했다.

그러자 카챠는 자신이 마사유키의 싸움에 방해가 된다고 생각한 모양이다. 순순히 마사유키를 놓아주더니, 주위의 구경꾼들이 있는 곳까지 물러난다.

(……아, 어차피 난 포위되어 있지. 이러면 소용이 없잖아──.)

실수했다고 마사유키는 생각했다. 진라이가 손을 대지 않았던 것은 카챠가 같이 있었기 때문이다. 도망치는 데 방해가 된다는 생각에 내쫓은 것이 오히려 마사유키에겐 자신의 목숨을 단축시키는 결과가 되어버린 것이다.

"헤헷."

진라이가 한층 더 깊게 웃었다.

이렇게 되면 마지막 수단이다.

지금 마사유키가 씹고 있는 껌, 이걸 눈에다 뱉어서 틈을 만든 뒤에 도망칠 수밖에 없나.

《영웅적으로 '맞서 싸우는 용기'를 확인했습니다. 유니크 스킬 '영웅패도'의 권능, '영웅매료(英雄魅了)'와 '영웅행동(英雄行動)'이 해방되었습니다. 이로 인해 개체명 : 혼죠 마사유키가 유니크 스킬 '영웅패도'를 완전히 해방하는 것에 성공했습니다.》

아니, 난 도망치려고 했는데?! 그렇게 말하는 마사유키의 마음속 소리는 묵살당했다.

그건 그렇고, 아까부터 들려오는 이 목소리는 대체 뭐란 말인가?

마사유키는 약간 의문스러웠지만, 완전 해방이니 하는 말을 들어도 이해가 안 되기에 생각하는 것을 포기했다. 유니크 스킬이라는 발음은 엄청 대단하게 들렸지만, 이렇게 쉽게 획득할 수 있는 스킬(능력)이라면 어차피 대단치 않을 거라 생각하여 흥미도 갖지 않았던 것이다.

그럴 때가 아니라는 게 본심이다.

진라이와 맞서 싸울 생각은 마사유키에게는 털끝만큼도 없었다. 하물며 껌을 뱉어서 상대를 물러서게 만드는 비겁한 계획을 세웠는데, 그걸 어떻게 받아들이면 영웅적인 행동이 되는지도 모르겠다.

하지만 그런 생각은 상관없다는 듯이 사태는 새로운 전개를 보이기 시작했다.

"——윽, 어, 엄청 대단한 위압감을 뿜고 있는데……. 이 자식, 보통내기가 아니잖아……?!"

방금 전까지 자신만만하게 보였던 진라이가 마사유키를 앞에 두고 식은땀을 흘리기 시작한 것이다.

자신도 모르게 껌을 씹는 마사유키.

마음을 진정시키기 위해 취했던 행동이 진라이를 더욱 몰아붙이는 결과를 낳았다.

"큭, 수상한 술법을 썼겠다?! 네놈이 누구인지 관계없어!! 죽여주마——!!"

그렇게 외치면서 격노한 진라이가 마사유키에게 주먹을 휘두른다.

그리고 마사유키는 이 사태를 전혀 따라가지 못했다.

"?"

이해를 못 한 채로 멍하니 서 있었다.

한 걸음 거리를 좁혀서 마사유키를 공격하려고 드는 진라이.

마사유키는 멍하니 선 채로 진라이를 힐끗 바라보았다. 그러자 눈앞에 그 거대한 주먹이 다가오는 것이 보였다.

(이런, 끝인가——?!)

눈을 감고, 마사유키는 주먹을 피하려고 머리를 숙였다. 어차 피 늦었을 거라 생각하면서도 조금이나마 고통에 대비하려고 한 것이다.

그러나 마사유키가 상상한 것 같은 최악의 사태는 찾아오지 않았다.

고통은 느껴졌지만, 그저 이마에 살짝 느껴졌을 뿐이다.

이상하게 생각하면서도 조심스럽게 눈을 뜨는 마사유키. 그때 눈으로 본 것은 무슨 이유인지 눈이 뒤집어진 채로 하늘을 향해 쓰러져 있는 진라이였던 것이다.

"어?"

뭐가 뭔지 전혀 모르는 상태에서 마사유키는 당혹스러운 목소 리로 중얼거렸다.

그러나 그 목소리를 상쇄시킬 정도로 거대한 환호성이 주위에 서 일어났다. 그리고——.

"괴, 굉장해!! 저 사람이 미친 늑대 진라이를 주먹도 제대로 쓰 지 않고 쓰러뜨렸어!!"

"믿기지가 않아. 봤어, 방금 그 동작?"

"그래……. 종이 한 장 차이로 주먹을 피하더니, 진라이의 품에 파고들어서 박치기를 한 방 날렸지. 달인이로군."

"저 애송이, 대체 정체가 뭐야——?"

그런 대화들이 구경하던 자들이 모인 곳 여기저기서 들려오기 시작한 것이다.

실은 이건 마사유키가 획득한 유니크 스킬 '영웅패도'가 발동한 결과였다.

영웅패기 : 드워프 왕인 가젤도 획득한 것으로, 영웅만이 발산할 수 있는 패기이다. 격이 낮은 상대는 이 패기를 접한 것만으로 위압을 느껴 움직이지 못하게 되며, 명령에 따르게 되는 특수한 오라이다.

영웅보정 : 엄청난 행운에 의해 평범한 공격도 전부 크리티컬 히트(치명적인 일격)이 된다. 그 효과는 같이 행동하는 동료들에게도 적용된다. 또한 소유자(선택된 자)의 발언이나 행동을 전부 주위의 사람들이 멋대로 그럴듯하게 해석해주는, 터무니없는 효과를 발휘한다.

영웅매료 : 영웅의 활약을 본 자는 마음이 흥분 상태에 빠진다. 공포심이 사라지고 용기가 솟는 것이다. 그 결과, 영웅을 믿고 함께 같은 길을 걸어가자고 생각하게 된다. 또 하나의 효과로서 영웅에게 패배한 자는 그의 밑으로 들어가 동료가 된다. 살아 있는 것이 조건이긴 하지만, 그 효과는 이성이 있는 마물에게도 적용된다.

영웅행동 : 그 행동은 영웅으로 가는 첫걸음이다. 동료들의 본보기가 되며, 이윽고 칭찬을 받게 된다. 그러면서 더욱더······.

──이상이 유니크 스킬 '영웅패도'의 권능이다.

실은 이 스킬(능력)은 수많은 유니크 스킬 중에서도 레어 중의 레어에 속한다.

과거에 용사가 사용했다고 하는 '절대절단'이나 '무한뇌옥'에도 견줄 수 있으며, 유니크이면서도 얼티밋(궁극)의 수준에까지 이를 정도로 뛰어난 권능을 발휘하는 것이다.

이 도시 안에선 실력이 뛰어나다고 할 수 있는 진라이였지만, 마사유키의 스킬 앞에선 적이 될 수 없었다.

하지만 아쉽게도 마사유키가 그 사실을 알 리가 없다. 그런 무시무시한 스킬을 완전 해방하는 데 성공했음에도 불구하고 마사유키는 아무런 자각도 하지 못했던 것이다.

그래도 아무런 문제가 없었다.

왜냐하면 이 '영웅패도'라는 것은 패시브 스킬(상시발동형)이었으니까.

마사유키가 지니고 있던 영웅이 되고 싶다는 소원. 그것이 만들어낸 '영웅패도'는 이제 멈추지 않는다.

본인이 원하건 원하지 않건 엄청난 기세로 마사유키를 영웅으로 몰아세운다······.

"그런가, 금발의 용사······."

"그, 그래. 들어본 적이 있어──."

"분명 과거에 활약했다던 용사님이었지? 행방불명이 되었다고 들었는데——."

"설마, 부활한 건가……?"

주위 사람들이 술렁거리는 소리가 커졌다.

"용사?"

"용사라고?"

"설마——."

"아냐, 저렇게 강하잖아. 저 남자는 진짜야!!"

누가 먼저 말을 꺼냈는지 모르지만, 마사유키가 용사라는 이야기가 퍼지기 시작했다.

(아니, 이 머리는 그냥 염색한 것뿐인데…….)

마사유키가 알아차렸을 때는 이미 때가 늦었다. 주위 사람들의 시선에는 열기가 어렸으며 동경하던 인물을 직접 눈앞에서 본 것처럼 빛나고 있었다.

"뭐? 저기, 사람을 잘못 봤——."

마사유키는 당황해서 부정하려고 했지만, 발밑에서 울리면서 들려온 큰 목소리가 그의 말을 지워버렸다.

"비켜라, 이 녀석들아! 나를 이렇게 쉽게 쓰러뜨리신 용사님께 뭘 친한 척들 구는 거야!!"

그렇다. 방금 마사유키가 그 행운을 사용해서 쓰러뜨린 진라이가 일어나더니 주위에 모여 있던 구경꾼들에게 울부짖듯 소리친 것이다.

그리고 진라이가 마사유키 쪽으로 돌아보더니 자세를 바로 잡고 머리를 숙였다.

"방금 전에는 실례했습니다. 설마 용사님일 거라곤 생각하지 못해서……."

"아니, 그러니까 아니라고——."

"제 이름은 진라이라고 합니다. 이 부근에선 '미친 늑대'라는 별명으로, 조금은 이름이 알려진 모험가죠. 잠깐 우쭐거리고 있던 터라, 그만 실례를 저지르고 말았습니다. 용사님의 화려한 기술을 직접 경험해보고 전 아직 멀었다는 것을 통감했습니다. 이런 모자란 저이지만 부디 절 부하로 받아들여주실 수는 없을까요?"

그렇게 말하면서 진라이는 마사유키에게 더욱 깊이 머리를 숙였다.

마사유키는 난감할 수밖에 없었다. 이렇게 거대한 남자에게서 부하로 삼아달라는 말을 들었지만 자신이 뭘 할 수 있을지 모르기 때문이다.

"아니, 그러니까 말이죠. 전 용사 같은 사람이 아니라——."

"오오, 용사님이라는 걸 감추고 싶다는 말씀입니까? 그럼 뭐라고 불러드릴까요? 그리고 가능하다면 성함을 가르쳐주시면 기쁘겠습니다."

열심히 부정하려는 마사유키의 말을 흘려버리고 진라이는 씨익 웃으면서 거듭 질문을 되풀이했다.

마사유키는 항복했다.

진라이가 소리를 지르는 바람에 얌전해진 구경꾼들도 침을 삼키면서 돌아가는 상황을 지켜보고 있으니, 이젠 될 대로 되라는 기분이 들기 시작했다.

"내 이름은 마사유키. 마사유키라고 불러줘. 이 도시에는 지금 막 왔는데——."

이 진라이라는 남자가 이렇게까지 말하니까, 밥 정도는 얻어먹어보자고 마사유키는 생각했다. 기왕 말이 나온 김에 아무것도 모른다고 밝히면서 이곳에 대한 얘기를 많이 들을 수 있으면 도움도 될 것이라고 생각한 것이다.

하지만 마사유키가 생각한 것 이상으로 사태는 점점 엄청난 속도로 잘 풀리기 시작했다.

"이해합니다."

사정을 다 안다는 듯이 고개를 끄덕이는 진라이.

그러고는 마사유키의 귓가에 얼굴을 갖다 대더니 "이제 막 부활한 것이죠, 용사님?"이라고 물었다.

뭐어? 마사유키는 그렇게 생각했지만, 진라이의 착각을 이용하는 게 더 나을지도 모르겠다고 생각을 다시 했다. 어차피 진라이는 마사유키가 무슨 말을 해도 제대로 받아들일 것 같지 않아 보였기 때문이다.

그리고――,

(용사에게 진 것으로 하지 않으면 이 사람의 자존심이 엉망진창이 되겠지. 그런 식으로 얘기를 맞추는 게 좋겠어.)

마사유키도 그렇게 납득한 것이다.

이리하여 마사유키는 그 이후로는 '용사'라고 불리는 걸 부정하지 않았다.

그리고 그건 통한의 실수가 된다.

왜냐하면…….

이게 원인이 되면서 '용사'―― 섬광의 마사유키의 전설이 시작되고 말았던 것이다.

그 후, 그 자리로 달려온 자유조합의 직원에 의해 마사유키는 보호를 받게 되었고, 잉그라시아 왕국의 왕도로 호송되었다.

거기서 만난 사람이 카구라자카 유우키이다.

"너도 힘든 일을 겪었겠네."

그런 말을 들었을 때 마사유키는 자신도 모르게 울음을 터뜨릴 뻔했다.

그러나 자세히 얘기를 들어보니, 유우키라는 소년은 이 세계에 온 지 10년 가까이 된다고 했다. 몸의 성장이 멈춰버렸다고 하며 보기에도 소년 같았다. 실제 나이로 따지면 중학생일 때 온 것이 된다고 했다.

(나보다 더 심한 고생을 겪고 있단 말인가…….)

그런 생각을 하자 마사유키는 지금 자신이 울고 있을 때가 아니라는 생각이 들면서 열심히 살아보려는 기력이 솟는 것 같았다.

마사유키는 유우키와 상담한 끝에 모험가가 되기로 했다. 다행히도 진라이가 동료가 되어주었으며 유우키도 여러모로 뒤를 봐주기로 약속해주었다.

마사유키도 언제까지나 유우키에게만 의존할 수는 없다고 생각했다. 그러므로 모험가가 되어서 자립하자고 생각한 것이다.

"뭐가 뭔지 모르겠지만 말을 알아들을 수 있게 되었으니, 유우키 씨에 비하면 전 운이 좋은 건지도 모르겠군요."

"그러게 말이야. 내가 얼마나 고생을 했는지……. 그렇긴 하지만 내게도 스승님이 계셨던 덕분에 그렇게까지 심한 고생은 하지 않았어. 이 세계에는 마법이 있으니까, 말을 하는 것만 따진다면 의외로 쉽게 할 수 있게 돼."

그 뒤부터는 읽고 쓰는 게 힘들다고 하지만, 회화만이라면 마법으로 습득할 수 있다는 설명을 들었다. 그리고 유우키는, 손에 든 자료를 한번 훑어보고는 마사유키의 동료가 될 수 있을 법한 인재를 소개해주었다.

"그래, 이 버니도 마법으로 언어를 습득했지."

버니라는 청년도 마법으로 말을 할 수 있게 된 사람 중 한 명이라고 했다.

버니는 잉그라시아 학원의 졸업생으로 유우키가 보호하고 있던 '이세계인'이었다. 그는 미국 출신으로 영어밖에 할 수 없었기 때문에 유우키와 의사소통을 하는 것도 힘들어했었다. 그때 도움이 되었던 것이 마법이었으며, 그 이후로 버니는 마법에 매료되면서 학원에서 공부하기를 희망했다고 한다.

버니는 이제 막 모험가가 되었기 때문에 파티 멤버(모험가 동료)를 찾고 있었다. 그때 찾아온 것이 마사유키 일행이었으며 같이 활동을 하게 된 것이다.

이리하여 삼인조가 만들어졌다.

마사유키 일행은 압도적인 속도로 성장했으며 반년이 지났을 무렵에는 팀 '섬광'이라고 불리게 되었다.

진라이는 원래 C+랭크였지만, 그 실력은 B랭크에 필적하는 수준이었다. 거기에 버니의 마법도 있으니, 안정된 사냥을 할 수 있었다.

마사유키는 검도를 약간 배운 정도의 초보자였지만, 아주 희귀한 '선택된 자(영웅패도)'를 지닌 남자다. 이 스킬(능력)은 동료에게도 적용이 되는 것이라, 동료들의 공격도 전부 크리티컬(치명적인 일격)이 되는 것이다.

이 스킬의 영향하에 있는 동료들은 그 실력 이상의 강함을 발휘하게 되었다. 진라이는 A랭크의 벽을 넘어서는 실력을 보여줄 정도였다. 게다가 적으로부터의 공격을 잘 맞지 않는 가호까지 부여되었기 때문에 맞서 싸울 만한 적은 좀처럼 나타나지 않게 되었다.

그리고 '영웅패도'의 진면목이 발휘된다.

참으로 놀랍게도.

동료들이 한 행동이라고 해도, 그 모든 것이 마사유키의 공적으로 환원되었던 것이다.

팀 '섬광'에게 주어지는 평가도 전부 마사유키가 혼자서 받게 되었다. 그 결과, 섬광의 마사유키라는 이명까지 널리 알려지게 된다.

마침 그때, 잉그라시아 왕도에서 개최된 무투대회에 참가한 것도 마사유키의 이명이 널리 알려지는 데에 박차를 가했다.

장비를 마련하기 위해 우승 상금이 목적이었지만, 너무나도 쉽게 우승하고 말았던 것이다.

왜냐하면 마사유키가 검을 뽑기만 해도 상대가 '졌다'고 말하면서 패배를 선언하고 말았으니까.

그걸 본 관객은 마사유키가 엄청나게 빠른 속도로 공격을 날렸다고 착각하고 말았다.

실제로 마사유키는 아무 행동도 하지 않았다.

그러나 관객은 그걸 알 리가 없으니, '섬광'이라는 이명으로 부르면서 마사유키를 과대평가하고 말았다.

모든 것은 유니크 스킬 '영웅패도'의 권능으로 인한 것이었다.

마사유키도 이때쯤에는 자각하고 있었지만, 이젠 막을 수가 없었다.

아니, 막을 방법을 모른다는 것이 바른 표현이었다.

이 능력에 대항하려면 적어도 유니크 스킬 보유자가 아니면 레지스트(저항)가 불가능했다. 마사유키가 자신의 의지로 멈출 수 없는 이상, 소문이 확산되는 것은 당연한 흐름이었다.

마사유키의 입장에선 속이 쓰릴 지경이었지만, 그래도 불이익을 가져다주는 건 아니었다. 그렇기에 포기하고 민중의 기대에 대충 맞춰주는 흉내를 내면서 '용사'의 역할을 연기하기로 한 것이다.

그리고 그 무렵, 네 번째 동료가 가담했다.

지우라는 이름의 소녀이다.

상당히 레벨이 높은 '정령마법'을 다룰 줄 알았으며, 마사유키의 소문을 듣고 찾아온 것이다.

처음에는 마사유키를 멋대로 '용사'를 자칭하는 수상한 자라고 비난했던 지우. 그러나 어느새 마사유키를 신봉하게 되었다.

괴짜이지만 회복마법도 다룰 줄 아는 지우는 파티의 중요한 멤버로 활약하게 되었다.

이리하여 마사유키와 그 동료들은 파죽지세로 진격을 계속했다.

모험가로서도 A랭크에 도달했으며, 무투대회에선 연전연승.

잉그라시아 왕국을 활동 거점으로 삼으면서, 겨우 1년도 되지 않아 영웅의 반열에 드는 것에 성공한 것이다.

……………….

………….

…….

그런 식으로 노도와 같은 1년이 지나가려 하고 있었다.

스스로도 어이가 없었지만, 지금 마사유키는 용사라고 불리는 것에 익숙해지고 말았다. 인간은 상황에 익숙해지는 생물이라는 말은 정말이로군. 마사유키는 마치 남의 일인 양 그렇게 생각했다.

갈채를 받는 자신에게 의문을 느끼는 나날.

그런 마사유키에게 커다란 전기가 찾아온다──.

제1장

개국제 전야

Regarding Reincarnated to Slime

마사유키 일행은 이번에 유우키의 요청을 받아서 움직이고 있었다.

　잉그라시아 왕국 주변에 있는 소국 중의 하나인 발라키아 왕국에서 노예매매가 벌어지는 거대한 시장의 존재가 확인되었다. 운좋게 도망친 노예가 도움을 요청했다고 하며, 조사원을 파견할 필요가 생기게 되었다고 한다.

　하지만 상대는 작다고는 하나 나라 전체가 관여되어 있을 가능성이 있었다. 추정 위험도는 B+ 이상이며, 거친 일을 전문으로 하는 모험가에게는 짐이 무거운 일이었다.

　"내 입장에선 거절하고 싶었지만, 스폰서의 의향을 거스를 수가 없어서 말이야. 너희는 유명하니까 미끼가 되어주었으면 좋겠어."

　마사유키는 유우키로부터 그런 부탁을 받았다.

　조사원만 파견하면 임무 달성이 어려우므로, 마사유키 일행을 동행시키고 싶다. 그리고 조사원이 노예매매의 증거를 확보하는 동안 마사유키 일행이 미끼 역을 맡아서 발라키아 측의 시선을 끌게 만든다.

　그게 유우키로부터 받은 의뢰였다.

　A랭크가 된 마사유키 일행이라면 발라키아 왕국도 함부로 할 수 없다. 조사는 동행자가 할 것이니 바캉스를 겸한 임무라고도

할 수 있다.

마사유키도 딱히 문제는 없을 것으로 생각했다.

"마사유키 씨, 이 일은 우리가 도와주기로 하죠. 뭐, 설사 전쟁이 일어난다고 해도 소국을 상대하는 거라면 우리 힘만으로도 이길 수 있습니다!!"

정의감으로 똘똘 뭉친 발언을 하는 진라이. 마사유키에게 패배한 이후로, 예전의 진라이라고는 생각도 할 수 없을 만큼 신사적으로 바뀌었다.

"그 말이 맞아. 지금 시대에 노예라니, 용서할 수 없는 일이야. 마사유키 군의 힘이라면 상대도 바로 마음을 바로 고쳐먹겠지."

'이세계인'인 버니는 이름은 잘 모르지만 어쨌든 유니크 스킬을 가지고 있다. 그래서 '영웅패도'의 영향에 레지스트(저항)할 수 있었던 것 같지만, 그래도 마사유키를 존경하는 것 같았다.

마사유키의 입장에선 왜 자신을 존경하는지 짐작 가는 게 전혀 없었다. 존경할 만한 모습을 보이기는커녕 버니에겐 늘 진심으로 불평을 늘어놓곤 했었다. 그래도 버니는 마사유키를 신뢰하여 많은 조언을 해주곤 했다.

객관적으로 마사유키를 지켜봐주는 버니의 발언을 마사유키는 언제나 참고로 삼고 있었다.

그러므로 이번에도 이 발언이 결정적인 계기가 되었다고 할 수 있다.

"응. 마사유키 님의 판단이라면 저는 따르겠어요."

지우는 단적으로 그렇게만 말할 뿐이었다.

마사유키를 맹목적으로 믿고 있는지, 그다지 반대 의견을 말하는 일은 없었다.

　그래서 마사유키 일행은 그 의뢰를 받아들였고, 이리하여 발라키아 왕국까지 온 것이다.

　그리고 그 나라의 영빈관에서.

　발라키아 왕국뿐만 아니라 주변국가의 귀족들도 참가하는 무도회가 개최되었다.

　그 자리에 초대받은 마사유키는 현실도피를 하고 싶어지는 가혹한 상황과 마주쳤다.

　놀랍게도 노예매매의 현장을 목격하고 만 것이다.

　(제발 이러지 말라고. 이건 조사원이 할 일이잖아?!)

　또 이런 일이 벌어지다니, 그런 생각을 하면서 울고 싶어지는 마사유키.

　화장실을 찾았다가 돌아오는 길. 정말로 우연히 그 앞을 지나쳤던 방 안에서 작은 목소리로 얘기를 나누는 것이 들렸다.

　딱히 볼 생각은 없었지만, 문득 안을 들여다보고 만 마사유키. 그러자 마사유키를 맞이해 이 나라를 안내해준 귀족인 브레이버 백작이 있었고, 마사유키와 그대로 눈이 마주치고 말았던 것이다.

　"…………."

　"…………."

　그건 정말로 순식간에 벌어진 일.

　"저기, 여기서——."

　"난감하게 되었군요. 이야기를 들어버렸다면 이젠 어쩔 수 없겠습니다. 방해받지 않도록 실력이 있는 병사를 세워두었는데,

설마 그자를 쓰러뜨리실 줄이야. 역시 용사님은 다르다고 해야 할까요?"

미소를 유지하면서, 브레이버 백작이 그렇게 말했다.

(아니, 아니, 그런 사람은 아예 없었는데?!)

"잠깐만 기다——!!"

그 말에 반박하려고 한 마사유키. 그러나 그 말은 가로막히고 말았다.

"에잇, 용사님은 제정신이 아니신 모양이다. ——이대로 내버려둘 수는 없지. 얘들아, 가라!! 지금 당장 붙잡아야 한다!!"

놀랍게도 브레이버 백작과 대화를 나누고 있던 상대가 기대어 세워둔 검을 뽑아서 브레이버 백작을 베어버린 것이다.

그러더니 검을 내던지고는 마사유키에게 죄를 뒤집어씌우려고 작정했는지 큰 소리를 지르기 시작했다.

그 뒤로는 늘 겪는 전개가 벌어졌다.

한꺼번에 튀어나온 병사들을 마사유키와 같이 있던 진라이가 노려보았다.

"오오, 줄줄이 튀어나오기는. 하지만 너희 정도라면 마사유키 씨가 상대할 것도 없지. 내가 가볍게 손봐주마."

흉악한 인상을 일그러뜨리면서 웃더니 진라이가 움직였다. 마사유키의 가호를 받으면서 그의 움직임은 인간의 차원을 넘어선 영역으로 발을 들이고 있었다.

"쳇, 괴물 놈. 아니, 저런 놈을 길들인 용사야말로 나를 방해하는 적이었지."

브레이버 백작을 베어버린 남자—— 고우셀 후작이 증오스러운 눈길로 마사유키를 노려봤다.

"승부는 끝난 것 같은데요? 포기하고 투항을──."

옆방에 대기하고 있었던 것으로 보이는 병사들은 모두 진라이가 쓰러뜨린 상태다. 그렇다면 이제 결판이 났다고 생각하면서 마사유키는 그렇게 제안했다.

그러나 그 생각은 안일했다.

"크크크, 용사님은 자상하시기로 평판이 대단하시지. 하지만 이 상황을 봐라. 이 참상을 본다면 누구라도 내 편을 들 것이다!"

그 말을 듣고 마사유키는 쓰러진 브레이버 백작을 떠올렸다.

소란스러운 소리를 듣고 달려오는 자들의 발소리가 들렸다.

"쳇. 이거 상황이 안 좋은데요, 마사유키 씨⋯⋯."

이곳은 발라키아 왕국.

용사의 명성이 널리 알려져 있다고 해도, 마사유키는 손님에 지나지 않는다. 이 나라의 중신인 고우셀 후작과 마사유키를 비교한다면 그 신용도는 고우셀 후작 쪽이 더 높다.

그렇게 생각하여 고우셀 후작은 여유로운 태도를 보인 것이며, 진라이가 초조한 반응을 보였던 것이다.

그러나 마사유키는 당황하지 않았다. 마음속으로 투덜대긴 했지만, 이건 늘 겪었던 흐름의 전개라는 걸 직감적으로 깨달았기 때문이다.

유니크 스킬 '선택된 자(영웅패도)'는 무시무시할 정도로 상황을 정리하고는 마사유키를 영웅으로 이끌어준다.

그건 이번에도 마찬가지였다.

소란스러운 소리를 듣고 모여든 구경꾼들. 이곳 발라키아 왕국의 귀족들과 다른 나라에서 온 손님들의 모습도 보였다.

고우셀 후작은 그들을 흘겨보면서 당당하게 서 있었지만, 그 얼굴은 이내 경악하는 표정으로 일그러졌다.

"──으, 으음. 나, 나한테 무슨 일이 생긴 거지……."

신음을 내뱉으면서 브레이버 백작이 의식을 되찾은 것이다.

"마사유키 님, 이 남자는 중요한 증인이죠? 아직 살아 있어서 치료를 했습니다."

어느새 달려와, 지우가 마법으로 브레이버 백작을 치료했던 것이다. 그리고 칭찬을 해주길 바라는 표정으로 마사유키를 바라봤다.

"이봐, 형씨. 마사유키 씨가 마음이 착한 걸 다행인 줄 알라고. 이 자리에서 솔직하게 증언한다면 노예매매의 죄만 처벌받고 끝날 거야. 하지만 끝까지 숨기겠다면── 당신은 또 저기 있는 남자에게 제거당하고 끝날걸? 자, 어떡할래?"

영악한 웃음을 짓는 진라이의 말을 듣고, 브레이버 백작은 상황을 이해했다.

재빨리 머릿속으로 계산을 했고, 그런 뒤에 다른 방법이 없다는 걸 깨닫고는 포기한 모양이었다. 브레이버 백작이 고개를 푹숙이면서 그 자리에서 모든 것을 자백한 것이다.

"어떻게 된 일이냐. 이건 대체 무슨 소동인가?"

그때 딱 맞게 등장한 발라키아 국왕.

시끄럽게 웅성거리던 귀족들도 얌전해졌으며 사태는 즉시 수습되었다.

마사유키가 예상한 대로였다.

그 뒤에도 사태는 급전개를 보였다.

파견된 헌병대가 브레이버 백작과 고우셀 후작의 저택에 쳐들어가 노예매매의 증거를 확보했다.

그리하여 알아낸 것은 고우셀 후작이 범죄조직의 간부 중 한 명이라는 놀랄 만한 사실이었다. 그러나 그것만으로 끝나지 않고, 그 범죄 조직의 본거지가 이 나라에 있다는 것도 밝혀졌다.

발라키아 국왕은 이 사태를 심각하게 받아들였다.

서방 열국에 영향력을 끼치는 것으로 알려진 범죄 집단 '오르토스(노예상회)'가 이 소국인 발라키아를 은거지로 삼고 있었다. 그건 결코 발라키아 국왕이 용인할 수 있는 문제가 아니었던 것이다.

오르토스가 다루는 상품에는 노예만 있는 게 아니다.

무기와 방어구, 수상한 마법약. 마약과 마물, 매직 아이템(마법도구)에서 아티팩트(마보도구)까지 다방면에 걸쳐 있었다.

딩연하지만 소국이 상대할 수 있는 상대가 아니었다. 그래서 발라키아 국왕은 자유조합을 끌어들이기로 했다.

더 말할 것도 없이 그 대상이 된 것은 마사유키 일행의 '파티(섬광)'다.

익숙해진다는 것은 실로 무서운 일이라 할 수 있는데, 마사유키도 이렇게 될 것으로 예상하고 있었다.

(아아, 역시 이렇게 되었나…….)

그렇게 생각하면서도 발라키아 국왕의 간청을 받아들였다.

그 후——.

마사유키 일행인 A랭크 파티가 참가하면서 오르토스(노예상회)

토벌 작전에는 많은 수의 모험가들이 모여들었다.

발라키아 왕국의 군대와 합치면서 그 수가 2천을 넘었다.

그 모든 자들이 '영웅패도'의 영향하에 들어가면서 상상을 초월하는 실력을 발휘한 것이다.

오르토스의 거점에도 수백 명의 멤버가 대기하고 있었다. 그중에는 A랭크에 해당하는 맹자(猛者)도 여러 명 있었으며 붙잡혀 있던 마수도 위협적이었다.

국가 규모의 전력.

그런데도 범죄 집단 '오르토스'는 마사유키를 선두로 한 토벌부대에게 철저히 숙청당한 것이다.

사실 마사유키가 나설 차례는 없었다. 아니, 거기 있는 것만으로도 충분히 도움을 주고 있었지만, 본인에게 자각이 없었다.

그리하여 마사유키 일행이 참가한 토벌 작전은 훌륭하게 성공을 거두었다. 이리하여 악명 높은 오르토스는 궤멸된 것이다.

이번에도 역시 마사유키는 아무것도 하지 않았음에도 불구하고 상황은 호전되었다고 할 수 있다.

그리고 마사유키의 '용사'로서의 명성은 잉그라시아 왕국뿐만 아니라, 서방 열국의 구석구석까지 퍼지는 결과를 낳은 것이다.

늘 그랬듯이 무사히 끝났다.

그렇게 얘기가 끝나면 좋았겠지만, 이번에는 문제가 하나 남아 있었다.

보호를 받게 된 노예들 중에 마물이 섞여 있었던 것이다.

흉포한 마수도 있었다. 그것들은 그 자리에서 죽였지만, 그럴 수 없는 자들도 있었다.

바로 엘프다.

그리고 문제는 그런 엘프를 어떻게 다룰 것인가에 대한 것이었다.

그들은 쥬라의 대삼림으로 돌아가기를 희망했지만, 그대로 해방해줄 수는 없었다.

그렇게 판단한 이유는 현재의 세계정세에 있었다.

쥬라의 대삼림은 마왕 리무루의 지배 영역이 된 지 얼마 되지 않았다. 그런 때에 노예가 된 엘프들이 마왕 리무루에게 그간의 사정을 보고한다면, 마왕 리무루가 어떻게 움직일지 모른다.

권세를 과시하고자 보복에 나설 가능성도 있었다.

파르무스 왕국의 참상은 서방 열국이 잘 알고 있다.

대국인 파르무스조차도 전멸했는데, 소국인 발라키아 따위가 저항을 할 수 있을 리가 없다.

"마, 마사유키 공. 부디, 부디 이 일을 해결해주시오!!"

위엄이 넘치던 왕은 남들의 눈을 피해 별실에서 마사유키에게 울면서 매달렸다.

부탁을 받은 마사유키는 거절하는 것도 불쌍한 것 같아서 받아들이기로 했다.

(엘프들을 템페스트(마국연방)로 데리고 가는 것뿐이니, 별문제는 없겠지?)

그렇게 가볍게 생각한 것이다.

그게 문제의 발단이었다.

용사 마사유키가 템페스트로 간다. ——그 소식을 들은 사람들은 드디어 마사유키가 마물 토벌을 결의한 것으로 받아들인 것이다.

소문은 눈 깜짝할 사이에 퍼졌다.

그러나 마사유키는 이 일을 그다지 중요하게 여기지 않았다.

이번에도 또 늘 그랬던 것처럼 잘 풀릴 거라고, 이제는 완전히 익숙해진 머리로 그렇게 생각해버렸기 때문이다.

유니크 스킬 '영웅패도'의 권능은 확실히 무시무시한 효과를 발휘한다.

그건 의심할 것도 없는 사실이었지만.

위에는 위가 있다.

그것 또한 확실한 사실이었다.

그리고 마사유키는 그 사실을 자만심과 함께 잊어버리고 있었던 것이다…….

『그럼 그렇게 하는 걸로 알고 있을 테니까, 현지에서 합류하기로 하지.』

그 말을 남기고, 유우키와 마법통신을 종료했다.

이번 일의 결과 보고와 앞으로의 일에 관한 논의였다. 잉그라시아 왕국은 다중의 '결계'로 보호받고 있기 때문에, '마법통화'도 특정한 파장의 암호화된 통신으로만 연결된다. 가볍게 할 수 있는 게 아니라서 정해진 날짜에 하도록 미리 정해놓고 있었다.

통신을 끝낸 마사유키는 고개를 절레절레 저으면서 한숨을 쉬었다.

"유우키 씨도 걱정이 좀 심하네."

"그러게 말이죠. 마사유키 씨가 진심으로 실력을 발휘하면 마왕 따윈 전혀 두렵지 않은데."

"그 말이 맞아요. 정의의 철퇴를 가해야 합니다."

마사유키는 그런 대화를 동료들과 나누었다.

그런 분위기 속에서 버니만은 냉정했다.

"하지만 마사유키 군. 그 성인 히나타조차도 마왕 리무루와 비겼다고 들었어요. 방심하지 않는 게 좋을지도 모릅니다."

그 말을 듣고 마사유키도 애매하게 고개를 끄덕였다.

그리고 생각했다.

지금까지는 순조로웠지만, 잘 생각해보면 자신은 아무것도 한게 없다고.

마사유키는 히나타를 모르며 만난 적도 없지만, 마사유키가 존경하는 유우키는 히나타를 늘 높게 평가했다. 그런 인물이 쓰러뜨리지 못했다고 하면, 마왕 리무루는 마사유키가 생각하는 것 이상으로 위험할 가능성이 높다.

그런 생각에 이르자, 조금은 자중하자는 마음이 들었다.

"그래, 그 말이 맞아. 마왕 리무루는 인간과 우호적인 관계를 목표로 삼고 있다고 하니 갑자기 싸움을 거는 건 자제하는 게 좋겠지."

"하항! 마왕 자식도 목숨을 구걸했단 말이지."

"마왕은 악, 이건 틀림없는 사실이에요!"

"뭐, 그건 마왕이 앞으로 어떻게 나올지를 보고 판단할 수밖에 없겠지요. 어쨌든 성인 히나타가 마왕과 화해한 지금, 마사유키 군 말고는 '용사'에 걸맞은 인물은 없습니다. 신중히 행동해야겠죠."

그 말을 듣고, 마사유키도 고개를 끄덕였다.

"응, 그러게. 다들 힘을 빌려준다면 마왕에게도 이길 수 있다고 생각하지만, 일단 지금은 신중하게 행동하도록 할까!"

그렇게 말하면서 마사유키는 마왕 리무루와 싸운다는 선택지를 보류했다.

우선은 상황을 볼 것, 그렇게 하기로 한 것이다.

진라이와 버니 그리고 지우.

이 세 명의 동료들은 마사유키의 시선에서 보면 괴물이다. 마사유키 자신은 대단하지 않지만, 이 세 명이 지는 모습은 상상도 할 수가 없다.

(뭐, 싸우면 이길 수 있을 것 같긴 하지만, 나도 딱히 리무루라는 마왕에게 원한이 있는 것도 아니니까…… . 일부러 싸움을 거는 것도 좋을 건 없겠지.)

가벼운 마음으로 그런 생각을 하는 마사유키.

그리고 마사유키 일행은 의기양양하게 템페스트를 향해 출발했다.

●

알현식이 끝났어도 내 예정은 꽉 채워져 있었다.

이번에는 내빈들을 상대해야 한다.

현재 우리나라에는 각국의 사절단이 속속 도착하고 있었다.

빨리 온 자들은 일주일이나 먼저 와서 머무르고 있다고 들었다.

내가 보낸 안내장을 지참한 자들뿐만 아니라 소문을 듣고 찾아온 상인들도 있었기에 도시는 활기에 차 있었다.

한 번 온 적이 있는 사람들이 자랑스러운 표정으로 처음 온 자들을 안내하고 있는 모양이다.

각국의 중진이나 왕족들도 익숙하지 않은 이국의 모습에 흥미진진해하는 것 같았다.

보아하니 우리의 의도대로 이 땅을 관광지로 만든다는 계획도 잘 풀릴 것 같다.

그렇다곤 하지만, 이 도시에서 받아들일 수 있는 귀족의 인원수는 많이 잡아도 3천 명 정도다. 일반인이라면 1만 명 정도는 숙박 가능한 시설이 있지만, 상류계급용의 숙박 시설은 그 수가 적은 것이다.

접객도, 식사도 일반용과는 전혀 다르다. 왕후 귀족이 이용하는 것을 상정하고 있으므로, 안전성에도 배려를 해두었다. 그러므로 상당히 여유를 둔 공간이 확보되어 있었다.

이번에는 왕후 귀족을 초대한 상태라, 아무리 돈을 많이 낸다고 해도 일반 손님은 거절했다. 거상 같은 자들도 찾아오는 것 같던데, 손님을 대접하는 태도가 안 좋다며 불만스럽게 여기지 않을까 걱정이 되었다.

그러나 그건 쓸데없는 생각이었던 것 같다.

그 부분에 대해서도 묘르마일이 미리 대비해두고 있었다. 빈틈없이 거상들의 숙소 배정까지 소화해내고 있었던 것이다.

"역시 대단하군, 묘르마일 군."

"훗훗후, 리무루 님. 이 정도는 큰일도 아닙니다. 리그루도 공을 비롯해서 이 도시의 모든 분들이 평소에도 정중한 태도로 일을 처리해주신 덕분이지요!"

묘르마일은 정말로 믿음직스러운 사내다.

리그루도와 리그루, 그 밑에서 일하는 모두가 열심히 움직여준 것은 더 말할 것도 없이 칭찬을 들을 가치가 충분하다.

그러나 큰 클레임을 일으키지 않고 손님을 상대하는 솜씨는 묘르마일이기에 가능한 것이라 하겠다.

모두의 노력과 묘르마일의 수완.

이것들이 서로 어우러지면서 좋은 분위기로 스타트를 끊었다고 할 수 있다.

"앞으로도 이렇게 해주길 부탁하겠네!"

"맡겨주십시오!"

나는 나머지 일을 묘르마일에게 맡기고 중요한 내빈을 상대하는 것에 전념하기로 했다.

＊

장소는 회담실.

슈나와 시온은 많은 것을 준비하느라 바빴다. 많은 사람들이 먹을 식사를 준비하려면 사전 준비가 중요한 것이다.

가비루와 쿠로베 등도 자신들의 전시물을 최종적으로 확인하느라 분주했다.

이번에는 마물이 상대가 아니기 때문에 그렇게까지 위압적으로 나갈 필요가 없다. 그러므로 간부 전원이 맞이하러 나올 필요도 없는 것이다.

상하관계도 없으므로 최근의 알현식과 비교하면 위엄 있는 분위기는 상당히 줄어들었다.

당연하지만 나는 인간의 모습으로 맞이한다.

옷을 갖춰 입음으로써 내 재력과 권세를 과시하는 것이 목적이었다.

대놓고 말해서, 귀찮다.

슬라임 상태로 있는 게 편해서 좋지만, 이것만큼은 어쩔 수 없는 일이라고 생각하며 포기했다.

서방 열국에서 온 왕후 귀족들과는 무난하게 인사를 나누었다.

그러던 중에 블루문드 왕이 찾아왔다.

여전히 사람 좋아 보이는 아저씨로 보였다. 동화 삽화에 나올 것 같은 느낌이다.

그런 왕의 옆에는 아직 젊게 보이는 아름다운 왕비님이 있었다. 실제 나이는 모르지만, 이 왕과 결혼한 것은 20년 전이라고 한다.

언뜻 보면 어울리지 않는 커플 같지만, 실제로는 잉꼬부부로서 블루문드 국민들로부터 사랑을 받고 있다고 한다.

"감사 인사가 늦어서 미안합니다. 파르무스의 귀족인 뮐러 후작과 헤르만 백작을 회유하고, 또한 평의회와 서방성교회를 움직이게 만들어줘서 참으로 큰 도움이 되었습니다."

이 사람이 승낙해줬기 때문에 휴즈도 자유롭게 움직일 수 있었다.

내 작전이 성공한 것도 이 사람이 계약을 지켜주었기 때문이다.

우리에게 유리하게 정보를 흘려준 덕분에 내 평판도 그렇게 나쁘지 않은 것이다. 우리나라를 찾아오는 상인들이 늘어나는 것을 보더라도 블루문드 왕국의 영향력이 얼마나 큰지 알 수 있었다.

내가 감사의 마음을 전하자, 블루문드 왕은 웃으면서 손을 저었다.

"천만에요, 리무루 님. 감사 인사를 받을 정도는 아니외다. 나는 귀국과의 협정을 지켰을 뿐이오. 그리고 휴즈로부터 이야기는 들었겠지요? 이 내기에서 나는 당신에게 걸었소. 우리나라의 명운을, 그대의 나라에 걸고 맡겼던 것뿐이오. 당연히 그 결정에는 타산적인 이유도 포함되어 있으니 감사를 받을 입장은 아니외다."

사람 좋아 보이는 미소를 짓고 있지만, 섣불리 방심할 수 없는 남자── 그게 블루문드의 왕이다.

블루문드 왕은 우리를 도운 것이 타산적인 이유 때문이라고 잘라 말했다. 그러므로 감사 인사는 받을 필요가 없다고 웃으면서 말이다.

"그래도 우리를 믿어준 그 마음은 기뻤습니다."

감사의 마음을 전하는 것은 중요하다.

계속 끈질기게 언급할 생각은 없지만, 그래도 나는 감사의 인사를 전해두었다.

그 말을 듣고 블루문드 왕은 "정말로 마왕인지 의심스럽구면"이라고 말하면서 쓴웃음을 지었다.

그런 뒤에 표정을 바꾸더니 블루문드 왕은 내 눈을 정면에서 바라보며 말했다.

"이번에는 우리나라의 카자크가 폐를 끼쳤다고 하더구려. 리무루 님의 백성들이 구출된 것은 아주 다행이었소."

카자크 자작이 얽힌 사건 말이로군.

폐를 입은 것은 주로 묘르마일이고, '오르토스(노예상회)'가 쥬라의 대삼림에서 암약하던 것은 아마도 내가 마왕의 자리에 오르기전의 얘기일 것으로 생각한다.

하지만 그래도 블루문드 왕국에 어느 정도 책임이 있는 것은 틀림이 없다고 할까. 그래도 그 죄에 대한 책임은 카자크 자작에게귀결되겠지만.

그는 범죄에 동참한 소인배일 뿐이다.

인격은 최악이지만, 카자크 자작이 직접 무슨 짓을 벌인 것은아니다.

하지만 그래도 범죄는 범죄다.

더구나 카자크는 '하등한 마물을 어떻게 다루든 간에 귀족인 내가 벌을 받을 이유는 없다!!'고 오만한 발언을 했다는 것 같고.

무죄방면은 너무 부조리한 얘기가 되겠지.

"무사히 문제가 해결된 이상, 우리는 그 사건을 크게 다룰 생각이 없습니다."

"그건 고맙구려."

"그런데 카자크 자작은 어떻게 됩니까?"

블루문드의 귀족인 이상, 우리나라의 법에 따라 처벌할 수는없다. 그렇다고 해도 아무런 벌도 받지 않는다는 것은 납득할 수없는 이야기다.

문제 삼고 싶지는 않지만, 그건 블루문드 왕이 어떻게 대응하느냐에 달려 있다. 그리고 그 사실을 충분히 이해하고 있다는 듯이 블루문드 왕은 일체의 자비심을 버린 목소리로 대답했다.

"이미 카자크는 자작이 아니오. 그 남자도 국제 범죄조직을 돕는 등, 귀족으로서의 의무를 저버린 잘못이 있으니까. 그런 자가 우리 블루문드의 귀족을 칭하는 것은 허용할 수 없지. 신분과 재산을 박탈하고 국외 추방 처분을 내렸소. 사실상 카자크 자작가를 멸문하는 것으로 이번 사건을 끝냈소이다."

그렇다면 문제가 없군.

너무 무거운 벌이라고 생각할 수도 있겠지만, 노예매매는 국제적인 범죄행위다. 섣불리 가벼운 벌을 내렸다간 블루문드 왕국 자체가 가볍게 보일 수도 있다.

그런 생각을 하면 무겁기는커녕 온정 어린 처벌일지도 모른다.

귀족으로서만 살아온 카자크에겐 다른 방법으로 산다는 것은 어려울 것이다. 신분도 재산도 잃고, 익숙하게 살아온 조국에서 쫓겨났으니 나머지 삶을 연명하는 것은 너무나도 힘들고 어려울 것이다.

하지만 그래도 살아만 있다면 새로운 자신을 찾아낼 수 있을지도 모르니까.

죄에 대한 처벌로서는 타당한 수준으로 보였기에 나도 이견은 없었다.

"잘 알겠습니다. 저도 그 처벌을 타당하다고 받아들이기로 하지요."

"그 말을 들으니 안심이 되는구려. 그러면 지금까지와 마찬가지로 양국의 협정은 유지되는 것으로 알고 있어도 되겠소?"

"저야말로 바라 마지않는 바입니다. 앞으로도 잘 부탁드립니다."

나와 블루문드 왕은 굳게 손을 잡으면서 악수를 나누었다.

이것으로 이 사건은 마무리가 되었다.

그런 뒤에 본론으로 들어갔다.

블루문드 왕은 상냥하게 웃는 표정을 짓더니, 직구 승부를 벌이겠다는 듯이 단도직입적으로 물었다.

"그런데 리무루 님, 휴즈에게서 들었소. 듣자 하니 리무루 님은 장대한 계획을 세우고 있다고 하던데 말이오?"

내가 휴즈에게 이야기해준 앞으로의 전망을 더욱 자세히 들은 모양이다.

"그에 관해서는 우리나라와 귀국만으로 끝날 이야기가 아닙니다. 제 입장에선 관련국의 대표를 모아서 정식으로 회담을 열길 바라고 있습니다. 우리가 나서서 자세히 설명하자는 생각을 하고는 있습니다만……."

"헛헛허, 딱딱한 말씀을 하는구려. 휴즈로부터는 가볍게 설명을 들었지만, 그 일은 우리나라의 입장을 좌우할 것으로 보이는데 말이오. 문관들에게만 맡길 수는 없지."

"그렇다면 조금이나마――."

정식 회담은 나중에 열 예정이다.

그러므로 지금은 블루문드 왕국이 유통의 중심지가 되어주면 좋겠다는 내 계획을 가볍게 설명하는 데서 그쳤다.

그랬는데…….

"――과연. 그렇단 말이로군."

"폐하, 이 이야기는 어떤 어려움이 있어도 반드시 실현해야할 것 같습니다."

가볍게 설명했을 뿐인데, 블루문드 왕의 눈빛은 바뀌어 있었다. 그는 본성을 드러내고 야망에 불타는 눈을 하고 있었다.

그리고 지금까지 발언을 자제하고 있던 왕비 또한 왕과 마찬가지로 내 계획에 흥분을 감추지 못하는 모습이다. 보아하니 왕비도 머리 회전이 제법 빠른 것 같았다. 내 이야기를 들은 것만으로 앞으로 얼마나 많은 이익이 생길지, 꽤나 정확하게 파악한 것처럼 보였다.

아무래도 방심할 수 없는 사람은 블루문드 왕뿐만이 아닌 것 같군.

즉시 판단하고 즉시 결정하는 갬블러 기질의 왕과, 냉정 침착하며 타산적인 왕비. 이 두 사람이 힘을 합쳤기 때문에 블루문드 왕국은 소국이면서도 그 영향력을 계속 유지할 수 있었던 것으로 보인다.

"그것도 다 3일 후부터 시작될 개국제를 무사히 성공시킨 뒤에 논의해봐야 할 이야기입니다."

"헛헛허, 그렇다면 걱정할 것 없겠구려. 아직 시작도 하지 않았는데 이렇게 성황이니까. 이 땅으로 발을 옮긴 각국의 귀족들은 상당한 수인 것 같으니 말이오."

"그러네요. 하지만 지금은 리무루 폐하의 말씀대로 저희가 섣불리 움직일 때가 아닌 것 같습니다. 확실히 이 계획은 다른 나라들과도 박자를 맞출 필요가 있으니까요. 저희는 그때를 대비해서 국내의 여론이 확고하게 일치되도록 만들어두기로 하죠."

"음, 왕비의 말이 맞소. 리무루 님, 좋은 이야기를 들을 수 있어서 아주 즐거웠소이다. 그럼 우리는 이만 실례하기로 하지요."

"템페스트 개국제의 성공을 진심으로 기원하겠습니다."

두 사람은 그렇게 말하면서 일어섰다.

귀족들이 늘 하듯이 빙빙 돌려 말하는 대화를 나누면서 우리의 시간을 낭비할 생각도 없는 모양이었다. 여기를 찾아온 목적인 내 얘기를 다 들은 지금, 나에 대한 볼일은 끝났다는 뜻이겠지.

실로 이해하기 쉬워서, 그렇기에 호감이 느껴지는 사람들이다.

"그럼 우리나라를 마음껏 즐기다가 가주십시오."

"그렇게 하겠소이다."

"네에, 너무나도 기대되네요."

그 말을 남기고 두 사람은 자리를 떠났다.

✳

블루문드 국왕 부처와 만난 다음 날.

날 찾아온 사람은 드워프 왕 가젤이다.

"내가 찾아왔다, 리무루여. 이번에는 오랜만의 마차 여행으로 나도 피곤하구나."

그렇게 말하면서 내 맞은편에 털썩 앉는 가젤.

여전히 위풍당당한 태도다.

당연하다는 표정으로 테이블에 놓인 다과를 손으로 집고 있질 않나.

"잠깐, 내 몫까지 다 먹지는 말라고."

말리는 게 조금 늦었던 모양이다.

일부러 남겨두었던 내 도넛이 마지막 하나까지, 눈 깜짝할 사이에 가젤의 입안으로 사라지고 말았다.

술을 좋아하면서 단것도 잘 먹다니……. 가젤이라는 남자도 얕볼 수가 없군.

"쩨쩨한 녀석이로군. 그렇게 시시콜콜한 소리를 하는 걸 보니 너도 아직은 멀었다."

뭐가 아직도 멀었다는 거야. 남의 도넛까지 다 빼앗아 먹었으면서.

나는 가늘게 눈을 뜨고 제멋대로 지껄이는 가젤을 노려보았다. 그러나 가젤은 꿈쩍하지 않고 내 정면에서 그 시선을 받아들였다.

"장로들이 의욕적으로 나서는 바람에 마차 수도 장난이 아니게 늘어났지. 이게 다 네 탓이다, 리무루!"

가젤이 말하길,

페가수스로 이동한다면 드워르곤에서 여기까지 하루면 올 수 있다. 그러나 이번에는 정식 방문이라서 페가수스 나이츠(천상기사단)만 이끌고 올 수는 없었다고 했다.

이건 굳이 호위만을 얘기하는 게 아니다.

축제에 참가하는 다른 나라의 귀족들에게도 대국인 드워르곤 왕의 위엄을 보여줄 필요가 있다. 그런 이유로 몇 벌이나 갈아입을 옷을 준비해야 했을 뿐 아니라, 그 옷을 관리하는 자나 갈아입는 것을 도와줄 시녀 등도 데리고 와야 했다. 데리고 올 필요가 있었기 때문에 말도 안 되게 큰 규모로 방문하게 되었다는 말이었다.

"왕으로서 행동하겠다면 그에 상응하는 준비가 필요한 법이지. 도로가 정비된 덕분에 그나마 다행이었지만, 최근 며칠 동안의 여행은 참으로 힘들었다."

그래서 가젤은 늘 몰래 빠져나와서 적은 수의 인원으로 놀러온 것이었군.

그러고 보니 블루문드 방면으로 이어지는 도로가 엄청나게 정체 중이라고 소우에이로부터 보고를 받았었다. 교통정리를 할 인원까지 필요할 정도로, 도로 위에 있는 여관도 만실이라고 했던가.

기쁨에 겨운 비명임과 동시에 좀 더 대규모 운송수단의 필요성도 재인식하게 된 정보였다.

현대의 일본에선 차가 고장 나는 일은 좀처럼 없어졌다. 가령 고장이 나도 바로 자동차보험 회사가 대응해준다. 그러나 이 세계에선 마차가 고장이 나면 큰일이 난다. 뒤에 오는 마차에 방해되지 않도록 치우는 것만 해도 상당한 중노동이 된다.

말의 컨디션 관리도 중요하기 때문에 좀처럼 원하는 대로 이용할 수는 없는 것이다.

그런 점도 미리 예상해서 길을 넓게 만들어두었지만, 그래도 역시 문제는 발생하고 있는 것 같았다. 그런 사례는 앞으로의 과제로서 정보를 수집하도록 시키고는 있지만 말이지.

방금 가젤이 한 이야기를 듣고, 귀족의 이동은 참으로 큰일이라는 것을 이해할 수 있었다.

정체의 원인은 생각했던 것 이상으로 많은 왕후 귀족이 참가를 표명했기 때문에 발생한 문제로 보인다. 그러므로 다음부터는 좀 더 여러 가지로 배려를 해두는 게 좋을 것 같다.

빨리 열차를 개발해서 이동을 편하게 할 수 있으면 좋겠는데 말이지…….

뭐, 그건 그렇다 치고.

"직접 올 줄은 몰랐어. 보나마나 사자가 대신 올 거라고 생각하고 있었는데."

가젤이 올 것이라고 생각하지 않았던 건 사실이다. 화풀이를 하지 말라는 뜻도 포함해서 나는 솔직하게 그렇게 대꾸했다.

그러나 가젤은 납득하지 않았다.

"흥, 그럴 수가 있나! 네가 또 뭘 꾸미고 있는 것 같으니, 내 눈으로 직접 보고 판단을 내리지 않으면 안심할 수 없단 말이다! 그리고…… 묻고 싶은 게 있다."

"뭔데?"

"넌 사카구치 히나타와 싸운 것 같은데…… 비겼다는 건 거짓말이지?"

들켰을 거라고 생각은 했지만, 역시 내가 히나타와 싸운 것은 가젤도 다 알고 있었던 모양이다. 게다가 공식 발표를 전혀 믿지 않았으며 내가 이겼다고 확신하고 있는 것 같았다.

"뭐, 그렇긴 하지. 시합에선 이겼어도 승부에선 진 것 같은 기분이지만, 이기긴 이겼어."

이건 비밀이라고 먼저 다짐한 다음에 나는 히나타와의 싸움의 전말을 가젤에게 이야기했다.

"믿기지 않는군. 그 여자는…… 솔직히 말해서 나보다 강하단 말이다. 검의 실력만 따지면 또 모를까, 전체적인 힘으로 비교하면 내가 밀리지. 그런데 정말로 네가 이겼단 말이냐?"

내게 감화되었는지 가젤도 진심을 솔직하게 얘기했다.

영웅왕이라는 입장상 가젤이 히나타와 승부를 겨룰 리가 없다. 그러므로 암부(暗部)에게 정보를 캐도록 지시하고 그 실력을 분석한 것 같은데, 그 결론으로 자신이 불리하다고 판단한 모양이었다.

그런 히나타에게 내가 이겼다는 것에 가젤은 진심으로 놀란 것 같다.

"운이 좋았던 것도 있긴 해. 실제로 내가 쓰러뜨린 마왕 클레이만 같은 녀석보다도 히나타가 훨씬 더 강했으니까. 내가 이길 수 있었던 것은 스킬(능력)의 덕을 본 것이 컸다고 생각해."

솔직히 말해서 라파엘(지혜지왕) 선생이 없었다면 나는 졌을 것이다.

라파엘 선생은 내 스킬의 하나이긴 하지만, 내 힘을 전부 관리해주고 있다.

라파엘 선생이 내가 모르는 힘까지 대신 사용해주지 않았다면 틀림없이 히나타에게 이기지 못했을 것이다.

"훗, 운도 실력에 속하지. 사제의 성장은 기쁘기도 하지만, 이대로 쉽게 패배를 인정하는 건 그리 달갑지 못하군."

"그런 말을 한들 말이지……. 내 원래 실력으로는 아직 하쿠로우도 이기지 못하는걸."

"여전히 이상한 녀석이로구나, 너란 녀석은. 원래 실력이고 나발이고, 스킬을 포함한 힘까지도 네 실력이지 않느냐?"

가젤 왕은 그렇게 말하면서 어이없다는 표정을 지었지만, 이게 내 진심이다.

실은 라파엘 선생이 없는 나라면 고부타 정도가 적당한 상대이지 않을까 하고 생각할 정도니까.

결코 아무한테도 말할 리는 없겠지만 말이지.

"뭐, 좋다. 그건 그렇고, 너는 이번에 무슨 생각을 하고 있는 거냐?"

어이가 없다는 표정을 바꾸면서 가젤이 진지하게 묻기 시작했다.

아무래도 이게 본론인 것 같다. 그렇지만 내가 무슨 생각을 하고 있는지를 물어도…….

"무슨 뜻이지?"

가젤이 무슨 말을 하고 싶은 건지 나는 전혀 알아듣지 못했다.

"무슨 뜻이지……가 아니지! 서방성교회가 우리 드워르곤에 향후 교섭을 대비해 정식으로 창구를 개설하고 싶다는 뜻을 타신해 왔단 말이다. 지금까지 우리를 마물에 가까운 자로 정의했던 서방성교회가 왜 그 교의를 뒤집은 것이냐? 갑작스런 이 변화는 보나마나 네가 꾸민 것일 텐데!!"

아!

가젤이 화를 내는 바람에 나는 히나타 일행과 나눈 대화를 떠올렸다.

그러고 보니 분명, 가젤 왕도 끌어들인다면 좋을 것이라고 조언을 했었지.

드워프 왕국은 1천 년 이상 중립을 유지한 나라다. 그 신용도는 비교가 안 될 정도로 높기 때문에, 서방성교회의 열성적인 신도라고 해도 진심으로 드워프를 마물로 생각하는 자는 없을 것이다.

있다고 해도 그건 극소수일 것이 틀림없다.

그런 생각을 했기 때문에 히나타 일행에게 제안한 것인데, 가젤 왕의 승낙을 받는 것을 잊어버리고 있었다. 아니, 그럴 필요가 있을 것이라는 생각조차 하지 않았다는 것이 바른 표현이다.

가젤이 이렇게 화를 낼 줄은 몰랐다.

히나타 쪽은 내가 한 제안이라고 말하지는 않을 것이기 때문에 지금은 잠자코 시치미를 떼기로 하자.

"야, 야아. 무슨 이야기인지 나는 전혀 모르겠는데. 뭐, 뭐어, 히나타하고는 실제로 싸우면서 약간 우정이 싹텄다고는 생각해. 그래서 화해도 한 것이고, 앞으로는 사이좋게 지내자고 결론도 내렸지. 그러니까 아마 우리뿐만 아니라 가젤 쪽하고도 정식으로 우호 관계를 맺자고 생각한 게 아닐까?"

"──호오?"

의심스럽다는 표정으로 나를 바라보는 가젤.

이런 때에는 슬라임으로 있을 걸 그랬다고, 진심으로 생각했다.

식은땀이 흐르는 기분이 들었지만, 실제로 나는 땀을 흘리지 않으니까.

《알림. 개체명 : 가젤 드워르곤이 '사고독파'로 표층심리를 읽고 있습니다. 적의나 피해를 느끼지 못했기 때문에 방치하고 있습니다만 방해하시겠습니까?　　　　　　　　　　　　　　　YES / NO》

YES! 물론 YES죠!!

아니, 그런 중요한 일은 처음부터 말해달라고요, 라파엘 선생님——!!

그렇구나. 지금까지 몇 번이나 이상하게 생각한 적은 있었지만, 가젤은 인간의 마음을 읽을 수 있었단 말인가. 어쩐지 처음 만났을 때부터 날 꿰뚫어 보는 듯한 미묘한 위화감이 느껴진다 했다.

내 생각을 먼저 예상한 듯한 발언도 그렇고, 시합을 할 때 내 공격을 정확히 예측한 것도 그렇고, 마음을 읽을 줄 안다면 납득이 간다.

대현자가 라파엘로 진화하면서, '사고독파'의 발동을 알아차린 모양이다. 상시발동형은 아닌 것 같은 게 그나마 다행이지만, 방금 그 한순간에 내 마음을 어디까지 읽었을까…….

나는 가젤을 힐끗 봤다.

가젤이 씨익 웃으면서 이마에 힘줄을 띄운다.

"후, 후훗, 내 '사고독파'를 알아차렸단 말이냐. 그건 훌륭하다고 칭찬해주겠다만, 그러나 방해를 한다는 것은 떳떳하지 못한 생각을 한다는 뜻이겠지?"

"아, 아니, 아니. 그건 아닌 것 같은데?"

"멍청한 놈! 나를 끌어들이면 좋겠다는 생각이 방금 슬쩍 보였단 말이다!"

나쁜 짓은 쉽게 할 수 없는 법이다.

가젤이 잔뜩 화가 났기 때문에 나는 히나타와 나눴던 대화의 내용을 빠짐없이 다 밝혔다.

그리고——.

"그랬단 말이군. 인간지상주의를 표방했던 건 '칠요의 노사'들이었단 말인가…….”

“그래. 그래서 히나타 쪽은 이참에 ‘칠요’에게 영향을 받은 자를 숙청하는 것도 고려하는 것 같아. 두목이 사라진 이상, 히나타가 실권을 완전히 장악하려고 생각하겠지.”

나는 루미너스의 정체는 적당히 숨겨두고, 서방성교회와 신성교황국 루벨리오스의 내부 정세에 관해서 가젤에게 설명했다.

가젤은 고개를 끄덕이면서 한동안 숙고에 들어갔다.

“──그렇겠군. 그렇다면 이 얘기를 거절하는 건 어리석은 짓이란 말인가.”

그리고 내린 결론은 히나타 쪽── 서방성교회의 제안을 받아들인다는 것이었다.

“그렇게 말해줄 줄 알았어.”

“입 닥쳐라, 허락도 없이 멋대로 일을 진행해놓고는……. 뭐, 좋다. 모처럼의 축제 기간이니 재미없는 얘기는 이만하기로 할까. 최고의 자리를 마련해놓았겠지? 최선을 다해 날 즐겁게 만들어줘야겠다.”

내게 실컷 화를 낸 뒤에 재미없는 이야기는 그만하겠다고 말씀하시는 가젤 왕.

이제 충분히 만족했으니까 그러는 거 아냐. ──그렇게 생각했지만, 그 생각을 입 밖으로 뱉을 정도로 나는 어리석지 않다.

템페스트 개국제에 히나타 쪽도 참가하겠다는 연락을 받았으니, 이렇게 된 바에 당사자들끼리 만나서 자세한 이야기를 나눠보게 해야겠다고 결론을 내렸다.

가젤은 가젤대로, 따라온 부하들과 논의를 할 필요가 있는 것 같으니까.

축제가 끝난 후에 회담 자리를 마련해주겠다고 약속한 뒤에 나는 가젤을 배웅했다.

*

디아블로가 귀환한 뒤로 사흘이 지난 아침.

요움 일행이 도착했다.

요움도 적당한 타이밍에 도착한 것이다.

오늘 밤은 전야제이며 내일부터는 기다리고 기다리던 개국제가 시작된다.

평소와 마찬가지로 회담실에서.

내 앞에 요움과 그를 따라온 부하들 몇 명이 나란히 섰다.

"나리, 오랜만입니다! 약속대로 저는 왕이 되었습니다."

복장만큼은 화려해진 요움이지만, 그 내면은 바뀌지 않은 것 같았다. 무뚝뚝한 태도 그대로 날 보면서 씨익 웃어 보였다.

나도 그를 보며 웃어주었다.

"옷이 날개로군, 요움 군. 앞으로도 잘 부탁하겠네."

"하핫! 그건 제가 할 말입니다. 저 같은 남자를 왕의 자리에 앉혔으니 마지막까지 제대로 돌봐주셔야겠습니다. 저희는 나리의 야망에 동참했다고요. 어중간하게 끝내는 건 사양하겠습니다."

그렇게 말하면서 웃는 요움.

요움은 나와 약속한 대로 훌륭하게 왕이 되어주었다.

디아블로도 열심히 암약해주었으니, 그 지반은 확고하게 이뤄진 것 같다.

긴 역사를 지닌 국가인 파르무스 왕국은 멸망했다.

그리고 영웅 요움을 왕으로 받드는 왕국이 탄생한 것이다.

위기를 겪으면서 다시 태어난 나라라는 의미를 담아서 국명을 '파르메나스'라고 새로 지었다. 동시에 초대 국왕인 요움은 자신의 이름을 요움 파르메나스라고 칭하게 되었다고 했다.

요움의 옆에는 두 명의 마인── 뮬란과 그루시스도 있다. 이 두 사람이 언제나 요움을 호위하고 있는 이상, 그의 안전은 잘 지켜질 것이다.

그렇다곤 해도 뮬란은 호위가 아니지만 말이지.

"리무루 폐하, 인사가 늦었습니다. 파르메나스 왕 요움의 아내인 뮤우 파르메나스입니다. 앞으로도 잘 부탁드리겠습니다."

내 시선을 알아차렸는지, 뮬란이 드레스 자락을 걷어 올리면서 정중하게 인사를 했다. 웬만한 귀족 아가씨는 뺨칠 정도로 너무나 아름다운 인사였다.

"뮬란은 왕비의 분위기가 제대로 잡혔군."

"그렇죠? 저와는 달리 뮬란은 교양이 있으니까요."

내가 뮬란을 칭찬하자, 요움이 자랑스러운 표정으로 그렇게 말했다.

"이렇게 보여도 나름대로 경험한 게 있습니다. 클레이만은 예의범절에도 민감한 남자였으니까요──."

귀족적인 취향이라고 할까, 확실히 클레이만은 자신의 물건에 대한 취미가 훌륭했다. 고급품인 가구나 미술품으로 자신의 성을 장식할 정도였으니, 부하들에게도 교육을 철저히 시켰던 모양이다.

그게 생각지도 못한 곳에서 도움이 되었단 말이로군.

"뭐든지 일단 경험을 해두는 건 좋은 것이로군. 나도 그걸로 엄청나게 고생을 하고 있거든. 조금 전까지만 해도 쥬라의 대삼림의 각종족의 인사를 받느라 줄곧 장식품이 된 것 같아서 너무 힘들었거든."

"아아, 이해가 됩니다. 저도 귀족들의 면회 의뢰가 끝이 없는데다 이미 파벌 투쟁을 시작하려 드는 바보들 때문에 골치가 아프거든요. 뭐, 그런 문제는 그 영감── 마술사장 라젠이 잘 처리해주고 있지만 말이죠."

이번에는 지금 화제가 된 라젠은 오지 않은 모양이었다.

아직 국내가 안정되지 않은 상태라, 내전의 뒤처리에 정신이 없다고 했다.

배신히는 건 아닌가── 하고 순간적으로 생각했지만, 잘 생각해보니 라젠은 디아블로의 '타락시키는 자(유혹자)'의 영향하에 있다. 그런 걱정은 필요가 없었다.

나중에 은퇴한 에드마리스 왕도 정체를 숨기고 고문이 되어주었다고 했다. 지식이나 교양이 모자란 요움을 뒤에서 받쳐주면서, 정치적인 면에서 많은 도움을 주고 있는 것 같았다.

그리고 또 한 명의 마인인 그루시스는.

"그리고 너는 기사단장이 되었다면서?"

"그렇습니다, 리무루 님. 저는 거절했지만, 이 녀석은 한번 말을 뱉으면 도저히 말을 듣질 않아서……."

요움이 억지로 그루시스에게도 직책을 주려고 했던 모양이다.

실력으로 보면 부족할 것이 없기 때문에 나머지 기사들도 불만은 제기하지 않았다.

우수한 인재를 그냥 놀리는 것은 아까웠기 때문에 새로 탄생한 국가인 파르메나스의 정식(正式)으로 그루시스에게 기사단장 자리를 맡아줄 것을 요청했다고 했다.

하지만 그루시스는 떨떠름한 표정이었다.

나는 마음 내키는 대로 하는 게 좋겠다고 애써 말했다.

그런 그루시스였지만, 뮬란의 부탁은 거절할 수가 없었다.

그녀의 부탁을 받고 거절할 수 없게 되면서, 그루시스는 그제야 기사단장으로 취임했다고 한다.

그래도 괜찮겠나, 그루시스? 나는 그렇게 생각했지만 본인도 그렇게까지 싫어하는 건 아닌 것 같으니, 내가 다시 문제 삼을 일은 아닌 것 같다.

"저는 지금도 제가 칼리온 님의 수왕전사단의 일원이라고 생각하고 있지만 말이죠. 뭐, 당분간은 이 바보 녀석을 돌봐줄 생각입니다."

"시끄러워──, 바보는 바로 너야!"

변한 게 없는 두 사람이었다.

그런 두 사람을 어이없다는 표정으로 바라보는 뮬란.

이 모습도 오랜만에 보니 반갑군.

지금까지는 매번 겪었던 것과 같은 패턴이었지만, 이번에는 예상 못한 난입자가 있었다.

"정말이지! 요즘 폐하도, 그루리스 단장님도…… 이런 모습은 마왕 리무루 님께 실례가 된단 말입니다!"

그렇게 소리친 사람은 아직 초등학생 정도로 보이는 소년이었다.

꽤나 예쁘장하게 생긴 미소년으로 아주 똑똑해 보였다.

"에드가, 넌 정말로 성실하구나."

"핫핫하, 뭐 어때. 너보다 훨씬 더 딱 부러지게 구는 걸 보면 차기 국왕 후보로도 부족함이 없잖아?"

"그루시스 단장님! 그런 농담을 하시면 곤란합니다. 전 요움 폐하의 시종으로서 폐하가 훌륭한 국왕이 되실 수 있게 노력하고 있으니까요!"

그렇게 말하면서 새빨개진 얼굴로 화를 내는 에드가 소년. 놀랍게도 선왕인 에드마리스의 아들이라고 했다. 아직 열 살이라고 하지만, 참으로 착실하게 보였다.

지적하는 모습이 판에 박힌 듯이 익숙한 걸 보니, 이 나이에도 벌써 어지간히 고생을 하는 모양이었다. 칠칠치 못한 어른을 상대하는 건 꽤나 힘든 일이겠지.

요움과 그루시스도 입으로는 이러쿵저러쿵 말하지만, 에드가 소년을 귀여워하는 것으로 보였다.

이대로 흐뭇한 대화를 계속 나누고 싶었지만, 그럴 수가 없었다.

요움 일행도 긴 여행으로 지쳤을 테고, 오늘 밤의 전야제를 앞두고 그 외에도 다른 높은 분들이 차례차례 이곳을 찾아오고 있다.

요움과는 나중에 느긋이 술이라도 함께 마시기로 하고, 나는 이야기를 이만 끝내기로 했다.

"그건 그렇고, 약속을 지켜준 요움 군에게 내가 선물로 줄 게 있네. 디아블로——."

"네, 리무루 님. 이걸 찾으셨습니까."

내가 마지막까지 말하지 않아도 디아블로는 내 뜻을 알아차린 모양이다. 그가 사전에 준비해두었던 증서를 손에 쥐고 내게 공손히 내밀었다.

나는 그것을 요움에게 건네줬다.

"나리, 이건……?"

요움은 아직 읽고 쓰기가 자유롭지 못한지, 시종인 에드가 소년에게 재빨리 넘겨주었다.

그걸 한번 보면서 에드가 소년은 눈빛이 바뀌었다.

"배, 배상금의 잔금을 말소해주겠다, 는 말씀입니까?!"

"그래. 요움이 왕이 된 지금, 그건 이제 필요가 없으니까."

실제로 배상금 명목으로 성금화(星金貨) 1,500개는 이미 받은 상태다.

성금화 1만 개는 너무 지나친 금액인 데다, 목적이 달성된 지금 이 이상은 필요가 없었던 것이다.

"헤헷. 나는 잘 모르겠지만 뭐 그렇다고 한다, 에드가."

눈을 한껏 뜨면서 놀라는 에드가 소년에게 요움이 웃으면서 그렇게 말했다.

요움은 이해하지 못하는 것 같지만, 에드가 소년은 이해한 것 같았다.

이것으로 요움의 명성이 더욱 높아지리라는 것을.

이로 인해 요움은 나――즉, 마왕――에게서 배상금을 탕감받는 데 성공한 남자로 알려지게 될 것이다.

요움 일행과의 인사는 끝났다.

놀라서 굳어버린 에드가 소년을 데리고, 요움 일행은 그 자리를 떠났다.

＊

오후가 되면서, 바쁜 일정이 좀 여유로워졌다.

손님들은 계속 찾아오고 있지만, 밤에 있을 전야제를 준비하느라 회담을 나눌 때가 아니었다.

나를 만나고 싶어 하는 자들은 많았지만, 그런 자들은 축제가 끝난 뒤에 만날 예정을 잡기로 했다.

그래서 겨우 시간이 생겼기에, 나는 약속한 대로 잉그라시아 왕국까지 유우키를 맞으러 가기로 했다. 가는 김에 학원에도 얼굴을 보이고, 아이들을 데리러 갈 것이다. 모처럼의 축제이니, 그 녀석들도 같이 즐겨주면 좋겠다고 생각해서였다.

그리운 잉그라시아 왕국의 거리 풍경.

아직 몇 개월도 지나지 않았지만, 여기서 생활하던 때를 떠올리자 자연스럽게 입가에 미소가 지어지는 것이 느껴졌다.

나는 망설임 없이 도시의 중심에 있는 자유조합 본부로 향했다.

근대적인 모습의, 유리로 만들어진 자동문을 통과해서 적절하게 기온이 조절되는 공간으로 들어갔다. 그 순간, 날카로운 시선들이 일제히 내게 꽂혔다.

여기 들어올 수 있는 것은 B랭크 이상의 자들뿐이라, 그 분위기는 숙련된 맹자들답게 방심할 수 없는 자들뿐이다. 예전과 변함없는 모습에 난 만족하면서, 천천히 주위를 둘러봤다.

내 실력을 파악해보려는 듯이 바라보는 남자들. 대낮부터 본부에 모여 있는 걸 보면 큰 일거리에 대비해 준비를 하는 중인지도 모르겠다.

"──누구야?"

"못 보던 얼굴인데. 신입인가? 넌 알고 있어?"

"아니, 저렇게 예쁘게 생긴 사람은 몰라."

그렇게 속삭이는 목소리가 뒤섞여 들려와서, 조금은 기분이 좋지 않았다.

1년도 되지 않아서 날 잊어버리다니──라고 생각했지만 그때 문득 깨달았다.

그러고 보니 지금의 나는 가면을 쓰고 있지 않았다.

오라(요기)를 완벽히 컨트롤할 수 있게 되었기 때문에 이제는 필요가 없다고 생각해서 맨 얼굴을 그대로 드러낸 채였다.

변장을 했어야 하나, 라고 생각했지만 이미 늦은 뒤였다. 다행히도 복장은 예전에 자주 입었던 모험가 시절의 것이라, 당당하게 굴면 내가 마왕 본인이라는 걸 알아차릴 자는 없을 것이다.

애초에 알현용의 마왕복은 슈나가 단단히 기합을 넣어서 만들어준 것이었다. 말도 안 되게 호화롭고, 장식도 화려하며, 아름다운 최고급품이다. 머리도 공을 들여 땋아 올려서 단장했기 때문에 언뜻 봐도 지금의 내 모습과는 다른 사람으로 보일 테고.

기록 매체가 적은 이 세계에선 마왕으로서의 모습이 널리 알려지지도 않았을 테니…… 그 점은 딱히 신경 쓰지 않아도 괜찮 겠지.

이대로 밀어붙이기로 했다.

당당하게 접수처로 가려고 하자, 한 명의 남자가 내 앞을 가로 막았다.

왠지 이런 일이 전에도 있었던 것 같다.

"기다려. 어느 시골에서 B랭크 자격을 얻었는지는 모르겠지만, 선배에게 인사도 안 하는 건 좀 아닌 것 같은데——. 이봐, 너. 후 배가 먼저 이름을 밝히는 것이 모험가의 예의란 걸 모르냐?"

데자뷔(기시감)——라고 하던가, 이제 기억이 났다.

이 녀석은 카발과 아는 사이인 그라세다.

전에도 선배에 대한 인사가 어쩌고 하는 말을 한 걸 보면, 마치 스포츠맨같이 상하관계를 엄격하게 따지는 인간관계 속에서 사 는 인물인 것 같군.

"너, 분명 이름이 그라세였지? 넌 계속 본부에 있는 것 같은데, 한가하냐?"

"아앙? 내 이름을 알고 있냐? 그렇다면——."

"난 리무루야. 카발 일행과 같이 있었잖아?"

나는 그라세의 말을 가로막고, 내 이름을 가르쳐줬다.

그건 그렇다 쳐도, 그라세.

확실히 가면을 벗기는 했지만 목소리는 그대로잖아?

왜 알아보지 못하는 건데…….

"네엣?! 리, 리무루, 씨?"

"그래. 너 말이다, 얼굴을 보여주는 건 처음이지만 목소리를 들어보면 알 것 아냐, 목소리를."

"어, 아니, 그게…… 어? 전에는 좀 더 몸집이 작았던 것, 같은 데요?"

내가 리무루라고 이름을 밝히자, 그라세는 금세 당황했다.

내 랭크는 그라세보다 훨씬 더 높기 때문에 그라세의 기준으로 따지면 내 위치가 더 위에 있는 것이 된다.

애초에 실력주의를 표방하는 모험가에겐 선배와 후배라는 관계는 그다지 주류가 아니다. 모험가를 갓 시작했을 때 신세를 진 상대라면 존경도 하고 받들어주기도 하겠지만, 신세를 진 적도 없는 이에게 그렇게 할 필요는 없다고 생각하는 자가 많다.

같이 일을 한다면 얘기는 다르지만, 모험가 사이의 상하관계는 랭크(계급)가 전부인 것이다.

"성장한 거야."

사실은 성장이 아니라 진화한 거지만, 딱히 그렇게까지 솔직하게 말할 필요는 없다. 살짝 화가 난 것처럼 말하자, 그라세는 그 말을 듣고 납득했다.

"그, 그랬군요. 그건 그렇고 리무루 씨, 엄청난 미인이었네요! 성장한 지금은 그야말로 무적이 아닙니까! 설마 이렇게 가련한 얼굴을 직접 볼 수 있게 될 줄이야, 저는 감격했습니다!"

그라세는 카발 일행에게 했던 것처럼 차렷 자세를 취하더니, 내게 빈말을 늘어놓았다.

약삭빠른 녀석이라고 생각했지만, 왠지 미워할 수 없는 남자였다.

"그래, 그래. 그보다 너, 늘 여기 있는 것 같은데, 일은 안 해도 괜찮은 거냐?"

"헤헷, 그런 말씀 마십시오. 실은 이것도 제가 맡은 일의 일환인데, 여기서 신인 교육도 맡고 있습니다. B랭크에게도 벽이 있다는 사실은 알고 계실 거라 생각하지만, 건방지게 까부는 신인의 콧대를 꺾어주는 게 제가 할 일이거든요. 저기 있는 녀석들도 마찬가지인데, 일이 없어서 쉬는 중에는 이렇게 본부에 대기하고 있는 거죠."

그라세가 그렇게 말하면서 나를 보는 녀석들을 가리키자, 그 녀석들이 일제히 일어서서 나를 향해 인사를 했다.

"B+랭크인 리무루 씨였다니, 미처 알아 뵙지 못해 죄송합니다."

대표자로 보이는 남자의 발언에 모두 고개를 끄덕였다.

"그렇게 변한 건 없다고 생각하는데⋯⋯."

"이뇨, 아뇨, 아뇨, 아뇨. 그렇게 말씀하시니 옷이 그대로라는 걸 겨우 알아차릴 정도인걸요."

"네, 그 말이 맞습니다. 그 얼굴은 아무래도 반칙인 것 같은데요. 눈에 띈다는 수준을 넘어섰으니까요⋯⋯."

으음, 그런가?

"알았어. 가면을 쓰면 되겠지?"

매번 이런 식으로 티격태격하는 것도 귀찮으니까, 약간 귀찮아도 어쩔 수 없을 것 같다.

나는 '위장'에서 가면을 만든 뒤에 그걸 얼굴에 썼다.

아쉬운 눈으로 나를 바라보는 모험가들.

뭐가 그렇게 불만인지는 모르겠지만, 이젠 됐다.

"그럼 이만 실례하지. 신인들 상대로 너무 지나치게 굴지 않도록 너희들도 신경 좀 쓰고."

그 말을 남긴 뒤에 나는 접수처로 향했다.

접수처에서 이름을 밝히고, 유우키를 만나고 싶다고 요청했다.

이야기가 전달되었는지, 곧바로 접수처의 아가씨가 날 안내해주었다.

"야아, 리무루 씨. 오랜만입니다! 그동안 힘든 일을 겪은 것 같더군요?"

"힘든 일 정도로 끝날 일이 아니거든? 히나타의 습격을 받질 않나, 파르무스의 군대가 공격을 해 오질 않나, 결국에는 마왕들의 호출까지 받았다고……. 마치 날 죽이기라도 하겠다는 듯이 많은 일이 닥쳤단 말이야. 그걸 힘든 일이라는 한마디로 끝내는 것도 좀 아닌 것 같은데?"

"아하하, 그러고도 무사히 넘긴 것은 역시 리무루 씨답네요."

유우키는 농담조로 대꾸했지만, 실제로 힘들었던 것은 틀림없는 사실이다.

유우키도 그걸 이해하고 있을 것이다. 명랑하게 웃고 있지만 그 목소리에는 내 노고를 달래는 듯한 기색이 언뜻 엿보였다.

"뭐, 히나타와도 화해할 수 있었으니 결과는 잘됐다고 하겠지만."

"그런 것 같더군요. 저도 히나타와는 가끔씩 만나서 정보를 교환하곤 해서, 리무루 씨의 인품에 대해서도 제대로 얘기해주곤 했는데 말이죠. 히나타는 워낙 의심이 많은 성격이라서요."

"아아, 무슨 말인지 알겠어. 남의 이야기를 전혀 듣질 않더군, 그 녀석은."

"맞아요. 자신의 눈과 귀로 확인한 것만 믿는 타입이죠. 지금까지 그 성격 때문에 제가 얼마나 고생을 했는지……."

그런 얘기를 나누면서 나는 유우키와 서로 뼈저리게 동감했다.

응응. 히나타가 무슨 생각을 하는지 모를 때가 있어서 유우키도 상당히 고생했던 모양이다.

"뭐, 이런 얘기를 할 수 있는 사람은 리무루 씨뿐이지만요."

히나타에겐 신봉자가 많아서 섣불리 험담을 하면 본인의 귀에다 들어가게 된다고 한다. 애초에 남의 험담은 자주 해선 안 되는 것이니, 나도 조심하자고 생각했다.

"그건 그렇고, 어때? 바쁘다면 무리하지 않아도 되지만 2, 3일 정도만이라도 축제에 참가해보지 않겠어?"

"훗, 당연히 가야죠. 그러려고 필사적으로 일을 처리했거든요? 그리고 저한테도 제가 부재중일 때 일을 맡겨도 문제가 없는 믿음직한 부하가 있답니다. 잠깐만요."

오늘 찾아온 진짜 목적인 개국제의 참가 여부를 묻자, 유우키는 그 말을 남기고는 자리에서 일어섰다. 그리고 누군가를 부르려는지 방에서 나갔다.

내 앞에 놓인 차를 한 모금 마시면서 기다리고 있으니, 유우키가 곧바로 한 명의 여성을 데리고 돌아왔다.

"소개할게요. 이름은 카가리라고 하는데, 자유조합의 서브 마스터(부총수)를 맡고 있답니다."

그렇게 말하고는 유우키가 그 여성── 카가리 씨를 소개해주었다.

너무나 아름다운 여성이면서 단아해 보이는 외모. 그러면서도 슈트와 비슷한 이세계의 독특한 디자인으로 된 옷을 완벽하게 소화하고 있다.

남색의 눈동자와 번(Bun) 스타일로 묶은 금발. 특징적인 것은 귀인데, 길고 뾰족했다. 종족은 틀림없이 엘프인 것 같다.

"처음 뵙겠습니다, 리무루 템페스트. 아니, 마왕 리무루 님. 제 이름은 카가리라고 합니다. 뵙게 되어 영광입니다."

"만나서 반갑소. 여기 온 건 두 번째인데, 예전엔 뵙지 못한 것 같군요?"

차를 내주던 비서 아가씨는 본 적이 있지만, 이 카가리라는 사람은 처음 본다.

서브 마스터를 맡을 정도의 인물이라면, 빨리 소개해주면 좋았을 것을── 나는 그렇게 생각했지만 거기에는 이유가 있었다.

"우후후, 그건 어쩔 수 없는 일이랍니다. 저는 최근에 여기 막 왔으니까요. 유적 탐사가 삶의 보람이라, 얼마 전에 막 서방에 있는 세계 최대급의 고대유적인 '소마'를 답파했거든요."

카가리 씨는 탐색 부문에서 정점에 서 있는 인물이었다.

그리고 유우키가 자유조합을 세우기 전부터 유적 탐사에 몰두했었다고 한다. 자유조합의 전신인 모험가 조합에는 참가하지 않았으며, 그렇게 이름이 알려진 인물이 아니라고 했다.

그러나 그 실력은 확실해서 유우키가 스카우트했다고 한다.

자유조합은 싸우는 것만이 목적인 조직은 아니다. 유우키는 그렇게 생각했기 때문에 탐색 분야의 전문가인 카가리 씨에게 서브 마스터라는 높은 지위를 부여한 것이리라.

그리고 유우키의 지원도 빛을 보면서, 이번에 카가리 씨가 위업을 달성했다고 한다.

놀랍게도 고대유적인 '소마'를 답파했다는 것이다.

두말할 것도 없는 큰 공적에 카가리 씨는 재평가를 받았다. 지금까지 받아왔던 유우키의 낙하산이라는 불명예스러운 평가를 벗고 누구나가 인정하는 서브마스터가 되었다고 했다.

"유적을 답파했다지만, 수수께끼를 전부 다 풀어낸 건 아니에요. 최심층부까지의 지도를 다 그린 것뿐이지 아직 수수께끼는 남아 있으니까요."

"하지만 그건 탐색계의 모험가들이 할 일이야. 카가리의 지도가 있으면 그들이라도 충분히 탐색은 가능할 테고 말이야."

한 명의 우수한 탐색계 모험가에게 전부 다 맡기는 것이 아니라, 지금부터는 사람들을 동원해 발굴 작업을 시작할 모양이었다. 젊은 신인의 육성으로 이어질 테니, 일석이조라고 생각하고 싶군.

그리하여 카가리 씨는 이곳 잉그라시아에 있는 자유조합 본부에서 B랭크 이상의 탐색계 모험가의 교육을 담당하게 되었다.

그 보수는 제법 컸다. 유적에서 발굴한 물건을 판 수입에서 일부가 카가리 씨에게 지불되었다고 하니까.

조합이 상품매매에 손을 대고 있는 이상, 그 수입은 상당한 수준에 이르는 것 같다.

"그렇군. 유적은 상당히 벌이가 되는가 보군."

"그렇죠. 제 경우는 돈이 목적이라기보다 취미의 일환이었지만요. 그래도 가끔 발견하는 발굴품을 경매에 붙여서 활동자금을 충당하곤 했으니까요."

역시 유적 탐사에는 상당히 돈이 드는지, 꽤 고생한 것 같았다.

그래, 그래, 유적이라면······.

"좀 묻고 싶은 게 있는데, 유적의 권리는 누구 것이 되는 거지? 그 유적이 있는 나라가 관리하는 건가?"

"으─음, 그 문제는 좀 어렵군요. 예를 들어서 지금 화제가 된 고대유적 '소마'의 경우엔 자유조합이 관리를 맡고 있어요. 장소가 미묘하니까 말이죠. 서방 열국이 속한 지역에서 훨씬 더 서쪽에 있는 '불모의 대지'라고 불리는 사막지대에서 발견됐거든요."

"엄밀히 말하면, '불모의 대지'는 마왕 다구류루의 지배영역에 인접해 있어요. 그래서 모두가 두려워해서, 그 지역을 지배하는 자가 없는 거랍니다. 그런 공백 지대에 존재하는 유적은 소유권을 주장하는 자가 없는 것이 현재의 상황이죠."

"그런가······. 그럼 역시 그곳을 어떻게 다룰 것인지는 신중하게 생각하지 않으면 안 되겠군······."

"응? 리무루 씨, 뭔가 마음에 걸리는 것이 있나요?"

내 반응이 신경 쓰이는지 유우키가 물었다.

내가 떠올린 것은 말할 것도 없이 클레이만의 성에 있던 미지의 유적이다. 이곳에는 마법과 관련된 물품들도 잠들어 있는 것 같으니, 탐색해보면 상당한 수익을 얻을 수 있으리라 예상된다.

하지만 마음에 걸리는 일이 있었다.

그 유적에서 발굴된 물건의 권리가 대체 누구에게 돌아가는 것인가 하는 것이다. 그 이상으로 마음에 걸리는 것은, 단지 수익만을 추구하는 모험가들이나 성질이 안 좋은 무법자들까지 몰려들 가능성이 있다는 점이다.

유적에서 보물이 발굴되는 것은 매력적이지만, 그 이상으로 고려해야 할 점은 역사적인 가치다. 고대에 사람들이 어떤 생활을 했는지에 대한 정보도 유적을 조사하면 보인다.

고대에 마음을 뺏기는 것도 남자의 낭만이라고 할 수 있다. 멋대로 설치게 놔뒀다간 귀중한 자료까지 잃어버릴 위험이 있다. 나는 그걸 우려했던 것이다.

숨길 것도 아니니까, 나는 유우키와 카가리 씨와 논의해보기로 했다. 적당한 타이밍에 이곳에 유적 탐사 전문가가 있으니, 논의할 상대로는 딱 좋다고 할 수 있다.

"실은 말이지, 클레이만의 본거지에 유적이 있더라고."

"뭐라고요? 그게 정말인가요?!"

내가 그렇게 말한 순간, 카가리 씨가 날카로운 눈으로 날 쳐다봤다. 살기조차 느껴질 정도로 엄청나고 격렬한 기세였다.

조금 놀라긴 했지만, 나는 맞장구를 쳐준 뒤에 설명을 계속 하기로 했다.

"클레이만은 꽤나 많은 재산을 모았고, 부하에게도 마법 효과가 있는 무기나 방어구를 주었다더군. 그 유적에서 나온 발굴품을 이용한 게 아닐까, 하고 생각해. 하지만 말이지──."

"──하지만?"

조금 망설인 뒤에 내 생각을 입 밖으로 뱉었다.

"유적 탐사를 생업으로 삼는 사람들에게 이런 말을 하는 건 실례일지 모르지만, 보물을 노린답시고 유적을 짓밟고 어지럽히는 것은 내 취미가 아니야. 그곳에 살았던 사람들이 어떤 삶을 살았는가, 어떤 문화가 있었는가, 그 도시가 멸망한 이유는 무엇이었는가, 그런 걸 알고 싶거든. 과거를 의미 있게 활용하기 위해서라도 고대 사람들에게 경의를 표해야 한다고 생각해."

뭐, 그건 내 감상적인 생각에 불과할지도 모르지만. 보물에 흥미가 없는 건 아니지만, 그보다 더 소중한 것이 있다고 생각한다.

그렇기에 나는 지금은 유적을 봉인하도록 명령해놓은 상태다.

"흐음, 리무루 씨는 의외로 로맨티스트였군요⋯⋯."

"의외라니, 무슨 뜻이야? 나는 낭만을 상당히 사랑하는 남자거든?"

"아하하. 듣고 보니 그렇네요. 로맨티스트가 아니라면 마물의 나라를 만들겠다는 생각도 하지 않았겠죠."

유우키는 그렇게 말하면서 납득한 표정으로 웃었다.

그리고 카가리 씨는 어떤가 하면, 뭔가를 깊이 생각하는 표정으로 고개를 끄덕였다. 그 눈에서 살기는 이미 사라졌으며, 이지적인 광채가 반짝이고 있었다.

"과연⋯⋯. 확실히 저는 해보지 못한 생각이군요. 하지만 이해는 할 수 있어요. 저도 유적을 앞뒤 가리지 않고 마음 내키는 대로 망가뜨리는 것은 좋아하지 않거든요. 그래서 조사단을 잘 교육시킨 뒤에 소마에 파견할 예정이었고요.

내 생각—— 고대에 대해 느끼는 내 낭만은 전해지지 못했지만, 유적 보호라는 시점에선 이해한 것 같았다.

적임자일 테니, 기왕이면 이 사람에게 탐색을 맡겨보는 것도 좋을지 모르겠다.

그렇다면 문제가 되는 건…….

"클레이만의 영토를 어떻게 다룰 것인가에 대한 권한은 내게 일임된 상태야. 나중에는 당연히 마왕 밀림의 영토로 합병되겠지만, 지금 현재 그곳을 관리하는 건 클레이만을 실제로 쓰러뜨린 우리란 말이지. 클레이만도 유적을 소중히 다루었던 것 같던데, 그런 곳을 우리가 어지럽히는 건 바라지 않아. 역시 밀림한테도 말해두고, 그 유적은 정중히 관리해야 한다고 생각해."

"흐―음, 그대로 리무루 씨가 관리하지 않는 건가요?"

"그건 어렵지 않을까. 동쪽 제국과도 인접한 장소니, 방위선을 생각하는 게 귀찮―― 큰일이니까. 우리는 거기까지 전력을 배분할 여유가 없어."

클레이만의 영토는 동쪽 제국과의 완충지대.

험준한 산들 사이에 '죽음의 계곡'이라 불리는 도로가 있다. 포장도 되지 않은 거친 길이지만, 그곳을 통과하면 클레이만의 영토와 제국을 오갈 수 있다.

불사 계통의 마물이 많은 장소이지만, 클레이만과 그의 부하들이 그곳을 이용한 것으로 보이는 흔적을 찾아냈다. 그러므로 클레이만을 통해서 제국이 어떤 책략을 동원했을 가능성도 생각할수 있다. 경계해서 나쁠 건 없는 것이다.

그런 장소에 군대를 파견하려고 해도, 지금의 우리에겐 사람이 모자란다. 쥬라의 대삼림 전체를 관리하는 것만으로도 상당히 힘들고 노력이 든다. 클레이만의 영토는 밀림에게 맡겨두고, 만일 제국이 움직였을 때는 전부 밀림에게 맡겨버리자고 생각한 것이다.

"그럼 그 유적을 탐사하려면 마왕 밀림의 허락이 필요하다는 말인가요."

"그렇게 되겠지."

"그런가요……. 그 유적에 아주 흥미가 생기는데, 어떻게 해서든 들어가 볼 수는 없을까요?"

"말하면 허락은 해주겠지만, 틀림없이 자신도 따라가겠다고 나설 거야, 그 녀석은."

"그건……."

역시 마왕 밀림과 같이 탐색하러 가는 건 망설여지는가 보군. 일반적으로는 밀림도 공포의 대상이니까 말이야.

아쉬워하는 카가리 씨. 하지만 포기하는 건 아직 이르다.

밀림이라면 따라올 것이다.

그건 틀림없다.

하지만 나도 같이 간다면 문제는 없지 않을까.

"어자피 조사는 해보려고 생각했으니까 카가리 씨 같은 프로가 같이 가준다면 든든하지. 이것도 어쩌면 인연이니, 내가 자유조합에 보수를 지불하는 형식으로 조사 의뢰를 해볼까 하는데, 어떨 것 같아?"

"즉, 발굴품의 권리는 리무루 씨가 가진단 뜻인가요?"

"아니, 그건 논의를 해봐야겠지. 나는 파는 것보다, 박물관도 있으니까 그곳에 전시하고 싶다고 생각해. 일단 밀림의 영토에 소속되어 있으니, 그 녀석하고도 논의를 해봐야 하고. 지금 정하는 건 어려울 것 같아."

"그렇군요. 하지만 어느 쪽이든 조사는 한다는 거죠?"

"그렇지!"

"과연, 저도 탐색에 드는 경비로 골치를 썩이지 않아도 된다면 그런 제안은 기쁠 따름이네요. 마왕 밀림과의 교섭도 맡길 수 있다면, 이 제안은 받아들이고 싶어요."

카가리 씨도 돈이 목적이 아니라 학술적 흥미가 앞서는 타입인 것 같군.

그렇다면 문제없다. 밀림을 설득하는 건 내가 하기로 하고, 조사단 편성은 카가리 씨에게 맡기기로 하자.

"부탁할 수 있을까?"

"네! 그 의뢰는 부디 우리 자유조합에 해주세요!"

"기대가 되네요. 그럼 저는 유우키 님이 비우신 자리를 지키는 한편, 탐색 준비를 마쳐두겠습니다."

그렇다.

이야기가 딴 데로 새긴 했지만, 지금 나는 유우키를 초청하기 위해 온 것이다.

"그럼 부탁을 하겠소. 우리끼리만 축제를 즐기는 것 같아서 미안하지만."

"우후후후, 괜찮답니다. 그럼 유우키 님, 재미있게 즐기고 돌아오십시오."

"응. 그럼 나머지는 부탁할게!"

그렇게 인사를 나누고, 나와 유우키는 조합 본부를 나왔다.

미처 생각하지 못한 곳에서 유적 탐사에 대한 낙관적인 전망이 보였다.

누구와 같이 갈 것인지를 정하느라 골치를 썩이던 중이었는데, 프로가 가담해준다면 믿음직스럽다.

이번 개국제가 끝나고 한숨을 돌린 뒤에 시작할 예정이지만, 어떤 유적일지가 정말 기대가 되었다. 어쩌면 던전(지하미궁)의 참고가 될지도 모르니, 많은 공부도 될 것 같다.

그런 생각을 하면서 나는 유우키를 데리고 다음 목적지로 향했다.

＊

조합 본부를 나오면서 나는 가면을 벗었다.

오라(요기)를 감춘다는 의미가 사라진 지금, 시비를 걸어올 만한 장소 이외에선 착용할 필요가 없었다.

그런 내게 큰 가방을 둘러멘 유우키가 말을 걸어왔다. 편지로 미리 알려주었기 때문인지 미리 준비를 해둔 모양이다. 꽤나 큰 가방인 걸 보면 며칠 동안은 머물 생각으로 보였다.

"그 아이들도 축제에 데리고 갈 거죠?"

"그래. 히나타와도 화해했으니 우리에게 적대 중인 세력은 없으니까. 약간 문제가 일어날지도 모르지만, 안전에 대해선 만반의 태세로 경비하고 있어."

각국의 중진을 초대했으니, 그런 부분은 세심하게 주의를 기울이고 있다. 그러므로 그 다섯 명의 아이들을 우리나라의 축제에 참가시켜도 문제는 없을 것이다.

"오케이, 그렇다면 허가하죠. 그 녀석들도 최근에는 얌전히 공부하는 것 같으니, 가끔은 숨도 돌릴 겸 포상을 주는 것도 괜찮을 테니까요."

유우키는 웃으면서 고개를 끄덕였다.

아이들에게는 편지로 미리 알리지 않았기에 완전히 서프라이즈가 될 것이다.

괜찮다고 판단할 수 있는 당일까지 입을 다물고 있었는데, 그점은 양해해주면 좋겠다. 이런 일은 상대에게 미리 승낙을 받아야 하지만, 상황에 따라선 아이들을 참가시키는 건 보류할 수도있었기 때문이다.

기대하게 만들어놓고 안 되겠다고 실망시키는 것보다는 훨씬더 낫다고 생각한다.

한동안 걷다 보니, 눈에 익은 학교 건물이 모습을 드러냈다.

잉그라시아가 자랑하는 조합원 육성기관, 자유학원의 위엄 있는 모습이다.

문지기에게 말을 걸자, 바로 안에다 얘기를 전달해주었다. 이사장인 유우키가 같이 있어서인지 대응이 아주 빨랐다.

안내를 할 사람이 찾아왔다.

교감에게 인사를 한 뒤에 교실로 향했다.

"여어. 잘 지냈냐, 너희들――."

그 말을 끝내기도 전에.

총알 같은 속도로 앨리스가 내 배로 돌진했다.

"아이참! 선생님, 왜 이렇게 늦었어요!"

딱히 그런 것 같진 않았지만, 혹시 어른의 시각으로 봐서 그런건가?

아이들하고는 시간 감각이 다르니까, 어쩌면 쓸쓸한 기분을 느끼게 만든 건지도 모르겠다.

"그러게 말이죠. 자주 놀러 오시겠다고 약속했잖습니까!"

"그러게요. 게일의 말이 맞아. 우리를 아예 잊어버린 줄 알고 얼마나 걱정했는데."

"하지만 이렇게 와줘서 기뻐요, 선생님!"

게일, 켄야, 료타, 이 세 명이 불평을 늘어놓으면서도 기쁜 표정으로 내 주위에 모여들었다.

그리고 마지막으로 클로에도.

"어서 오세요, 선생님!"

내게 달려들어 안기더니 방긋 웃었다.

"여전히 대단한 인기네요, 좀 부러운걸요."

아이들의 모습을 보고, 유우키가 웃으며 말했다.

"아, 유우키 형도 있어!"

"유우키 형, 오늘이야말로 나와 상대해줄 거지?"

"나도!"

"그거 좋겠네요. 최근에는 정령의 힘을 잘 다룰 수 있게 되었거든요."

유우키를 알아본 아이들이 한층 더 환한 미소를 짓는다.

켄야는 아예 도전을 했으며, 료타와 게일도 같은 생각을 하고 있는 것 같다. 힘을 제대로 제어할 수 있게 되니 실력을 시험해보고 싶은 마음을 참을 수 없는 모양이다.

하지만 오늘의 목적은 다른 곳에 있다.

"아하하, 나한테 이기려면 아직 100년은 멀었거든? 그러니 상대해줄 수는 있지만, 오늘은 좀 무리겠는데."

"에이――, 왜?"

놀리는 듯한 말투로 거절하는 유우키에게 켄야가 따지고 들었다. 그때 내가 대화에 끼어들었다.

"아쉽지만 오늘은 시간이 없어서 그래."

"그게 무슨 말이에요?"

휘둥그레 눈을 뜨면서 내게 묻는 클로에.

그 눈을 똑바로 바라보면서 대답해주었다.

"너희 다섯 명을 우리나라에 초대하려고 하거든. 내일부터 축제를 벌인단다. 딱히 가고 싶지 않다면――."

"서둘러, 지금 당장 준비하자!"

"알았어, 켄!"

"우와―――앙!! 그런 중요한 일은 좀 더 빨리 말해달라고요―!!"

"그래요, 리무루 선생님! 갑자기 찾아오셔서 그런 말을 하시다니!!"

"아, 그렇지만 나는 기대돼!!"

내 말이 끝나는 걸 기다리지도 않고, 아이들은 내달리기 시작했다. 일절 주저함도 없이 만장일치로 가겠다고 결정했다.

"가지고 갈 건 갈아입을 옷만 준비하면 돼!"

아이들의 뒷모습에 대고 그렇게 소리쳤지만, 대답은 없었다.

아이들은 잔뜩 들뜬 모습으로 마치 폭풍우처럼 그 자리에서 사라졌다.

수업 중인 교사는 놀란 표정으로 우리의 대화를 바라봤다.

그리고 아이들이 사라지자마자, 한숨과 함께 넋두리를 내뱉었다.

"이거 참 놀랍군요. 저한테는 이렇게 살갑게 대해주지 않는데 말이죠……."

"아하하, 자네는 잘해주고 있어. 지금은 그나마 좀 나아졌지만, 저 아이들을 제대로 돌볼 수 있는 교사는 거의 없거든."

"아닙니다. 실력을 보여주지 않으면 따르지 않는다. 그게 자연스럽다고 하면 인정할 수밖에 없겠지요. 부끄럽습니다만, 방심했다간 저도 질 수 있는 수준이니까요. 저 아이들의 힘은 진짜입니다. 그건 그렇고——."

그렇게 말하는 교사의 얼굴이 내겐 낯설었다.

아무래도 내 후임으로 새로이 고용된 것 같았다.

"아, 제 소개가 늦었군요. 예전에 저 아이들의 담임을 맡았던 리무루라고 합니다. 수업을 방해해서 죄송합니다."

"아아, 역시 당신이 리무루 선생님이었군요. 아이들을 통해서 이름을 들었는데, 혹시나 했습니다. 제 이름은 클라우스. 당신의 후임으로 이 학원에 고용되었습니다. 수업은 신경 쓰지 마십시오. 이사장님으로부터 한동안 수업을 쉴지도 모른다고 미리 연락을 받았으니까요."

클라우스라는 교사가 그렇게 말하면서 쓴웃음을 지어 보였다.

유우키의 말로는, 클라우스 씨는 예전에 A-랭크의 토벌계 모험가였다고 한다. 현재 나이는 50세 전후이며, 슬슬 은퇴를 고려하는 중이란다.

"잠깐만요? 클라우스 씨도 질 수 있는 수준이라니, 저 녀석들이 그렇게 강해졌단 말인가요?"

"무슨 말씀을 하시는 겁니까. 당신에게 가르침을 받았다고, 저 아이들은 자랑스럽게 말하고 다니는걸요."

"그렇다니까요. 농담이 아니라 진짜로 방심하면 저조차 질지도 모르는 수준이에요."

유우키도 그렇게 말하는 걸 보면, 아이들의 성장은 사실 같았다.

아니, 아니, 이런 단기간에 그 정도로 성장하다니 정말 대단하다.

그런 생각을 하면서 감회에 젖어 있으니, 클라우스 씨가 마음을 단단히 먹은 표정으로 나와 유우키를 바라봤다.

"유우키 님, 부탁드릴 게 있습니다."

"응? 뭐지?"

"리무루 님도 들어주셨으면 합니다만, 이대로 가면 가까운 시일 내에 저는 저 아이들을 이기지 못 하게 될 겁니다. 그건 기술 이전의 문제이기도 합니다. 거기서 만족해버리면, 아이들을 위해서도 좋지 않으니까요. 저 아이들에겐 넘어설 벽이 돼줄 만한 어른이 필요합니다."

"무슨 뜻이지?"

"쉬운 이야기입니다, 유우키 님. 저 아이들은 더 성장할 여지가 있습니다. 저에게 이긴 걸로 우쭐대며 거만해지지 않도록, 싸우는 법을 가르쳐줄 인물을 준비하시면 좋겠다는 뜻입니다."

과연.

클라우스 씨는 아이들을 자신의 친자식처럼 걱정해주고 있었다.

아이들은 각자의 몸에 상위 정령이 깃들어 있다. 그 힘으로 '이 세계인'으로서 다른 세계로 건너왔을 때 얻은 에너지(마력요소)를 중화하고 있지만, 아이들은 성장하면서 점차 자신의 의지로 그걸 제어할 수 있게 될 것이다.

그렇게 되면 남는 에너지는 싸우는 데 쓰는 힘으로 돌릴 수 있으니, '정령마법' 같은 것도 쉽게 다룰 수 있게 된다. 그야말로 시즈 씨처럼 우수한 엘레멘탈러(정령사역자)가 될 수도 있다.

하물며 켄야는 빛의 정령에게 인정받을 정도로 뛰어난 '용사'의 자질까지 지니고 있다. 그러니 좋은 스승을 만나서 배운다면 엄청난 힘을 지니는 것도 꿈은 아니다.

클라우스 씨가 말했듯이 우수한 교사를 찾아야 한다.

하지만 그렇게 하자면 문제가 하나──.

"그렇군. 저 녀석들을 위해 좋은 교사가 되어줄 사람을 찾는 게 좋다는 말이지? 하지만 클라우스보다 강한 자라면 현역 A랭크급은 되어야 하는데. 그런 일류의 실력자를 교사로 고용하는 건 역시 무리란 말이지…….."

그렇겠지. 그게 문제다.

은퇴한 인물이라면, 안정된 직장에 안전한 교사 일을 받아들일 수도 있겠지. 그러나 현역의 모험가라면 아이들을 돌보는 것보다 난이도가 높은 일거리를 우선하는 것이 더 이득이 크다. 그리고 조합의 입장에서도 사람들의 안전을 우선적으로 보호하기 위해 우수한 인재는 현장에서 일하는 것이 더 낫다.

"그렇겠지요. A랭크 이상이면서 교사 자리를 받아들여줄 인물이라면, 사실 저도 떠오르는 사람은 없습니다. 학업이나 모험에 관한 다양한 기술이라면 제가 가르쳐줄 수 있겠지만……."

클라우스 씨도 한숨을 쉬었다. 스스로 한 말이지만 성사가 어렵다는 것을 그도 충분히 이해하고 있었다.

그렇겠지. 모험가를 교사로 삼는 것은 어려울 거야. 그렇다면……. 나는 그렇게 생각하고 한 가지 제안을 했다.

"그렇다면 이건 어때? 우리나라에도 학교를 만들 예정이거든. B랭크 녀석들이라면 제법 있는 데다, 우리의 '검술스승'인 하쿠로우라는 영감이 교관을 맡고 있거든. 검술만 따진다면 나보다 강하니까, 그 사람도 지도는 해줄 수 있을 거야——."

검술만 따진다면, 하쿠로우에게 맡겨도 괜찮다. 하지만 아이들한테는 그것 말고도 많은 걸 가르쳐주고 싶단 말이지.

"굉장하잖아요! 그렇다면 리무루 씨의 나라에서 그 아이들을 맡아줄 수 있을까요?"

"그것도 하나의 방법이라고 생각해. 하지만 그렇게 하면 아이들이 인간 사회의 상식을 배우는 게 어려워질 것 같단 말이지."

인간 사회의 상식은 아이들끼리 어울리면서 배우는 것이 많다. 그 기회를 빼앗아버리면 커뮤니케이션 능력이 결여된 채로 성장해버리지 않을까, 걱정이 들었다.

앞으로 모험가도 점점 늘어날 것이고, 그들의 자식들도 학교에 다니게 되겠지. 하지만 그건 아직 몇 년은 더 지난 미래의 일일 것이다. 그때까지 다른 인간의 아이가 없는 환경에서 배우게 되는 셈이니, 그건 조금 문제가 있을 것 같다고 생각한 것이다.

"아아, 마물만 있고 인간의 아이가 없기 때문인가요."

"그렇군요. 그건 문제가 있을지도 모르겠군요……."

유우키와 클라우스 씨도 내가 걱정하는 부분이 뭔지 생각이 미친 모양이다. 납득한 표정으로 고개를 끄덕였다.

문제를 공유할 수 있어서 다행이었다.

하지만 안심하기는 아직 일렀다.

내 입장에선 또 하나, 마음에 걸리는 게 있었던 것이다.

"뭐, 기술 지도만 우리 쪽에서 맡는 방법도 있기는 하지만 말이지. 전이마법도 있으니, 일주일에 몇 번 정도 맡는 건 괜찮을 것 같아. 하지만 그 아이들은 그것뿐만 아니라 정령에 대해서도 좀 더 자세히 알아두는 게 좋지 않을까 싶은데."

이건 문제라고 할 정도는 아니지만, 타협하고 넘길 일은 아니라고 늘 생각하고 있었다.

아이들의 목숨을 지키기 위해서 각자의 몸에 정령을 깃들여놓았다. 그 힘을 올바르게 사용하려면, 정령에 대해서 자세히 아는 것이 중요하다고 생각한다.

그리고 그건 내가 가르쳐줄 수 없는 일이다.

이렇게 말하는 건 너무 노골적일지도 모르지만, 내 지식은 몸으로 겪으면서 배운 것이기 때문이다. 숨을 쉬는 법을 남에게 설명하는 것이 어려운 것처럼 내 입장에선 설명하기가 힘들다.

논리정연하게 정령에 대해서 설명만 하는 거라면 간단하지만, 그래선 본질을 전할 수 없다.

그때 내가 떠올린 건 히나타와 홀리 나이트(성기사)들의 전법이다.

정령마법과 검기를 융합한 듯한 특수한 전투 방법. 그 영역까지 도달하려면 정령에 대한 깊은 이해가 필요할 것이다.

아이들에게도 그걸 지도해줄 수 있다면…….

"정령이라면 홀리 나이트겠죠. 히나타한테 부탁해볼까요?"

"으—음, 나도 그 생각은 해봤지만 히나타는 무섭잖아?"

"아, 네. 그렇긴 하죠……."

"아이들이 만만하게 볼 일은 없겠지만, 오히려 너무 엄하게 대하지 않을까 싶어서 불안하단 말이지……."

"그 말을 들으니 부정할 수가 없네요."

그렇게 말하면서 나와 유우키는 마주 보면서 한숨을 쉬었다.

이 건은 일단 보류하기로 했다.

짐을 메고 아이들이 달려오는 것이 보였다.

모처럼의 축제.

이제부터 즐거운 한때를 보내려는데 어려운 얘기를 해봤자 소용이 없다.

일단 지도는 하쿠로우에게 부탁하고, 그 뒤의 일은 나중에 생각해보기로 하자.

문제를 뒤로 미루는 셈이지만, 그래도 분명 어떻게든 될 것이다.

평소처럼 그렇게 생각한 나는 가볍게 마음을 고쳐먹고, 고민하는 걸 곧바로 그만뒀다.

*

잉그라시아 왕국의 문을 나온 뒤에 남의 눈이 없는 곳에서 '전이문'을 열었다.

이건 마법이 아니므로 마법진이 없어도 발동할 수 있다.

유우키가 놀란 눈으로 쳐다봤지만, 아이들은 이미 익숙해져 있었다.

"선생님은 이런 편리한 힘이 있으니까 좀 더 자주 만나러 와달라고요!"

켄야한테서 그런 불평을 듣고 말았지만.

맞는 말이라, 나도 일단은 미안하다고 사과했다.

너무 많은 일이 일어나는 바람에 여유도 없었으며 안전하다는 보장도 없어서 그랬지만, 그 말은 할 필요가 없다. 괜한 말을 해서 아이들을 불안하게 만들 필요는 없는 것이다.

그래서 나는 적당히 얼버무리면서 앞으로 자주 만나러 가겠다고 약속했다. 그런 뒤에 아이들과 유우키를, 내가 자랑스럽게 여기는 여관으로 안내했다.

각국의 왕후 귀족들이 머무르는 구역과는 별도로, 프라이빗 구역에 있는 간부 전용 시설이다.

유우키를 먼저 방으로 보낸 뒤에 나는 아이들 쪽으로 돌아봤다.

"미안하지만 나는 아직 할 일이 남아 있단다. 너희랑 만나는 건 밤에만 가능할 것 같아."

"""네――?!"""

불만스러운 표정을 짓는 아이들.

"조용히!"

그런 아이들에게 나는, 품에서 꺼낸 펜던트를 보여주면서 입을 다물게 했다.

"이걸 써서 게임을 할까 하는데──?"

내가 그렇게 말하자 아이들의 눈빛이 바뀌었다. 불만의 빛이 사라지고, 흥미진진한 표정으로 내 말을 기다렸다.

그걸 확인한 뒤, 나는 설명을 계속했다.

"이건 말이지, 내일부터 축제에 설치되는 노점의 자유이용권이야. 이것만 있어도 어느 가게에서든지 자유롭게 먹고 마실 수 있단다. 그리고 어떤 이벤트 장에도 자유롭게 출입할 수 있어. 하지만 금액에 상한선이 있는데, 은화 백 개까지야. 이걸 다 써버리면 게임 오버. 그렇게 되면 방으로 돌아와야 되고, 벌로 숙제가 기다리고 있을 거야. 너희가 지금까지 제대로 공부했다면 충분히 즐기면서 3일을 보낼 수 있겠지. 어때, 해볼래?"

처음부터 내가 아이들을 돌보게 될 것이라는 걸 알고 있었기 때문에 대책도 확실히 생각해두었다.

역시 축제라고 하면 군것질을 할 수 있는 용돈. 그리고 자유행동이 기본이겠지. 내가 상대해주지 못하는 것은 미안하지만, 아이들끼리 돌아다니면 더 재미있게 즐길 수 있으리라 생각했다.

이 도시 안에선 소우에이의 부하들이 감시의 눈을 빛내고 있다. 모두가 개별 행동을 해도 몰래 지켜보도록 미리 손을 써두었다.

그래서 안심하고 아이들끼리 즐길 수 있도록 준비해둔 것이다.

금액은 파격적인 은화 백 개. 노점에서 파는 것들은 은화 한 개 값도 안 되는 것이 대부분이라, 3일 만에 다 쓰는 건 어렵겠지. 게임이란 것은 명목일 뿐이며, 단순한 구실이었던 것뿐이다.

"할래요!"

"못 보던 것이 잔뜩 있는 것 같으니, 정말 기대되지, 켄?"

"응, 재미있을 것 같아!"

"선생님, 감사합니다."

"어, 그럼 선생님 선물도 살게요!"

아이들은 내 계책에 넘어갔다.

내일부터 벌어질 축제를 즐기려는 의욕으로 가득 찼다.

나는 아이들에게 펜던트를 건네주고, 한 명 한 명 일일이 보면서 고개를 끄덕여주었다. 축제 전날은 역시 즐거운 법이지, 라고 생각하면서.

라미리스가 이 도시에 있다고 가르쳐줄까 생각해봤지만, 그러지는 않기로 했다. 어차피 축제 후에 만나게 해줄 예정이니 서두르지 않아도 된다. 더구나 아이들은 켄야와 앨리스를 중심으로 내일부터 3일 동안의 예정을 짜느라 정신이 없어 보였다.

나머지 시간 동안엔 여관에 근무하는 여종업원들이 아이들을 돌봐줄 것이다.

"그럼 너희들, 무슨 일이 생기면 이 여관의 여종업원에게 말하렴. 그럴 일은 없을 거라 생각하지만, 나랑 꼭 연락하고 싶으면 그 펜던트를 쥐고 마음속으로 빌면 돼. 메시지를 보내는 마법이 발동할 테니까."

""""알았어요!""""

기운차게 대답하는 모습이 아주 보기 좋군.

이 이상은 아이들에게 방해가 될 것 같아서 나는 슬쩍 방을 나갔다.

이것으로 해야 할 일은 모두 끝났다.

전야제까지는 아직 시간이 있다. 오늘 밤을 대비해 방에서 잠시 쉬어야겠다고 생각했지만…….

그렇게 내 마음대로는 되지 않을 모양이다.

"──리무루 님, '용사' 마사유키 일행이 도시 밖에 도착한 모양입니다."

조용히 나타난 소우에이가 내 귓가에 속삭이듯이 보고를 했다.

용사라.

어디, 어떤 녀석일까.

그런 생각을 하면서 곧바로 맞이하러 나갔다.

노예로 붙잡혔던 것으로 보이는 엘프 몇 명이 대형 짐마차에 탄 모습이 보였다. '오르토스(노예상회)'라는 범죄조직에서 구출되었다는 이야기는 아무래도 사실 같았다.

상당히 고급스러운 마차인 것 같고, 대우도 좋은 모양이다.

그 마차와는 다른 소형 포장마차에 금발의 소년이 타고 있었다. 마부석에 앉아 있지만, 고삐를 잡은 사람은 다른 남자다.

저 소년이 '용사' 마사유키이려나?

일본인으로 보이지만, 선이 가늘어서 어딘가 이국풍의 외모 같기도 했다.

아이돌같이 생겼다고 할까?

금색의 머리카락은 부드럽고 길게 찢어진 눈은 쌍꺼풀이 선명하다. 약간 동안이지만, 몸짓을 보면 쿨한 인상이다.

상당한 미소년이었다.

솔직히 말하면, 도저히 강하게 보이지는 않았다. 하지만 겉보기에 속아 넘어가선 안 된다.

마사유키는 틀림없이 '이세계인'이다. 왜냐하면 미약하나마 '영웅패기'를 발산하고 있으니까.

일종의 위압 행동이겠지만, 내게는 통하지 않는다.

나는 방심하지 않도록 긴장하고, 태연한 태도를 연기하면서 마사유키 쪽으로 시선을 돌렸다.

그러자 일행은 맞이하러 나온 나를 알아차린 것 같았다.

천천히 내 앞까지 왔고, 그리고 정지했다.

내 앞으로 걸어오는 일행.

"네가 마왕 리무루냐? 일부러 우리를 맞이하러 나올 줄이야."

"마사유키 님은 위대하신 용사. 마왕도 무시할 수 없는 건 당연하겠지요."

"후후후. 마사유키 군, 어떡할까요? 이 자리에서 자웅을 겨루겠습니까?"

자기들 좋을 대로 지껄이는구먼, 이 인간들.

엘프들을 구해준 건 고맙지만, 이런 말을 들을 이유는 없는 것 같은데.

하지만 참는다. 여기서 화를 내는 건 참으로 어리석은 짓이다.

모처럼 히나타하고도 화해하면서 해가 없고 유익한 마왕이라는 걸 홍보하고 있는데, 그 노력을 쓸모없이 만드는 건 논외다.

"야아, 꽤나 호되게 나오시는군, 용사님의 일행은. 내 백성이 된 엘프들을 구해준 감사의 의미로, 이 마을에 머무르는 걸 허가하겠소. 정 필요하면 머무를 저택도 준비해줄 테니까 마음 내키는 대로 있어도 상관없소. 하지만 여기서 자웅을 겨룰 생각은 없으니까 그렇게 아시오."

주위에는 상인들의 눈도 있다.

이 자리에선 일단 우호적인 태도를 띠면서 몸을 낮추기로 했다.

그러나 그에 대한 반응은 달갑지 않았다.

"하핫, 역시 마왕은 마사유키 씨를 두려워하는군."

마부 노릇을 하던, 반나체에 가깝게 장비를 갖춰 입은 덩치 큰 남자가 사납게 웃으면서 나를 깔보듯이 말했다.

"우리 인간들과 우호적으로 지내고 싶다고 하지만, 그 말을 어디까지 믿을 수 있을까. 파르무스의 멸망을 획책한 이가 마왕 당신이라는 소문도 있소. 성인 히나타는 용케 속일 수 있었을지 모르지만, 마사유키 군도 마찬가지라고 생각하면 곤란합니다."

말귀를 못 알아듣는다는 건 이런 걸 말하는 걸까.

아무래도 나를 악역으로 몰아붙이고 싶은가 본데.

하지만 조금 의문스러운 것은 용사 본인은 끝까지 입을 다물고 있다는 점이다. 무슨 말을 하려는 기미가 보이면 그때마다 마사유키의 동료들이 먼저 발언을 해버렸다.

이 정도면 동료라기보다 마사유키의 시종 같은 느낌이 드는군.

"흥! 사악한 존재는 벌을 내려야 합니다. 마사유키 님, 당장 저 마왕을 쓰러뜨리고 이 땅에 평화를——."

아니, 그러니까 말이지.

이 땅은 이미 평화롭다니까.

사정을 모르는 상인들이 난감한 표정을 짓는 걸 보니, 이대로 방치하는 건 안 좋을 것 같았다. 그렇다고 해서 이 자리에서 싸울 수도 없는 노릇이고…….

내가 그렇게 고민하고 있을 때, 누군가가 도움의 손길을 내밀었다.

"뭘 하고 있는 거야, 너희들?"

옷을 갈아입고 나타난 유우키가 소란을 듣고 와준 것이다.

"아, 유우키 씨!"

그때 처음으로 마사유키가 큰 목소리로 말했다. 나와 마찬가지로 어둠 속에서 빛을 본 듯한 목소리였다.

하지만 시종들의 반응은 차가웠다.

"어라, 이거 유우키 씨 아닙니까. 조합의 총수나 되시는 분이 일부러 마왕을 시찰하러 오신 겁니까?"

"아니야, 진라이. 너희들, 리무루 씨는 정말로 우리와 우호적인 관계를 바라고 있다고. 그 증거로, 너희들은 아직 살아 있잖아."

덩치 큰 남자의 이름은 진라이인 모양이다.

유우키는 진라이에게 내가 히나다와 비겼을 정도로 강하다고 얘기해줬다. 또한 마사유키 일행에게 내가 나쁜 마왕이 아니라고 설명해주었다.

하지만 그래도 납득하지 못하는 자가 있었다.

"그게 무슨 뜻입니까? 그 설명을 듣자니 마사유키 군이 성인 히나타보다 약하다는 뜻으로 들립니다만?"

"얕보지 말았으면 좋겠군요. 마왕 따위는 마사유키 님의 적이 아닙니다. 아무리 총수라고 해도 마사유키 님을 모욕하는 건 용서 못 합니다!!"

마사유키는 여전히 아무 말이 없는데, 시종들은 과격하게 나오는군.

"그러게 말입니다, 유우키 씨. 버니와 지우가 말한 대로 마사유키 씨를 업신여기는 건 용서할 수 없거든요? 히나타가 얼마나 강한지는 모르겠지만, 거기 있는 마왕과 비길 정도의 실력이라는 얘기죠. 그렇다면 다음은 진짜 주인공이 등장할 차례 아니겠습니까? 마사유키 씨가 거기 있는 마왕을 가볍게 꺾어줄 겁니다!"

하지만 당사자인 마사유키는 시종들의 반응을 보면서 난감한 표정을 짓고 있다.

어쩌면 마사유키 본인은 나와 싸우는 걸 바라지 않는 게 아닐까?

유우키도 그걸 알아차렸는지, 진정하라고 말하면서 진라이와 다른 동료들을 달래기 시작했다.

"진정하라니까. 몇 번이나 말했지만 리무루 씨는 우리와 적대하지 않아. 싸우는 건 의미가 없어."

"하지만 그 녀석은 마왕이라구요. 언제 나쁜 짓을 벌일지 모릅니다. 서방성교회까지 몸을 뺀 지금, 마사유키 씨가 용사의 힘을 보여주는 게 중요한 것 아닙니까?"

"아니, 그러니까 말이지——."

으——음, 그렇단 말이지.

진라이라는 녀석의 주장도 이해가 안 되는 건 아니다.

쉽게 말해, 마왕인 나를 신용할 수 없다는 이야기겠지.

확실히 그 말은 맞다. 내 사람됨을 모르는 자의 입장에선 진라이처럼 생각하는 자가 있는 것도 당연하려나.

용사라고 불리는 마사유키 본인의 생각은 어떤지 모르겠지만, 이대로라면 얘기는 계속 평행선이 될 뿐이다. 그렇게 생각한 나는 그들의 도전을 받아들이기로 했다.

단——,

"알았어. 그러면 너희에게 제안이 있다. 내일부터 열릴 축제에서 무투대회를 개최할 예정이야. 거기에 나가서 멋지게 우승하면 너희의 도전을 받아들여주지! 너희의 실력을 증명할 수 있으니, 불만은 없겠지?"

도전은 받아준다. 그러나 그 전에, 마사유키 일행에게 무투대회에 참가하도록 제안하자. 그렇게 하면 그들의 실력도 알 수 있을 테고, 내가 싸울 일이 없을지도 모른다.

후후, 내가 생각해도 나이스 아이디어로군.

대회에 누구를 참가시킬지 그게 문제지만.

그리고 또 하나.

A랭크 미만의 자들만 참가시킬 예정이라, 투기장의 강도가 약간 불안하다. 상위 정령 급의 마법 —— 즉, 특A급에도 일단은 버틸 수 있긴 하지만…….

하지만 뭐, 망가지면 고치면 된다. 관중들에서 부상자가 나오지만 않게 한다면, 그리 큰 문제는 되지 않겠지.

"호오? 수많은 사람들이 보는 앞에서 창피를 당하고 싶단 말인가?"

"마사유키 군, 어떡할까요?"

"이 제안은 받아들여야 해요. 마사유키 님의 이름을 단번에 널리 알리기 위해서라도, 지켜야 할 민초들 앞에서 정의를 보여주기로 하죠!"

"아, 응. 그 말이 맞네……."

의욕에 불타는 시종들.

그에 비해 마사유키는 난감한 표정으로 시선을 이리저리 돌려 댔다.

괜찮은가, 저 녀석?

설마하니 단순히 허세가 심한 애송이인 것은…….

아니, 그럴 리는 없겠지.

소우에이의 보고에 따르면 '오르토스'는 상당히 위험한 조직이 었다. 그런 범죄조직을 마사유키와 동료들이 쉽게 박살 냈다는 데, 그런 일은 허세나 부리는 애송이가 할 수 있는 게 아니다.

만일 내가 생각한 것이 맞는다면, 이 제안을 거절하면 되는 것 이고.

"――어쩔 수 없지. 그 제안, 받아들이겠습니다."

역시 내가 지나치게 생각한 것인가.

마사유키는 잠시 생각한 뒤에 내 제안을 받아들였다.

"잠깐, 마사유키 군. 그래도 되겠어?"

유우키가 걱정스러운 목소리로 물어보자, 마사유키는 쓴웃음 을 지으며 대답했다.

"뭐, 어떻게든 될 거라고 생각합니다. 평소와 마찬가지로 분명 괜찮을 거예요."

마사유키는 그렇게 단언했다.

나를 앞에 두고 대단한 자신감이다.

보아하니 깊이 걱정할 필요는 없었던 것 같다.

"뭐, 대회에서 시합한다면 서로 죽이는 일은 없으려나. 부디 조 심하라고."

"흥, 누구한테 그런 소릴 지껄이는 거야? 그만 가죠, 마사유키씨. 내일을 대비해서 오늘은 푹 쉬자고요."

"마왕도 이렇게나 보는 눈이 많으니 비겁한 짓은 하지 않을 거예요, 마사유키 군."

"괜찮아요. 독이나 암살에 대해선 제가 경비를 철저히 설 테니까요."

"그, 그럼 가볼까. 내일 시합 시간을 알아봐야지."

그런 얘기를 나누면서 마사유키 일행이 자리를 떠났다.

"리무루 씨, 설마 마사유키 군과 진심으로 싸울 건가요?"

"으—음, 글쎄? 그 이전에, 저 녀석, 우승할 수 있을 거라 생각해?"

"으—음, 그거야말로 저도 알고 싶네요. 잉그라시아 왕국에서 개최되는 무투대회에선 마사유키 군이 매번 우승을 차지하거든요. 실제로 그가 마물과의 싸움에서 졌다는 얘기는 들어본 적이 없고, 그 실력은 미지수니까요……."

유우키는 그렇게 말하면서 한숨을 쉬었다.

귀찮은 일이 벌어졌다는 생각을 하는 게 얼굴에 노골적으로 드러나 있었다.

"뭐, 어떻게든 되겠지. 오히려 우리나라의 무투대회에 용사가 참가하면서 격이 올라갔다고 낙관적으로 생각하기로 하겠어."

중요한 건 어떻게 생각하느냐다.

확실히 일이 귀찮아지긴 했지만, 마왕들의 연회나 히나타와의 결투에 비교하면 그렇게까지 무겁게 생각할 일은 아니었다.

나중에 대책을 생각해야겠지만, 나는 곧바로 마음을 고쳐먹

었다.

*

　그리고 그날 밤.
　호화롭게 장식된 영빈관의 커다란 공간에 각국의 중진들이 한 곳에 모여서 어울리고 있었다.
　호화롭고 현란한 옷을 입은 귀족들이 많이 모여 있었다.
　남녀의 비율을 보면, 남자 쪽이 약간 많은 느낌이군. 우리가 상당히 신용을 얻었는지, 아내와 자식을 데리고 온 이들도 많았다. 그중에는 인형처럼 귀여운 금발의 여자애도 보였는데, 참석자들의 연령층도 폭넓은 것 같았다.
　이번에는 자유 참가로 개최했기 때문에, 재미있는 파티로 만들기 위해 많은 공을 들었다.
　스탠딩 파티 형식으로 테이블 위에 차린 다양한 요리를 각자 마음 편하게 즐길 수 있게 분위기를 조성했다.
　또한 다른 나라에선 볼 수 없는 광경도 있었다.
　바로 넓은 공간의 반이나 되는 구역에 깔아둔 '다다미방'이었다.
　그 구역에선 신발을 신는 것이 금지되어 있다.
　신발을 벗는다는 풍습이 없는 나라가 많기 때문에 그곳에 들어가는 사람은 드문드문 보일 뿐이다.
　하지만 사람이 아예 없는 것은 아니었다.
　익숙하지 않은 방석에 당황하면서도, 자리에 앉은 모습이 간간이 목격되었다.

가젤 왕도 그중 한 명이다.

이 사람은 처음 해보는 경험이 아니다 보니 완전히 익숙해진 모습이었다.

아주 잠깐 동안 이야기를 나눴다.

오늘 낮에는 이 도시의 개발 상황을 보러 돌아다녔다고 했다.

하수처리 시설이나 개발 중인 레일(철도) 등을.

그 외에도 내가 떠오르는 대로 만든 시설이나 놀이도구 등을 잡아먹을 듯이 바라보고 있었다던데.

"그 레일이란 것은 무슨 목적으로 만드는 것이냐?"

"나중에 그 건으로 상의할 게 있어. 열차라는 것을 개발하려고 하거든. 부디 협력해주면 좋겠는데."

"호오? 귀여운 사제의 부탁이니, 흔쾌히 받아들이마."

가젤 왕은 그 자리에서 즉시 결정을 내렸다.

아무래도 레일을 보고 그럴 만한 가치가 있다고 계산한 듯했다.

이렇게 적극적이라면, 오히려 안 된다고 말해도 억지로 참가하려고 들겠지. 그러니 사양하지 않고 가젤을 끌어들이기로 하자.

가젤과 그런 얘기를 나누고 있는데, "실례하겠습니다"라고 말하면서 눈앞의 자리에 어떤 남자가 앉았다.

낯이 익은 얼굴, 요움이다.

요움은 당당하게 가젤 왕의 앞에 떡하니 앉았다.

가젤도 씨익 웃으면서 요움에게 스스럼없이 술을 따라 주었다.

신흥국의 왕이 당당하게 대국의 왕인 가젤과 얘기를 나눈다. 이 모습을 본 자는 틀림없이 요움을 다시 보게 되리라.

요움이 끼어들면서, 그 이후로는 격의 없는 이야기를 나누다가 대화를 끝냈다.

　가젤의 목적은 우리가 우호적인 성격이라는 것을 보여주려는 것이다. 그 결과, 이익에 밝은 자들은 나와 요움의 가치를 높게 평가하지 않을 수 없게 됐다.

　드워프 왕 가젤이 눈여겨보는 인물—— 그 평가는 거래 상대로서의 가치를 높여줄 것이다.

　이건 가젤 왕 나름대로의 지원사격인 셈이었다.

　뭐, 내가 예전에 이야기했던 걸 깊이 고민한 끝에 드워프 왕국에도 이익이 되리라는 계산을 마쳤기 때문이겠지만, 그래도 고마운 행동이라는 것엔 변함이 없다.

　가젤은 역시 믿음이 간다. 나는 그를 새삼 다시 인식했다.

　전야제 전에 대욕탕을 경험한 자도 있었다. 대부분 호평이었다고 하며, 욕탕의 책임자에게 많은 질문이 쏟아졌다고 한다.

　대국에도 대욕탕은 있다고 하니, 역시 신기하게 느끼는 점은 온천 그 자체라고 하겠지. 약효 성분은 철저하게 관리하고 있으니, 쉽게 재현하기는 힘들게 되어 있다.

　자신의 나라에도 들여오고 싶다고 요청이 많다고 하는데, 그러한 손님들의 요청 사항들은 모아서 정리한 뒤에 나중에 대답해주기로 했다.

　그렇다고 한들 자주 들러주십시오, 라고 대답할 수밖에 없겠지만.

　욕탕에 만족한 사람들 중에는 지급받은 유카타를 입고 다다미 방에 앉아 있는 이들도 있다. 상당한 호걸인 것 같은데, 서로의 모습을 보면서 감상을 나누는 것 같았다.

그중에는 나와 일대일로 이야기를 나누고 싶어 하는 사람도 있겠지만, 이 자리에서 모든 사람과 얘기를 하는 건 무리다. 그래서 타이밍이 적절하게 맞는 사람하고만 인사를 나누면서 나는 윗자리에 앉았다.

나를 처음 보는 자들도 많은지, 호기심 어린 시선이 내게 쏟아졌다.

내가 마왕이라는 걸 알고 창백해지거나 반대로 관찰하듯이 바라보는 자들까지, 실로 다양했다.

그런 시선이 여전히 불편해서 가볍게 인사를 한 뒤에 곧바로 연회를 시작하기로 했다.

"아아, 오늘은 잘 오셨습니다. 제가 이번에 마왕이 된 리무루입니다. 오늘은 복잡한 얘기는 일절 하지 않고, 여러분이 모쪼록 우리나라의 요리를 즐겨주시면 좋겠습니다. 긴 이야기는 잘 하지 못하기 때문에 이만 생략하죠. 그럼 파티를 즐겨주십시오!"

준비는 완벽하다.

요리라는 것은 접대하는 마음의 표현.

우리의 성의가 제대로 전달되면 좋겠는데.

각 테이블에는 시중을 들 사람을 대기시켜 놓았다. 요청만 하면 요리를 나눠 주도록 베스터가 엄격하게 교육했다.

모든 것은 손님을 대접하기 위한 것. ──그렇게 교육하면서 평소에 쌓았던 훈련의 성과가 지금 바로 발휘되려 한다.

나는 인사말을 마치면서 건배를 외쳤다.

전야제의 시작이다──.

차가운 맥주를 마시자 탄성이 일었다.

빈약한 탄산 계통의 음료만 마셔본 사람들에게 템페스트의 맥주는 놀랄 만한 것임이 틀림없다.

뭐니 뭐니 해도 꽁꽁 얼려서 차갑게 만들었으니까.

유리잔을 차갑게 준비하는 방식의, 철저한 일본식 서비스를 가르친 것이다.

나 자신을 위해서도 이건 타협할 수 없는 부분이었다.

게다가 엘프 아가씨들이 술을 따라 준다.

강제로 시킨 거 아니거든? 자발적으로 도와주고 싶다고 요청한 자들의 도움을 받는 것뿐이다.

이것도 또한 대성공이다.

아름다운 외모의 엘프들이 각종 주류를 든 채로 연회장을 돌아다닌다. 드레스 차림에 익숙한 자들에게 유카타 차림의 엘프는 신징적으로 보이는 모양이다.

또한 다다미방에서 세 손가락을 바닥에 대면서 하는 엘프들의 인사는 만국 공통으로 남자의 마음을 뒤흔들었다. 취한 것도 아닌데 얼굴을 붉히는 자까지 보였으니까.

아무래도 유카타 너머로 은근히 보이는 가슴 계곡이 그렇게 만든 거겠지.

후후후. 계산대로다.

서양과 일본 전통문화의 결합이 이보다 더 잘 어우러지는 것은 없다고 하겠다.

격식 있는 복장의 귀족들 사이에 유카타 차림으로 참가하는 자가 섞여 있는 이질적인 광경. 그것은 여기서밖에 볼 수 없는 것이다.

우리가 의도한 대로 되긴 했지만, 상당히 혼돈스러운 파티가 되고 말았다.

상식적으로 생각해보면 이 모습은 상당히 엉망진창이다.

하지만 신경을 쓰면 지는 것이다.

나는 이게 당연하다는 태도를 유지하면서 손님들의 상태를 관찰했다.

테이블에 놓인 것은 슈나와 요시다 씨가 공을 들여서 만든 요리다. 틀림없이 만족하리라고 자신 있게 말할 수 있을 정도로 훌륭한 음식인 것이다.

닭오리의 훈제고기와 야채로 속을 채운 샌드위치, 소사슴 스테이크, 양념장을 넣은 야채볶음, 카라아게, 로스트비프풍의 샐러드.

입가심용으로 각종 과일로 만든 셔벗도 있다.

발푸르기스(마왕들의 연회)에서 흑모호(黑毛虎)로 끓인 스튜와 선우조(仙羽鳥)의 그릴구이 같은 것도 준비했었다. 재료가 되는 마물을 찾는 데 고생하긴 했지만, 그 점은 사전에 입수한 정보를 바탕으로 3일 만에 어떻게든 잡아서 준비할 수 있었다.

우리나라의 자랑거리인 식재료와 귀한 재료로 만들어진 요리들은 사치의 극을 경험해본 왕후 귀족의 입맛까지도 만족시켰다.

그뿐만이 아니다. 연회장의 한곳, 일본 전통식 공간과 서양식 공간의 경계선이 되는 곳에 커다란 물고기가 운반되어 왔다.

엄청나게 단단한 외골격과 날카로운 창 같은 뿔을 가진 큰 물고기다. 스피어 참치라고 부르며, 바다에 사는 마물의 일종이다.

뿔 부분을 제외해도 몸길이가 4미터는 되며 흉악한 외모를 가진 물고기였다.

왜 그런 물고기를 운반해 왔는가 하면,

실은 이 물고기는 그 외모를 봐선 상상할 수 없을 정도로 풍부한 지방의 풍미를 즐길 수 있다.

갑옷처럼 생긴 외골격 안에는 참치와 비슷한 느낌의 붉은 속살이 숨겨져 있다.

고부타와 낚시 내기를 했을 때 우연히 낚은 물고기였지만, 버리기 전에 '해석감정'을 해보길 정말 잘했다. 독은 없으며 살코기는 영양가가 높다는 것이 판명된 것이다.

이미 실용화된 간장에 찍어서 시식해보니…… 살코기가 상당히 맛있었다.

그걸 기억해둔 나는 이번 연회에 모두에게 선보이자고 생각하고 스스로 나가서 잡아왔디.

수중 행동에도 익숙해졌으니, 좋은 경험이 되었다.

물고기는 갓 잡아서 아직 신선하다.

물고기를 해체하는 사람은 하쿠로우다.

전에는 쿠로베가 만들어준 긴 식칼로 순식간에 생선회를 만들어주었다. 그러나 이번에는 손님들에게 보여줄 퍼포먼스라는 명목으로 모두가 보는 앞에서 천천히 그 과정을 보여주도록 했다.

갑옷같이 단단한 외골격을 피해서 하쿠로우의 식칼이 내달린다.

예술적이고 아름답게 해체되는 스피어 참치.

슈나도 놀랄 정도로 놀라운 솜씨다. 식칼을 쥔 그의 모습은 그야말로 장인의 관록이 느껴질 정도다.

내 뒤에서 시온이, 내가 선물한 식칼을 손에 쥐고 도와주고 싶다는 표정을 지었지만, 이번에는 참으라고 진정시켰다.

당연하다.

국가의 중진들을 초대해놓고 서투르게 손질된 요리를 선보일 수는 없으니까.

단순한 장난으로 우기고 끝낼 수는 없단 말이지, 장난으로는.

시온에겐 내 비서 겸 호위라는 역할만 완벽하게 수행하도록 시키자고 생각했다.

그리고 손님들의 반응은 어떤가 하면.

처음에는 흉악한 물고기의 등장에 놀라거나 겁을 먹었지만, 하쿠로우의 훌륭한 해체 쇼가 진행되자 얼굴에 감탄의 빛을 띠기 시작했다.

머리가 떨어져나갔고, 몸이 네 조각으로 분리되더니, 생선회로 만들어져 접시에 가득 놓이기 시작했다.

중앙에는 흰 마블링이 들어간 대뱃살이 놓였다. 그걸 둘러싸듯이 주위에는 붉은 살점이 놓였다.

나는 보고 있는 것만으로도 침이 흘러나올 것 같았지만, 먹어 본 적이 없는 사람이 대부분인 이 자리에선 누구 하나 먼저 나서서 손을 대려고 하지 않았다.

그런 관객들을 흘겨보면서 하쿠로우는 초밥까지 만들었다.

생각도 못한 특기다.

흰쌀밥, 술, 식초, 맛술에 간장.

이 정도만 갖춰도 요리의 폭은 상당히 넓어진다. 그렇다고 이 세계에서 본격적으로 초밥을 먹을 수 있으리란 생각은 하지 못했다.

들자 하니, 하쿠로우는 어릴 적에 자신의 할아버지로부터 얘기를 들었다고 하는데…… 이런 세계에 오면서 두 번 다시는 먹을 수 없을 초밥을 떠올렸단 말인가.

아마 꽤나 원통했을 것이다.

그렇게 생각하면 나는 상당히 행복한 녀석이다. 히나타도 그런 말을 했지만, 이 세계에서 일본의 요리를 재현한다는 것은 평범하게 생각해봐도 엄청 어려운 일일 테니까.

그건 그렇고, 하쿠로우의 할아버지라.

분명 '아라키 뱌쿠야'라는 이름을 가진 '이세계인'이었다고 들었는데, 어쩌면 에도시대(도쿠가와 가문이 막부를 개설한 1603년부터 정권을 조정에 반환한 1867년까지의 봉건시대)의 사람이지 않을까?

요리사는 아니었던 것 같은데, 대체 어느 시대의 사람이었을까.

뭐, 좋다. 그런 건 어찌 됐든 상관없다.

지금은 그저 이 밤의 한때를 즐기기로 하자.

스탠딩 파티용 테이블 쪽은 사람들로 북적거렸다.

요리는 호평이었으며, 모두가 크게 칭찬하는 것 같다.

슈나와 요시다 씨 콤비가 최선을 다해 만들었으니, 그런 평가를 받는 것이 당연하다는 생각에 고개가 절로 끄덕여졌다.

그와는 반대로 하쿠로우가 모처럼 준비해준 생선회와 초밥 쪽은 아무도 손을 대려고 하지 않았다.

스피어 참치의 무시무시한 모습을 보고 위축되었는지도 모르겠군. 지식이 많은 자는 어디에도 있는 법인지, "아, 저 물고기는

설마 A랭크의……"라고 말하면서 아는 척하고 있질 않나.

해체해서 바로 생선회로 제공했으니 맛이 없을 리가 없잖아. 아무것도 모르는 소리는 그만하고, 한 입이라도 좋으니까 먹어보면 좋겠는데…….

이 세계에는 마법으로 독 감정이 가능하니까 다들 독살을 걱정하는 건 아닐 것이다.

물고기의 생김새 때문에 조잡한 요리라고 미리 지레짐작하는 것이다.

아무도 움직이지 않는다면 내가 맨 먼저 나설 수밖에.

"먹어보겠네."

"오오, 그럼 이걸 드시죠."

하쿠로우는 나를 위해서 일부러 새로 대뱃살로 초밥을 만들어주었다.

간장에 찍어서 한입 먹어본다.

향기가 강한 고추냉이와 입안에서 녹는 대뱃살의 기름진 맛이 서로 어울리더니 극상의 맛을 이루면서 폭발했다.

맛있어———!!

너무나 맛있다.

이렇게까지 맛있는 건 긴자에서도 좀처럼 맛볼 수 없는데?!

"최고일세, 하쿠로우!!"

"그렇겠지요. 모처럼 맛있는 물고기가 들어와서 남지 않으면 어떡하나 걱정했습니다만, 아무래도 평가가 좋지 않은 것 같아 아쉽습니다. 하지만 나중에 마실 저녁 반주는 기대가 되는군요."

하쿠로우 일행이 식사를 하는 것은 손님들이 돌아간 뒤가 될 것이다. 그래서 남은 생선회를 술안주로 노리는 모양이었다.

손님들에게 박한 평가를 받은 것은 아쉽겠지만, 자신들이 먹을 생각인 걸 보면 문제는 없을 것 같다. 오히려 바라 마지않는 일이라고 생각하는 분위기였다.

하지만 하쿠로우의 생각은 빗나가게 된다.

"그 대뱃살을 고추냉이 없이 초밥으로 만들어줄 수 있을까?"

그런 어이없는 발언을 하는 자가 나타난 것이다.

처음부터 대뱃살을 노리는 것도 모자라서 고추냉이를 빼달라고?

"네가 무슨 어린아이냐?"

"시끄러워, 코를 찡 하고 찌르는 건 싫단 말이야."

이런 건방진 소리를 하는 인물은 말할 것도 없이 히나타였다.

야회(夜會)용의 심플한 나이트 드레스를 입은 히나타가 당연하다는 표정으로 초밥을 주문했다.

"그리고 생선 종류가 더 많으면 좋겠는데."

게다가 그런 시건방진 주문을 아무렇지 않게 요청하기까지 했다.

고추냉이를 빼는 것도 모자라서 생선 종류를 더 늘리라고?

확실히 고추냉이에 대해선 기호가 갈릴 수도 있다.

처음 먹어보는 사람에겐 벅찰 것이다.

나도 중학생 무렵까지는 고추냉이를 빼달라고 주문했었으니까.

하지만 어른이 된 지금은 고추냉이의 풍미까지 즐길 줄 알아야 제대로 먹는 거라 할 수 있다고 생각한다.

"무슨 말도 안 되는 소리야. 그딴 건 딱히 상관도 없는 데다, 맛있기만 하면 되는 거잖아."

히나타는 콧방귀를 끼면서 비웃었다.

……하지만 그 말도 옳은 소리이긴 하군.

망할 히나타 녀석, 변함없이 합리적인 대답을 한다.

그런 히나타였지만, 하쿠로우가 내민 접시를 받으면서 만면에 미소를 지었다.

천천히 입에 넣더니 눈을 감는 히나타.

"정말 최고네. 생선회에, 그리고 초밥까지……. 살짝 화가 나긴 하지만 당신을 존경하고 있어, 리무루."

만족한 모양이다.

히나타는 황홀한 표정으로 대뱃살을 마음껏 음미했다.

"그럼 나도 하나 부탁하죠. 아, 전 어린아이가 아니니까 고추냉이를 넣어주세요."

히나타에 이어서 유우키까지 찾아왔다. 가볍게 히나타를 비아냥거리는 걸 보면 처음부터 우리 둘을 살펴보고 있었던 것 같다.

유우키는 스탠딩 파티에서도 꽤 많은 음식을 먹던 것 같던데, 아직 식욕이 줄지 않은 모양이다. 하쿠로우부터 건네받은 접시를 손에 받아 들더니, 마치 기다렸다는 듯이 입안에 넣고 우물거렸다.

"우와, 입안에서 녹네! 야아, 이 세계에서 이렇게 맛있는 초밥을 먹을 수 있다니, 살짝 감격하고 말았네요."

그런 말을 하면서 기쁜 표정으로 생선회에도 손을 대는 유우키.

그런 유우키를 보면서 히나타가 쏘아대듯이 비아냥거렸다.

"역시 민물고기와는 맛이 다르네. 자유조합에 의뢰했지만 거절당한 데다 마법으로 전송할 수도 없다고 해서 포기하고 있었는데, 앞으로는 삶의 낙이 좀 더 늘어나겠어."

히나타는 물고기 요리가 먹고 싶어서 유우키에게 운반을 의뢰한 적이 있다고 했다. 그러나 난이도가 너무 높았다. 문제가 너무 많아서 결국은 받아들일 사람이 없었다고 했다.

고추냉이 건을 앙갚음하기 위해 히나타는 그 화제를 꺼낸 것 같았다.

"어쩔 수 없잖아? 북쪽 바다는 대형종이 다수 서식하고 있어서 너무 위험하고, 또 남쪽은 거리상 운반이 어렵다고. 내해에서 낚은 물고기를 운반하는 것만으로는 채산성이 전혀 안 맞으니까."

유우키는 그렇게 대답하면서 난감한 표정으로 쓴웃음을 지었다.

그렇다. 이 세계는 아직 판로가 미약하다.

역시 예상대로, 평소에도 내륙에 사는 자는 살아 있는 물고기를 먹을 기회가 거의 없다.

기본적으로 생선 식품은 운반이 너무 힘들기 때문이다.

마차로는 소량을 운반할 수밖에 없고, 냉동 보존하는 것도 어렵다. 전용 마법사를 고용하거나, 대량의 얼음을 도시마다 준비해둬야 한다. 그렇게까지 해도, 바다 주변에서 내륙 도시까지 운반할 때 신선도를 유지할 수 있을지 알 수 없는 것이다.

어지간한 부자가 아니면 살아 있는 물고기를 먹는 사치는 부릴 수 없고, 그 이전에 날생선을 먹는다는 발상조차 하지 않겠지.

물고기를 찐 요리가 있는 걸 보면 문제는 유통이라고 하겠다.

이것 또한 내가 노리던 전개대로 되어가고 있다.

이 기회를 이용해서 이 나라에서만 먹을 수 있는 미식의 존재를 알리는 것이다. 때가 되면 유통망을 정비할 예정이지만, 그때까지는 우리나라가 독점할 것이다.

스피어 참치의 겉모습에서 느껴지는 거부반응 때문인지 혹은 식문화의 차이에서 오는 망설임 때문인지, 초밥과 생선회에 손을 대는 자는 여전히 없었다. 그러나 지금 히나타와 유우키까지 초밥을 절찬하면서 그런 분위기가 바뀌려 하고 있다.

"리무루 님, 그걸 저희가 먹어봐도 되겠습니까?"

가젤 왕이 앉은 자리의 한쪽에서 남자가 일어서더니 다가와서 말했다.

이 사람은 페가수스 나이츠(천상기사단) 단장인 돌프 씨다.

"네에, 그러시죠. 갖다 드리겠습니다."

내 말에 반응하면서 하쿠로우가 재빠르게 손을 움직이기 시작했다.

차례차례 놓이는, 이제 막 만든 초밥. 그리고 생선회와 국.

그걸 갖다 주는 사람은 엘프 아가씨들이다. 다다미방의 좌석에 앉은 가젤과 요움 일행 앞에 차례차례 요리가 놓인다.

자, 반응은 어떨까?

"——음, 역시 대단하군."

"크핫, 이거 맛있는데!!"

가젤은 차갑게 한 일본주를 즐기면서 생선회를 집어 먹었다. 그리고 나온 감상은 역시 대단하다는 말이었다.

요움은 요움대로, 귀족답지 않은 솔직한 반응을 보이면서 처음 먹어보는 초밥에 푹 빠졌다.

그리고 그건 그 자리에 앉은 자들 모두의 반응과 일치했다.

"설마 저 마어(魔漁)가 이렇게나 맛있을 줄이야!"

"물고기 요리라면 구운 게 다일 거라고 생각했어⋯⋯."

"뭐, 어때. 맛있기만 하면 되지."

"리무루 님이 제공해주시는 식사는 전부 다 맛있는 것뿐이군요!"

다행이다.

다들 만족한 것 같아서 무엇보다 다행이었다.

그리고──,

그런 가젤 일행의 반응을 보고 있던 자들은 많았다.

"저도, 저도 그걸 한번 맛보고 싶습니다!"

한 명의 귀족이 그렇게 외치자, 그다음은 마치 경쟁하듯이 하쿠로우에게 주문이 쇄도하기 시작했다.

큰 반응을 얻고 있다.

하쿠로우가 아주 살짝 기쁜 표정을, 그러면서도 아쉬운 표정을 지었다.

그야 그렇겠지. 저렇게 되면 안줏거리가 남질 않을 테니까.

사실 스피어 참치를 한 마리 더 잡은 게 있으니, 나중에 몰래 건네주기로 하자.

히나타와 유우키는 가볍게 말다툼을 한 뒤에 술을 손에 든 채 서로의 의견을 주장하면서 다투기 시작했다.

사이가 좋은 건지, 나쁜 건지.

하지만 뭐, 그들이 말다툼을 해준 덕분에 홍보가 성공한 것이나 다름없었다.

방해하는 것도 좀 그러니까, 일단 나중에 고맙다고 인사하기로 생각했다.

그런저런 일을 겪으면서 연회는 진행되었다.

지금까지는 대성공이었다.

서양 요리와 일본식 요리, 둘 다 대호평이었고.

오늘은 자유 참가지만, 그래도 참가해준 사람은 많았다.

앞으로도 우리와 교류한다면 이런 식재료를 유통해줄 수도 있다고 어필하는 것도 잊지 않았다.

뭐, 이것도 계산대로다.

내가 할 일은 이런 식으로 은근히 홍보하는 것이다.

사치를 부리는 것만이 목적은 아니란 말이지. 내 욕심을 챙기느라 사치를 부리는 게 아니라, 이런 기회가 있을 때를 대비해서 면밀히 준비시켰던 것이다!

──그게 내 변명이긴 하지만.

그건 그렇고.

그런 의미로 생각해봐도, 예정대로 연회는 잘 진행되고 있었지만……

"크, 큰일입니다!!"

그렇게 소리치면서 한 명의 병사가 연회장으로 달려 들어왔다.

아무래도 문제가 발생해버린 모양이다.

＊

이 영빈관 주변에는 당연하지만 경비병이 배치되어 있다. 각국에서 찾아온 요인들의 호위병까지 있으니, 연회장 밖은 사람들로 붐비는 상황이다.

그런 분위기 속에서 문제가 발생했다면, 상당히 번거로운 사태가 벌어졌을 가능성이 크다.

"왜 그러지, 무슨 일인가?"

그 병사를 진정시키기 위해서 나는 천천히 질문했다.

달려 나가서 밖의 상황을 확인해보고 싶었지만, 여기서 나까지 당황하는 모습을 보일 순 없다. 그렇게 생각해서 한 질문이었다.

하지만 그 병사가 나에게 대답하기도 전에.

각국의 호위병들까지 크게 당황해서 연회장 안으로 달려 들어왔다.

정말로 무슨 일이 벌어진 거야, 대체?!

경비는 완벽했을 텐데, 무슨 일이 일어난 거라면 말도 안 되는 추태를 보이는 셈이 된다.

커다란 오라(요기)의 접근도 느껴지지 않았고, 마물이 출현한 것도 아니다. 만약 그랬다면 좀 더 빨리 알아차렸을 테니까.

밀림과 칼리온 일행이 늦는 것 같지만, 그들이 도착했다고 해도 병사들이 당황할 이유는 되지 않는다.

그렇다면 대체 뭐가…….

"대형 비행물체가 도시 바깥에서 날아왔습니다!!"

나를 보면서 그 병사가 보고했다.

그 병사의 목소리를 덮어버리듯이 다른 나라의 호위병들도 각자 주인에게 보고를 시작했다.

"보고드립니다! 마, 마도왕조 살리온의 수호용왕이 모습을 드러냈습니다아!!"

"큰일입니다! 에, 에르메시아 에르 류 살리온 폐하 본인이 이곳에 내려오시고 계십니다!!"

"지금 에르메시아 폐하 일행이 이곳을 향해 걸어오고 계십니다
아——!!"

그렇게 제각기 큰 소리로 외쳐댔다.

잠깐 당황할 뻔했지만, 요약하지 않아도 말하는 내용을 보면
살리온의 황제가 늦게 도착했다는 것뿐인 것 같은데.

"아아, 깜짝 놀랐네. 무슨 일인가 했잖아."

나도 모르게 중얼거리자, 일부러 자리에서 일어나 내 옆까지
온 가젤이 어이없다는 표정으로 한숨을 쉬었다.

"여전히 느긋하고 세상 물정을 모르는구나. 그 천제(天帝) 에르
메시아가 자신의 나라 밖으로 나왔다고 하면 이런 소동이 벌어지
는 것도 당연하다. 각국의 인간들은 나조차도 조심스럽게 안색을
살피는 지경인데, 그 천제가 상대라면 감당하기가 너무 어렵시.
이 자리에 없는 자들도 지금쯤은 크게 당황하면서 본국에 급히
전령을 날리고 있을 것이다."

"그게 무슨 뜻이야?"

내가 자세한 설명을 요구하자, 가젤은 마치 기다렸다는 듯이
설명해주었다.

이 아저씨, 이래저래 말은 많아도 내게 잘난 척하면서 자신의
지식을 자랑하고 싶은 것으로밖에 안 보인다. 그래도 그게 큰 도
움이 되는 것인 사실이라, 딱히 불만은 없지만.

그런 생각을 하면서 설명을 들었다.

가젤이 말하길.

마도왕조 살리온은 대국이다.

그야말로 무장국가 드워르곤과 견줄 정도로 강력한 국력을 자랑하고 있으며, 카운실 오브 웨스트(서방평의회)에도 참가하지 않은 완전한 독립국가. 그리고 왕조라는 이름 그대로 13왕가가 뭉친 연합국가이기도 하다.

세력을 비교하자면 카운실 오브 웨스트가 최대 규모인 것은 틀림없다. 그러나 의사결정에 평의제도를 도입하고 있는 이상, 즉각적인 행동력이 부족하다.

그런 점을 따지면 드워르곤은 가젤이 다스리는 절대왕정이므로, 전체 힘으로 따지면 밀린다고 해도 서방 열국에 대해 발언력이 강한 셈이다.

그리고 그건 살리온도 마찬가지였다.

"마도왕조 살리온은 황제인 에르메시아가 절대 권력을 갖고 있다. 신의 후예라고 자칭하며 스스로를 천제(天帝)라고 정했지. 그 진위까지는 나도 모른다만, 에르메시아라는 이름의 하이엘프가 부흥시킨 나라라는 것은 틀림없는 진실이다. 즉, 그 여자(대요괴)는 살리온의 역사보다도 오래산 것이지."

비슷한 수준이 아니었다.

1천 년의 역사를 지닌 무장국가 드워르곤. 그에 비해 마도왕조 살리온은 2천 년 이상의 역사를 가지고 있다고 일컬어졌다.

"그러니 말이다, 리무루. 그 에르메시아에겐 나조차도 고개를 들 수가 없다. 하물며 수명이 짧은 인간들이라면 만나보고 싶다고 생각해도 불가능하지."

쓸쓸한 표정을 짓는 가젤의 모습을 보니, 에르메시아 황제라는 인물은 말도 안 되게 상대하기 번거로운 인물인 모양이었다.

으—음, 에라루도 공작만 초대할 생각이었는데…… 터무니없는 거물까지 불러버리고 말았군.

"앗, 그렇군. 초대장에 이름을 제대로 써둘 걸 그랬어."

"……그게 문제가 아닌 것 같다만."

가젤은 가늘게 뜬 눈으로 나를 노려봤지만, 이미 와버린 이상 쫓아내는 것도 불가능하다.

최선을 다해서 접대할 수밖에 없다.

그런 대화를 나누고 있으려니 입구가 술렁거리기 시작했다.

"아무래도 도착한 것 같네."

"방심하지 마라, 리무루. 상대는 산전수전을 다 겪은 괴물이라고 생각해야 한다."

가젤이 그렇게까지 말하는 걸 들으며 상대가 여간내기가 아니겠구나 생각하며 속으로 각오를 다졌다. 나는 알아들었다는 뜻을 담아 가젤을 보면서 힘차게 고개를 끄덕였다.

연회장에는 대소동이 일어났다.

평소에는 절대 만날 수 없는, 아니 그 정도가 아니라 그 모습을 보인 것이 수십 년 만이라는 초강대국의 황제가 나타났으니, 다른 이들이 소란스럽게 구는 것도 당연하다고 할까.

황제 에르메시아 에르 류 살리온.

스스로를 천제라고 칭하는 그 인물이 당당한 걸음으로 연회장에 모습을 드러냈다.

미의 화신이라고, 모두가 그렇게 느끼는 것 같았다. 아무 말도 못 하고 황제 에르메시아를 넋 놓고 바라보고만 있었다.

나도 그렇게 생각한다.

왜냐하면 그 외모가, 어디서부터 어디를 봐도 미소녀였던 것이다.

새로 내린 눈처럼 새하얀 피부에 부드러운 은발.

끝이 뾰족한 긴 귀와 모든 걸 꿰뚫어 보는 듯한 비취색의 눈동자.

가젤이 여자라고 말했으니, 틀림없이 여성이겠지.

하이엘프라면 순혈의 요정이라는 말인가?

어쩌면 한없이 순혈에 가까운 핏줄을 타고 났거나.

요정이라고 해도 그 범위가 너무 넓어서 애매하긴 하지만 대정령 클래스가 변질된 존재도 있다고 하니까, 눈앞에 있는 에르메시아라는 인물은 그런 태고의 괴물 중 한 명인 것 같다.

가젤이 경고할 만도 하다.

그리고 경계해야 할 것은 황제를 지키는 수호자들도 마찬가지다.

한 명 한 명에게서 엄청난 힘이 느껴졌다. 예복을 입고 있긴 하지만, 그것 또한 마법방어구 같으니까.

아마 내 짐작이지만, 그 품질은 레전드(전설) 급이다.

히나타가 지닌 문라이트(월광의 세검)와 동등한 힘이 그들의 예복에서도 느껴졌다.

당연하지만 그 실력은 아루노를 비롯한 홀리 나이트(성기사)들에게 필적하겠지. 아니, 무기와 방어구의 질을 생각한다면 황제의 수호자들 쪽이 더 위일지도 모르겠다.

세상은 넓구나. 나는 그런 생각이 들었다.

그리고 수호자가 앞으로 나서려는 것을 제지하더니, 황제가 내 앞에 섰다.

"초대는 감사히 받았소. 짐은 기쁘게 생각하오."

시원스러운 목소리다.

이 자리에 있던 초대 손님들은 모두 그 말만 듣고도 황홀한 표정으로 꿈을 꾸는 경지에 빠진 모습을 보였다.

매료 계통의 마법으로 오해할 뻔했지만, 딱히 마법도 아니었다. 단순히 황제의 목소리가 그만큼 매혹적이었던 것뿐이다.

"저야말로 뵙게 되어 영광입니다."

정면에서 마주 보면서 그렇게 답례하자, 에르메시아가 비취색 눈으로 나를 바라본다.

《알림. '정신간섭'을 감지──. 방해했습니다. 이것은 공격이 아니라, 자연스럽게 흘러나온 '영웅패기'에 의한 영향으로 보입니다.》

이거 위험하군.

이 사람은 가젤보다도 높은 레벨로 '영웅패기'를 두르고 있는 것 같다.

그 말은 곧, 그 실력도 가젤에게 필적하는 정도가 아니라 상회할 가능성이 크겠군.

어쩌면 마왕 급이려나?

이 사람과는 적대하지 않는 게 좋을 것 같다.

이번에는 평화적으로 초대한 것이니까, 앞으로도 우리와 우호적인 관계를 맺을 수 있도록 최선을 다해 어필하도록 하자.

"그러면 누추하지만 식사도 준비했으니, 오늘 밤을 즐겁게 보내시면 기쁘겠습니다."

"음. 리무루 님의 배려를 짐은 기쁘게 느끼고 있소. 내일부터 벌어질 축제도 기대하고 있으니, 부디 짐을 즐겁게 해주시오. 그리고——."

유연하게 웃으면서 거기까지 말하더니, 에르메시아가 내게로 얼굴을 가까이 갖다 댔다.

그리고 나에게만 들리는 작은 목소리로——,

"오늘이 아니라도 좋으니 시간을 내주면 좋겠네요. 딱딱한 분위기가 아닌 자리에서 속을 터놓고 논의하고 싶은 게 있거든요."

라고 속삭였다.

완전히 허물없는 그 말투야말로 에르메시아의 본모습이겠지.

아직 익숙하지 않은 상태에서 위엄 있는 마왕을 연기해야 하는 나로선 살짝 친근감을 느꼈다. 그래서 "알겠습니다. 날짜가 정해지면 연락하죠"라고 대답했다.

에르메시아는 만족스러운 표정으로 고개를 끄덕이고는, 수호자들의 경호망 속으로 돌아갔다.

그리고 그대로 에르메시아와 안면을 트기 위해 만반의 준비를 하고 있던 자들에게 애교 섞인 웃음을 지으면서 요리가 놓인 테이블 쪽으로 걸어갔다.

참고로 내가 초대한 것으로 아는 에라루도 공작의 모습이 보이지 않는다고 생각하던 참이었는데, 그때 황제의 수호자 중 한 명과 눈이 마주쳤다.

아니, 잠깐. 저 사람이 에라루도 공작이야?!

너무나도 늠름한 표정이라 그냥 넘겨버리고 말았지만, 어쨌든 빠지지 않고 와준 것 같았다.

시선만으로 인사를 나눴지만, 나중에 한 번 더 인사를 하러 가야겠다고 생각했다.

*

짧은 대화였지만, 너무나 피곤했다.

너무나 피곤했기 때문에, 손님들의 관심이 에르메시아 쪽으로 옮겨진 걸 기회 삼아 나도 다다미방에 앉기로 했다. 오늘 연회는 자유 참가여서 만만하게 보고 있었지만, 엄청난 거물이 참가한 것이다.

"야아, 피곤하네."

"만나자마자 바로 넘어갈 것 같더구나. 정신 차리고 있지 않다가는 저 할──."

거기까지 말하고 가젤은 입을 다물었다. 그러곤 얼버무리듯이 차가운 술을 마셔댔다.

에르메시아 쪽에서 차가운 냉기가 느껴진 걸 보니, 아마 그게 원인이겠지.

가젤은 뭐라고 말하려 했을까.

할──로 시작하는 말이라면 아마 그것이겠지.

엘프는 귀가 좋다고 하니, 말로 하지 않길 잘한 것 같다.

조심성 없는 발언은 죽음을 초래한다.

나도 조심하기로 하자.

그건 그렇고, 일단은 한잔 마셔야겠다.

가젤과 요움과 술잔을 나누면서 가볍게 세상 돌아가는 얘기로 꽃을 피웠다.

그러나 그렇게 앉아 있던 시간은 오래가지 않았다.

또 입구 부근이 소란스러워진 걸 보니, 또 다른 거물이 온 것을 알 수 있었다.

"드디어 오셨군요."

"그래, 왔나 보군. 늦어져서 걱정했는데."

시온에게 고개를 끄덕이며 대꾸한 뒤에 나는 가젤에게 미안하다고 말한 뒤 일어나려고 했다.

요움은 면식이 있어서인지 누가 온 건지 알아차린 것 같았다.

"아아, 밀림 씨인가. 오늘은 엄청 멋을 부린 것 같군요."

한번 힘든 꼴을 겪어본 이후로 요움은 밀림을 약간 버거워했다. 하지만 반대로 약간 버거워하는 것으로 그친 걸 보면, 그만큼 요움 역시 강하다는 의미가 아닐까?

마왕을 상대로 '씨'를 붙여서 이름으로 부르다니, 일반인은 절대 할 수 없는 일이라 생각하거든. 그런 요움을 나는 속으로 대단한 녀석이라고 생각했다.

"──과연, 마왕들이 납시셨나."

가젤도 밀림 일행을 날카롭게 관찰하고 있었지만, 요움의 말을 듣고 그 정체를 간파한 것 같았다. 뭐, 그 외에도 알아본 사람들이 많이 있는 것 같군.

그것도 당연하려나. 안내를 위해 베니마루, 디아블로, 게루도,

가비루까지, 우리나라의 간부들이 네 명이나 모여 있었으니까.

아무리 가젤이라도 그 일행을 보면서 긴장했다. 왜냐하면 안내하는 간부들을 따라서 연회장으로 들어온 것은 밀림을 포함하여 열 명이나 되는 강자들이었으니까.

선두에 선 밀림.

그 양쪽 옆에 두 명의 부하들이 나란히 서 있다.

대머리에 신관복을 입은 남자──베니마루가 인정할 정도로 강한 전사인 미도레이라는 인물이로군.

신관복을 입었지만 진지하지 않은 분위기를 풍기는 남자──이자가 가비루와 싸웠다던 헤르메스라는 사람인가.

그 세 명을 따르는 것은 두 명의 전(前) 마왕.

'비스트 마스터(사자왕)' 칼리온과 '스카이 퀸(천공여왕)' 프레이다.

칼리온은 여전히 위풍당당한 모습이었으며, 프레이 씨는 선정적인 드레스를 입고 엄청난 색기를 풍겼다.

둘 다 대단한 관록이 느껴졌다.

그리고 칼리온의 뒤에는 삼수사가 따랐다.

이런, 오랜만에 포비오 군을 봤군. 조금 야윈 것 같지만 건강해 보여서 다행이야.

프레이를 따르는 사람을 보니, 이게 또 아름다운 쌍둥이 여성이다. 금발과 은발이 아주 잘 어울린다.

분명 '쌍익(雙翼)'으로 불리는 프레이의 측근이 있다고 들은 적이 있다. 쌍둥일 줄은 몰랐지만 이자들도 또한 강해 보이는 아가씨들이다.

밀림을 새로운 왕으로 받드는 초거대 세력의 지배자들이다.

모두가 긴장을 감추지 못했는데, 그런 반응도 어쩔 수 없는 것이라 하겠다.

"미안. 잠깐 다녀와야겠군."

나는 그 말을 남기고, 밀림 일행을 맞이하기 위해 나섰다.

밀림은 나를 보자마자 만면에 미소를 보였다.

"후후후, 드디어 이날이 왔네! 오늘은 미도레이가 탄성을 지를 정도로 훌륭한 요리를 기대하겠어!"

그리고 큰 목소리로 그렇게 말했다.

"아아, 그 점은 맡겨둬. 그것보다 너, 꾸중은 듣지 않았어?"

그렇게 말한 뒤에, 나는 작은 목소리로 밀림에게 물어봤다.

던전(지하미궁)에 숨어서 프레이의 눈길을 피해 다녔던 밀림. 어제까지 계속 이 도시에 있었으니, 오늘도 예정보다 늦게 도착한 것이다. 그 사실을 들켜 프레이에게 꾸중을 들은 게 아닌가 싶어, 나는 약간 걱정이 되었다.

"괘, 괜찮아. 나도 지배자로서 자각했기 때문에 영토를 지키고 있었다고 프레이에게 역설하면서 믿게 만들었거든."

밀림은 프레이를 납득하게 만들었다고, 작은 목소리로 내게 대답했다.

식은땀을 흘리면서 눈을 이리저리 돌리는 모습을 보니, 전혀 믿게 만든 게 아닌 것 같지만…….

프레이는 감이 날카롭다.

밀림이 지키고 있던 것은 그녀의 영토가 아니라 내가 배정해준 미궁의 일부 층이다. 만약 그 사실을 들킨다면 관계없는 나까지 꾸중을 들을 수도 있었다.

지금은 밀림을 믿을 수밖에 없다.

하지만——,

만약의 경우엔 밀림을 저버리는 한이 있더라도 나와 관계가 없다는 입장을 고수하기로 했다.

"오늘은 초대해주셔서 감사합니다. 예정보다 늦어진 것을 진심으로 사과드리겠습니다."

밀림과의 대화가 끝나기를 기다렸다가, 프레이가 내게 다가와 인사를 했다.

그런 뒤에 내 눈을 보면서 캐묻듯이 말했다.

"저희의 주인이 된 밀림 님이 오늘 아침까지 행방불명이었답니다. 그래서 예복을 입히느라 시간이 걸리는 바람에——."

"아, 아하하, 그랬군요. 아아, 나는 전혀 신경 쓰지 않으니까 오늘부터 며칠 동안은 느긋이 즐기도록 하십시오."

내 속을 꿰뚫어 보는 것 같은 그 눈에서 시선을 돌리면서 얼버무리듯이 답례했다.

슬라임 상태라면 동요해도 그게 밖으로 드러나지는 않는다. 그러나 지금은 인간의 모습을 하고 있기 때문에 시선의 움직임을 통해서 내 본심이 그대로 드러날 우려가 있었다.

감이 날카로운 자를 상대하려면 결코 눈을 마주쳐서는 안 된다.

"——그러겠습니다. 리무루 님에겐 새로운 도시를 건조해주신 빛이 있는데 이런 자리에 초대까지 받다니, 전 너무나도 감사하고 있답니다."

미소를 지으면서 그렇게 말하는 바람에 나는 그만 긴장을 놓고 말았다.

그러고는 자연스럽게 문제가 될 발언을 내뱉고 말았다.

"아뇨, 아뇨. 요리도 입에 맞으면 좋겠는데 말이죠. 그렇지, 잘 드시지 않는 식재료 같은 건 없습니까? 새로 만든 요리도 있는데, 문제──."

거기까지 말하다가, 겨우 그 말이 실언이었음을 깨달았다.

"새, 란 말이죠……."

그 자리에 얼어붙을 것만 같은 긴장감이 형성되었다.

큰일 났다──고 생각했지만, 이미 때는 늦었다.

"아──."

"리무루 님은 제가 새 따위와 동급이라고 말씀하시고 싶은 건가요?"

"저기, 그런 의도는──."

여전히 웃고 있는 프레이.

살기를 내뿜는 '쌍익'의 두 사람.

완전히 실수했다.

'입이 화근'이라는 말이 지금의 나에게 딱 들어맞았다.

난감한데. 내가 그렇게 생각하면서 고민하던 그때.

"푸훗, 푸앗핫핫하! 대단해, 역시 대단하다니까, 리무루는. 역시 너는 대단한 녀석이야. 설마 프레이를 새 따위로 취급하다니, 이거 걸작이로군."

전혀 분위기 파악을 못 했는지, 칼리온이 폭소한 것이다.

"음. 나도 절대 흉내 내지 못할 말이로군."

밀림까지 그렇게 말하면서 감탄을 해댔다.

그러지 마, 제발 나를 반짝거리는 눈으로 보지 말라고.

"뭐가 우습지, 칼리온? 그리고 밀림도."

화가 난 프레이.

아무리 생각해도 이건 내가 잘못했다.

"아니, 실례. 방금 그 말은 실언이었습니다. 어쩌면 새 요리는 싫어하지 않을까, 하고 필요 없는 부분까지 신경을 썼군요."

이런 경우엔 솔직하게 사과하는 게 제일이다.

괜히 고집을 피우다간 더 큰 다툼으로 번질 수도 있기 때문이다.

그렇게 생각한 나는 어쨌든 프레이의 기분을 풀어주기 위해서 모두가 보는 앞임에도 불구하고 머리를 숙였다.

그러자 프레이는 놀란 표정으로 나를 바라보았다.

"후훗, 역시 리무루 님이네요. 제가 예상했던 대로의 인물인 것 같아요. 저를 모욕할 생각이 없다는 건 알고 있었지만, 당신의 반응을 잠깐 시험해봤어요. 하지만 이걸로 잘 알았어요, 밀림 님이 당신을 보고 성장하셨다는 것을."

그렇게 말하면서 프레이는 이번에야말로 정말 온화한 미소를 보여주었다.

밀림이 폭군이었던 것은 옛날이야기. 지금은 이래 보여도 남의 말에 상당히 귀를 기울이게 된 듯했다.

프레이는 그 이유가 나라고 생각해서, 내 실언을 이용하여 시험해본 것이었다. 그리고 아마도 내 태도를 밀림에게 보여줄 본보기로 삼을 생각이었던 것 같다.

지금 바로 머리를 숙인 것은 정답이었다.

내 행동을 밀림이 따라하는 이상, 프레이의 입장에서 나를 시험해보고 싶어지는 것은 당연하다고 할까. 밀림에게 나쁜 본보기가 될 것 같으면 나와 교류하는 것을 제한할 생각일 테니.

이거 참, 프레이를 약간은 다시 봤다. 무섭기만 한 아가씨인줄 알았는데 밀림을 제대로 챙겨주고 있었던 것이다.

그리고 나쁜 본보기라고 하면…….

"그건 그렇고, 칼—리—온—? 뭐가 우스운 거지? 나도 이해할 수 있게 확실하게 설명해주겠어?"

우두둑 소리가 날 정도로 엄청난 압력이 칼리온의 머리에 가해졌다. 전광석화의 움직임으로 돌아본 프레이가 그 부드러운 손으로 칼리온의 머리를 붙잡은 것이다.

근력을 따진다면 칼리온이 위다.

그러나 악력만 따진다면 프레이 쪽이 훨씬 더 강했다.

"자, 잠깐만! 아야, 아야야야야, 아프다니까, 진짜로!!"

손끝에서 팔꿈치까지 딱딱하게 바꾼 프레이. 그 손가락에 달린 손톱이 강철보다도 강한 칼날로 변하면서 한층 더 커지더니, 칼리온의 머리에 박혀들었다.

그 정도라면 당연히 아프겠지.

"위험해, 이 이상은 정말 위험하다니까! 잘못했어, 내가 잘못했으니까 용서해줘, 프레이!!"

자신들의 주인인 칼리온이 비명을 지르고 있는데, 삼수사는 움직이려 하지 않는다. 포비오만 칼리온을 걱정하면서 안절부절못했고, 다른 두 사람은 어이없다는 표정으로 바라보고만 있을 뿐이다.

뭐, 아프다고 소리를 지르지만 칼리온에겐 아직 여유가 있어

보이니까. 나와는 달리 반성도 하지 않는 것 같으니, 자업자득인 면도 있다.

"밀림, 봤어? 잘못을 했으면 사과한다. 이게 올바른 선택이야, 알겠지?"

"음, 알았어. 그 전에, 프레이를 화내게 만드는 건 적당히 할게."

밀림도 내가 말하려는 바를 이해했다.

던전(지하미궁)에서 정신없이 노는 건 좋지만 적당히 해야 한다. 우선은 할 일을 끝내고, 그 뒤에 느긋이 노는 쪽이 더 재미있게 즐길 수 있다.

그렇게 할 수 있으면 고생도 하지 않을 테니, 칼리온처럼 혼이 나고 싶지 않다면 조심해야만 한다.

"잠깐만, 이봐! 잠깐! 느긋한 소리 하지 말고 날 도와달라고!!"

필사적으로 손톱에서 벗어나려고 발버둥치는 칼리온을 반면교사로 삼으면서, 나와 밀림은 서로를 바라보며 고개를 끄덕였다.

"이봐, 무시하지 말라니까. 아얏, 아야야야──."

점점 들리지 않게 되는 칼리온의 목소리.

너의 희생은 잊지 않겠다고 다짐하면서, 나와 밀림은 프레이의 분노가 가라앉기를 기다렸다.

＊

그건 그렇고, 그런 해프닝이 벌어지는 중에도.

슈나는 자신의 할 일을 다 하고 있었다.

"자, 추가 요리가 완성됐어요!"

그렇게 말하면서 미소를 지으며 다양한 요리를 갖고 와준 것이다.

기쁨의 함성을 지르는 손님들.

칼리온의 희생은 없던 것으로 치고 우리는 장소를 옮겼다.

"너무하잖아, 밀림도 리무루도. 그렇게나 도와달라고 부탁했는데."

투덜대기 시작한 건 프레이로부터 해방된 칼리온이다.

"무사하니까, 투덜대지 말라고!"

"그래, 프레이 씨도 진심이 아니었으니까. 그 정도는 별것 아니잖아?"

칼리온이 팔팔했기 때문에 나는 큰 걱정은 하지 않고 그렇게 말했다. 하지만 생각했던 것보다는 위험했었다.

"그렇지도 않았거든? 프레이의 손톱으로 머리를 붙잡힌 순간부터 스킬(능력)을 쓰지 못하게 됐다고. 아마도 그게 프레이의 특수능력일 거야. 그런 걸 나한테 쓰다니, 이건 사랑인 게 틀림없어."

그건 잘못된 생각이야. ──그렇게 생각했지만 굳이 말하진 않았다.

그보다 지금은 슈나가 준비해준 요리가 더 중요하다.

하나의 원탁 위에 놓인 수많은 요리들. 시중을 들기 위해 대기하던 사람이 밀림 일행을 위해 사람 수에 맞춰 나눠 준 것이다.

"오늘은 잘 부탁하겠어. 미도레이 녀석은 완고해서 말이야, 한 방에 넋이 나갈 정도로 맛있는 요리를 기대하고 있거든."

"우후후. 잘 알겠습니다, 밀림 님. 그러면 맛있게 드세요."

슈나가 미소를 지으면서 밀림을 안심시켰다.

밀림도 슈나는 잘 따르기 때문인지, 내가 대답했을 때보다 더 안심한 표정을 보여주었다.

그런데——.

"——너무하시는군요, 마왕 리무루 님. 우리 밀림 님에게 그런 신성모독적인 것을 가르쳐주시다니⋯⋯."

밀림의 시종으로 따라온 미도레이 앞에 요리가 나온 순간, 그의 입에서 나온 것은 비난의 말이었다.

이 미도레이야말로 밀림이 보낸 편지에 적혀 있던 '밀림을 받들고 싶어 하는 자들'의 대표이다.

옆에 있는 헤르메스라는 자가 기도하는 것 같기도 하고 사과하는 것 같기도 한 동작을 하면서 나를 보고 있었다.

미도레이의 말에 내가 화를 내지 않을까 걱정되어서 한 행동이겠지. 잔걱정이 많은 성격으로 보여서 호감이 느껴졌다..

그런 우리를 멀리서 지켜보는 것은, 이제 배도 채웠으니 세상 돌아가는 이야기에 열중하던 귀족들이다.

세상 돌아가는 이야기라고 해도 그 세상은 귀족의 세계. 정보 수집이 목적인 것이다. 지금 그들은 자신들의 이야기보다 우리 대화에 흥미진진한 반응을 보였다.

즉, 자신들이 맛있다고 느낀 요리를, 마왕 밀림이나 그 동료들은 어떤 반응을 보일 것인지 궁금한 것이다.

특히 미도레이같이 처음부터 인간의 사치스러운 삶을 이해하지 못하는 자도 있으니까⋯⋯.

가치관이 다르다고 말해버리면 그걸로 끝이지만, 그래선 인간과 마인이 서로에게 다가서는 것은 힘들다──고 판단할 자도 있을 것이다.

그건 그것대로 어쩔 수 없는 일이지만, 이번에는 아마 괜찮을 것이다.

밀림의 또 한 명의 시종인 헤르메스도 용을 모시는 자들에게 요리를 한다는 개념을 퍼뜨리고 싶어 한다는 이야기를 들었으니까.

그러므로 나는 자신을 가지고 미도레이에게 대응했다.

"신성모독적이라고?"

우선은 그렇게 반문하며 미도레이의 생각이 어떤지 살폈다.

"흥! 식량에 감사하면서 자연 그대로의 맛을 즐기는 것이 올바르다는, 우리가 먼 옛날부터 정한 규율이 있습니다. 그걸 이런 식으로⋯⋯."

샐러드에는 드레싱이 뿌려져 있다.

포테이토 샐러드는 이예 으깨진 상태라 원형도 남아 있시 않다.

"그리고 이건 대체 무슨 짓입니까? 고기를 굽는다, 그건 좋습니다. 그러나 그런 뒤에 정체를 모를 액체를 뿌려서 고기를 더럽히다니. 한심합니다. 실로 한심한 짓이 아닙니까!!"

분노해서인지, 미도레이가 이마에 핏줄이 불거진 채 나를 노려보면서 그렇게 내뱉었다.

이 말에는 요리를 준비한 슈나도 발끈했는지, 미소를 지운 채 미도레이를 노려보았다. 험악한 분위기를 알아차린 헤르메스가 아예 새파래진 얼굴로 나와 슈나를 향해 연신 꾸벅꾸벅 고개를 숙였다.

그러나 미도레이는 신경도 쓰지 않고 계속 말을 이어갔다.

"자연의 은혜에 이런 불손한 짓을 하다니! 당신들의 영토에선 좋을 대로 해도 상관이 없습니다만, 우리 밀림 님까지 끌어들이시는 건 말도 안 될 소리입니다!"

건더기가 가득 든 수프나 한입 사이즈의 크림 크로켓 등등을 가리키면서 식재료에 대한 모독이라는 지론을 펼치는 미도레이. 이 정도면 밀림이 내게 부탁하는 것도 이해 갈 정도로 대단한 기세다.

상대하는 게 피곤하다고 할까, 상당히 대하기 힘든 사람이란 느낌이 든다. 자신이 절대적으로 옳다고 단언하면서 남의 말에 귀를 기울이지 않는 타입인 것이다.

하지만 그것도 오늘까지다.

그들과 혀의 구조가 다르다면 문제가 되겠지만, 이건 미도레이의 가치관에 달린 문제다. 그리고 단순히 그게 옳다고 믿고 있을 뿐이지, 그의 사상에는 정통성이 없다. 애초에 미도레이가 모시는 밀림 스스로가 맛있는 요리를 먹고 싶어 하니까.

지금도 먹을 것을 앞에 두고 '기다려'라는 지시를 받은 개 같은 표정을 짓고 있으니, 빨리 이 승부를 끝내주기로 하자.

이번 승부는 낙승이다.

미도레이에게 '맛있다'는 말이 나오게 만들면 우리의 승리다. 한입이라도 슈나의 요리를 입에 대보면 그것만으로도 승리는 확실하다.

——그렇게 낙관적으로 생각하던 나. 그러나 그건 너무 안일한 생각이었다.

"이런 건 절대로 인정할 수 없습니다!!"

미도레이는 격분하면서 식사에 손을 대려고 하지 않았던 것이다.

승리의 대전제는 한입이라도 좋으니까 먹게 만드는 것. 그런데 미도레이가 손대지 않으면 이 승부는 싸우지도 못하고 우리가 패배하게 된다.

밀림이 난감한 표정으로 나를 바라봤다.

헤르메스도 이젠 방법이 없다는 얼굴로 하늘을 쳐다보고 있었다.

소동이 커져버리는 바람에 사람들의 눈도 점점 많이 집중되었다. 에르메시아가 상대해주지 않았던 급이 낮은 자들까지 모여들어서 일이 돌아가는 상황을 지켜보기 시작했다.

이렇게나 많은 사람들 앞에서 미도레이의 주장에 밀려버리면, 이 일은 내 체년 문제로만 끝나지 않는다.

"리무루, 미도레이가 이렇게 완고할 줄은 몰랐어. 내가 말해서 별실에 대기시키는 게 좋을까?"

밀림이 날 걱정하면서 그렇게 말했다.

"죄송합니다. 저희 신관장이 실례를 했네요. 평소에도 다혈질이긴 하지만 나쁜 사람은 아닌데…… 설마 먹을 것으로 이렇게까지 화를 낼 줄은 몰랐습니다."

"으—음. 먹어보면 이해해줄 거라고 너무 쉽게 생각했군. 강요하는 것도 좋지 않으니 어쩔 수 없나……."

뭐, 딱히 기회가 오늘만 있는 것도 아니다. 축제는 내일부터 본격적으로 시작되니 서두르지 않아도 될 것이다.

오늘의 실패를 본보기로 삼아 미도레이 공략 작전을 다시 생각하기로 하고, 지금은 이 자리를 정리하는 게 우선이다. ──나는 그렇게 생각하고 문제 해결을 나중으로 미루기로 했다.

그러나 이 자리엔 그걸 납득할 수 없는 자가 있었다.

타아──앙!!

커다란 소리가 연회장에 울려 퍼졌다.

슈나가 갑자기 아까와는 분위기가 다른 미소를 지으면서 미도레이 앞의 탁자를 세게 내려친 것이다.

눈을 동그랗게 뜨는 미도레이.

아파서 놀란 것이 아니라 무슨 일이 일어난 것인지 이해가 안 된다는 표정이었다.

확실히 그렇긴 했다.

지금의 슈나의 속도는 깜짝 놀랄 정도로 빨랐다. 방심하고 있었다고 해도 반응할 수 있는 자가 얼마 안 될 정도였다.

"뭐, 뭐 하는 거요?!"

"그 입 닥치세요!!"

미소를 유지하면서 쏘아보던 슈나가 미도레이에게 일갈했다. 그리고 수프가 담긴 그릇을 집더니 미도레이에게 내밀었다.

"이 수프를 보세요. 건더기가 아주 많이 들었죠? 이게 바로 리무루 님이 이상으로 생각하시는 모습입니다."

뭐?

무슨 뜻이지?

당혹스러워하는 내 표정은 아랑곳하지 않고, 슈나는 말을 이었다.

"밀림 님의 밑에는 라이칸스로프(수인족), 하피(유익족), 클레이만의 부하였던 마인들 그리고 당신들 드라고뉴트(용인족)가 모였어요. 그중 하나의 종족만 따져도 훌륭한 힘을 지녔다고 할 수 있겠죠. 하지만 모두의 힘이 합쳐지면—— 훨씬 더 강한 힘을 만들어낼 수 있어요. 이걸 드셔보세요."

예상 못 한 박력을 보여주면서, 슈나는 미도레이에게 스푼을 쥐어주었다.

그 기세에 밀렸는지, 미도레이는 시키는 대로 수프를 먹어보았다. 내가 거의 포기하고 있었는데, 슈나는 이렇게 간단히…….

거기까지만 성공하면 결과는 예상했던 대로 이뤄진다.

"——!!"

미도레이의 얼굴이 경악의 빛으로 물들었다.

"이, 이건——?!"

"어떤가요, 맛있죠? 이게 '조화'라는 겁니다. 하나하나의 건더기가 자기주장을 자제하면서 전체적으로 완전한 맛을 만들어내는 것처럼, 이 수프에는 그런 염원이 담겨 있는 거예요."

그, 그랬구나.

야아, 나는 단순히 맛있는 수프라는 생각밖에 하지 않았는데…….

"마, 맛있습니다. 제가 지금까지 먹어본 어떤 야채보다도……이 한 숟갈의 수프 쪽이 맛이 더 깊군요……."

아니, 물론 그렇겠지.

요리도 되지 않은 야채와 비교하면 슈나의 요리 쪽이 훨씬 더 맛있는 건 당연하다. 그러나 그건 미도레이에겐 획기적인 발견이었던 모양이다.

"저기, 그렇게 불쌍한 사람을 보는 것 같은 눈빛으로 절 보는 건 그만해주셨으면 좋겠습니다만……."

헤르메스가 얼굴을 붉히면서 그렇게 말했다. 같은 수준으로 취급하지 말아달라고, 그 태도가 웅변하듯이 말하고 있다.

확실히 그런 말을 하고 싶어지는 마음이 이해가 갔다.

부하가 바른 말을 해도 절대로 인정하려 들지 않는 상사도 있으니까. 그런데도 무슨 일이 생기면 연대책임을 지게 되니, 여러모로 곤란해진다.

조금 불쌍해 보여서 나는 이해한다는 표정으로 헤르메스를 향해 고개를 끄덕여주었다.

그건 그렇고, 내가 헤르메스와 그런 대화를 나누는 사이에 미도레이는 수프를 마지막 한 모금까지 다 먹고 있었다.

그런 미도레이에게 슈나가 말했다.

"이해해주신다면 그걸로 충분합니다. 하지만 이것만은 기억해주세요. 요리라는 게 이것 하나로 끝나지 않는다는 것을."

표정을 누그러뜨리면서 미도레이에게 가르침을 주는 슈나.

수프의 맛을 알게 된 지금, 미도레이도 그 말을 받아들일 마음이 생긴 것 같았다.

"그게 무슨 뜻입니까?"

그가 진지한 표정으로 슈나에게 되물었다.

슈나가 말했다.

"이 수프가 밀림 님이 지배하는 새로운 나라라면, 여기 있는 빵이 블루문드 왕국이에요. 그리고 이 스테이크가 신흥국가 파르메나스. 푸아그라로 만든 테린이 드워프 왕국이라면, 이 해산물 요리가 마도왕조 살리온이라고 할 수 있겠네요. 조합의 종류는 다양해요. 요리라는 것은 한 가지만으로 완성되는 게 아닙니다. 그건 국가도 마찬가지예요. 넓고 깊게 서로 관계를 맺고 얽히면 더욱 풍부한 만족을 얻을 수 있는 것처럼 말이죠. 그게 바로 리무루 님이 바라시는 세계랍니다."

진심 어린 미소를 짓는 슈나.

미도레이는 그 말에 느끼는 게 있었는지, 나열된 요리 쪽으로 시선을 떨구면서 말없이 생각에 잠겼다. 그런 반응을 보이는 건 미도레이뿐만 아니라, 멀리서 상황을 훔쳐보고 있던 자들도 마찬가지였다.

"그, 그랬었단 말인가……."

"국가 간의 관계, 확실히 그건 중요하지."

"그 말이 맞소. 그건 그렇고, 설마 마왕 리무루 폐하가 거기까지 생각하고 계셨다니……."

"정말 대단한 생각이 아닌가! 요리 하나만 따져봐도 그래. 소금 간을 잘못 하면 맛이 없어지지. 그런데 다양한 요리를 서로 조화가 이루게 만들어서 풀코스로 완성했단 말인가. 실로, 실로 매혹적인 구상이라 할 수 있군!!"

그런 식으로 흥분한 표정으로 얘기를 나누는 자들까지 나오는 지경에 이르렀다.

으─음, 나는 그렇게까지 생각하진 않았는데 말이지. 슈나의 힘이 실린 설득이 다른 사람들의 마음에 절실하게 와 닿았던 모양이다.

이런 스탠딩 파티용의 통일감 없는 요리들을 가지고 잘도 그렇게까지 멋들어진 말을 할 수 있구나.

나는 솔직한 심정으로 슈나가 대단하다고 생각하면서 감탄했다.

이건 말에 실린 힘만이 아니라, 말보다 더욱 설득력이 있는 맛있는 요리 덕분이랄까──.

가치관의 차이── 그걸 두려워하던 사람들도 요리를 예로 들어 언급한 '조화'라는 말을 듣고, 인간과 마물이 서로 손을 잡는 미래라는 꿈을 본 것이겠지.

"그리고 뭐든지 다 섞는다고 해서 좋은 건 아니니까, 그 점은 주의하도록 하세요."

그렇게 설명을 추가한 슈나의 시선이 내 뒤에 선 시온을 아주 잠깐 쳐다봤지만, 그건 눈치채지 못한 것으로 치자.

"자, 그럼 이제 납득하신 것 같으니까 그만할까요. 요리는 따뜻할 때가 맛있답니다. 밀림 님, 칼리온 님, 프레이 님 그리고 동행 분들도 식기 전에 어서 드세요."

슈나가 권하자, 그 말을 기다렸다는 듯이 밀림이 요리에 달려들었다.

"정말 맛있다!!"

만면에 띤 미소.

그게 대답이라는 것은 일목요연하다.

어려운 말이 아니더라도, 그 얼굴을 보면 쉽게 이해할 수 있는 것이다.

"그렇군……. 내가 잘못 생각하고 있었구나……. 밀림 님은 계속, 내가 잘못을 깨닫기를 기다려주셨단 말인가……."

미도레이에게도 그건 전해졌다. 오랜 시간을 거쳐서야 겨우 자신의 잘못을 깨달은 것이다.

"자, 자, 미도레이 님, 이런 데서 풀이 죽은 모습을 보여봤자 주위 사람들이 보기에는 민폐일 뿐입니다. 식기 전에 먹도록 하죠!"

분위기를 파악하지 못한다. ——아니, 일부러 분위기를 파악하지 못한 척하며 헤르메스가 그렇게 말하는 바람에, 다시 미도레이의 머리에 혈관이 돋았다.

"네, 네 이놈……."

"왜, 왜 그러십니까? 머리를 그렇게 멜론처럼 만드시고——."

"와하하하하! 그렇게 화를 낼 것 없잖아, 미도레이. 헤르메스가 말한 대로 어서 먹지 않으면 내가 다 먹어버릴지도 몰라."

"쳇. 목숨을 건진 줄 알아라, 헤르메스. 오늘은 밀림 님과 이 훌륭한 요리를 봐서 네놈의 무례함을 그냥 넘어가주마!"

그리고 그 자리는 웃음소리가 대신 가득 찼다.

인간도 마물도 관계없이, 모두의 마음이 하나가 된 것처럼.

"네 여동생은 정말 대단하군."

"그렇죠? 자랑스러운 여동생입니다."

베니마루와 눈이 마주쳐서 그렇게 칭찬해주자, 그는 당연하다고 말하면서 고개를 끄덕였다.

그런 우리의 대화가 들렸는지, 슈나는 볼을 붉히면서 황급하게 연회장 구석으로 도망치고 말았다.

그 후, 오후 여섯 시부터 아홉 시까지로 예정되어 있던 전야제는 두 시간이나 더 연장되었다.

참가할지 말지 눈치를 살피던 각국의 요인들이, 에르메시아가 참가했다는 소식을 듣고 뒤늦게 찾아온 것이 그 이유 중의 하나였다. 미도레이와 칼리온 일행이 워낙 대식가라, 좀처럼 만족하지 못했던 것도 또한 그 이유 중 하나라고 하겠다.

뭐, 이유 같은 건 어찌 되든 상관없다.

결과로 따져보면 대성황이었으니까.

이리하여 각국의 중진에게 보여주기 위한 홍보를 겸한 전야제는, 예상외의 사태도 약간 있었지만 예상 이상의 성과를 거두면서 무사히 끝났다.

전야제가 끝난 심야 0시.

예정에 없었던 긴급회의를 열었다.

"미안하군, 이런 시간에 모이게 해서. 피곤하겠지만 조금만 더 버텨주게."

나는 그렇게 말하면서 이 자리에 모인 자들을 둘러봤다.

우선은 오늘의 공로자인 슈나의 노고를 치하했다.

"슈나, 오늘은 정말 큰 도움을 받았다. 요리도 아주 맛있었고, 그 밀림조차 고생하게 만들었던 미도레이를 대신 설득해줘서 정말 고맙구나."

내가 감사의 마음을 전하자, 슈나는 방긋 웃었다.

"아닙니다. 요리에 대해선 요시다 씨의 협조가 있었기 때문에 성공한 것이니까요. 그리고 리무루 님이 하쿠로우의 생선요리를 절찬하셨기 때문에 왠지 진 것 같아서 분했답니다."

물고기를 해체하는 것도, 회로 만드는 것도, 하물며 초밥을 만드는 것까지. 슈나보다 하쿠로우 쪽이 훨씬 더 훌륭했다. 이건 이미 특기 같은 것이기 때문에 슈나의 노력이 부족했다고 할 수도 없는 것인데…… 그래도 슈나는 상당히 분했던 모양이다.

어쨌든 내가 고맙게 여기는 마음만큼은 순순히 받아들여주었다.

그다음에는 뒤에서 일해주고 있는 묘르마일에게 물어보았다.

"묘르마일 군, 상인들은 어떤가? 무슨 문제는 발생하지 않았나?"

축제에 내놓을 전시물을 위해 각국에서 다양한 물품이 유입되고 있다. 그걸 관리하는 것은 리그루도와 리리나. 그리고 묘르마일에겐 우리나라를 찾아온 상인들에 대한 접대를 맡겨놓았다.

"상인들의 평가는 아주 좋습니다. 이 나라의 위용을 보고, 눈을 휘둥그레 뜨는 자들뿐입니다. 오늘 저녁에도 이 도시 사람들이 제공한 많은 요리를 보고 모두 입맛을 다시더군요. 근처 나라에서 온 농민들도 많으니, 대성황이라고 할 수 있겠지요. 상품 질이 좋은 것도 많아서 앞으로도 좋은 관계를 구축할 수 있을 것 같습니다——."

그때 리그루도 쪽으로 시선을 슬쩍 보내는 묘르마일. 그에 응하듯이 리그루도가 고개를 끄덕이더니 설명을 이어갔다.

"네. 묘르마일 공의 말대로 신선한 야채와 과일, 훈제된 고기와 물고기, 보기 드문 공예품 등이 많이 모이고 있습니다. 살아 있는 가축을 몰고 온 자도 있고, 축제 준비는 완벽하다고 할 수 있겠습니다."

물품이 부족해질 우려는 없다고, 리그루도가 확실하게 보장해 주었다.

"내일부터 열 만찬회에 제공할 식재료도 그런 수입품을 이용할 예정입니다."

리리나도 리그루도의 말에 고개를 끄덕이면서 보충하듯이 설명했다.

"그럼 문제는 없을 것 같군."

"네, 괜찮을 것으로 보입니다. 단지—— 아니, 역시 괜찮습니다."

응? 묘르마일은 무슨 말을 할 듯이 입을 뗐다가 생각을 다시 했는지 입을 다물었다. 그렇게 나오면 신경이 쓰이니까 마지막까지 확실하게 말해주면 좋겠는데.

"아니, 아니. 사양하지 말고 말해주게. 도중에 멈추면 오히려 더 신경이 쓰이니까."

나는 그렇게 말하면서 묘르마일에게 어서 말하라고 재촉했다.

베니마루와 소우에이도 내게 동의하는지, 말없이 고개를 끄덕였다.

무언의 압력에 밀렸는지 묘르마일은 머리를 긁으면서 다시 입을 열었다.

"제 기분 탓일 거라 생각합니다만, 잘 아는 거상을 따라온 소규모 상인들 중에 낯이 익은 자가 별로 없는 것 같았습니다. 이래 봬도 제가 사람의 얼굴을 기억하는 게 특기라 조금 마음에 걸리더군요. 그래서 여러모로 조사해봤는데——."

약간 마음에 걸렸지만 문제가 될 건 없었다고 묘르마일은 말했다.

잘 아는 상인들에게도 물어봤는데, 최근에 새로 거래를 시작한 상대가 확실하다고 했다. 하지만 나쁜 소문은 전혀 듣지 못했다고 한다. 좋은 상품을 싸게 제공해주고 있으며, 걱정이 지나치다고 오히려 웃음을 샀다.

시험 삼아 묘르마일이 말을 걸어봤지만, 싹싹하게 잘 대응했던 모양이다.

"큰일을 맡았다는 흥분 때문에 저도 약간 예민해진 것 같습니다."

그렇게 말하면서 묘르마일이 쓴웃음을 지었다.

최근에 묘르마일의 업무량은 말도 안 되게 많아졌다. 조금 걱정이 되어서 묘르마일에게 괜찮은지 물어봤다.

"이봐, 정말 괜찮은 건가? 무리를 하다가 과로로 쓰러진다거나……."

그러나 묘르마일은 이번에야말로 내 걱정을 웃어넘겼다.

"하하하, 안심하십시오. 그보다 더 중요한 얘기가 있습니다! 듣자 하니 내일부터 벌어질 무투대회에 그 용사 마사유키 님이 참가하신다더군요!! 도시에 소문이 자자하고, 벌써부터 술집에선 내기가 벌어지는 모양입니다."

지금 일에 자신의 열정을 다 쏟아붓고 있기 때문에 피곤할 틈이 없다고 묘르마일은 호언장담했다. 그보다 중요한 것이라고 꺼낸 화제는 오늘 저녁에 결정된 마사유키의 무투대회 참가였다.

"그 말이 맞아. 그 건에 대해서 논의를 해볼까 해서 모두를 모이게 한 거니까."

밀림 일행을 맞이하러 간 자들은 그 얘기를 처음 들은 표정이었다. 베니마루는 아예 소우에이 쪽을 보면서 "이게 어떻게 된 상황이야?"라고 물으며 설명을 요구했다.

그에 먼저 대답한 사람은 소우에이가 아니라 시온이었다.

"정말로 불쾌한 녀석입니다! 리무루 님을 토벌하겠다느니 어쩌니 하면서 건방진 소리를 뱉더군요. 제가 이 손으로 처리해버리고 싶었습니다만……."

"그건 내가 말렸어. 주위 눈도 있으니, 지금 시온이 섣불리 날뛰었다간 내일부터 벌어질 축제에도 영향을 줄 테니까."

과연, 어쩐지 시온이 얌전하다 싶었다.

최근에는 조금 얌전해졌다고 생각했는데, 안심하기는 아직 이른 모양이다. 소우에이가 같이 있었던 것이 다행인 것 같다.

"말리길 잘했다. 그곳에는 내 친구인 유우키도 있었으니, 도시 입구에서 용사를 상대로 싸움을 벌였다는 얘기가 퍼지면 인간들이 쓸데없는 경계심만 가지게 될 거야."

내가 한숨을 쉬며 말하자, 베니마루가 고개를 끄덕였다.

"그 말이 맞습니다. 시온, 좀 더 냉정해져야겠다."

"훗, 두말할 것도 없습니다. 그저 조금 발끈했을 뿐이지, 진심으로 날뛸 생각은 하지 않았으니까요. 하지만——."

"쿠후후후후, 시온 공이 무슨 말을 하시고 싶은지 잘 압니다. 주인이 업신여김을 당했는데 잠자코 있을 수는 없다는 뜻이지요? 베니마루 공도 그 자리에서 직접 그 광경을 보셨다면 다른 반응을 보이지 않았을까요?"

"——그렇지 않아. 나는 항상 냉정하다."

베니마루는 말끝을 살짝 흐리면서 시선을 이리저리 돌렸다.

으——음, 믿을 수가 없겠는데.

"그럼 리무루 님, 논의할 일은 그 용사라는 자를 처리할 방법에 관한 것입니까? 저한테 맡겨주시면 오늘 밤 안으로 흔적도 남기지 않고 정리할 수 있습니다만?"

디아블로는 아무렇지 않은 표정으로 무시무시한 소리를 입에 올렸다.

이 녀석이 하는 말이라면 틀림없이 진심이다. 게다가 정말로 아무렇지 않게 실행할 것 같아서 너무나 두렵다.

"그럴 생각은 없다. 절대 섣불리 앞서서 행동하지 마라."

그래서 나는 이 자리에서 한 번 더 단단히 다짐을 놓았다.

그런 뒤에 새롭게 마음을 다잡으면서 상의할 내용을 알려주었다.

"상의할 내용은 내일부터 벌어질 무투대회에 간부 중에서도 누군가 참가할 수 없겠는가 하는 것이다."

그리고 지금 내가 한 발언은 터무니없는 폭탄이 된다──.

"호오?"

베니마루의 눈이 번뜩인다.

"과연."

시온이 대담한 표정으로 웃는다.

나 몰래 무슨 짓을 하던 것 같은데, 괜찮은 건가?

싸움 쪽에 정신이 팔려서 잊어버리고 있는 것인지도 모르겠다.

"쿠후후후후, 재미있군요. 실로 흥미진진한 이야기입니다."

그리고 디아블로까지 너무나 아름다운 미소를 짓는 지경에 이르렀다.

"구경거리가 필요하다면 제 실력이 도움이 될 것입니다."

게루도도 의욕을 보인다.

소우에이까지 "훗" 하고 살짝 웃더니 출전 의지가 가득한 표정을 짓는다.

그리고 하쿠로우도.

아무 말 하진 않았지만 몸을 달싹거리기 시작했던 것이다.

가비루는 자신이 주최하는 발표회가 있어서 아쉬운 표정을 지었고…….

──그런 식으로, 내가 예상한 대로 반응을 보였다.

란가는 내 그림자 속에서 잠들어 있었기에 반응하지 않았던 거 겠지.

어쨌든 출전을 인정해줄 마음은 없으니 별문제는 없겠지만.

누가 출전할지를 놓고 분위기가 살벌해진 간부들에게서 주의 를 끌기 위해 나는 헛기침을 했다.

"기다리라니까. 다른 나라의 간첩들도 많이 모인 자리에서 너 희가 진짜 실력을 드러낼 필요는 없지 않느냐?"

"쿠후후후후. 진짜 실력을 드러내지 않은 채로 제가 전부 유린 해 드리겠──."

"스톱! 잘 들어라, 미리 말해두겠다. 베니마루, 시온, 디아블로 그리고 소우에이. 너희들은 출전을 금지하겠다."

"그럴 수가?!"

"그게 무슨──."

놀라는 그들을 손을 들어 진정하라고 제지한 뒤, 이유를 설명 해주었다.

"우선 소우에이 말인데, 넌 '밀정'이지 않나? 사람들이 떼로 모 여 구경하는 데서 싸운다는 건 아예 말이 안 된다."

내 말에 소우에이가 헉 하고 놀랐지만, 이내 납득했는지 그 이 상은 아무 말 않고 물러났다.

변장해서 나가겠다느니 하며 고집을 부리지 않고 넘어가줘서 다행이었다. 하지만 만일을 위해 이 자리에서 확실하게 승부수를 띄우기로 했다.

"그래서 너에겐 새로운 직책을 주려고 한다."

"직책, 이라고요?"

"그렇다. 너에게 이미 이 나라의 전반적인 첩보활동을 맡긴 셈이지만, 이참에 정식으로 첩보부대의 대장으로 임명하마. 너의 부대에도 '쿠라야미(람암중, 藍闇衆)'라는 이름을 주겠다. 네 밑에 있는 소우카와 다른 부하들은 부대원으로 인정하겠지만, 아직 제 몫을 하지 못하는 자에겐 그 이름을 쓰지 못하게 해라. 알겠지?"

"잘 알겠습니다!! 정말 감사합니다, 리무루 님!!"

소우에이는 내가 생각한 것 이상으로 감격했다.

대회 출전을 막기 위한 핑계였지만, 본인이 기뻐하니 잘된 것으로 치자.

소우에이의 부하들도 지금은 수백 명이 있는 것 같고. 그중에서 엄선하여 '쿠라야미'로 편성해준다면 그걸로 충분할 것이다.

소우에이는 해결되었으니, 다음은 저 세 명이 문제로군.

내 부하 중에서도 특히 강력한 이 세 명.

이 녀석들을 출전시켰다간 아무리 생각해봐도 문제만 발생할 터였다. 이렇게 될 줄 알고 있었던 나는 이미 다 대책을 생각해 놓았다.

"잘 들어라. 나는 지금 서방 열국의 요인들을 대응하기 위한 직책으로 '사천왕'이라는 지위를 신설하려고 생각 중이다."

"사천왕⋯⋯."

"뭐라고요──."

"과연."

세 명의 눈빛이 바뀌었다.

엄청난 반응을 보인다.

"너희 세 명은 내 부하들 중에서도 뛰어나게 강하다. 그래서 '사천왕'의 필두에 베니마루를, 나머지 세 자리 중 둘은 시온과 디아블로를 임명하고 싶다."

이 세 명 중에선 베니마루에게 가장 리더의 자질이 있다. 무엇보다 베니마루는 내 대리로 총대장의 역할을 맡은 남자니까.

뭘 하는 것인지 모를 직책인 이 '사천왕' 필두라는 지위에 베니마루만큼 잘 어울릴 자는 없을 것이다.

거창한 것인 양 말하고 있지만, 사실 완전히 명예직이다. 대회에 출전하는 걸 막기 위한 핑계였으니까.

"제가 필두…… 삼가 그 명령을 받들겠습니다!!"

좋아. 베니마루는 받아들여줬다.

"베니마루가 필두라는 것은 조금 납득하기 어렵습니다만, 그 점은 앞으로 제 활약을 보시고 재고해주셨으면 좋겠습니다. 저도 기꺼이 '사천왕'이라는 이름을 받도록 하겠습니다, 리무루 님!"

시온도 이걸로 해결됐다.

어디서 그런 자신감이 나오는지는 모르겠지만, 지금은 납득해줬으니 그냥 내버려두자.

"'사천왕'이란 말입니까. 리무루 님의 첫 번째 부하가 되는 것을 목표로 삼고 있지만, 지금의 저는 아직 신참인 몸. 지나친 욕심은 안 되겠지요. 저도 지금은 조금이나마 리무루 님을 따라잡을 수 있도록 노력하겠습니다!"

으—음, 받아들이겠다는 말이겠지?

정말이지, 디아블로도 상대하기 번거로운 성격이라니까.

어쨌든 이것으로 이 세 명은 지금부터 '사천왕'이 되었다.

"흔쾌히 받아들여줘서 고맙다. 그리고 방금 너희에게 대회 출전을 금지한 이유 말인데, 바로 이 '사천왕'과 관계가 있다."

"그 말씀은 곧……?"

"음. 실은 말이지, '사천왕'의 나머지 한 명을 정하지 못했거든. 소우에이가 좋지 않을까, 그렇게도 생각했지만 소우에이는 '밀정'이다. 공공연한 자리에 모습을 드러내는 것은 좋지 않으니까 이 자리에는 적임이 아니라고 생각했지."

그렇게 말하면서 모두의 반응을 살폈더니, 다들 납득했는지 동의한다는 표정으로 고개를 끄덕였다.

"그런 고로 남은 자들이 대회에 참가해서 그중에 우승한 자가 명실공히 '사천왕'의 자리를 차지하는 게 좋지 않을까 생각하는데, 너희는 어떠냐?"

생각할 여유를 주지 않고 빠른 목소리로 제안하자, 회의실 안은 서로가 어떻게 나올지를 살피는 분위기가 되었다.

그러나 여기서 내 예상을 벗어난 발언이…….

"으, 으음……. 저도 출전하고 싶습니다만, 내일부터 모미지와 데이트——가 아니라, 이 도시를 안내해주겠다고 약속을 해놓은 지라……. 하지만 리무루 님이 명령하신다면——."

가장 믿었던 하쿠로우가 설마 했던 사퇴 의사를 밝혔다.

하쿠로우같이 레벨(기량)이 높은 자라면 적임이라고 생각했는데, 타이밍이 안 좋았다. 명령한다면 출전하겠다고 하지만, 그럴 수는 없다.

163

마사유키의 실력을 파악하기에 하쿠로우가 최적이라고 생각했는데——. 그러나 모처럼 딸과의 추억 만들기를 방해했다간 내가 원망을 받을 것이다.

"그건 중요한 일 아닌가, 하쿠로우. 그런 약속을 어겼다간 모미지가 평생 자네한테 말 한마디 안 할 텐데?"

"그, 그건 좀……."

내 선배도 딸과의 약속을 어기고 일하러 나갔다가 일주일이 넘게 무시를 당했다고 탄식했었다.

이제 겨우 만난 부녀인데, 벌써부터 약속을 어기는 짓을 했다간…….

"그리고 하쿠로우는 '사천왕'보다는 베니마루의 군사고문이라는 느낌에 더 가깝지. 부장(副將) 정도가 어울릴 것 같으니 무리해서 출전하진 않아도 된다."

감격한 표정으로 고개를 끄덕이는 하쿠로우.

나는 하쿠로우를 위해서라도 그의 출전은 보류하기로 했다.

그렇다면 출전이 가능한 자는——.

"저는 기술 발표회가…… 그리고 게루도 공이 저보다 강합니다. 그 일은 게루도 공에게 맡기겠습니다."

역시 게루도뿐인가.

가비루는 주최하는 발표회가 있으니 이번에는 참가할 수 없다. 그 원통한 마음을 대신 맡기는 심정으로 게루도를 응원하기로 한 모양이다.

"잘 알았소. 내가 전력을 다해 싸워서 마사유키라는 자의 우승을 저지해 보이겠소!"

게루도는 가비루의 말에 응하듯이 힘차게 고개를 끄덕였다.

게루도라면 실력으로 따져봐도 부족함이 없는 인재다. 하지만 아무리 생각해도 우스갯거리로밖에 보이지 않을 직책인 '사천왕'의 한 명으로 게루도를 앉히는 것은 좀……

베니마루는 문제아 두 명을 잘 조절하라는 뜻으로 임명했지만, 게루도에겐 미안한 마음이 드는군.

뭐, 그건 나중에 생각하기로 하자. 어쨌든 지금은 게루도가 마사유키의 실력을 파악해준다면 그걸로 충분하다.

내가 그렇게 생각했을 때.

"사천왕, 그 자리에 어울리는 사내를 소개하고 싶습니다!"

갑자기 리그루가 일어서더니 날 보면서 외쳤다.

대회는 대진표가 어떻게 만들어지느냐에 따라 만일의 경우가 발생하는 것도 고려해야 한다. 그런 사태를 막기 위해서라도 참가자는 여러 명을 준비하는 게 바람직할지도 모른다.

A랭크에 도달한 리그루가 추천할 정도의 인재라면 나도 안심할 수 있을 것이다.

"어, 그래. 게루도가 출전하니까 괜찮을 거라 생각하지만, 그게 누구지?"

그렇게 생각한 나는 리그루에게 설명을 재촉했다.

"아쉽게도, 저도 경비 임무가 있어서 출전할 수 없습니다. 없습니다만, 저 다음가는 실력자가 있습니다. 그건——."

리그루 다음가는 실력자라면—— 설마?!

"고부타입니다!!"

응…… 바로 그 설마였다.

하지만 내 생각과는 반대로, 리그루도도 힘차게 고개를 끄덕이고 있었다.

"고부타라면 우리 대표로서 부족함이 없겠지요."

그런 말까지 하질 않나.

"후훗, 그 녀석은 제 제자로서도 우수한 부류에 속합니다. 머리 회전도 제법 빠르고 기술도 날카롭지요. 기본적으로 육체가 성장해주지 않아 아쉽지만, 이 대회를 성장의 발판으로 이용하는 것도 재미있을 것 같군요."

하쿠로우까지 그런 말을 하는 지경에 이르렀다.

간부들의 반대도 없다.

일단 본인의 의사를 확인해볼까 했는데…….

"새근—— 새근——."

응.

본인도 할 마음이 있는 것 같으니, 문제는 없을 것 같군.

그럼 괜찮다고 생각하면서 나는 고부타를 참전시키기로 결정했다.

이것으로 회의를 끝내려고 했지만, 폐회를 선언하기 전에 또 누군가의 목소리가 들렸다.

"나의 주인이여, 저도 그 대회에 참가하고 싶습니다!"

어느새 깨어 있던 란가가 내 그림자 속에서 불쑥 머리를 드러내더니 꼬리를 흔들면서 그렇게 말한 것이다.

"아니, 아니. 란가에겐 무리가 아닐까? 일단은 무투가 메인이니까……."

"그, 그렇습니다. 소환사도 참가하니까 소환수라면 가능하겠지만…… 역시 란가 공의 참전은 힘들지 않을까 합니다만……."

강함과 기술을 겨루는 이 대회. 란가는 틀림없이 강자이지만 대회의 취지에선 벗어난 존재다.

그렇게 생각해서 내가 부정하자, 그 말에 고개를 끄덕인 사람이 묘르마일이었다.

원망스러운 눈길로 고부타를 바라보는 란가.

풀이 죽은 표정을 짓고 있지만, 이것만큼은 어쩔 수가 없었다. 나는 마음을 독하게 먹고 란가의 참전을 기각했다.

"그러면 게루도 공과 고부타 공을 위해 시드를 준비하는 게 좋겠습니다. 참가자 수가 2백 명이 넘으니까 여섯 개 조로 나눠서 배틀 로얄 형식으로 본선 출전자를 정하기로 하죠."

2백 명이 넘는다니, 상당히 많은 사람들이 참가한 것 같군. 내일 대회 예선에선 거기서 여덟 명의 본선 진출자를 정하게 된다.

당연하지만 예선에 시간을 들일 수는 없으므로, 원래는 여덟 개 조로 나눠서 배틀 로얄을 벌일 예정이었다. 거기에 두 명의 출전자를 끼워 넣었으니, 배틀 로얄은 여섯 번으로 끝낸다는 계산이 되겠군.

"나는 내일 각국의 내빈들을 안내해야 된다. 모든 준비는 묘르마일 군에게 맡길 테니, 잘 부탁하네!"

"맡겨만 주십시오!"

묘르마일의 믿음직스러운 대답을 듣고, 나는 안심하면서 고개를 끄덕였다.

남은 것은──,

"디아블로, 너는 이미 각국의 기자들과 안면을 튼 사이지?"

"네. 이번 개국제에도 초대하여 호의적인 기사를 써서 홍보가 가능하도록 준비하고 있습니다."

역시 디아블로는 빈틈이 없다.

어차피 얼굴이 다 알려져 있으니 굳이 실력을 감출 의미는 없다.

아니, 모두가 두려워하는 악마가 심판을 맡는다──는 갭을 보여주면 조금은 인상이 좋아질지도 모르고 말이지.

"미안하지만 심판을 맡기고 싶다. 용사 마사유키와 계루도, 고부타까지 참가하면 홉고블린에게 심판을 맡기는 건 아무래도 불안하니까 말이야."

"쿠후후후후, 맡겨주십시오!"

이걸로 됐다.

만약 무슨 일이 생긴다면 디아블로가 잘 처리해줄 것이다.

"시간을 뺏어서 미안하다. 조금 늦어졌지만, 오늘은 이만 쉬도록 해라!"

"""넷!!"""

이번에야말로 이것으로 회의는 끝이다.

내일부터 벌어질 본격적인 축제를 앞두고, 이윽고 우리는 잠자리에 들었다.

제2장

개국제

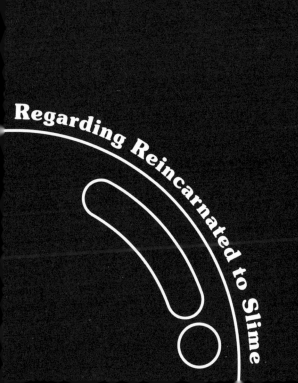

Regarding Reincarnated to Slime

쥬라의 대삼림에 사는 마물 대표들과의 알현에 이어서, 서방 열국에서 온 대표단과의 회담도 별문제 없이 끝났다. 상세한 협의는 나중에 하겠지만, 우선은 좋은 분위기로 끝났다고 할 수 있다.

그리고 어젯밤은 참으로 기묘한 형식으로 전야제를, 각국의 내빈도 다수 참가한 가운데 무사히 개최할 수 있었다.

아주 만족스럽다.

어젯밤은 거의 아는 사람하고만 얘기를 하면서 보냈다.

실무 차원의 협의나 요청 사항은 리그루도나 묘르마일이 얘기를 듣고 정리해주었기 때문이다. 게다가 내빈들에게 내게 쓸데없는 얘기는 걸지 말도록 암묵적으로 금지시켰던 모양이다.

역시 대단하다.

능력 있는 남자들이었다.

솔직하게 말해, 내게 누군가 직접 교섭을 하려고 들었다면 곧바로 "알았다"고 대답해버렸을지도 모른다. 그러면 말꼬리를 잡혀 곤란해질 수 있으므로, 그 전에 한 단계 걸러준다면 아주 큰 도움이 된다.

앞으로 사이좋게 지낼 수 있다면, 가능한 한 도움을 주는 것도 흔쾌히 받아들이겠지만…….

상대를 완전히 파악할 때까진 신중한 행동을 염두에 두는 것이 무난했다.

뭐든 쉽게 받아들이지 말라는 뜻이겠지.

굳이 말하자면 지금의 우리는 사람 수가 부족한 상황이다. 이번 축제가 끝나도 할 일은 산더미처럼 쌓여 있었다.

과제가 줄줄이 놓여 있다.

할 수 있느냐 없느냐는 차치하고라도, 그걸 조정해서 실행하려고 해도 행정부의 일손이 부족하다. 이런 상황에서 내가 멋대로 일거리를 늘려버리면 그야말로 다 처리하지 못하게 된다.

내가 생각한 것 이상으로 리그루도와 묘르마일의 업무 능력은 높았다. 내가 명령한 과제를 잘 처리해주었기 때문에 나도 모르게 그만 쉽게 의존하고 말았던 것이다.

어젯밤도 그들의 시간을 쪼개 회의를 하면서 자야 할 시간을 빼앗고 말았다.

이 이상, 가능한 한 그들의 일거리를 늘리지 말자. ──어젯밤 심야의 긴급회의를 마친 뒤에 혼자 했던 반성이었다.

그러므로 오늘은 이 나라의 지배자답게 열심히 내빈들을 맞아서 접대하자고 새롭게 결심했던 것이다.

그리고 지금.

오늘 날씨는 쾌청.

템페스트 개국제가 본격적으로 시작되는 날이다.

비록 비가 내려도 구름을 날려 보내서 맑은 날씨로 만들 예정이었지만.

템페스트(마국연방)의 수도 리무루.

내 이름을 따서 지은 도시에서, 행정기관이 집중된 북쪽 구역.

그 중앙에 있는 의사당의 발코니에서 나는 아래에 모인 자들을 내려다보고 있었다.

의사당에 이어진 커다란 길. 도시를 종횡으로 가르는 이 길은 넘칠 듯이 많은 사람들로 가득 채워져 있었다.

예전에는 마물── 지금은 아인으로 불러야 할 나의 백성들.

쥬라의 대삼림 각지에서 모여든 마인들.

근처 국가에서 모인 상인들과 그들을 경호하는 모험가들.

축제 소식을 듣고 찾아온 농민들도 있다.

10만이 넘는 다종다양한 종족의 도가니. 그게 지금 내 눈 아래에 펼쳐진 광경인 것이다.

인간과 마물이 서로 싸우지 않고 공존하는 국가. 그걸 실현해냈다는 실감이 조금씩 내 마음을 채워가는 느낌── 그건 너무나도 기분이 좋은 일이었다.

자, 이제 슬슬 시작하자.

나는 일어서서 마이크(확성기)를 잡았다.

"제군. 나, 아니 짐이 마왕 리무루입니다, 이다⋯⋯."

이제 됐다, 귀찮아.

나한테 딱딱한 연설은 약간 정도가 아니라 지나치게 무거운 짐이다.

그러므로 지금부턴 내 나름대로 솔직한 마음을 평범하게 말하자.

"내가 마왕 리무루다. 잘 부탁한다. 아아, 오늘은 우리나라의 초대에 응해줘서 기쁘게 생각한다. 처음 보는 사람도 있겠지만,

긴장하지 말아주길 바란다. 마왕이 된 건 사실이지만, 나는 인간과 적대할 생각 같은 건 없다. 나는 모두가 사이좋게 살 수 있는 나라를 만들고 싶다고 생각하고 있다. 인간과 마물이 다투는 것보다 서로 손을 잡고 협력하는 것이 더 좋은 미래를 기대할 수 있다고 믿기 때문이다."

연설을 계속하면서 반응을 살피자, 모두 진지한 표정으로 내 말에 귀를 기울여주고 있었다.

내 부하들은 물론이고 구경삼아 놀러왔을 뿐인 농민들까지도.

나는 그들의 긍정적인 반응을 느끼면서 말을 이어갔다.

"당신들 중에는 내가 마왕이라는 이유로 경계하는 자도 있을 것이다. 그건 당연한 경계이겠지만, 솔직히 느껴지는 대로 믿어주길 바란다. 당신들에게 내 생각을 억지로 강요할 생각은 없다. 나를 믿을 수 있다고 생각해준다면 기쁠 따름이다. 그러나 나를 믿을 수 없다고 해도, 그건 어쩔 수 없는 일이라 하겠다. 신용이란 하루아침에 이뤄지는 게 아니라 앞으로 교류를 계속 거듭하면서 쟁취하는 것이라고 생각하니까, 서둘러 결론을 내릴 것을 요구하지는 않겠다──."

'로마는 하루아침에 이뤄지지 않았다'는 말이 있다.

신용은 시간을 들여서 쌓으면 되는 것이다.

뭐, 올바르게 받아줄 것인지 아닌지는 상대에 달린 거지만.

뒤이어 지배자 계급인 왕후 귀족들에게도 내 진심을 전하기로 하자.

"여기 모인 귀족 분들도 자신의 나라에 돌아가면 여기서 본 것을 솔직하게 전해주길 바란다. 이미 우리나라와 우호관계를 맺은 나라도 있다. 우리나라를 믿을 수 없다고 해도 그런 나라들은 충분히 신용할 수 있지 않겠는가? 내가 슬라임(마물)이자 마왕이라고 해서 편견을 가지지는 않았으면 좋겠다."

뭐, 이것도 개인이 아니라 국가 차원에서 판단을 내리게 되겠지. 이 자리에 있는 자가 어떻게 느꼈는지는 문제되지 않지만, 그래도…… 어느 정도는 의미가 있다고 믿어보자.

단지 파르무스 왕국 같은 사태의 재발을 막는 의미에서라도 확실하게 못을 박아두기로 했다.

"나는 우리와 손을 잡지 않는다고 전쟁을 벌이거나 할 생각은 결코 없다. 단, 우리가 마물이라고 해서 불평등을 강요한다거나 토벌이라는 명목으로 전쟁을 시도한다면, 우리도 일절 용서하지 않을 것이다. 그건 예전에 멸망한 파르무스 왕국 사태를 보더라도 충분히 이해할 수 있으리라 생각한다."

이 말 또한 내가 생각한 그대로다.

위협으로 받아들일지도 모르지만, 이게 솔직한 마음이었다.

전쟁은 싫어하지만 도전을 해온다면 주저하지는 않을 것이다. 지배자가 망설이는 모습을 보이면, 그 불똥에 피해를 입는 것은 싸울 줄 모르는 일반 시민들이니까.

애초에 국가의 역할은 국민의 생명과 재산을 지키는 것에 있다. 나를 의지하며 모인 마물들이나, 앞으로 모이게 될 이주자들. 그런 이들을 지키는 것이 나에겐 가장 중요한 임무인 것이다.

무력이 없는 세계는 이상적이지만, 그건 실현 불가능한 꿈속의 얘기다.

평화로운 세상에서 일반 시민이 꿈을 꾸는 것은 자유지만 지배자에겐 그런 것이 허용되지 않는다. 어떤 상황이 닥쳐도 대응할 수 있도록 대비하는 것, 그게 바로 국가에 요구되는 최소한의 조건이니까.

그러므로 나는 지금 내빈으로 온 지배계급에 속한 자들을 향해서 이 말을 한 것이다.

그리고 마지막으로.

"여긴 모인 상인이나 모험가 그리고 농민 등 일반인에 속하는 여러분. 나는 당신들에게 손을 대지 않겠다고 맹세한다. 뭐, 범죄자는 예외가 되겠지만. 우리나라는 지금 인력이 부족하다. 할 일은 많으니까, 직업을 찾는다면 이주를 검토해주면 좋겠다. 사람이 많이 모이는 장소에는 새로운 기회가 태어나지 않겠는가. 기본적으로 우리나라는 자유로운 발상을 보장하는 곳이다. 발언의 자유를 인정하며, 직업 선택의 자유도 인정하고 있다. 단, 그 발언과 행동에는 책임이 따르겠지만 말이다. 이런 것을 잘 이해한 상태에서 우리나라에 흥미가 생긴다면, 방금 내가 말한 것을 잘 검토해다오. 앞으로도 우리나라에선 다양한 행사를 개최할 예정이다. 오늘부터 시작되는 템페스트 개국제도 그중 제1탄으로 기획한 것이다. 그러면 부디 즐겁게 즐겨주길 바란다!!"

일반인들에게 선전을 하는 것으로 내 연설을 끝이 났다.

좀 지나치게 솔직했나?

하지만 상관없다.

나는 기껏해야 과거에 샐러리맨이었을 뿐이다. 갑작스럽게 출세했다고 하나, 왕후 귀족다운 인사말은 할 수도 없으니까.

하지만 그래도.

내 연설을 듣고자 모인 사람들로부터 커다란 환호성이 일어났다.

이 도시의 주민들뿐만 아니라, 다른 나라에서 온 자들도 흥분한 표정으로 소리치고 있는 모습이 보였다. 물론 그중에는 나를 여전히 의심하는 자들도 있는 것 같지만…….

그래도 반수 이상의 사람들이 나를── 더 나아가 이 나라를 믿어보자고 생각한 것 같았다.

지금은 그것으로 만족한다.

처음부터 전적으로 믿어주는 것이 오히려 더 이상하니까.

우리의 진심은 전했다.

남은 건 그게 어떤 반응을 가져올지, 그 결과를 기다리는 것뿐이다.

이리하여 내 연설을 개회사로 삼으면서, 템페스트 개국제가 막을 올렸다.

＊

연설을 마친 뒤에 1층의 홀로 내려왔다.

그곳에 옷을 갈아입은 아이들이 모두 모여 있었다.

"잠깐만요, 선생님. 선생님이 이 나라의 왕이었어요?!"

어라, 말하지 않았던가?

"몰랐니, 켄야? 내 위대함을 깨달았다면 지금도 늦진 않았어. 날 존경해도 된단다."

"어떻게──."

"네——에! 전 선생님을 존경해요!!"

내가 켄야를 놀리자, 앨리스가 그렇게 말하면서 내게 안겼다. 그 뒤를 따라서 클로에까지 "저도요——!!"라고 말하면서 달려들었다.

나는 웃으며 앨리스와 클로에의 머리를 쓰다듬으면서 문제가 일어나지 않을 정도로 아이들을 떼어놓았다.

앨리스와 클로에는 불만스런 표정이었지만 내 몸은 하나밖에 없다. 싸움이 벌어지기 전에 그녀들에게 참아주기를 부탁했다.

"그렇지만, 놀랐습니다. 어제 뵈었을 때에 설마 하는 생각은 했지만 말이죠……."

그렇게 말한 것은 게일이었고, 료타도 그 말에 고개를 끄덕였다.

"뭐, 왕이 된 것은 너희와 헤어지고 난 다음이야. 그래서 바빴다고 말했잖니?"

"그, 그야…… 왕이 되었다면 바빴던 것도 납득은 되지만요……."

켄야는 여전히 불만스러운 표정이었지만, 내 사정을 약간은 이해하게 된 것 같았다.

"그럼 선생님, 앞으로도 자주 만나지 못하게 되는 건가요?"

"으——음, 시간이 되면 만나러 갈 거야. 이래 봬도 나는 장식 같은 존재거든."

"쳇, 그게 무슨 말이에요? 진짜 높은 사람인지 아닌지 확실하게 해달라고요, 나 참……."

불평을 늘어놓는 켄야를 달래면서 오늘의 주의사항을 전했다.

"잘 들어라, 너희들. 축제 기간에는 기분이 들뜨기 마련이야. 그래서 자신도 모르게 도가 지나친 짓을 하기가 쉬워지지. 너무 들뜨는 바람에 누군가와 싸우거나 하면 안 된다?"

""""네!!""""

활기차구나.

"손수건과 티슈, 펜던트는 제대로 챙겼니?"

""""물론이죠!!""""

대답 하나만큼은 잘한단 말이지, 이 녀석들도.

누군가에게 같이 다니도록 부탁했으면 좋겠지만, 내 부하들에 겐 할 일이 있다.

디아블로는 심판을 맡기 위해서 콜로세움(원형투기장)으로 갔다.

하쿠로우는 모미지와 데이트 약속이 잡혀 있고, 베니마루는 내 호위를 맡고 있다.

"모미지와의 데이트를 하쿠로우에게 양보해도 괜찮은가?"

"제발 봐주십시오. 저한테는 아직 이르다니까요⋯⋯."

베니마루는 이 문제에서 도피하고 싶은 모양이로군. 뭐, 시간 이 해결해주기를 기다려야 하나.

슈나는 카페를 열고 있을 테고, 시온도 용무가 있는지 아침부터 보이지 않았다. 왠지 불안했지만 뭐, 별일 없으리라 믿고 싶다.

소우에이는 사람들의 눈을 피해서 도시를 경비 중이다. 무슨 일이 벌어지면 알려주겠지.

그리고 소우에이의 부하들에게도 아이들을 신경 쓰라고 미리 지시를 내려놓았으니, 그렇게까지 걱정은 하지 않아도——.

"무슨 일이야? 뭔가 곤란한 일이라도 있어?"

지나치게 걱정하는 것도 좋지 않다고 생각했던 그때, 내게 말을 거는 이가 있었다.

히나타다.

사복 차림의 히나타가 레이피어 한 자루를 허리에 찬 채로 서 있었다.

검은색에 가까운 감색의, 소매가 없는 원피스. 보일 듯 말 듯 하는 겨드랑이와 가슴께에서 뭐라 말할 수 없는 색기가 느껴진다. 더구나 검을 차기 위해 맨 벨트가 히나타의 가는 허리를 강조하고 있었다.

눈이 다 행복하군.

좀 더 바라보고 싶었지만 히나타가 차가운 시선으로 힐끗 노려보는 바람에 나는 크흠, 하고 헛기침을 하면서 얼버무렸다.

"잠깐만요, 선생님!!"

"저 사람은 누구예요?"

그러자 앨리스와 클로에가 기분이 상한 말투로 내게 물었다.

"이 사람은 히나타라고 하는데, 나와 무승부를 했을 정도로 강한 사람이란다."

"에——엑?! 이런 아줌——."

무슨 말을 하려고 한 켄야의 목에, 언제 빼 들었는지 모를 히나타의 레이피어의 끝이 딱 멈춘다.

그 간격은 불과 1밀리미터. 켄야가 조금만 움직여도 푹 하고 목에 박힐 거리다.

"방금 뭐라고 말하려 했지?"

"그, 그러니까 말이죠, 예쁜 누나라고, 전······."

눈물이 맺힌 켄야가 바들바들 떨면서 겨우 그렇게 말했다.

"케, 켄……."

료타도 또한 켄야를 도우려고 했지만 움직이지 못했다. 히나타가 한번 바라보기만 했는데, 겁을 먹고 얼어붙어버린 것 같다.

히나타에게 홀려서 멍한 표정을 짓고 있던 게일도 그 시선에 붙잡혔는지 부동자세로 서 있었다.

그럴 만도 하지.

나도 무섭다고 생각할 정도니, 료타와 게일의 반응은 당연하겠지.

"켄야, 무례한 말을 하면 안 돼. 이 사람도 시즈 씨의 제자였거든. 말하자면 유우키와 마찬가지로 너희의 선배가 되는 사람이야."

그런 건 좀 더 빨리 말해주지 그랬냐는 듯한 눈빛으로 나를 바라보는 켄야.

그 기분은 이해하지만, 이번 일은 켄야가 잘못했다. 너무 들떠서 까불지 말라고 주의를 준 지 얼마 되지도 않았는데 이런 짓을 했으니, 이번 일은 켄야의 자업자득이다.

"시즈 씨의 제자…… 그럼 설마?!"

"예전에 들었던 적 있어. 겨우 한 달 만에 시즈 선생님보다 강해졌다는……."

"루벨리오스의 성기사단장 사카구치 히나타 씨?!"

"굉장해!! 하지만 진짜야……?"

"잠깐……. 그런 중요한 사실은 미리 좀 말해달라고요……."

쳇, 하는 소리와 함께 히나타는 재빨리 검을 집어넣었다.

무너지듯 쓰러지는 켄야.

다리에 힘이 풀렸는지 일어서질 못하는 것 같다.

"지리는 줄 알았어──."

약간 얼굴이 창백해진 켄야가 그렇게 말하자, "지저분하게"라고 앨리스가 독설을 날렸다.

"어쩔 수 없잖아. 정말 무서웠으니까."

"하지만 방금 일은 켄야가 잘못했다고 생각해."

클로에의 입바른 소리에 아무 말도 못하는 켄야.

"그건 그렇고 리무루 선생님, 정말로 히나타 씨와 비겼단 말인가요?"

게일의 물음에 나는 숨김없이 솔직하게 대답했다.

"그래. 질 것 같아서 도망치는 바람에 승패는 가리지 못했어. 틀림없이 비긴 거야."

"그 도망친 사람이 선생님이죠?"

일부러 '누가 그랬는지'는 말하지 않았는데, 날카로운 지적을 하는군.

"상상에 맡기지."

그러나 그 지적을 멋지게 받아내는 나.

거짓말은 하지 않았으며, 이 이상 진실을 말할 필요도 없으니까 말이지.

아이들은 아직 이야기를 더 듣고 싶다는 표정을 지었지만, 그걸 막은 건 히나타였다.

"그래서 당신은 왜 곤란해하고 있었던 거야?"

그 질문을 받자, 누구에게 아이들을 돌봐달라고 부탁할까 고민

중이었던 것이 떠올랐다.

"그게 말이지, 이 녀석들이 지금부터 도시로 놀러갈 예정인데 사람이 엄청나게 많잖아? 일단 감시해줄 사람은 있지만, 그래도 누군가한테 인솔을 부탁하고 싶어서……."

"흐──응. 그렇다면 내가 맡아줄 수도 있는데."

"그래서 누군가 좋은 사람이 없을까 하고…… 뭐?"

방금 뭐라고 말했지?

히나타가 아이들을 인솔해준다고?

아니, 아니, 아니, 농담치고는 웃기지도 않는다.

"뭐야, 내가 맡는 건 불만이라는 뜻이야?"

"아뇨, 그럴 리가 있겠습니까요──."

노려봤다. 무서워.

켄야도 용케 지리지 않고 버텼군.

노력했구나. 칭찬해주자.

"이야기가 그렇게 됐는데, 너희는 싫지 않겠지?"

"네, 물론이죠!"

"켄……."

"부디 잘 부탁드립니다!"

"게일 군까지……. 그럼 나도 좋아."

남자 두 명, 켄야와 게일은 곧바로 함락.

두 명의 반응을 보고, 료타도 히나타가 동행하는 것에 별 저항 없이 동의했다.

"동경하던 히나타 언니를 만날 수 있다니, 전 너무 기뻐요!!"

앨리스는 빠순이 기질이 대단하구나.

예전에 마사유키에 대해서도 동경하는 듯한 발언을 한 걸 보면, 히나타도 아이돌처럼 생각하는 것 같았다. 불만은커녕, 기쁜 표정을 지으면서 따랐다.

그리고 클로에는 어떤가 하면.

"언니는 좋은 사람이네! 시즈 선생님 같은 느낌이 들어!!"

히나타에게 안기더니, 그렇게 말하면서 웃었다.

클로에가 잘 따른다면 히나타는 정말로 좋은 사람일 것이다. 눈매는 무섭지만, 클로에에겐 그다지 상관없어 보였다.

그리고 히나타도.

내가 잘못 본 게 아니라면, 입가에 살짝 미소를 짓고 있다.

왠지 눈 깜짝할 사이에 히나타는 아이들의 마음을 사로잡은 것 같다.

"그럼 가볼까. 야키소바와 군옥수수도 있는 것 같던데, 노점부터 둘러보자꾸나."

""""네!!""""

훌륭한 통솔. 대단하다고밖에 할 말이 없다.

이 정도라면 아이들을 히나타에게 맡겨도 안심할 수 있겠다.

그렇게 생각하며 안도한 내게 히나타가 슬쩍 속삭였다.

"아이들을 돌보는 건 내가 맡겠지만, 당신에겐 루미너스 님을 맡기겠어."

뭐?

어젯밤에는 보지 못했는데, 역시 루미너스도 오기로 했단 말인가?

"루미너스도 참가할 마음을 먹었단 말이야?"

"당신이 초대했잖아? 아주 기뻐하시면서 메이드복을 준비하시던걸?"

놀랍게도 루미너스는 우리나라에 머무르기로 한 홀리 나이트(성기사)들—— 아루노와 박카스의 일행으로 분장해서 이번 축제에 참가할 생각이라고 한다. 그들을 돌보는 메이드로서, 첫날은 왕후 귀족들과 행동을 같이할 생각인 모양이다.

홀리 나이트의 위치는 일단은 귀족에 해당한다. 그러므로 오늘 내가 안내하게 될 사람들 사이에 섞여 있어도 아무런 문제는 없는 셈이다.

참으로 약삭빠르다고 해야 할까…….

어젯밤에는 이 나라에 새로이 신설된 교회에 묵었다고 한다. 전혀 알아차리지 못했지만, 그만큼 완벽하게 정체를 감추고 있다는 의미겠지.

"그럼 잘 부탁할게."

그 말만 남기고 히나타는 아이들을 데리고 자리를 떠났다.

이렇게 되면 내 쪽이 정신적으로 더 고생할 것 같은 느낌인데…….

왠지 들뜬 것 같은 히나타의 모습을 보면서 나는 이번에도 또 히나타에게 당했다는 것을 느꼈다.

＊

히나타가 떠나자마자, 누군가가 내 어깨를 가볍게 톡 하고 두드렸다.

"야아. 이거 놀라운데요, 리무루 씨. 히나타가 웃는 얼굴은 처음 봤어요."

유우키였다.

몸에 딱 맞는 슈트가 아니라 교복을 개조한 것으로 보이는 정
장을 입은 채, 유우키가 미소를 지으며 서 있었다.

보아하니 집합 장소까지 나를 데려가려고 부르러 온 것 같았
다. 아니, 안내를 할 사람은 나인데 말이지.

"그러게. 설마 히나타가 아이들을 돌봐주겠다고 말할 줄이야.
시끄러워, 라고 하면서 싫어할 것 같은 이미지였는데."

"그렇지도 않은걸요. 저래 보여도 히나타는 꽤 남을 돌보길 좋
아하는 성격이거든요. 그래도 의외였던 건 사실이지만요. 그건
그렇고, 히나타의 사복이 너무 잘 어울려서 놀랐어요. 그거, 이
도시에서 산 옷이라고 하던데요. 아름답고 세련된 여대생 같은
느낌이 들지 않았어요?"

그렇구나, 역시 이 나라에서 만든 옷이었나. 잘못 본 게 아닐까
했지만, 아무래도 그렇지는 않았던 것 같다.

"히나타 녀석, 돈이 많은가 보군. 내가 이런 말을 하는 것도 좀
그렇지만, 그건 상당히 비싼 거거든."

헬모스에서 뽑아낸 명주 천으로 만든 실크의 옷. 촉감도 좋고 '열
변동무효'의 효과도 제공한다. 방어력도 나름대로 높아서 웬만한
가죽갑옷보다 대미지를 더 많이 줄여주는 일급품이었다.

단, 터무니없이 비싸다.

실의 생산량은 안정적이지만 아직 양이 적다. 더구나 손으로
만들어야 하는 옷감이라서 제품 자체가 그리 많지 않다. 이런 이
유 때문에 엄청 비싼 가격으로만 제공하고 있다.

서민의 수입으로는 어림없는 귀족 대상의 상품이었다.

그걸 히나타는 어제 보자마자 망설임 없이 바로 구입한 모양이다. 게다가 몸에 맞게 수선하도록 주문한 뒤에, 가격 역시 신경 쓰지 않고 지불했을 것이다.

VIP 고객이므로 딱히 불만은 없지만 말이지.

"축제라고 해서 씀씀이가 헤퍼진 거 아닐까요? 어제도 한껏 들뜬 모습으로 오늘 돌아다닐 곳을 사전에 조사한 모양이던데요?"

그게 정말이야?!

잘못 본 것일지도 모른다고 생각했지만, 내가 생각했던 것 이상으로 히나타는 템페스트 개국제를 기대했었던 모양이다.

아, 그래서였나.

히나타는 루미너스를 상대하는 건 내게 맡기고, 자신은 느긋하고 편안하게 즐기려한 거군.

"그건 그렇고 사전조사라니, 대체 어디를?"

"어떤 노점이 있는가를 조사했겠죠. 아까도 야키소바나 군옥수수가 있다고 들뜬 목소리로 말했잖아요."

"어, 저기, 그렇다면⋯⋯."

즉, 히나타는 어제부터 사전조사까지 했다는 말이다.

완전 진지하잖아.

신중하다는 수준 정도가 아니라, 전력투구로 축제를 즐길 생각인 것 같다.

분명 콜로세움 외곽에는 사람들이 운영하는 다양한 노점이 있다.

내가 기획한, 전에 살던 세계의 패스트푸드점에 해당하는 가게도 그중 하나다. 묘르마일이 빠짐없이 준비해준 덕분에 모든 것이 순조로웠다.

햄버거, 핫도그, 감자튀김, 그리고 각종 주스도.

그 외에도 가게는 잔뜩 있다.

야키소바나 군옥수수 그리고 소사슴 꼬치구이 같은, 이런 자리에는 빠질 수 없는 메뉴의 가게도 준비되어 있다.

계절로 따져보면 아직 이르지만 빙수까지 있었다. 여름이 되면 주력 상품이 될 것이다.

입에 넣으면 부드럽게 녹도록 얼음은 얇고 가늘게 깎아냈으며, 그 위에 달달한 시럽을 듬뿍 뿌려놓았다. 그렇게 하여 최고의 음식으로 완성되었음은 실제로 내가 먹어봤으니 틀림없는 사실이다.

간장에서 풍기는 향긋한 냄새와 과일사탕의 달콤한 냄새.

이날을 위해서 모두가 열심히 준비한 성과다.

내 기억을 바탕으로 '사념전달'로 퍼뜨린 그 많은 요리들은, 슈나와 요리사들의 손에 의해 대부분 실현되었다. 그뿐만 아니라 내 계획을 묘르마일이 실현했고, 무슨 이유인지 베루도라가 철판구이 가게를 여는 결과를 낳기도 했다.

히나타는 그런 가게들을 체크한 뒤에 어떤 순서로 돌아다닐지를 정했던 모양이다.

"히나타 말인데, 보기와는 달리 정크푸드를 좋아하는 것 같군?"

"뭐, 맛있으니까요. 저도 좋아하니까 별다른 소리는 하지 않지만…… 의외라면 의외랄까요?"

내가 중얼거리는 소리에 유우키도 동의했다.

히나타의 의외의 일면을 알게 된 것이 잘된 것일까, 아닐까.

적어도 돈은 아낌없이 쓰는 것 같으니, 좋은 손님이라는 건 틀림없다. 하지만 아이들에게 좋지 않은 본보기가 되는 건 아닐까 하는 생각에 약간 걱정되긴 한단 말이지…….

*

베니마루와 유우키를 데리고 영빈관으로 향했다.

그곳에선 이미 많은 귀족들을 앞에 두고 리그루도가 오늘 일정을 설명하고 있었다.

"오오, 리무루 님! 방금 전의 연설은 정말 훌륭했습니다!"

어, 그런가?

리그루도가 기뻐하는 표정을 보니, 나까지 기쁜 마음이 들었다.

그렇게까지 나쁘지는 않았던 모양이군. 잘됐다고 생각하면서 나는 리그루도와 마주 보며 웃었다.

"그러면 여러분, 오늘 맨 처음 보실 곳으로 안내하겠습니다!!"

그렇게 말하면서 리그루도가 걷기 시작했다.

그가 향하는 곳은 영빈관에서 나오면 바로 보이는 건물.

가극장이다.

공사를 강행해서 내부 인테리어를 바꾸었는데, 생각보다 완성도가 높았다. 고급스러운 의자가 음향 효과를 완벽하게 계산한 형태로 나열되어 있다.

지정된 좌석에 별다른 불평 없이 앉는 내빈들.

이 세계의 문화 수준은 일본과 비교하면 한쪽으로 치우친 것으로 보인다. 이건 상대의 시각에서 봐도 같은 감상을 느끼겠지만.

예술 관련 수준은 그런대로 높으며, 음악이나 회화 같은 분야에선 원래 있던 세계와 비교해도 손색이 없을 정도다.

하지만 그건 어디까지나 왕후 귀족 사이에만 퍼져 있었다.

돈과 시간이 엄청나게 남아도는 상류계급의 유희.

일정한 수준 이상으로 도시가 발전되면, 그걸 노리고 엔젤(천사족)이 공격을 개시한다. 그런 이유로 어느 정도의 연구물은 왕후 귀족이 격리하고 감추는 경향이 있다. 예술 쪽도 마찬가지로, 귀족들이 돈을 대고 자기들끼리 즐기는 것이라는 인식이 일반적이었다.

나는 문화는 모든 사람이 함께 성장시키는 것이라 생각한다.

천재는 세상에 묻혀 있다.

좁은 세계에선 그런 천재를 발굴하는 것이 어려울 뿐만 아니라, 묻힌 채로 세상의 빛을 보지 못할 가능성도 크다.

예술 같은 것은 삶에 여유가 있어야만 즐길 수 있는 것이며, 창작활동도 또한 마찬가지다.

이 세계에서 그걸 바라는 것은 사치라고 할 수 있겠지만, 그래도 나는 포기하지 않고 있다.

이 세계에 숨겨진 재능을 남김없이 찾아내자고 생각했다. 그러기 위해선 우선 우리나라에 문화를 파급시켜야 한다.

그 첫 걸음이 바로 오늘의 음악 감상회였다.

악기류는 비슷한 것이 많았으며, 놀랍게도 피아노까지 있었다.

어디서 발견했는가 하면, 클레이만의 성이다.

클레이만도 왕후 귀족 뺨치는 생활을 했었는지, 호화롭고 현란하게 장식된 수많은 방들 중 한곳에 악기를 대량으로 보관하고 있었던 것이다.

애초에 마물들에겐 음악에 정통한 자가 있었다. 피리나 큰북으로 리듬을 탈 줄 알고, 1년에 한 번 있는 축제를 즐기는 문화도 있었던 것 같다. 그런 자들에게 악기를 나눠 준 결과, 작은 재능이 꽃피기 시작한 것이다.

원하는 자에겐 연습용 악기도 준비해줬으며, 악보를 볼 수 있게 기본적인 지도를 해보았다.

내 지식만으론 전혀 도움이 되지 않았지만, 그런 문제는 라파엘(지혜지왕)이 나서서 해결했다.

일본에서 배운 음악 교과서와 이 세계의 도서관에 있던 악기의 지식. 그걸 종합적으로 정리해서 자료용으로 한 권의 책을 만들어낸 것이다.

내가 잊어버리고 있던 오래된 지식까지 재현 가능한 걸 보면, 라파엘의 능력은 질릴 정도로 대단하다.

나머지는 마물들의 노력이 낳은 결과다.

'노력하는 자는 즐기는 자를 이기지 못한다'고 종종 말하듯이, 마물들은 순식간에 각자가 좋아하는 악기를 연주하는 것에 능숙해졌다.

참고로, 악보도 빈틈없이 재현하도록 했다.

나에겐 절대음감 같은 고상한 재능은 없는데, 그런 건 관계없다는 듯이 라파엘이 재현해서 편집까지 해준 것이다.

저작권이 약간 걱정되지만 이 세계에는 저작권 협회가 없다.

애초에 권리자 자체가 이 세계에 없으니까, 문화 발전의 협력 차원에서라도 약간은 눈을 감아줬으면 좋겠다.

바이올린이 주력이며, 트럼펫이나 팀파니 같은 다양한 악기도 더해졌다. 피아노까지 있었던 것은 놀라웠지만, 그걸 마물이 너무나도 쉽게 연주하는 모습에는 감동을 느꼈다.

오케스트라에 피아노가 포함되는지 아닌지, 그것은 의견이 갈릴 것이다. 하지만 그건 고민할 것도 없는 문제다.

표현의 선택지로서 피아노가 필요하다면 그냥 넣으면 되는 이야기니까.

나에겐 음악적 재능이 없으므로, 모두 마물들이 내키는 대로 하도록 놔두고 있다. 그리고 그 성과는 묘르마일도 보장할 정도였다.

나도 오늘 처음 듣는 셈이다.

너무나 기대하면서, 그리고 긴장감을 맛보면서 연주가 시작되기만을 기다린다.

내빈들이 모두 자리에 앉은 것을 확인했는지 조명이 서서히 어두워졌다.

무대의 막이 올랐다.

통일된 예복을 입은 악단 단원들이 모습을 드러낸다.

각자 자신이 잘 다루는 악기를 들고 있는, 다종다양한 종족의 단원들.

인간의 모습에 가까운 자도 있고, 짐승에 가까운 이목구비를 가진 자까지 다양하게 존재한다.

그러나 모두가 자신의 악기를 자랑하듯이, 자신만만한 표정을 짓고 있었다.

　지휘자로 보이는 하플링이 앞으로 나와서 깊이 머리를 숙이면서 인사했다.

　——저자는 분명, 자신이 할 줄 아는 건 아무것도 없다고 한탄하던 소년이다.

　그렇지 않다고 위로해줬지만 체력조차 갖추지 못한 그는 토목작업에는 어울리지 않았다. 계산도 서툴렀고 농업에 종사하는 것도 오래가지 못했다.

　어쩔 수 없이 병사로 근무했던 것 같은데, 싸움도 너무나 약했다.

　그랬던 그가, 모두가 힘을 내도록 응원하는 것은 아주 잘했다. 자신의 장기인 노래를 즐겁게 부르면서 모두의 기분을 하나로 만들어주곤 했었다.

　그래서 나는 그를 군악대에 추천했었지.

　그리고 그에게 타쿠토라는 이름을——.

　이윽고 타쿠토가 머리를 든다.

　그의 표정은 아까와는 다르게 격렬하고 열정적인 빛으로 물들어 있었다.

　고위 귀족들의 기탄없는 시선을 당당히 받으면서, 그 작은 몸을 돌려 등을 보인다.

　작으면서도 너무나 커다란 뒷모습이라는 생각이 들었다.

　잠시 동안의 침묵.

　자신의 특기를 발견해낸 자는 운이 좋다.

택트(지휘봉, 일본어로 '택트'는 '타쿠토'로 발음함)가 위로 들리더니, 곧 이어── 연주가 시작되었다.

느리게 시작되는 선율.

그리고 갑자기 장엄하게 변하면서 중첩되는 소리들.

타쿠토의 지휘에 따라 일사불란하게 움직이며 딱 떨어지는 호흡으로 연주하는 연주자들. 그들 또한 자신이 자랑할 만한 특기를 발견한 자들인 것이다.

그런 이들이 연주하는 음악은 지금이 인생 최고의 시간이라고 주장하는 것처럼 듣는 자의 마음을 매료시킨다.

클래식── 고전작품이라는 의미지만, 시대를 넘어서 인정받는 명작이라는 의미도 있다.

마음이 치유되는 곡, 마음이 들뜨는 곡, 마음이 흥분되는 곡.

수많은 천재들이 만들어낸 수많은 명곡들.

글자도 읽지 못하던 자들이 필사적으로 악보를 보며 공부했고── 그리고 지금, 이 연주회장에서 아름답게 결실을 맺어 그 소리를 울려 퍼지게 만들고 있다.

지금의 그들을 쓸모없는 자라고 업신여기는 이들은 없다. 만약 그런 녀석이 있다면 내가 대신 때려줄 것이다. 그 정도로 그들의 연주는 훌륭했다.

일본에서 두세 번 클래식 콘서트에 가본 적이 있는데 그 무대에도 절대 밀리지 않아, 너희들은. 설마 이 세계에서 이렇게까지 수준이 높은 음악과 만나게 될 줄은 몰랐다.

유우키도 눈을 감고 그리운 표정으로 정신없이 듣고 있었다.

어때, 대단하지? ――나도 모르게 자랑하고 싶어졌다.

그렇게 생각하고 있으려니, 갑자기 소리가 멈췄다.

다시 시작되는 음악은 너무나도 귀에 익은 애니메이션 곡.

농담이지, 이거……?

당연하다는 듯이 클래식에서 애니메이션 노래로 곡 분위기가 바뀌었잖아?!

그리고 어느새 팝 뮤직이 흐르기 시작했다.

유우키가 눈을 뜨고 나를 빤히 바라봤다.

그러지 마. 범인은 내가 아니라고.

내 기억을 토대로 악보를 작성한 것은――.

《해답. 마스터(주인님)의 기억정보 속에서 심리적 만족도가 높은 것을 우선적으로 선곡했습니다.》

이런 식으로 자신만만하게 대답하는 라파엘이었다.

무슨 변명을 해도 소용이 없겠지만.

모처럼 좋은 분위기로 진행되었는데, 이래선 다 망쳤군.

확실히 이 곡도 좋아하지만 콘서트에서 장엄한 느낌으로 연주되는 걸 들으니, 굳이 말하자면 위화감이 대단했다.

유우키도 같은 느낌을 받았는지, 살짝 쓴웃음을 짓고 있었다.

하지만.

이 곡에 위화감을 느낀 것은 나와 유우키뿐이었던 같다.

생각해보면 당연한 일이지만, 여기 있는 내빈들은 모두 이 곡을 처음 듣는 자들뿐이다. 이 곡이 어떻게 만들어진 것인지 전혀 모르는 것이다.

더구나 편곡은 라파엘 선생의 손에서 완벽하게 이뤄졌다.

불신을 느낄 리가 없다.

곡명을 잘 알고 있는 자도, 그렇지 못한 자도.

아마도 처음 듣는 것이겠지만, 수많은 곡들을 황홀한 표정으로 듣고 있는 것 같다.

악단이 연주하는 소리가 홀을 지배했으며, 객석에선 눈을 깜박이는 소리조차 내지 않도록 모두가 세심한 주의를 기울이고 있었다.

베토벤, 모차르트, 쇼팽, 차이코프스키, 바그너 그리고 이름도 모르는 천재들이 만들어낸 수많은 곡들이 이 세계의 왕후 귀족을 매료시켰다.

오늘의 음악 감상회는 대성공이라고 할 수 있을 것이다.

마물들이 연주하는 곡이라지만 이렇게나 아름다운 음색을 자아낼 수 있다는 것을── 오늘 이날, 이 연주를 들은 자라면 누구라도 인정하지 않을 수 없을 테니까.

애니메이션 곡도 그들의 손으로 연주한 것을 들어보면 역대의 명곡과 비교해 봐도 손색이 없다. 팝 뮤직도 충분히 마음을 떨리게 만들었다. 록 분위기의 곡은 기분을 고양시켰다.

연주회장은 열기에 감싸였고── 그리고 마지막 소리가 흐르면서 끝이 났다.

*

끝났나.

농밀한 시간, 영원할 것만 같았던 60분이었다.

예정에 따르면 이것으로 공연은 끝이다. 묘르마일로부터 전해 듣기로 60분의 공연을 오전과 오후에 한 번씩 하기로 되어 있었으니까.

음악에 익숙하지 않은 사람들도 많이 있으니까, 장시간 진행하는 것을 힘들어할지도 모른다. 그렇게 생각해서 조금 짧게 설정해두었던 것이다.

단, 중간 휴식은 없다.

처음 시도하는 것이니 진행 속도를 높이기 위해서 여러 모로 순서를 간소화하고자 고민한 결과다.

나는 보고를 받았을 뿐.

여러 면에서 고민하고 노력한 것은 눈앞에 있는 그들이다.

나는 자랑스럽게 생각하면서, 이 성공을 축하하려고 자리에서 일어섰다.

그리고 박수를 치려고 했던 바로 그때——.

타쿠토가 인사를 하더니, 지휘봉을 한 번 휘둘렀다.

그 순간, 조명이 완전히 꺼졌다.

컴컴한 어둠 속에 휩싸인 연주회장에 약간 동요가 일었다.

그러나 그건 한순간의 일이었다.

무대 위에 선 한 인물을, 가느다란 빛이 비추었던 것이다.

연분홍색의 머리카락을 가진 가련한 소녀—— 슈나였다.

순백의 아메리칸 슬리브 드레스를 입었으며, 평소에는 느끼지 못한 매력이 넘쳐났다. 평소의 일본식 전통복 차림밖에 모르는 나는 다른 사람이 아닌가 하고 의심할 정도였다.

그리고 또 한 사람.

가느다란 빛이 하나 더 생기더니, 보라색 머리카락의 미녀를 비췄다.

시온, 인가?

평소의 슈트 차림이 아니라, 슬립 드레스를 입고 있다.

달빛에 비친 것처럼 환상적인 모습으로 서 있는 시온. 빛의 세기에 따라 드레스가 속이 비쳐 보이는 듯한 착각을 일으키면서, 평소에는 느껴지지 않는 색기를 발산하고 있었다.

잠자코 있으면 당당한 느낌의 미인이기 때문에, 이 연출은 시온의 아름다움을 너무나 잘 살리고 있었다.

빛을 받은 두 사람은 무대의 정면에 서서 깊이 머리를 숙여 인사했다.

그것만으로도 한 장의 그림처럼 시선을 끈다. ──아니, 그건 그렇고 슈나와 시온은 둘이서 대체 뭘 하려는 거지?

설마, 하고 생각했지만······.

빛이 움직였고, 그에 맞춰서 슈나가 피아노로 이동했다. 무대 위에 놓여 있었지만, 아무도 연주하지 않았던 피아노로.

그리고 시온이 손에 든 것은 바이올린이다.

틀림없다. 두 사람은 이 자리에서 함께 연주할 생각인 것 같다.

슈나의 피아노 연주는 일단 그렇다고 쳐도, 시온이 바이올린이라고?

이렇게나 많은 내빈을 앞에 두고 시온의 연주를 들려줘도 괜찮은 걸까?

나는 문득 과거에 시온의 요리가 만들어낸 참상을 떠올렸다.

만일 시온의 연주가 말도 안 되게 엉망진창이었을 경우, 단순한 장난 정도로 치부하고 넘어가지 못할 사태가—— 아니, 그런 일은 없으려나.

그랬다면 슈나가 허락했을 리가 없다.

그리고 묘르마일도 자신만만했다. 이번 기획에 목숨을 걸다시피 한 남자가 시온의 폭주를 허용했을 거라는 생각은 들지 않았다.

믿어보자.

그렇게 생각하면서, 나는 눈을 감았다.

그래도 약간은 긴장을 놓지 못한 채 연주가 시작되기를 기다렸다.

그것은 조용하면서 부드러운 피아노의 연주.

그 연주에 더해지는, 불타는 듯이 격렬한 바이올린의 선율.

갑자기 곡은 그 성격을 바꾼다.

그건 듀오(이중주)라기보다 결투 같았다.

——하지만, 너무나도,

시온의 과격한 성격을, 그대로 솔직하게 표현한 것 같은 선율이다. 슈나가 자아내는 분위기와 마찬가지로, 피아노의 연주가 그 선율을 부드럽게 감싼다.

격렬함과 부드러움이 서로 뒤섞이면서 각자의 장점을 둘 다 돋보이게 만들고 있다.

멋진 조화.

아아, 참으로 훌륭하다.

영혼이 흔들리는 듯한 느낌을 받으면서 너무나도 풍부한 소리의 파도 속으로 빠져들었다.

이건 아니다.

벼락치기로 익혀서 도달할 수 있는 영역이 아니다.

태어났을 때부터 익혀온 수련의 성과다.

그러고 보니 슈나는 무녀로 길러진 아가씨이며—— 그리고 시온은 그런 슈나를 지키는 역할을 맡았었다고 했다.

신을 모시는 일에 음악은 필수 불가결한 요소다.

그렇기 때문에 슈나와 시온이 연주하는 음색이 마음속에 그대로 전해지는 건지도 모른다——.

고요함.

꿈만 같은 한때가 끝났다.

영원할 것 같은 느낌을 받았지만, 5분도 지나지 않았다.

제정신을 차린 나는 다급하게 박수를 치려고 했다. 그러나 그보다 먼저.

짝짝짝, 하고 고요한 분위기를 가르듯이 작게 울리는 소리.

당했다. 내가 맨 처음 박수를 쳐주고 싶었는데 누군가에게 추월당했다.

그 뒤를 따르듯이 박수를 치면서 그게 누구인지를 확인해봤다.

놀랍게도 루미너스였다.

정말 놀랐다.

홀리 나이트(성기사) 두 명을 모시는 메이드로 변장한 루미너스가 아주 만족스러운 표정으로 박수를 치고 있었다.

당황하면서 뒤따라 박수를 치는 나. 그리고 우리를 따르듯이 박수 소리가 겹치면서 커지기 시작한다.

우레와 같은 박수.

마도왕조 살리온의 황제인 에르메시아와 드워프 왕 가젤, 서방 열국의 왕후 귀족들. 밀림과 프레이, 문화와는 인연이 없을 것 같은 미도레이까지.

모두 일어서더니 일제히 박수를 보내주고 있었다.

박수라는 풍습은 무슨 이유인지 여기에도 마찬가지로 존재했는데, 옛날의 '이세계인'이 전파한 것일까, 아니면 이 세계에도 원래부터 있었던 것일까. 그건 나도 잘 모르지만, 이 세계에 앙코르라는 풍습이 없다는 것은 알고 있다.

애초에 문화 활동이 활발하지 않으니, 깊이 생각하지 않아도 그 이유는 명백하다.

그래서 이것으로 연주회는 끝났구나 싶었는데, 보아하니 그렇지 않은 것 같다.

한 번 어두워진 후에 다시 밝아지는 무대.

마지막으로 한 곡, 슈나의 피아노와 시온의 바이올린도 포함하여 전원이 합주를 한 뒤에 공연은 끝이 났다.

음악── 예술은 수많은 울타리를 무너뜨려준다.

그 광경을 본 나는 누구라도 하나쯤은 대단하게 느껴지는 재능을 확실히 가지고 있다고, 지금만큼은 그렇게 믿고 싶다고 생각했다.

*

공연은 대성공이었다.

점심식사를 위해 들른 영빈관의 홀에서 준비된 가벼운 음식을 먹으며 내빈들이 화제의 꽃을 피웠는데, 대화 주제는 방금 전의 공연에 관한 것이었다.

"정말 대단했어요."

"그러게 말입니다──."

"눈을 감고 정신없이 들었지 뭡니까!"

"나도 그랬소. 귓가에 남는 그 음색, 연주자가 인간이건 마물이건 그게 무슨 차이가 있겠소!"

"맞습니다. 훌륭한 것은 훌륭한 것, 그게 전부죠."

슬쩍 옆에서 듣고 있으려니, 엄청난 찬사가 쏟아지고 있었다.

"저, 저기이…… 리무루 폐하. 한 번 더 그 연주를 듣고 싶습니다만, 그런 기회는 어떻게 하면 얻을 수 있겠습니까?"

그렇게 내게 직접 묻는 사람까지 있을 정도였다.

"축제 기간인 3일 동안은 매일 정해진 시간에 개최됩니다."

일단은 그렇게 대답했지만, 축제가 끝난 뒤에도 정기적으로 연주하는 것을 검토해보는 것도 좋을 것 같다.

아직 연주할 수 있는 곡이 적지만, 앞으로는 더 늘어날 테니까. 연주곡을 발표할 기회가 있는 게 더 열심히 연습하는 계기가 될 것이다.

"상당히 훌륭한 연주였다. 예상했던 것보다 재미있게 즐겼어."

루미너스가 내 앞을 스쳐지나갈 때, 나에게만 들릴 정도의 목소리로 그렇게 말했다.

남을 칭찬하는 일은 좀처럼 없어 보이는 루미너스가 직접 한 칭찬이다. 이건 굉장한 절찬이라고 여겨도 되겠지.

그런 주위의 반응에, 베니마루도 한껏 의기양양한 모습이었다.

"하지만 시온은 좀 의외더군."

"그러게 말입니다. 하지만── 그렇게 보여도 시온은 옛날부터 리듬감은 뛰어났으니까요. 그 바이올린이라는 악기도 시온과 상성이 아주 좋았던 것 같고요. 슈나가 그 악기(피아노)를 칠 줄 알았던 것은 의외였지만, 원래 노래를 부르는 걸 아주 좋아하던 아이였으니 이상할 것은 없습니다."

베니마루에겐 별 저항 없이 받아들일 수 있는 이야기였던 것 같다.

두 명이 노래를 잘 부른다는 것은 알고 있는 걸 보니 말이다. 그 말을 듣고 보니, 때때로 즐겁게 노래를 부르는 걸 들었던 기억이 있다.

다 안다고 생각했지만, 나도 아직 모두에 대해서 모르는 게 있구나. 그런 생각이 들었다.

훈훈한 분위기 속에서 점심식사를 마쳤고, 오후부터는 기술 발표회가 있다.

오전의 흥분이 아직 식지 않은 내빈들을 안내하면서 리그루도를 따라 걸었다.

방금 전에 들렀던 가극장을 지나서, 이번에는 박물관으로 이동했다. 장소에 위화감이 있긴 하지만, 이곳에 있는 역사자료실이 이번 목적지다.

건물 입구에서 가비루와 베스터가 우리를 맞이했다.

드워프의 대신이었던 베스터를 아는 자들도 있었는지, 놀란 듯이 술렁거리는 소리도 약간 들렸다. 그러나 당사자인 베스터는 신경 쓰는 기색 없이 미소를 지으면서 인사말을 했다.

그대로 두 사람의 안내를 받아서 건물 안으로 들어갔다.

"이 케이스 안에 든 것이 리무루 님이 맨 처음 만드신 회복약입니다. 히포크테 풀에서 불순물을 제거한 완전 추출액이죠. 그 추출률은 무려 99%를 자랑하며 엘릭서(소생약)에는 미치지 못하지만, 풀 포션(완전회복약)에 필적하는 약효를 가지고 있다고 할 수 있습니다──."

그런 식으로 진행되는 베스터의 설명을 들으면서, 관내를 이동했다.

그러나 여기서 나는 한 가지 실수를 깨달았다.

베스터의 설명은 정중했지만, 지식이 없는 자가 듣기엔 너무 지루했던 모양이다. 그런 탓인지, 따분한 표정을 짓는 이가 나오기 시작했다.

또한 순서도 안 좋았다.

기술 발표회를 오전으로 잡았다면 그나마 신선한 기분으로 설명을 들었을지도 모르는데. 사람들이 이렇게까지 지루해하는 일도 없었을지 모른다. 하지만 오전에 훌륭한 연주를 들은 탓에 오후의 발표회가 아주 재미없게 느껴지는 면도 있을 것이다.

그리고 잘 생각해보니, 내빈들은 왕후 귀족이 많다.

성과에는 흥미가 있어도 그게 만들어지는 과정은 아무래도 상관없다고 대부분 생각할 것이다.

베스터도 그 사실을 알아차렸는지 살짝 쓴웃음을 짓는 것 같앉다.

"이거 참, 역시 여러분께 조금 어려운 이야기는 지루하신 모양이군요. 그럼 분위기를 바꿔서, 이 자리에서 실험을 하나 해보기로 하죠."

그렇게 말하면서 베스터는 가비루과 눈짓을 교환했다.

고개를 끄덕이는 가비루.

"그럼 회복약이란 무엇인지, 그에 대한 대답을 극한까지 추구하는 실험을 해보겠습니다. 이 풀 포션을 5분의 1로 희석하면 큰 상처 치료에 이용되는 하이퍼 포션(상위회복약)이 만들어집니다. 그걸 다시 희석하면 스무 개의 로우 포션(하위회복약)이 만들어지죠. 즉, 풀 포션의 효과는 그 정도로 대단하다는 뜻이 됩니다."

그렇게 설명하면서 가비루는 세 종류의 회복약을 놓기 시작했다.

"실제로 부상을 입으신 분이 계시면 이 약의 효능을 시험해볼 수 있겠습니다만, 일부러 자해를 하는 건 야만스러운 짓이죠. 그래서 재미있는 실험을 생각해봤습니다."

가비루의 설명에 맞춰서 베스터가 가져온 것—— 그것은 한 자루의 부러진 검이었다.

"자, 회복약으로 이 검을 고칠 수가 있을까요? 누구라도 좋으니 이 질문에 대답해주시겠습니까?"

가비루의 물음에 그를 비웃는 듯한 목소리가 튀어나왔다.

"고칠 수 있을 리가 없지! 히포크테 풀의 약효는 생물에게만 통하니까!!"

마법사처럼 보이는 남자인데, 어느 나라의 궁정마술사인지도 모르겠다. 그런 대로 지식이 있는지, 부러진 검에겐 효과가 없다고 단언했다.

"후후후, 그렇겠지요. 적어도 여기 있는 로우 포션이나 하이퍼 포션으로는 어떤 방법을 쓴다한들 검에 효과가 발생하진 않습니다."

가비루도 동의하며 고개를 끄덕였다.

당연하다.

그런 건 실험을 할 것도 없이 알 수 있는 대답이다.

가비루 혼자라면 모르겠지만 베스터까지 대체 무슨 생각으로 이런 질문을 하는 거지——?

"그럼 어디까지라면 적용될까요? 이 질문에 대해선 어떻게 생각하십니까?"

그 질문을 듣고 우리를 놀리는 거냐고 대답하는 사람들. 일제히 큰 목소리로 가비루와 베스터에게 불평을 늘어놓기 시작했다. 기대하던 반응이겠지만, 그렇다 쳐도 소란스럽다.

그래도 그 기분은 이해가 되지만.

그건 그렇고, 회복약의 적용 범위라…….

당연히 인간뿐만 아니라 동물, 식물, 마물, 그 모든 것에 효과가 있다.

그럼 그 차이는 어디에 있는 것인가?

그런 생각을 해보니, 확실히 흥미가 생기기 시작했다.

살아 있느냐 아니냐의 차이, 인가?

아니다. 아마도 내 생각일 뿐이지만, 의지가 있느냐 아니냐다.

《알림. 식물에게도 의지는 있습니다. 의지라는 것은 '영혼'에 뿌리를

둔 것. 마력요소를 구성하는 영자(靈子)의 덩어리인 '영혼'이 있느냐 아
니냐, 그 차이인 것으로 추측됩니다.》

그렇겠지.

식물에게는 의지가 있다. 명확한 자아는 없어도 살려고 하는 의지가 있는 것이다.

검에는 '영혼'이 없다. 그러므로 의지도 없다.

단순한 물질일 뿐이니까, 그건 당연히── 아니, 잠깐?

그때 문득 나는 위화감을 느꼈다.

분명 카이진이 검에게도 의지가 깃든다고 말했는데──.

설마?!

"후후훗. 저도 그걸 알고 싶다고 생각했습니다. 알고 싶다고 생각하는 것, 그게 바로 새로운 발견의 계기가 되지요."

"그렇습니다. 그런 바보 같은 실험은 그만두라고, 저도 속으로 업신여기면서 말렸죠. 하지만 어리석은 것은 저였습니다. 상식에 너무 얽매이는 바람에 연구자로서의 초심을 잊어버리고 있었던 것입니다."

베스터가 미소를 지으면서 풀 포션을 부러진 검에 뿌렸다. 그러자 아주 약간이긴 하지만, 분명히 검이 반응을 보인 것이다.

"""──?!"""

"이게 대답입니다. 완전한 재생까지는 이르지 못하지만, 부러진 검은 분명히 복구의 징조를 보였습니다."

"마, 말도 안 돼……."

"믿을 수가 없어. 회복약에 그런 사용법이 있었다니──."

내빈들은 모두 놀라움을 감추지 못했다.

당연하다.

자신의 상식이 지금 막 뒤집혀버렸으니, 놀라지 않는 것이 오히려 무리이리라.

나도 놀랐다.

설마 이런 식으로, 내가 예상도 하지 못했던 실험을 하고 있었을 줄이야. 이번 건에 한해서는 보고도 전혀 받지 못했으니, 더 놀랄 수밖에 없었다.

"기본적으로 효과가 나타난 것은 일정 수준 이상의 성장을 보였던 무기로 한정되는 것 같습니다. '마강(魔鋼)'으로 만든 무기인 게 최소한의 조건이며, 소유자가 오래 애용한 것이 아니면 반응하지 않았습니다."

그렇군. 의지가 깃들지 않으면 효과는 나오지 않는단 말이로군.

"——왜 그런 걸 알고 싶다고 생각했나?"

가젤이 무겁게 입을 열면서 가비루에게 물었다.

"간단한 얘기입니다. 저는 들판에 자라는 풀과 나무에 의지가 있다고는 생각하지 않았죠. 그러나 실험 결과, 회복약의 효과가 있다는 것이 판명되었습니다."

풀 포션의 양산체제가 안정되면서 그 수에도 여유가 생겼다. 그 결과, 다양한 소재에 뿌려보면서 실험을 해봤다고 한다.

확실히 알고 싶다는 생각을 하는 것이 발견의 첫걸음이다.

초등학생 때의 이과 실험을 떠올려보니, 쓸데없는 일이라는 생각이 드는 것에도 도전했었다.

가비루도 그와 마찬가지로 일단 시험해본 것이라고 했다.

풀과 나무에는 효과가 있었다.

말라죽어가던 나무껍질이 재생하거나, 부러진 가지에 새싹이 돋아났다.

"저는 그때 드라이어드의 존재를 떠올렸습니다. 지금은 의지가 약한 풀과 나무라 해도 오랜 세월을 거쳐 살아남으면 강력한 마물로 진화하지 않는가, 하고 말이죠. 그러나 거기에는 어떤 조건이 필요한 게 아닐까 하는 생각이 들었던 겁니다."

여기까지 설명을 듣고, 반수 가까운 자들이 흥미를 보이고 있었다. 평범하게 생각해봐도 이건 발표하지 않고 숨겨두어야 할 연구 결과에 해당하는 것이니, 조금 눈치가 빠른 자라면 이런 반응을 보이는 것은 당연하다.

이대로 가비루와 베스터의 발표를 계속 허용해야 할까?

그런 쩨쩨한 생각이 머릿속을 스쳤지만, 서둘러 털어냈다. 그리고 계속 다른 사람들과 같이 설명을 들었다.

"회복약에 반응을 보이는 것은 마력요소가 포함된 것뿐이었습니다. 마력요소를 전혀 포함하지 않은 것은 일절 반응을 보이지 않았죠……. 이것이 의미하는 바는, 의지가 마력요소에 깃든다거나—— 혹은 큰 관련이 있는 것이 아닐까, 하는 것이었습니다."

"그렇습니다. 그런 데이터를 가비루 공이 제시하면서, 저도 생각을 바꿨습니다. 그때 문득 생각한 것이 '그렇다면 대체 마력요소라는 것은 무엇인가?' 하는 의문이었습니다."

마력요소—— 그건 이 세계 특유의 물질 중 하나로, 산소와 마찬가지로 어디에나 존재하고 있다. 여러 모로 신기한 힘을 발휘하는 원천이며, 의지의 힘으로 어느 정도는 자유롭게 움직일 수 있는 것……

"여기 어떤 식물의 샘플이 있습니다. 장소를 옮겨서 이걸 확대한 그림을 보여드리죠."

베스터의 안내를 받으면서 우리는 장소를 이동했다.

넉넉하게 큰 방에 의자가 놓여 있었다.

분위기를 보니 시청각실이로군.

시험 제작된 영사기가 놓여 있고, 정면의 벽에는 스크린 대신 새하얀 천이 펼쳐져 있으니까.

가젤이 흥미진진한 표정으로 영사기를 바라보았지만 지금은 그게 뭐냐고 물어볼 때가 아니라고 판단했는지, 입은 그대로 다물고 있었다.

역시 가젤. 분위기를 파악할 줄 아는 어른이로군.

내빈들이 자리에 앉은 것을 확인한 뒤에, 가비루가 영사기를 조작했다. 빛 마법의 각인을 새긴 장치이며 컬러 영상을 비출 수 있는 우수한 것이다.

방의 조명이 살짝 어두워지면서 흰 천에 영상이 나타났다.

그걸 보고 놀라는 자도 있었지만, 베스터는 그런 반응은 일절 무시하고 설명을 재개했다.

"그러면 이 영상을 봐주십시오. 이게 아까 말씀드린 식물의 조직도입니다. 그리고 한 장 더, 이건 어디서나 자라는 잡초의 조직도가 되겠습니다──."

확대된 조직도가 나란히 표시되었다.

어떤 식물이라고 의미심장하게 언급했는데, 과연 베스터는 뭘 노리고 있는 걸까.

"──같은 것 아닌가? 나는 차이점을 모르겠는데……."

"으─음, 나도 그렇군. 어디가 다른 건지 전혀 모르겠어."

그 목소리에 동의하는 자가 많았다.

여기가 다르다. 아니다, 저기가 다르다. 그런 목소리도 들리지만, 그 어느 것도 정답은 아닌 것 같군.

과연 정답은 뭐지?

"그럼 확대해보죠."

"어떻습니까, 같은 것으로밖에 안 보이죠?"

베스터와 가비루가 악의적인 미소를 지었다.

그리고 자신들의 의도를 설명해주기 시작했다.

"이 첫 번째 식물의 이름은 히포크테 풀. 그리고 두 번째 것은 주변에서 적당히 채집한 평범한 잡초입니다. 어떻습니까, 똑같아 보입니까?"

베스터가 그렇게 말하자, 히포크테 풀을 아는 자들은 당황한 듯한 반응을 보였다.

"같지 않군. 자세히 보니 다른 점이 명확하게 있소!"

"베스터 공도 성격이 못됐군. 그런 그림만 가지고는 어디가 다른지 알 수가 없잖소!"

등등, 제각기 그렇게 주장을 해댔다.

히포크테 풀이란 것은 희귀한 약초다.

내가 베루도라가 봉인된 동굴에서 먹었던 것도 히포크테 풀이며, 회복약의 원재료가 되는 것으로도 유명한 식물이다.

주변에서 적당히 채집한 잡초와 조직도가 같다니, 그럴 리가 없다고 생각하는 것이 평범한 사람이 보이는 반응일 것이다.

그러나 나를 포함한 일부 사람들은 베스터의 말에 동요했다. 가젤도 그중 한 명으로, 얼굴이 엄청 창백해져 있었다.

히포크테 풀과 잡초의 조직도가 같다. ──그 말은 즉, 두 개가 동일한 개체라는 증거다. 그렇다면 희귀한 약초의 정체가 대체 무엇이냐는 의문과 함께 세상의 상식이 밑바닥부터 뒤집히게 되는 결과가…….

악의적인 미소를 지은 채, 베스터가 두 팔을 벌리면서 모두의 시선을 모았다.

"조용히, 조용히 해주십시오."

내빈들을 진정시키면서 조용해지기를 기다리는 베스터와 가비루. 그리고 방 안이 조용해진 뒤에야 차례차례 그림을 보여주기 시작했다.

"히포크테 풀의 즙을 짜서 마력요소를 융합하면 회복약이 만들어집니다. 이 융합률이 추출액의 성질에 따라 달라지는 것은 모두가 알고 있는 사실입니다. 이걸 우리는 뭐, 자세하게는 말씀드리지 못하겠지만 99%의 순도를 자랑하는 추출에 성공한 상태입니다. 이렇게 만들어진 게 풀 포션인 셈이죠."

다양한 그림, 근간이 되는 기술은 밝히지 않은 채, 베스터는 회복약의 제작 과정을 설명했다.

"그리고 히포크테 풀의 잎 부분 말인데, 이건 으깨서 마력요소와 융합하면 상처를 메우는 연고를 만들 수 있습니다. 이건 그다지 극적인 효과는 없습니다. 추출액을 짜내고 남은 찌꺼기니까 어떤 의미로는 당연하겠지요."

스크린에 비치는 잎의 그림.

그 잎을 으깬 뒤에, 먼저 뽑아낸 추출액과 섞어서 연고를 만들어낸다. 그 과정이 화면에 비치고 있다. 여기에는 딱히 이상한 점이 없는지라, 베스터가 무슨 의도를 가지고 이러는 건지 짐작도 안 갔다.

"자, 그럼 여러분. 이 그림을 봐주십시오."

동굴에서 재배하는 히포크테 풀과 평범한 잡초. 보기에는 전혀 다르니, 조직도가 같을 리도 없을 텐데…….

그런데 그림이 바뀌면서 히포크테 풀 쪽에 변화가 나타나기 시작했다.

"알아차리셨습니까? 제가 그걸 알아차린 것은 단순한 우연이었습니다. 저는 리무루 님의 명령에 따라 히포크테 풀의 재배를 맡고 있습니다만, 문득 추출액을 짜내고 남은 찌꺼기에 눈이 간 것입니다. 모처럼 연고를 만들어도 보존 상태가 좋지 않으면 곧바로 효과가 사라지죠. 더구나 회복약의 원액과 비교하면 그 효과는 아주 미약합니다. 용도가 있으니까 크게 신경 쓰지 않았습니다만, 그렇게까지 필요한 건 아니지 않나, 생각하면서 그 찌꺼기를 바라보고 있었는데——."

그때 가비루는 알아차린 것이다.

그 잎의 형상이 자신이 기르는 히포크테 풀과 달라졌다는 것을.

가비루는 경악하면서 자세하게 기록하기로 결심했다고 한다. 그게 아까부터 보여주던 그림이었다.

"——결론부터 말씀드리죠. 히포크테 풀이라는 식물은 엄밀히 말하면 존재하지 않습니다. 모든 것은 고밀도의 '마력요소'에 의해 돌연변이가 생긴 식물——."

"그렇습니다!! 마력요소의 농도가 높은 장소에 서식하는 것이 아니라, 마력요소의 농도가 높기 때문에 거기서 돌연변이를 일으킨 식물, 그게 바로 히포크테 풀의 정체였던 것입니다!!"

가비루의 설명과 흥분한 베스터의 말이 동시에 겹친다.

그야 흥분할 만도 하겠지.

그 말을 들은 자들도 엄청나게 놀라고 있으니까.

"대, 대발견이 아닌가!!"

"이런, 이런 자리에서 발표할 내용이 아닙니다, 베스터 고옹?! 좀 더, 좀 더 그럴듯한 장소에서…… 그야말로 학회 같은 곳에 급히 연락을 해서 정식 절차에 따라 발표해야 할 내용이 아닙니까!!"

대혼란이라고 말해도 좋을 정도로 소란스러운 상황이다.

흥미 없는 표정을 짓던 자들도 이 말을 듣고는 잠자코 있을 수 없는 것 같았다.

처음부터 흥미를 가지고 얘기를 듣던 자들은 그 이상으로 충격을 받은 모양이다. 상상했던 것 이상의 내용이자, '이런 자리에서 발표할 내용이 아니다——'라고 발언하는 것만 봐도 그들이 얼마나 경악하고 있는지, 그야말로 손에 잡힐 듯이 확실하게 알 수 있다.

가젤도 놀라움에 눈을 크게 뜨고 있었고, 에르메시아 황제는 에라루도 공작과 뭔가를 서로 이야기했다.

나도 놀랐다.

지금까지 깨닫지 못했지만, 듣고 보니 납득할 수 있었다.

생각해보면 당연한 얘기인 것이, 베루도라가 봉인되었던 장소

에 처음부터 히포크테 풀이 무리를 지어 자라고 있었다는 생각은
들지 않았다. 돌연변이――식물의 진화――라고 한다면 그것도
납득이 된다.

그리고 그 식물은 마력요소가 모두 추출액으로 채취되면서 원
래의 잡초 모습으로 돌아갔던 것이다.

바짝 말라버린 찌꺼기 상태니까, 그 조직도가 잡초와 같아지는
것은 당연한 이치였다.

그렇군. 그래서 가비루는 검도 회복약으로 고칠 수 있을지 모
른다고 생각한 것인가.

잡초가 히포크테 풀로 변화한 것처럼 광물이 마강석으로 변화
한 것으로 추측해볼 수 있을 테니까. 그리고 그 마강석에서 정제
된 '마강'이 사용된 무기. 확실히 이런 무기라면 회복약의 효과가
있을 수 있지 않겠냐는 궁금증이 생기는 게 당연하리라.

그리고 시험해본 결과가 처음에 보여준 실험과 이어지는 것이
다.

"제가 품었던 '마력요소란 무엇인가?' 하는 의문에 대해선 아직
그 답을 얻지 못했습니다. 마물이나 마인도 마력요소의 영향을
받고 있습니다. 이건 엄연한 사실입니다. 그럼 아인은 어떨까요?
몸속에서 모든 마력요소를 뽑아내면 과연 인간으로 돌아갈까요?
그런 의문들이 끝없이 생겨났습니다만, 이런 것들을 검증하는 것
은 지극히 어려운 작업이 되겠지요."

"그래도 저희는 앞으로도 연구를 계속할 생각입니다. 커다란
지혜가 모인 이 땅에서, 그 답을 계속 추구할 것을 약속드리면서
이번 기술 발표회를 마칠까 합니다."

"발표를 들어주셔서——."

""정말 감사합니다.""

딱 맞아떨어지는 호흡으로 기술 발표회를 마무리하는 가비루와 베스터. 예행연습을 상당히 했는지, 처음 하는 것이란 생각이 들지 않을 정도로 당당한 모습이었다.

그보다 그 내용이 정말 대단했다.

누구라도 알아듣기 쉽게, 간결하지만 실로 흥미가 끌리는 내용. 커다란 발견을 널리 알리면서도 중요한 부분은 전부 숨겨놓았다.

그리고 무엇보다 중요한 것은 발표한 내용만으론 기술을 흉내 낼 수 있는 우려가 없다는 점이다.

마력요소로 식물이 변화한다. ——대단한 정보이긴 하지만, 그걸 다른 나라에서 따라하는 건 힘들다. 실험은 가능하겠지만, 그걸 알았다고 한들 히포크테 풀을 양산하는 건 불가능할 것이다.

우리나라의 우위는 흔들리지 않는다.

게다가 이 나라에서 실험을 계속하겠다는 말의 의미.

커다란 지혜가 보인 이 땅—— 가비루가 말한 것처럼, 이 땅은 앞으로 점점 많은 학자들이 모이게 될 것이다.

마력요소가 풍부한 이 땅에선 그야말로 마음껏 실험을 할 수 있으니까.

기술 발표회는 듣고 있던 내빈들에게 상당한 충격을 준 것 같았다.

오전엔 훌륭한 음악을 즐겼고, 오후엔 지적 호기심을 자극당

했다.

어느 쪽이 더 강렬하게 마음을 사로잡았는지는 개개인의 판단에 맡긴다. 하지만 둘 다 큰 관심을 얻었다는 점에서 보면, 분명 성공했다고 할 수 있다.

처음에는 지루하게 여기던 이들도 많았고, 순서도 잘못 배치했다는 생각도 했지만…… 아무래도 그건 기우였던 것 같다.

아니, 오히려 이렇게 순서를 배치하길 잘했다고 생각한다.

내빈들이 이 땅에 관심을 가지게 만드는 것—— 그 목적은 충분히 달성한 것 같았다.

나는 솔직하게, 이 두 사람에게 아낌없는 칭찬을 해주자고 생각했다.

*

기술 발표회가 끝난 뒤에는 자유 시간을 가졌다.

살롱에서 편안하게 쉬는 자, 몰래 노점에 가보는 자.

온천을 즐기는 자나 놀이시설을 견학하며 즐기는 자.

내빈들에게 각각 안내해줄 사람을 붙였기 때문에, 그들이 원하는 대로 행동하도록 내버려뒀다.

하지만 내빈들의 입에서 오르내리는 것은 음악 감상이나 기술 발표회에 관한 것뿐이다. 그 내용을 칭찬하는 대화가 곳곳에서 벌어지고 있었다.

그런 식으로 제각각 휴식을 취하는 귀족들을 둘러보고 있으려니, 아루노와 박카스가 긴장한 표정으로 날 찾아왔다.

그리고 나를 보며 작은 목소리로 "잠깐 이야기를 나누고 싶습니다"라고 말했다.

아무래도 중요한 내용인 것 같아서, 나는 베니마루와 시온을 데리고 그들이 안내하는 대로 영빈관의 한 방으로 이동했다.

그곳에 루미너스가 있었다.

아루노 일행이 긴장한 모습을 보고 그렇지 않을까 생각했지만, 역시 예상이 틀리지 않았던 모양이다.

의자에 다리를 꼬고 앉아 있는 메이드복 차림의 루미너스. 새하얀 다리와 검은색의 가터 스타킹이 너무나 야한 느낌이다.

그리고 루미너스의 뒤에 차렷 자세로 선 아루노와 박카스. 주종관계가 역전된 것 같은 광경이 조금 우스꽝스러웠지만, 너무나 안정적으로 보였다.

루미너스가 내뿜는 패기 때문이겠지.

"어디 보자, 너희와는 불가침조약을 맺은 상태이다만…… 역시 부족하구나."

루미너스는 입을 열자마자 날 보면서 그렇게 말했다.

내가 무슨 말을 할 틈이 없었다. 그러기는커녕 아직 의자에 앉지도 않았던 것이다.

성급한 성격일 거라고 예상은 했지만, 이 정도일 줄이야.

나는 어이없는 표정을 지으면서, 내게 권하지도 않았지만 일단 의자에 앉았다.

그리고 루미너스에게 되물었다.

"부족하다니, 뭐가?"

"그야 당연하지. 교류가, 말이다! 서로 간섭하지 않는다는 조약만으로는 상호 교류가 불가능하지 않느냐?"

"아니, 그렇지 않은 것 같은데⋯⋯?"

루미너스가 하고 싶은 말이 무엇인지를 생각하면서, 나는 상황을 정리했다.

신성교황국 루벨리오스와 템페스트(마국연방)의 불가침조약은 루미너스가 말한 대로 체결된 상태다. 서방성교회도 신성교황국 루벨리오스에 포함되어 있으므로, 서방 열국에서의 우리의 지위가 향상되는 결과로도 이어졌다.

이건 대단히 고마운 얘기이지만, 교류라는 면에서 생각한다면 확실히 국교가 없는 것과 마찬가지였다. 왜냐하면 두 나라 사이의 거리가 너무나 멀기 때문이다.

국가 차원에서의 무역은 없다. 유통 쪽은 상인과 국가의 힘이 상인(개인)에게 최소한으로 개입되는 시장원리에 맡겨두고 있었다.

하지만 아무것도 거래하지 않는 것은 아니다. 실은 묘르마일에게 부탁해서 행상인을 파견하고 있었던 것이다.

저쪽에서 오는 것을 기다리는 게 아니라, 우리가 먼저 움직인다.

시장조사를 하는 것은 기본이며, 나에겐 이미 신성교황국 루벨리오스의 특산품에 관한 보고가 올라와 있었다.

보고에 따르면, 신성교황국 루벨리오스는 농업대국이었다. 보리를 중심으로 곡물을 대량으로 생산하며, 서방 열국으로 수출도 하고 있는 것 같다.

샘플을 조사해봤는데 상당히 질이 좋고 맛도 양호했다. 우리나라에서도 수입하고 싶다고 생각하지만, 이는 아까도 말했지만 거리상의 문제가 있다. 국가 차원으로 거래를 시도하기 전에 그 문제를 해결하려고 생각하던 중이었다.

이상이 지금 현재의 상황이다.

장래에 좀 더 깊게 교류하고 싶다고 생각하고 있지만, 지금 당장 뭘 할 수 있느냐는 질문을 받으면 떠오르는 것은 아무것도 없었다.

"눈치 없는 녀석. 그게 아니면 일부러 나를 애타게 만들려는 거냐?"

"아니, 아니. 그럴 생각은 없다니까."

내가 당황하면서 부정하자, 루미너스는 짜증이 난다는 표정으로 한숨을 한번 쉬었다.

"교류를 하겠다면, 그 대상은 문화가 아니냐? 솔직히 말해서 너희를 얕보고 있었다. 우리 루벨리오스가 보호하는 인간들은 예술 쪽으론 재능이 부족하다. 그래서 그렇게 기대하지 않았다만, 방금 전의 그 연주는 아주 훌륭했다. 오늘 하루 만에 내 인식을 바꾸었지."

오옷, 엄청난 칭찬을 받았다. 방금 전에 날 지나칠 때도 칭찬해주었는데, 어지간히 마음에 들었던 모양이다.

그리고 루미너스가 하고 싶은 말이 뭔지 알았다. 오늘 연주를 듣고 우리의 실력을 인정했다는 뜻이다. 루미너스도 악단을 가지고 있을 테니, 그자들과 교류를 시켜서 서로의 실력을 드높이고 싶다는 얘기겠지.

"뱀파이어(흡혈귀족)에도 예술에 정통한 자가 있다. 오래된 음악을 계승하면서 새로운 창작에 힘쓰고 있지만 최근에는 매너리즘에 빠져버렸지. 너희와 교류한다면 분명 좋은 자극이 될 것이다."

내 예상이 맞아떨어졌다. 그리고 그 제안은 우리 입장에서도 고마운 것이었다.

경험은 마음을 풍부하게 만든다. 더 좋은 문화 활동을 하려면 다른 자들과의 교류가 최고의 영양소가 되는 것이다.

"그거 좋군! 우리 입장에서도 바라 마지않는 얘기야."

나로선 거절할 이유가 없으므로, 그 제안을 흔쾌히 받아들였다. 앞으로 양국의 관계를 고려해봐도 좋은 영향이 더 많을 것이라 생각한 것이다.

"음. 그렇다면 그렇게 얘기를 진행하지."

만족한 표정으로 루미너스가 고개를 끄덕였다.

마침 그 타이밍에 늙은 집사가 나와 루미너스 앞에 홍차를 내놓았다.

분명 권터라는 이름이었지. 루이에 필적할 정도의 실력자인데, 집사로서의 실력도 상당했다.

우리의 디아블로도 그렇지만, 이 세계의 집사는 얕보기 어려운 면이 있다.

내 뒤에 선 베니마루와 시온에게도 하인들이 마실 것을 준비해 주었다. 준비가 부족했던 것이 아니라, 루미너스가 성급하게 얘기를 시작한 탓에 손님 대접이 제시간을 맞추지 못한 것뿐이다.

그런 하인들을 차갑게 바라보는 루미너스. 그곳에는 절대적인 상하관계…… 그렇게 생각했는데──.

"잘됐구나. 이것으로 너희도 그 음악을 즐길 수 있게 되었어."

루미너스가 거드름을 피우면서 하인들에게 말을 걸었다.

그녀가 말을 걸자, 하인들은 "감사합니다"라거나 "기대가 됩니다!"라고 각각 대답했다. 아주 기뻐하는 표정인지라, 그 반응이 진심에서 나온 것은 틀림없었다.

루미너스에게 경의를 느끼고만 있을 뿐, 공포의 감정은 느끼지 않는 것 같았다.

신기하다는 생각이 들어서 자세히 바라보니, 모두가 뱀파이어였다.

오라(요기)도 완전히 차단하고, 인간과 구별할 수 없을 정도로 힘을 제어하고 있다. 아마도 루미너스에 가까운 상위 개체들이겠지.

여기 있는 몇 명만으로도 나라 하나쯤 멸망시키는 건 어렵지 않은 일이리라. 그런 자들이 하인으로 일한다는 현실은 세상의 부조리를 느끼게 만들기에 충분한 사실이었다.

"귄터, 그럼 나이트 가든(야상궁정)에 돌아가면 수속 절차를 부탁하마."

"알겠습니다."

루미너스는 고개를 끄덕이면서 홍차를 한 모금 마셨다.

소리를 내지 않는 우아한 동작은 본보기로 삼아야할 정도로 아름답다.

"그렇지, 그 기술 발표회도 제법 재미있었다. 마력요소의 영향을 분석하려고 들다니, 재미있는 생각을 떠올렸구나. 내 부하 중에도 연구를 좋아하는 괴짜가 있어서 그자들을 이곳으로 파견하려는데, 상관없겠느냐?"

내가 넋을 놓고 바라보고 있자, 유쾌한 표정으로 루미너스가 그렇게 말했다.

자세한 얘기를 들어봤다.

루미너스가 말하길, 겉으로 드러난 곳에 사는 인간들의 문명 수준은 여전히 낮지만 지하에 있는 본국은 상당한 레벨의 기술을 가지고 있다고 한다.

"의외로군. 좀 더 당당하게 드러낼 줄 알았는데……."

"나는 귀찮은 일을 좋아하지 않는다. 너무 눈에 띄면 그 망할 도마뱀(베루도라)에게 들킬 우려가 있거든. 그리고 천사들에게 방해를 받는 것도 마음에 안 든다. 그자들을 일소할 때까지 중요한 연구는 모두 지하에서 하도록 시키고 있지."

자랑스러운 표정으로 루미너스가 말했다.

듣자 하니, 마왕들 중에서 가장 국력을 풍부하게 키우는 자가 루미너스라고 한다.

인간과는 다르며, 엘프를 뛰어넘는 오래된 수명과 불사의 성질을 지닌 뱀파이어. 더구나 상위 개체가 되면 식사조차 필요 없어지며, 인간의 라이프 에너지(생명생기)를 아주 조금 빼앗는 것만으로도 생명유지가 가능하다고 하니…… 뱀파이어가 생태 피라미드의 정점에 선 종족이라는 것은 아무도 의심할 바가 없는 사실이었다.

그러나 그들에게도 약점은 있다.

뱀파이어가 밤의 지배자라고 불리는 이유 중의 하나. 밤에 절대적인 힘을 발휘한다는 것뿐만 아니라, 햇빛을 쐬면 소멸하기 때문이다.

그런 중대한 약점이 있기에 더욱더 위험도가 높은 것이 뱀파이어라는 종족이다.

상위 종족 중에서도 힘이 있는 개체── 루미너스의 부하이자

왕국에서 귀족계급에 속한 자들 중에는 햇빛이라는 약점을 극복한 자들이 있다고 했다. 그자들은 '초극자(超克者)'라고 불리며, 어떤 장소에서도 활동할 수 있다.

수가 적다고 하지만 약점이 없는 뱀파이어라니, 인간의 입장에서 보면 악몽일 것이다. 루이나 귄터 정도는 아니라고 해도, 캘러미티(재액) 급에 해당하는 실력자라고 한다.

참고로 이 자리에 있는 하인들도 '초극자'였다. 취미로 루미너스를 모시면서 하인 노릇을 하고 있다고 했다. 호위라는 명분이 가장 큰 것은 더 말할 필요도 없다.

'초극자'란 자들은 약점이 없어지면서 시간적 여유를 가지게 된 자들이기도 하다. 그렇기에 더더욱 취미 삼아서 이런저런 것들을 멋대로 만드는 자도 있는 모양이다.

서로 경쟁하듯이 괴상한 것을 개발하면서, 루미너스의 총애를 요구한다고 한다.

"솔직히 말해서 짜증이 난다. 좀 더 그럴듯한 것을 개발하라고 명령하긴 하지만 고정관념에 얽매여 있는지, 저 녀석들은 진보라는 것을 몰라. 너에게 맡길 테니 어느 정도 교육을 해주면 좋겠구나."

그게 루미너스가 바라는 바였다.

"으—음, 그건 상관없지만……."

본인들을 직접 보지 않으면 문젯거리가 될 수도 있어서 약간 걱정이 됐다.

'초극자'라는 것은, 즉 지배계급에 속한 자라는 뜻. 그런 자들이 우리나라에서 연구를 하게 되면 어떤 문제가 일어날지 예상이 안 된다.

나의 망설임을 꿰뚫어 봤는지, 루미너스가 새로운 제안을 했다.

"물론 포상은 준비되어 있다. 너에게 기술을 하나 전수해주지."

"기술?"

"그래. '신앙과 은총의 비오(秘奧)'를 너에게 전수해주도록 하마."

그게 뭐야, 대단해 보이는데!

술에 취할 수 있는 기술보다 왠지 본격적으로 대단할 것 같은 느낌이잖아.

"그건 어떤 거지?"

"뭐, 말하자면 간단한 것이다. 너를 믿는 자가 네 힘의 일부를 구사할 수 있게 되는 기술이지."

씨익, 사악하게 웃으면서 루미너스가 말했다.

이봐, 잠깐. 그런 위험한 기술을 이렇게 많은 자들이 있는 앞에서——.

《알림. 개체명 : 루미너스에 의해 이 자리는 '공간절단'이 되어 있습니다.》

내 당혹스러움을 차단하듯이 라파엘이 지적을 했다. 그 말을 듣고 알아차렸지만, 나 말고는 루미너스의 목소리가 들리지 않는 것 같았다.

역시 최강인 마왕들 중의 한 명, 자연스러운 동작으로 스킬(능력)을 구사 중이었던 것이다.

"그걸 내게 가르쳐주는 대가로 우리나라에서 너희 나라의 연구자를 받아들인다. 그러면 되는 건가?"

"그래. 나는 기본적으로 악단을 교류하는 것만으로도 만족한다. 이건 말하자면 너에 대한 답례인 것이야."

루미너스의 말에 거짓은 없어 보였다.

"알았어. 그 제안을 받아들이지."

"후훗, 계약 성립이로구나."

이렇게 나는 루미너스로의 제안을 받아들였다. 그리고 '신앙과 은총의 비오'를 가르침 받았다.

'신앙와 은총의 비오'라는 것은 쉽게 말해서 '신성마법'의 원리 그 자체였다. 내 '이름'을 매체로 삼아서 술자가 마법을 구사할 수 있게 되는 비술이었다.

히나타와 홀리 나이트들은 루미너스의 이름으로 '신성마법'을 구사하고 있는 셈이다. 그건 즉, 루미너스의 힘의 일부를 빌린다는 의미가 된다.

이번에 내가 그 원리를 배우게 되면서 내 부하들 중에도 '신성마법'의 사용자가 늘어날 것이다. 생각했던 것보다 큰 대가에 나는 자신도 모르게 놀랐다.

하지만 루미너스는 루미너스대로 면밀한 계산 끝에 시도한 교섭이었을 것이다.

"내 입장에선 기쁜 일이지만, 정말 괜찮은 건가?"

"상관없다. 너라면 어차피 몇 년도 되지 않아 스스로 진리를 깨달았을 테니까. 정보라는 건 비쌀 때 이용해먹는 법이지."

《 ………… 》

——과연. 나는 그렇게 생각했다.

라파엘이 분해하는 모습을 보고 유추하건대, 몇 년도 지나지 않아 실용화가 가능했던 모양이군.

마력요소란 무엇인가에 대한 연구와 히나타와의 싸움으로 얻은 '영자(靈子)'의 정보. 이것들을 조합해서 규명해나가면 확실히 진리는 저절로 보이게 될 것이다. 나에겐 무리라고 해도, 라파엘 선생에겐 가능했던 것이다.

루미너스는 그걸 꿰뚫어 보고, 내게 은혜를 베푸는 형식으로 정포를 폭로했을 뿐이다.

"뭐, 그래도 고마워, 루미너스."

"나는 약속을 지켜주기만 하면 그걸로 충분하다."

루미너스를 상대로 한 거래는 아직 내겐 짐이 버거웠던 모양이다.

이번에는 내용적으로 문제가 없었지만, 앞으로는 좀 더 신중하게 접근하도록 하자.

그렇게 생각하면서 나는 루미너스와 악수를 나눴다.

이리하여 우리나라의 악단은 나이트 가든에 초대를 받게 되었다.

그 대신 루미너스의 부하인 '초극자'—— 상위 귀족들을 우리나라의 연구 객원으로 받아들이게 된 것이다.

루미너스가 '공간단절'을 해제한 후, 아무것도 없었던 것처럼 그 자리도 정리되었다.

나도 천천히 홍차를 즐기면서, 루미너스가 들려주는 연주회의 감상에 귀를 기울였다.

루미너스는 기술 교류보다 음악 교류에 더 기대를 하고 있는 것 같았다. 우리나라의 악단이 언제 갈 것인지, 그걸 주된 화제로 삼으면서 들떠 있었다.

그리고 마지막으로.

"그런데 리무루여. 네가 초대한 내빈들 중에 조금 불쾌한 기척을 내뿜는 자들이 있던데, 눈치는 채고 있겠지?"

말투를 전혀 바꾸지 않은 채, 별일도 아니라는 듯이 루미너스가 말했다. 한순간 무슨 얘기인가 했는데, 이건 루미너스 나름대로 충고를 해준 것이라 하겠다.

그렇다면 내 기분 탓이 아니었단 말인가……

"그래, **두 명**, 이려나?"

"흠. 넋을 놓고 방심하는 게 아니라면 그걸로 됐다. 옥타그램(팔성마왕)의 이름을 더럽히지 않도록 늘 긴장하는 게 좋을 것이야."

루미너스의 그 말이 이 회담을 끝내겠다는 신호가 되었다.

나는 루미너스에게 고개를 끄덕여주곤 자리를 떠났다.

＊

갑작스럽게 발생한 루미너스와의 회담이 끝나자, 저녁 식사 시간이 되었다.

무슨 이유인지 한 원탁에서 유우키와 히나타, 그리고 내가 같이 저녁을 먹고 있다. 두 사람은 사이좋게 탁자 위에 놓이는 코스 요리에 입맛을 다시면서, 오늘 있었던 일을 화제 삼아 얘기를 나누고 있었다.

나도 오늘의 감상을 들으면서 저녁을 즐기기로 했다.

코스는 일본식과 양식 두 종류.

둘 중에 좋아하는 쪽을 선택하도록 했다.

나와 유우키는 양식을.

히나타는 일본식을 골랐다.

"야아, 정말 대단한 연주였어요. 히나타도 노점을 돌지 말고 같이 왔으면 좋았을 텐데."

"시끄러워. 내가 즐기고 싶은 대로 즐겼으니 딱히 상관없잖아?"

그 타코야키는 의외로 맛있었으니까──라고 히나타가 변명하듯이 중얼거렸다.

히나타가 "그건 그렇고, 가게 주인 이름이 '가명'이라던데 그건 무슨──"이라는 말을 꺼냈기에, 나는 재빨리 시선을 돌렸다.

"그렇긴 하지만 그 연주는 정말로 들을 가치가 있었다니까. 원곡은 나도 알고 있던 거지만, 그 편곡은 압권이라고 표현할 수밖에 없었어."

나이스, 유우키.

유우키가 타쿠토와 악단의 연주를 크게 칭찬해준 덕에 히나타의 신경이 그쪽으로 향했다.

"알았어. 그렇게까지 말하니, 내일이라도 당장 아이들을 데리고 들으러 가볼게."

그리고 아주 싫은 건 아닌 표정으로 그렇게 대답했다.

히나타는 그녀 나름대로 축제를 잘 즐겼는지, 오늘 하루 만에 꽤 많은 돈을 쓴 모양이었다. 축제 분위기에 영향을 받았는지 높은 가격에도 불구하고 비싼 옷이나 무기 및 방어구, 매직 아이템(마법도

ㄱ)들을 마구잡이로 사들인 것 같았다.

노점 음식도 사 먹으면서 돌아다닌 것 같았는데, 히나타가 아이들을 돌봐주겠다고 말한 건 단순한 핑계였던 게 아닐까 하는 의심이 들 정도다.

뭐, 사이좋게 즐긴 것 같으니 나로선 기쁠 따름이다. 내일도 히나타가 아이들을 돌봐줄 것 같으니 괜한 트집을 잡아서 좋을 건 없겠지.

"그것보다, 마력요소란 무엇인가에 대한 연구야말로 신경이 쓰이네. 그 뭐야, 나는 회복약이 듣지도 않고 마력요소를 분해해버리는 체질이니까. 실은 '회복마법'에도 듣는 것과 안 듣는 게 있단 말이지……."

목소리를 낮춰서 히나타가 말했다.

자신에게도 효과가 있는 회복약이 있는지 알아보기 위해서 히나타도 그녀 나름대로 여러 모로 연구를 했었다고 말했다.

마법 무효화라고 말하면 듣기는 좋지만, 잘 생각해보면 불편할 일도 많을 것이다.

"확실히 그렇긴 하네. 지금까지 그다지 깊게 생각해본 적이 없다고 할까? 나도 마력요소의 영향은 확실하게 받고 있으니까——."

"세계를 건너온 시점에서 대량의 에너지를 받아들인 상태가 되지. 그게 스킬(능력)이 되어 나타나는 자가 있는가 하면, 너처럼 아무 힘이 없는 자도 있어. 하지만 어떤 식으로든 영향은 받고 있겠지. 실제로 너는 전혀 성장을 하지 않으니까——."

"잠깐, 그렇게 말하지 말아줄래? 확실히 신체의 성장은 멈췄지만, 이래 봬도 나 역시 여러 모로 노력하고 있거든?"

"알고 있어. 바로 발끈하는 성질은 여전하네. 잠깐 놀린 것뿐이잖아."

아니, 히나타는 놀릴 생각으로 그렇게 말한 건지 모르지만……눈빛이 말이지.

히나타는 웃음기가 전혀 없는 진지한 얼굴로 말하니까, 듣는 입장에선 농담으로 들리질 않는다.

"뭐, 그렇다면 됐지만. 그건 그렇고, 리무루 씨도 재미있는 착안에서 연구를 시키고 있었네요?"

유우키가 나를 칭찬하기 시작했지만, 그건 지나친 평가라고 하겠다.

"아닌데? 그건 그 녀석들이 자발적으로 연구하던 거였어. 사실은 나도 오늘 처음 내용을 알았을 정도니까."

"네?"

"네가 명령해서 연구를 시킨 게 아니라고? 게다가 내용도 모른 채 각국의 중진들을 모은 자리에서 발표하게 놔뒀단 말이야?"

유우키와 히나타가 어이없다는 표정으로 나를 봤다.

아, 이 수프 맛있네. ──그렇게 현실도피를 하면서 나는 변명할 말을 떠올려봤다.

"하지만 어쩔 수 없잖아? 나는 자주성을 중시하고 싶다고 생각하니까!!"

그럴듯한 변명이 생각나지 않아서, 애써 큰 소리로 말하면서 적당히 구슬리기로 했다.

그러나 내 의도는 통하지 않았고, 두 사람은 눈을 가늘게 뜬 채로 쳐다보고만 있었다.

"──조금은 반성하고 있어. 아무리 바빴다지만 내용 정도는 미리 들어둘 걸, 하고 말이지……."

뭐, 이제 와서 말해봤자 늦었지만.

"리무루 씨는 대단하네요, 정말."

"그래, 동감이야. 가끔은 당신이 정말로 거물이란 생각이 들어."

이건 절대 칭찬이 아니라고 생각하지만, 어쩔 수 없지. 나도 조금은 어리석었다고 반성하니까.

내용은 좋았지만, 한창 발표하는 도중에 가슴이 약간 두근거리기도 했었다. 가젤에게서도 잔소리를 들었으니, 앞으로는 조심해야겠다고 생각했다.

설마 유우키와 히나타한테도 지적받을 줄은 생각도 못 했지만…….

그런 분위기 속에서 저녁 식사는 진행되었고, 이윽고 화제는 세상 돌아가는 얘기로 바뀌었다.

이런 식으로 전체적으로 호평을 받으면서, 개국제의 첫날이 막을 내리려 하고 있었다.

순조로운 분위기로 출발했고 좋은 반응도 느끼면서, 나는 이번 개국제의 성공을 의심하지 않았다.

하지만──,

그 직후 나는 그게 안일한 생각이었다는 것을 깨닫게 된다.

막간　문제 발생

정례 보고회를 위해 모두 회의실로 모였다.

안 온 사람은 묘르마일뿐인가?

시간은 오후 9시, 저녁 식사 자리가 막 끝난 시간이다.

밖에선 아직 시끌벅적하게 떠드는 소리가 들렸고, 피리나 북소리도 울려 퍼졌다. 오후 10시까지는 허가를 내렸으니, 그 점에 관해선 문제될 게 없다.

내빈들이 묵는 건물은 창문을 닫으면 완전 방음이 된다. 약간 시끄럽더라도 불평이 나오지 않도록 배려한 것이다.

나도 밤의 노점거리를 돌아다녀보고 싶었지만, 어제는 늦게까지 부하들을 보고하는 자리에 참석시키고 말았다. 그래서 오늘은 일찍 보고를 받아야겠다고 생각했다.

"슈나, 시온, 수고했다. 연주가 아주 훌륭하더군. 정말로 놀랐다."

"우후후, 몰래 연습했답니다. 원래 노래는 잘했던 데다, 그 피아노라는 악기는 저와 아주 상성이 좋은 것 같더군요. 실은 그 두 곡밖에 치지 못하지만요."

슈나는 기쁜 표정으로 말했다.

이제 겨우 배우기 시작했을 뿐인데 그 정도로 칠 수 있다니, 틀림없이 천부적인 재능을 가진 것 같은데. 하지만 바쁘게 일하는 틈틈이 연습했을 테니 연주할 수 있는 곡이 적은 것은 납득이 갔다.

그건 시온도 마찬가지일 것이다.

"저도 슈나 님과 같이 몰래 연습하고 있었습니다. 리무루 님을 놀라게 해드리자고 생각했는데, 보아하니 성공한 것 같군요!"

시온도 미소를 짓는다.

바이올린을 연주하는 시온은 정말로 당당하고 아름다웠다. 지금은 솔직하게 칭찬해주기로 하자.

"정말로 멋있었다. 앞으로도 계속 연습할 거지?"

"네, 물론입니다! 더 많이 연습해서 리무루 님이 기억하시는 곡들을 전부 재현해 보이겠습니다!!"

"응응. 나도 많은 곡을 들어보고 싶으니까, 기대하도록 하지!"

오늘만큼 시온이 믿음직스럽게 느껴지는 날이 없었다.

늘 안쓰럽기만 했는데, 오늘은 시온이 빛나 보였다.

뒤이어, 가비루에게도 감상을 전했다.

"가비루, 발표회는 호평이었다. 유우키도 놀랐고, 가젤 왕도 감탄하더군. 조금 지나치게 많은 내용을 밝혔다는 말도 들었지만, 나는 좋았다고 생각한다."

"넷, 감사합니다! 베스터 공의 힘이 컸습니다만, 저도 열심히 노력했습니다. 실험을 진행하는 중에 저의 지적 호기심만 채우는 것이 아니라, 모두에게 이런 기분을 전하고 싶어지는 바람에…… 그래서 그만, 지나치게 많이 떠들어버린 것 같습니다."

"아니, 꾸짖는 게 아니다. 그런 연구를 하고 있는 줄은 몰랐기에 나도 놀랐지만, 내용은 아주 재미있었으니까. 내빈들도 흥미를 가진 것 같으니, 충분히 성공이다."

나의 말에 가비루가 기쁜 표정으로 안도의 한숨을 쉬었다.

아무래도 상당히 긴장했던 모양이었다.

"베스터에게도 수고했다고 전해다오."

"잘 알겠습니다!"

베스터는 지금쯤 가젤과 술잔을 나누고 있을 것이다.

어쩌면 꾸지람을 들을지도 모르지만, 그것도 베스터에겐 상이 되겠지. 베스터에게 가젤 왕은 역시 영원히 동경하는 존재일 테니까.

축제 날 정도는 딱딱한 예의는 버리고 즐기는 것도 하나의 방법이고 말이다.

디아블로에게선 무투대회의 상황을 들었다.

"여섯 명의 본선 출전자가 정해졌습니다만, 제가 출전했다면 문제되지 않을 자들뿐이었습니다. 그 용사라는 사람도 지켜봤습니다만, 후후훗, 재미있는 자인 것은 틀림없더군요. 문제가 일어나기 전에 제가 처리해버릴까요?"

"그러지는 않겠다고 말했잖느냐!"

"원하시는 대로 따르겠습니다. 리무루 님이 내일 즐기실 거리를 빼앗을 것 같으니, 더 이상의 보고는 자중하겠습니다."

디아블로의 기준에서 보면, 아무런 문제도 없다고 한다. 이것으로 고부타와 게루도를 포함해서 여덟 명의 선수가 결정된 셈이다.

문제가 없다면 더 이상은 듣지 않기로 했다.

어떻게 조를 짜느냐에 따라서 재미있는 싸움을 볼 수 있을 테니, 디아블로의 말대로 내일의 즐거움으로 남겨두도록 하지.

소우에이로부터도 보고를 들었다.

아이들도 재미있게 축제를 즐겼다고 한다. 무투대회의 예선을 견학했으며 마사유키를 응원했다고 한다.

그리고 상당히 많은 음식을 사 먹었다고도 했다.

히나타 씨…….

당신은 보호자로서 대체 뭘 했던 겁니까?

아이들이 배탈이 나지 않았을지 너무나 불안했다.

내일도 이런 식으로 맡겨도 괜찮을지 몰라서 나는 약간 걱정이
되었다.

그런 식으로 모두와 얘기를 나누면서 묘르마일을 기다렸다.

문제가 없다면 30분도 걸리지 않고 끝날 것이다.

그렇게 생각하고 있었는데, 창백한 표정으로 비틀거리면서 방
에 들어온 묘르마일을 보자 무슨 문제가 일어났음을 바로 알아차
릴 수 있었다.

"오, 오래 기다리시게 해서 죄송합니다."

묘르마일의 모습을 보니, 아무래도 큰 문제가 발생한 것 같았다.

평소에는 심장에 털이라도 난 것처럼 대담한데, 지금은 동요를
감추지 못하고 있으니까.

"무슨 일이 일어난 건가?"

슈나가 묘르마일에게 차가운 차를 갖다 주었다.

묘르마일이 한숨을 돌릴 때까지 기다렸다가, 나는 그렇게 물었다.

"정말 죄송합니다. 큰 문제가 발생했습니다. 실은——."

돈이 없다고 묘르마일이 말했다.

대금을 지불해달라는 소매상인들의 요청이 쇄도하는 바람에
대응하는 데 어려움을 겪고 있다고 했다.

아니, 아니, 아니, 그럴 리가 없을 텐데.

클레이만의 성에도 꽤 많은 가구가 있었으며, 금은보화를 회수한 상태다.

더구나 디아블로가 파르무스 왕국에서 배상금의 일부로 성금화 1,500개를 징수해놓았다. 그걸 처분하면 이번 같은 축제를 백 번을 치르더라도 잔금이 남을 것이다.

그렇게 생각한 나는 난감한 표정을 짓는 묘르마일에게 질문을 던져봤다.

"그게, 예산의 문제가 아닙니다. 마왕 클레이만의 유산은 화폐로 쓸 수가 없습니다. 현재 쓰이는 세계통용화가 아니니까요. 고대왕국의 금화는 미술품으로서 가치가 높고 동쪽 제국에선 유통되기도 합니다만……."

그대로 통화로 사용할 수 있는 나라도 있긴 하지만, 정식 통화로는 인정받지 못한다고 한다.

환금을 하면 될 일이지만, 상인들은 그것으론 납득하지 않았다는 것이다. 제대로 된 통화, 드워프 왕국에서 발행된 금화로 지불할 것을 요구했다는 이야기였다.

"처음엔 문제가 없었고 금화로 지불하는 것도 받아들였습니다. 그런데 도중에 뭔가 이상하다는 걸 느꼈습니다. 하지만 그때는 이미 늦은 뒤였습니다──."

국고에 남은 금화가 없어진 시점에서 묘르마일은 자신의 사재를 털어서 대금을 지불했다. 그러나 그것도 한계가 있었고, 그래서 친하게 지내는 상인들에게 무슨 사정이 있었는지 설명해줄 것을 부탁했다고 한다.

그러자 놀라운 사실이 밝혀졌다. 놀랍게도 단골 점주들과 이번에 새로 거래하게 된 소매상들이 공통으로 쓰이는 통화가 아니면 대금을 받지 않겠다고 주장했다는 것이다.

국가 간의 거래라면 서로의 상품으로 상쇄하는 것도 가능하다. 현금이 아니라 증서로 지불을 하는 경우도 있다.

언젠가 반드시 필요해질 대금이니까 당장은 지불하지 않고 나중에 써먹기만 하면 되는 것이다. 이자라는 개념이 희박한 이 세계에선 서로에게 손해가 가지 않은 거래 방법의 하나로 이용되는, 일반적인 수법이었다.

그러나 우리나라에는 신용이 없다.

현금으로 지불해줄 것을 요청하면, 그에 응할 수밖에 없는 것이 현재의 상황인 것이다.

묘르마일도 이 점은 충분히 이해하고 있었다. 그래서 신중하게 예산도 관리하고 있었고, 거래 상대도 엄선했다.

묘르마일의 계산으로는 큰 거래가 더 많이 일어날 것으로 예상했다. 그렇게 되면 성금화를 쓸 수도 있었을 것이다. 그런 뒤에 거스름돈으로 받은 금화를 충분히 활용할 수 있었을 텐데.

그러지 않더라도 큰 가게의 점주들과는 오래 알고 지낸 사이다. 약간이라도 융통성이 통할 거라고 만만하게 봤던 것은 부정할 수 없다.

증서나 고대왕국의 금화로 지불하는 것에 응해주리라고 지레짐작했었다. 그런데 소매상들 쪽이 납득하지 않으면서, 친하게 지내던 상인들까지 난감해지는 사태가 벌어지고 만 모양이다.

"그렇군. 아무리 생각해도 누군가의 의도가 느껴지는군요."

내 뒤에 서 있는 디아블로가 묘르마일의 이야기를 다 듣고 그렇게 말했다.

고개를 끄덕이는 묘르마일.

"저도 그렇게 생각합니다. 설마 이런 방법으로 방해공작을 벌일 줄은⋯⋯."

묘르마일도 이게 누군가의 방해공작이라고 생각하고 있는 건가.

하지만 대체 누가⋯⋯?

"죄송합니다, 묘르마일 공. 아무것도 알아차리지 못하고, 그런 고생을 하시고 있었을 줄이야――."

리그루도가 낮게 신음했다.

리그루도는 그 나름대로 내빈들을 대응하느라 정신이 없었다. 그런데도 책임을 느끼는 걸 보면, 이게 묘르마일 혼자의 문제가 아니라고 여기는 것 같았다.

그렇다. 이건 묘르마일의 책임이 아니다.

"누군가가 우리의 신용을 깎아내리려고 든다는 말이군?"

"바로 그걸 노리는 거겠죠. 카운실 오브 웨스트(서방평의회)가 정한 국제법에 따르면, 금품에 대한 지불은 드워프 왕국에서 제조한 금화로 하게 되어 있습니다. 나라마다 독자적인 법은 있습니다만, 이번의 소매상들의 요구는 서방 열국에선 정당한 것인지라⋯⋯."

자유조합에 소속된 상인들이었다면 이쪽 사정도 감안해서 우리의 상담에 응해줬을 것이다. 관세 면에서 대우를 해줬으니, 어느 정도 신용 관계가 구축되어 있으니까.

그러나 이번에 문제를 일으키고 있는 쪽은 평의회에 가입한 나라들에 소속된 정규 상인들이었다.

그들은 각각의 국가에 소속된 자들로, 국제법에 따라 행동한다는 명분이 있다.

우리나라의 독자적인 법이라고 설명해도 쉽게 납득하지는 않을 것이다.

아니, 그 전에──.

모두가 공모해서 일부러 문제가 될 행동을 일으키는 것으로 보였다.

그렇다면 강경한 태도는 역효과다.

그게 바로 상대가 원하는 것이 아닐까, 하는 의심이 들었다.

"우리의 법을 억지로 밀어붙이면 평의회에서 반발이 일어나지 않을까?"

"평의회에 참가한 상태라면 모르지만, 앞으로 가입하려는 생각이 있다면 상당히 불리한 사태가 되는 거겠죠."

고대왕국의 금화로 지불하는 것도 평소에는 문제가 되지 않을 것이다. 그러나 우리의 신용을 떨어뜨리는 것이 상대의 목적이라면…….

앞으로 우리에게 국제법을 지킬 의사가 있는지 없는지, 그걸 파악하려는 의도도 느껴졌다.

"뒤에서 조종하는 자는 평의회에 소속된 자일까?"

"다양한 거래 관계로 얽힌 상인들 중에, 몰래 미리 준비한 소매상들을 침투시키는 수법. 적이 누구인지는 모르겠지만 거물일 겁니다. 약간 손해가 나는 것은 두려워하지 않는, 채산성은 아예 무

시한 방법입니다. 그 목적이 이 나라의 평판을 떨어뜨리는 것만
으로 끝날 거라는 생각은 들지 않는군요."

이래 봬도 묘르마일은 소국이라고는 하나, 뒤 세계에 이름이
알려진 인물이다.

그런 묘르마일이 거물이라고 판단하면서 정체를 가늠하지 못
할 정도의 상대. 틀림없이 아주 번거로운 상대일 것이다.

"우리의 법을 밀어붙일 수 없다는 말이지요?"

시온의 말을 듣고, 나는 고개를 끄덕였다.

"그래. 제법 똑똑해졌구나, 시온. 우리의 법을 밀어붙였다간 서
방 열국에서 동료로 인정해주지 않을 가능성이 있어. 인간들과
사이좋게 지내고 싶다고 생각하는 우리에겐, 그건 무엇보다도 피
해야 할 사태인 셈이지."

"하지만 리무루 님의 구상은 살리온, 블루문드, 드워르곤, 파르
무스──가 아니라 파르메나스 그리고 마왕 밀림 님의 마왕령.
이런 나라들로 공영권을 만들어내는 것이지요? 그 중심에 템페
스트가 있는 이상, 우리를 무시하는 쪽이 손해가 더 커지는 게 아
닌지요?"

이 녀석, 정말 시온 맞나?!

솔직히 말해서 깜짝 놀랐다.

가짜가 아닌지 의심이 들 정도로 내 생각을 올바르게 이해하고
있잖아. 더구나 그 지적도 날카로우면서, 꽤나 정확하게 들어맞
는 발언이고.

"쿠후후후후, 역시 제1비서인 시온 공답군요. 당신의 발언은
정확합니다."

"그렇지? 그렇다면 왜 우리를 방해하려는 거지? 무시할 수 없다면, 우리에게 협력해서 좋은 인상을 쌓는 게 더 이득이 아닌가?"

놀랍군. 시온은 입에서 나오는 대로 말하는 것이 아니라 정말로 이해를 한 상태에서 발언하는 것 같았다. 그리고 시온이 지적한 것은 나 역시 의문스러워하던 점이었다.

그 질문에 대답한 자는 디아블로였다.

"인간이란 존재는 실로 이해하기 힘든 생물입니다. 서로 돕지 않으면 살아갈 수 없으면서, 같은 편 안에서는 상하관계를 정하고 싶어 하죠. 그리고 둘 이상의 집단이 인접했을 경우엔 어느 쪽이 위에 설 것인가를 두고 또 다툽니다. 원래 약하고 불쌍한 자들은 자신의 권익을 잃는 것을 아주 두려워하는 법이라고 하겠습니다. 그리고 이번 같은 경우에는——."

"흠. 리무루 님이 구축하실 공영권이 평의회의 입장을 위협할 거라고 우려한단 말이로군?"

"정답입니다."

디아블로의 설명은 실로 이해하기 쉽다.

베니마루의 말을 듣고 나도 납득했다.

간부들도 하나둘 이해하면서, 분노하는 자도 나오기 시작했다.

디아블로는 즐겁다는 표정으로 웃으면서 "실로 우스꽝스럽군요. 자신의 분수도 모르면서, 리무루 님의 자애를 받아들이지 못하는 어리석은 지배층 따위는 전멸시키는 게 좋지 않겠습니까?"라고 과격한 발언을 해댔다.

그 말에 고개를 끄덕이는 것은 역시 시온이다. "후훗, 제2비서도 그렇게 생각하나?"라고 말하면서 의기투합하질 않나.

모처럼 다시 봤는데, 시온의 본질은 그다지 바뀐 것 같지 않다.

"그 의견은 기각한다."

아쉬워하는 두 사람.

이런 때만큼은 호흡이 딱 맞는구나, 너희들.

"어찌 됐든 방치할 수는 없습니다. 그 상인들과 예전에 거래한 자를 한 번 더 면밀하게 조사해볼까요?"

소우에이가 그렇게 말하면서 내게 허락을 구했다.

뭔가 꼬리를 잡을 수도 있으니 그 조사는 필요할 것 같군.

하지만 그건 개국제가 끝난 뒤에 해야 한다. 지금은 무슨 일이 일어나도 대처할 수 있도록 경솔하게 움직이지 않는 것이 분명 정답일 것이다. 이 문제를 돌파했을 때, 그때야말로 철저하게 뒤 져서 적을 찾아내기로 하자.

"그것도 중요하지만, 지금은 기다려. 그보다 묘르마일, 지불 기한이 언제지? 해결할 방법이 달리 있을 것 같은가?"

우선은 우리도 평의회의 법을 지킨다는 자세를 보여준다. 아무 런 방법도 없다면, 그건 그때 가서 생각하자.

전쟁이 일어나는 것은 아니니, 사람의 목숨이 관계된 것은 아 니니까.

아주 긴급하지는 않은 문제라고 판단했다.

"네. 그들도 축제를 즐기고 있는 것 같으니, 이 개국제가 끝나 고 다음 날까지 기다리겠다고 합니다. 제 지인들도 나서주었습니 다만, 그들로부터 그 정도의 기한밖에 양보를 이끌어내지 못했습 니다──."

축제가 끝나고 이튿날—— 오늘이 첫날이니까, 유예기간은 앞으로 2일. 3일 후가 지불해야 하는 날이란 말인가.

"현재 제 지인들도 돈을 마련해주고 있습니다. 우리가 약간 손해를 감수하고서라도 고대왕국의 금화와 드워프 금화를 교환하는 것으로 말이죠. 하지만 역시 당장 동원이 가능한 현금을 준비할 수 있을지는……."

힘들단 말인가.

그야 그렇겠지.

애초에 그 많은 돈을 운반해오는 것만으로도 힘든 일이다.

간부들이라면 '공간이동'으로 시간을 단축할 수 있겠지만. 있는지 없는지도 모를 금화를 긁어모으기 위해서 이리저리 뛰어다니는 건 너무 비효율적이다.

그럴 리는 없다고 생각하지만, 이 도시에서 간부들이 자리를 비우게 만드는 게 적의 목적일지도 모르니, 역시 섣불리 움직이지 않는 것이 좋을 것 같다.

그렇지!

분명 금괴라면 수왕국에서 들여온 수입품이 있었다. 그걸 써서 가짜 금화를 만드는 건 어떨까?

내 '해석감정'으로 카피(복사)한 것이라면, 드워프 왕국의 기술력으로도 알아보지 못할 만큼 진짜와 똑같은 위조금화를 제작할 수 있지 않을까?

《해답. 불가능합니다. 드워프 금화에는 각각 각인마법이 걸려 있습니다. 일련번호로 철저하게 관리되고 있기 때문에, 위조된 것이라는 사실

은 즉시 발각될 것입니다.》

아, 그런가…….

나는 '위장'에서 금화를 한 개 꺼내서 들여다봤다. 그러고 보니 확실하게 숫자가 새겨져 있다.

진짜와 똑같은 금화는 만들어낼 수는 있을 것이다. 하지만 완전히 똑같은 금화가 두 개 존재하는 것 자체가 위조한 거라는 증명이 되어버린다.

이런 곳에만 이런 식으로 쓸데없이 정교하게 기술력을 발휘하지 않아도 될 것을.

아니, 통화위조는 예전엔 어느 나라에선 사형에 해당하는 엄벌을 받았었다. 이 세계에선 마법과 기술의 융합을 통해서 철저히 관리되고 있는 것이다.

단일통화라는 시점에서 위조가 쉽게 허용되지 않는 것은 당연하다고 할까.

"위조는 무리. 매수도 아마 무리겠지……."

내 말에 고개를 끄덕이는 일동.

"그럼 약간 손해를 입더라도 현물—— 금괴로 원래 가격보다 넉넉하게 지불하는 건 어떨까?"

이렇게 하면 상인들도 납득해주지 않을까?

"손익계산에 밝은 상인이라면 그 제안을 받아들이겠지요. 하지만 그건 절대 반대입니다!"

좋은 계획이라고 생각했지만, 묘르마일이 맹렬히 반대했다.

이유를 물었다.

"얕보이게 되기 때문입니다. 앞으로 각 나라와 거래할 때마다 이번 일이 참고가 되겠지요. 어려운 문제를 들이대면 손해를 보더라도 적당히 얼버무려 넘기는 나라라고, 상대가 그렇게 인식하고 말 것입니다. 그렇게 되면 상대는 불평등한 거래를 요구하며 우리를 대등한 상대로 보지 않게 될 겁니다. 뭐, 말로는 온갖 미사여구로 치켜세우겠지만요……."

묘르마일은 쓴웃음을 지으며 우리가 알아듣도록 설명했다.

상인을 상대할 때 약점을 보이면 철저하게 빨아 먹힌다고.

묘르마일 자신이 그랬으니까, 틀림없다고 단언한 것이다.

그런 말까지 들으면, 나도 납득하지 않을 수 없었다.

"앞으로 이틀. 시간은 얼마 없지만 무슨 수를 쓰더라도 금화를 모으겠습니다. 이 축제에 참가한 자들의 씀씀이도 클 테니, 열심히 그들을 공략해보겠습니다!"

"부탁하겠네."

일단 해결책은 없다.

있는 것은, 필요하다면 굳게 마음을 먹고 대처하자는 것뿐.

우리가 만만하게 굴 수 없는 이상, 최악의 경우에는 우리의 법을 밀어붙일 수밖에 없다.

상대의 법을 절대적으로 준수해야만 할 필요는 없다.

이곳은 템페스트(마국연방)이며 독자적인 법이 엄연히 존재한다.

물론 상대의 법을 지킬 수 있다면, 그게 더 좋겠지만.

어찌 됐든 상대에게 손해까지는 입히지 않을 것이다. 대등한 조건을 일방적으로 밀어붙일 뿐.

고대왕국의 금화가 마음에 들지 않건 증서에 납득을 하지 않건 상품 대금의 지불 방식에 불만은 있겠지만, 상대가 거래 자체에 항의를 하도록 만들지는 않을 것이다.

"뭐, 너무 민감하게 생각해도 어쩔 수 없지. 이곳은 우리의 나라니까, 최악의 경우엔 우리 법에 따르도록 할 수밖에 없어. 어렵게 생각하지 말고 우리가 할 수 있는 방법을 동원해주게!"

"잘 알겠습니다."

묘르마일도 어깨의 짐을 내려놓았는지 약간 표정이 밝아졌다.

평의회로부터 무슨 말을 듣게 될지도 모르지만, 그렇게 되면 그때 적의 정체를 알아차릴 수 있을 거라고 낙관적으로 생각하기로 하자.

적이라기보다 단순히 우리를 시험하려는 것뿐인지도 모르니까. 무조건 적이라고 단정하는 건 아직 이르다.

"그러므로, 오늘은 이만 해산한다! 수고했다!!"

내가 그렇게 선언하면서, 오늘 밤의 정례 보고회는 끝이 났다.

문제 해결을 미루는 바람에 일이 조금 귀찮게 되었다는 생각은 들었지만……

그래도 지나치게 걱정하는 것도 좋지 않다.

묘르마일 군도 정신적인 피로가 많이 쌓여 있는 것 같으니, 지금은 나도 그 걱정거리를 하나 나눠서 짊어지기로 한다.

"그럼 가볼까, 묘르마일 군. 그리고 너희도."

남자들은 거부하지 않았다. 베니마루는 아예 처음부터 유카타를 입고 있는 걸 보니 즐길 생각이 가득하군.

"네? 하지만 저는 돈을 마련해야 하는 일이——."

"그런 건 지금 고민해봤자 어쩔 수 없는 일 아닌가! 없는 건 없는 거야. 지나치게 신경 쓰다가 자네가 쓰러지는 게 더 큰 문제네!"

내가 그렇게 말하자, 묘르마일이 쓴웃음을 지었다.

"정말 나리께는 못 당하겠군요. 이 불초 묘르마일, 같이 가겠습니다!!"

나는 묘르마일을 억지로 밤의 축제로 끌어들이는 데 성공했다. 이제 진심으로 걱정거리를 잊고 즐기겠지.

그리고 우리는 "지나치지 않게 적당히 즐기세요, 리무루 님. 그리고 오라버니와 다른 분들도――"라고 뒤에서 말하는 슈나의 목소리를 들으면서 밤의 도시로 나갔다.

――참고로.

방금 전에 화제로 언급된 타코야키 가게 앞에서 은발의 소녀가 가게 주인과 말다툼을 벌이는 광경을 목격하고 말았다.

'군자는 위험한 곳에 가까이 가지 않는다.'

――몇 번이고 말하지만, 이 말을 잘 지키기만 하면 상당한 위험이나 문제를 회피할 수 있다.

당연히 나는 그 자리를 멋지게 못 본 척 지나쳤으며, 그날 밤을 즐겁게 만끽했다.

제3장

무투대회

Regarding Reincarnated to Slime

너무 많이 마셨다.

나는 원래 아무리 마셔도 취하지 않지만, '독무효' 효과를 약화시킴으로써 그 문제를 해결했다.

루미너스에게서 배운 기술이지만, 이게 제법 중하게 쓰인다.

그리고 어젯밤에도 라파엘(지혜지왕)의 눈을 속여서 그 기술을 사용했고, 살짝 취하는 기분을 맛보면서 술을 즐겼다.

그 결과가, 지금의 있을 수 없는 두통이었다.

이거, 어떻게 좀 안 되나?

《…… 아쉽게도 '통각무효' 효과도 약화되어 있습니다. 당분간은 그 고통이 계속 유지될 것으로 생각됩니다.》

이봐, 그거 일부러 그러는 건…….

예전에도 화가 난 것 같았는데, 이번에는 좀 더——.

《해답. 그런 사실은 확인할 수 없습니다.》

아니, 아니. 사실이라니까.

그도 그럴 것이, 관계도 없는 '통각무효'가 효과를 발휘하지 않다니 그건 아무리 생각해도 이상하잖아!

하지만 내 지적은 라파엘에게는 통하지 않았다.

멋지게 무시당하고 말았으며, 한동안은 두통과 싸워야 하는 꼴이 되고 만 것이다.

조금 반성하면서 다음부턴 주의하기로 했다.

매번 그런 생각을 하고 있으니, 아마 또 같은 짓을 되풀이하겠지만.

《…………》

반성하겠습니다.

반성했으니까 이 고통을 제발 완화해주세요!

《…………》

라파엘이 어이없어하는 게 느껴졌다.

그게 잠시 이어진 후, 이윽고 두통이 좀 진정되었다.

앞으로는 정말로, 좀 더 조심하기로 하자.

달리 말하면, 먹는다는 것은 독을 흡수한다는 것도 된다.

먹지 않으면 살아갈 수 없지만, 너무 많이 먹어도 몸을 망가뜨린다.

그렇게 생각하면 술을 마시는 것도 마찬가지──라는 생각은 조금 무리가 있는 것 같군.

뭐, 취한 기분을 즐기는 수준에서 그치고 굳이 억지로 취하지 않아도 되겠지만…… 나도 모르게 그만 주위 분위기에 휩쓸려버린단 말이지.

묘르마일 일행과 같이 밤에 열린 가게를 돌아다닌 후, 시찰이라는 명목으로 95층에 새롭게 지어진 특별회원 전용인 엘프의 가게에 들러봤다.

우리나라에서 가장 고급스러운 그 가게는 엄선된 손님만 이용할 수 있게 되어 있다.

이번에는 홍보 목적도 있으니 내빈들에게 개방해놓았다.

그런데 그게 좋지 않았다.

낮에 경험한 음악의 흥분을 잊지 못하는 자.

회복약에 관한 새로운 정보에 자신도 모르게 빠져들어 열중하며 논의하는 자.

그런 자들이 그곳에서 뜨겁게 얘기를 나누고 있었던 것이다.

그곳에는 가젤과 베스터도 있었다.

당연하지만 우리는 곧 들켰고, 빼도 박도 못 한 채 한 자리에 앉아서 어울리게 되었다.

의기투합하여 밤늦게까지 술을 마시면서 얘기를 나눴다.

동료가 칭찬받는 걸 보면서 나는 기분이 좋아졌고, 나도 모르게 한껏 취해버리고 말았다.

그건 반성하겠지만, 내 심정도 좀 이해해주면 좋겠다.

그리고 지나치게 많이 마신 것은 나뿐만이 아니다.

내빈으로 온 사람들도 다 마찬가지였다.

뭐, 아주 많은 돈을 써줬으니까 결과는 잘된 것이라 하겠다.

그리고 좋은 소식도 하나 있다.

술에 취한 가젤에게 부족한 금화 문제를 상의해봤다. 그 자리에 에라루도 공작까지 왔고, 잠시 생각해보겠다고 약속까지 해줬다.

이게 다 술의 힘 덕분이라고 하겠다.

《 ……… 》

──그런 이유로.

나는 조금 지친 얼굴을 한 채 개국제 둘째 날의 아침을 맞았다.

*

장소는 완성된 지 얼마 되지 않은 투기장.

5만 명이 느긋하게 관전할 수 있는 거대한 건축물이다.

객석에는 차양을 치듯 지붕이 설치되어 있어서 직사광선을 가리는 구조로 되어 있다.

반구형으로 객석 전체를 가리는 지붕은, 익룡의 날개처럼 골격과 골격 사이에 펼쳐진 얇은 막 같은 형상을 하고 있다.

굳이 말하자면 단순히 나의 취향이다. 살짝 무서운 분위기를 느껴보라고, 내 취향을 억지로 욱여넣어본 것이다.

그것의 진짜 목적이 햇빛을 가리는 것일 거라고는 아무도 생각하지 못할 것이다.

사람들이 놀라서 소리를 지르며 두려운 표정으로 쳐다보곤 했다.

그중에는 잔뜩 흥분하는 괴짜도 있는 것 같군.

객석은 만원이다.

모든 자리가 꽉 들어찼다.

묘르마일이 미리 준비해서 관객들을 초대한 결과다.

빈틈이 없었다.

어젯밤엔 풀이 죽어 있었지만, 그는 능력이 있는 남자인 것이다.

객석으로 둘러싸인 평평한 땅바닥 부분에 결투를 벌이는 무대가 있다.

이 바닥 부분에는 거대한 돌을 가공하여 깔아놓았다.

사방 2미터의 입방체로 가공된 단단한 바위를, 바둑판처럼 정성을 들여서 나란히 늘어놓았다. 틈새에는 접착 효과가 있는 완충재를 메워 넣었으니, 마치 하나의 암반처럼 보일 것이다.

시간이 부족해서 내가 직접 만든 부분이다.

보통의 흔한 바위라고 해도, 경도가 콘크리트의 3백 배 이상이다. 이 바닥에 깔아놓은 암반은 대량의 마력요소를 포함하고 있기 때문에, 콘크리트의 1만 배에 달하는 강도로 완성되어 있다.

그러면서도 두께가 2미터나 되는 것이다. 핵 방공호 뺨칠 정도로 튼튼하다.

실제로 실험하지는 않았지만, 핵격마법을 직격으로 받아도 문제없을 것이다.

물리적으로 튼튼한 것뿐만 아니라 마법으로도 보호받고 있다.

이중으로 방어결계를 설치해놓았기 때문이다.

제1결계는 바닥 부분 전체를 망라한다.

객석의 발밑까지 이어지는 대규모 마법진이다.

앞으로 있을 전투 훈련에도 이용할 수 있도록, 처음부터 모든 면을 방어하게 만들어놓았다.

제2결계는 객석에서 잘 보이는 위치에 직경 50미터 정도의 원형으로 그려져 있다.

이 마법진 위가 무대가 되는 전투 구역이었다.

이중 결계의 목적은 대회장을 보호하는 것이다.

객석까지 피해를 끼치지 않도록 배려했다.

첫 번째 결계는 마력요소가 통과하는 걸 방지하는 결계이므로, 능력을 제한하지는 않는다. 그렇기 때문에 높은 위력의 마법이 발동했을 경우에는 주위에 영향을 줄 우려가 있다.

그에 대한 대비책이 두 번째 결계다.

만일의 경우, 내 얼티밋 스킬(궁극능력)인 '우리엘(서약지왕)'로 '절대방지'를 동원할 예정이다.

웬만하면 보이고 싶지 않지만, 내빈 중에서 부상자가 나오는 것보다는 낫다. 물론 그런 경우에도 발동은 순간적으로 할 거라 눈치를 채는 자는 없겠지만.

이렇게까지 면밀하게 대비하고 있으니, 괜찮을 것이다.

아니, 사실 이중 결계만으로도 문제가 없을 거라 생각한다.

간부들이 싸우는 거라면 모를까, 대회 참가자 정도의 실력으로는 분명 파괴하기 어려울 테니까. 그렇게 생각하고 있었는데, 설마 '용사' 마사유키가 참전하게 될 줄이야…….

대회장이 열기에 둘러싸여 있다.

그것도 그렇겠지.

잉그라시아 왕국에서 개최되었다는 무투대회도 엄청난 인기였다. 매년 개최되고 있으며, 모험가 랭크별로 우승자를 놓고 겨루었다.

오락거리가 적은 이 세계에선, 이런 구경거리는 일종의 시끌벅적한 축제가 된다.

그러나 잉그라시아의 무투대회는 이 대회처럼 서민에게까지 개방되지는 않았다.

부자만 입장할 수 있으며, 서민은 결과를 기대하면서 기다릴 뿐이었다. 지붕 위나 기둥 위 같은 곳에 올라가 견학하려는 자도 있었지만, 너무 멀어서 잘 보이지 않았을 것이다.

그에 비해서 우리나라의 콜로세움(원형투기장)은 단차가 있는 의자를 설치해서 많은 사람들을 수용 가능하게 만들었다.

게다가 이번에는 사방에 거대한 스크린을 설치하여 전투 상황을 확대해서 보여주는 서비스도 추가했다.

광학마법의 각인도 새겨 넣었으니, 확대투영 정도는 쉬운 일이다. 내빈 중에는 어제의 기술 발표회에서 직접 본 장치를 응용한 것이라고 알아차린 자도 있을 것이다.

이 장치에도 흥미를 보였던 것 같으니, 좋은 홍보가 되겠지.

이렇게 꾸준히 영업을 게을리하지 않는 것이 성공으로 이어지는 첫걸음이다. 샐러리맨 시절의 영향이라 하겠다.

그래서 대회장의 어디에서든 무대가 잘 보였다. 스크린으로 확대된 영상도 즐길 수 있으니, 관중들은 틀림없이 만족할 것이다.

무대 중앙으로 선수들이 입장하기 시작했다.

우리가 있는 귀빈석을 향해 여덟 명이 횡으로 나란히 섰다.

각 스크린마다 선수들의 모습이 비치고 있었다. 표정까지 보일 정도다.

다들 독특한 분위기가 느껴지는 얼굴을 하고 있다.

그건 그렇고, 이 여덟 명 중에 낯이 익은 자가 있다.

고부타와 게루도, 그 두 사람은 당연하다고 쳐도…….

내가 놀라는 동안에 선수 소개가 시작됐다.

원래 예정은 선수를 한 명씩 소개하도록 되어 있다. 스크린도 그에 맞춰서 순서대로 선수의 얼굴을 비추라고 지시해놓았다.

중계는 소우에이의 부하이자 드라고뉴트(용인족)인 소우카가 맡았다.

맨 처음에는 어제의 배틀 로얄을 이겨서 통과한 여섯 명부터 소개되었다.

첫 번째가 '용사' 마사유키다.

『맨 처음 소개드릴 선수는 가장 인기가 높은 사람입니다──!! 어제 열렸던 제1시합의 패자, 그 이름은 용사 마~사~유~키──!!』

소우카의 안내 멘트가 시작되었다.

신이 났구나, 소우카. 얼굴을 당당히 드러내고 선수들 앞에 나와 있는데, '밀정'으로서의 임무에 지장은 없을까?

옆에 대기하고 있는 소우에이에게 물어봤다.

"문제없습니다. 임무 중에는 변장을 하며, 소우카는 '은형법'도 능숙하니까요. 그리고 남들이 보는 곳에 서는 역할을 맡으면서도 얼굴이 알려진 자도 필요합니다."

그렇다고 한다.

소우에이가 그렇게 말한다면, 내가 걱정할 일도 없겠지.

소우카의 몸에 익은 듯한 소개 멘트가 계속 이어졌다.

『그 화려한 검기를 본 자는 없습니다. 왜냐하면 그 검이 뽑혔을 때는 상대가 이미 죽어 있기 때문에!』

그럼 지금까지 어떻게 이겼단 말이야?

연습시합이라면 그런 말도 통하겠지만, 마사유키는 큰 대회에 도 출전했잖아?

순식간에 상대를 쓰러뜨렸다고 해도 관객 전체의 눈을 속여 넘길 수는 없을 텐데…….

"어제 시합은 어땠나?"

"그게 말입니다만, 실은 전혀 참고가 되지 않았습니다——."

소우에이의 말을 들어보면, 마사유키는 어제 시합에서도 검을 빼지 않았던 모양이다.

놀랍게도 참가자 중에 마사유키의 동료가 있었는데, 50명 정도 의 선수 전원을 쓰러뜨렸다고 한다. 그런 뒤에 마사유키에게 승 리를 양보했기 때문에 마사유키가 실력을 보일 것까지도 없었다 는 얘기였다…….

그 정도로 동료가 따른다면 나름대로 실력이 있다고 봐야겠지 만—— 아무래도 허세를 부리는 애송이라는 의심을 지울 수가 없 는 것이다.

뭐, 좋다.

그 실력이 진짜인지 아닌지—— 그건 오늘 시합으로 판명될 테 니까.

『압도적인 실력으로 이름을 떨치면서 젊은 나이에 '용사'를 자칭하는 마사유키지만, 오늘은 과연 어떤 시합을 보여줄 것인가——?! 그 잘생긴 마스크에 홀리는 자가 끝이 없으며, 그의 시선과 눈빛에 함락되지 않는 여자가 없다고 합니다. 마~사~유~키~~!! 오늘 본선에서 그 용감한 모습을 볼 수 있는 여러분은 자신의 행운에 한껏 기뻐하시기 바랍니다——!!』

소우카가 소리치자, 그 소리를 집어삼킬 기세로 "우오오———옷!!" 하는 함성이 일었다.

대단한 인기다.

그건 그렇고, 정말이야?

정말로 그렇게 인기가 많단 말이야?

아니 그 전에, 저 선전용 소개 멘트는 소우카가 생각한 거란 말인가?

만약 그렇다면 생각지도 못한 재능인데.

대부분이 거짓말로 점철된, 말도 안 되는 찬사잖아.

뭐가 『마~사~유~~키~~!!』냐고. 진지하게 듣고 있자니, 머리가 어떻게 된 줄 알았다니까.

마사유키도 큰일이로군. 이렇게 멋들어지게 소개를 했는데, 1회전에서 져버린다면…….

창피한 수준에서 끝날 일이 아니다.

이건 어떤 의미로는 일부러 괴롭히는 짓이다.

소우카가 나름대로 고안해 낸, 차원이 높은 괴롭힘이 틀림없다고 생각한다.

역시 소우에이의 심복. 꽤나 의뭉스럽다는 생각이 들었다.

다음 선수는 '미친 늑대' 진라이라는 남자였다.

역전의 용사라는 느낌이 드는데, 장비 수준이 좋지 않음에도 불구하고 강자의 분위기를 풍겼다.

마사유키의 동료 중 한 명 같군.

이 남자의 실력 말인데, 언뜻 보기에는 A랭크까지는 도달하지 못했다. 그러나 왠지 방심할 수 없다는 느낌이 자꾸 들었다.

뭔가 비밀이 있는 것 같았다.

나는 주의 깊게 시합을 봐야겠다고 생각했다.

세 번째 선수는 '유려한 검투사' 가이라고 했다.

이 가이라는 남자도 아름다운 검기를 장기로 삼는 모양이다.

『춤을 추듯이 아름다워서, 보는 자의 마음을 빼앗는다!! 과연 오늘 시합에서도 사방으로 흩날리는 선혈 속에서 유려한 춤을 보여줄 수 있을 것인가——?!』

무서워!!

사방으로 흩날리는 선혈 속에서 춤을 춘다니, 뭔가 상당히 위험하잖아.

육체적인 강인함은 진라이보다 떨어지는 것처럼 보이지만, 검의 실력에 따라선 A랭크에 도달했을지도 모르겠는데?

뭐, 그렇게까지 위협적인 존재는 아닌 것 같지만 모험가 중에선 상당한 실력자인 것 같았다.

네 번째와 다섯 번째 선수, 이 녀석들은 낯이 익었다.

무슨 이유인지 고즈(우두족)와 메즈(마두족)의 족장들이 있었던 것이다.

소우에이에게 사정을 물어봤다.

"왜 저 녀석들이 출전한 거지?"

"그게 말입니다. 듣자 하니 소문이 퍼진 것 같은데…….

"소문?"

"네, 그 소문 말입니다. 우승자에게 '사천왕'의 자리를 준다
는――."

"――뭐어?!"

보나마나 고부타가 입을 놀렸을 거라 생각하지만, 무슨 이유에
선지 우승자가 내 '사천왕'의 자리를 차지할 수 있다는 소문이 퍼
진 모양이다.

그래서 어제는 많은 마물들이 몰려와서 배틀 로얄에 참가를 희
망했다고 한다.

결국 3백 명이 넘는 참가자가 모였으며, 대성황을 이뤘다.

고즈와 메즈의 족장들은 서로 라이벌 의식을 불태우면서 출전
을 신청했고, 운 좋게 본선 출전자가 된 것으로 보인다.

운 좋게, 는 아니려나.

이 녀석들, 이래 봬도 A랭크 수준은 되는 맹자들이니까.

그야 그렇겠지. 웬만한 모험가들은 아예 상대도 되지 않았으리
라 생각한다.

그건 그렇다 쳐도――.

둘 다 나란히 본선에 출전하다니.

이 녀석들 그룹에도 A-랭크의 마물이 몇 명 정도는 있었던 것
같은데, 말 그대로 죄다 쓰러뜨렸다는 것이다.

둘 다 무적이라도 된 것처럼 주변의 마물들을 전부 날려버렸다

고 한다.

역시 상위 종족, 이라기보다 실은——,

『——어제 있었던 제4시합의 패자 고즈루——!!..』

——그렇다. 나는 고즈의 족장에게 '고즈루'라는 이름을 지어주었다. 그리고 불평등은 좋지 않다는 명목으로 메즈의 족장에게도 '메즈루'라는 이름을 지어준 것이다.

･････････････････.

･･････････････.

･･････.

목적은 말할 것도 없이 미궁 내의 보스 역할을 맡기기 위해서다.

나는 이 두 명 중 하나를 50층의 보스로 채용하려고 생각했다. 정 뭣하다면 교대해서 맡는 것도 좋다고, 두 명과 교섭한 것이다.

나에게 충성을 맹세했으니 사양하지 않고 그 자리를 맡겠다고 나섰다. 그 대신에 이름을 받고 싶다고 요청했던 것이다.

지금의 나에겐 이미 익숙해진 일이라서 에너지(마력요소)를 가능한 한 적게 쥐어짜서 이름을 지어주었지만, 그래도 그들은 확실하게 진화를 한 상태였다.

고즈루는 규키(우귀족, 牛鬼族)로, 메즈루는 바키(마귀족, 馬鬼族)로. 원래 A랭크의 상위 종족이었으므로, 내가 생각했던 것보다 더 강해졌다.

《질문. 개체명 : 고즈루에 대해 '스킬 기프트(능력부여)를 실험해봐도 되겠습니까?   YES / NO》

라파엘(지혜지왕)—— 아니, 라파엘 선생이 살짝 흥분해서는 내게 그런 질문을 해왔다.

들자 하니 '통합분리'와 '능력개변'에 '벨제뷔트(폭식지왕)'의 '먹이사슬'을 역류시킴으로써, 이름을 지은 대상에게 스킬(능력)을 부여해줄 수 있는 가능성이 생겼다고 한다.

적성이나 기타 여러 조건이 까다롭다고 하는데, 라파엘 선생은 실험을 해보고 싶어서 어쩔 줄 몰라 했다.

알았다고 고개를 끄덕이면서 속으로 'YES'라고 생각하자…….

《알림. 개체명 : 고즈루에게 엑스트라 스킬 '초속재생'을 부여—— 성공했습니다.》

라파엘 선생은 훌륭하게 성공시켰다.

원래 고즈루는 진화할 때에 엑스트라 스킬 '자기재생'을 획득한 상태였다. 그게 라파엘 선생에 의해 '능력개변'이 된 것이다.

깜짝 놀랐다.

그리고 메즈루에도 엑스트라 스킬 '마력방해'가 부여되었다.

그러면서 두 명에게도 특색이 생겼다.

고즈루가 물리공격 특화, 메즈루가 마법공격 특화의 성격을 띠게 된 것이다.

게다가 라파엘 선생의 실험은 그것만으로 끝나지 않았다.

놀랍게도 두 명은 특수능력을 부여받고 있었다.

——유니크 기프트 '정하는 자(한정자)'를.

유니크 기프트 '한정자'란 것은 대상의 힘을 제한하는 공간을 만들어내는 스킬(능력)이다.

말하자면 내 얼티밋 스킬인 '우리엘(서약지왕)'의 무한뇌옥과 '공간지배'를 조합하여 만들어낸 열화(劣化)능력이었다.

쉽게 레지스트(저항)를 당할 수 있으며, 능력이 제한되는 특수한 공간은 캔슬되고 만다.

강제력이 적어서 써먹기가 애매한 힘이었다.

단, 실력 차가 있으면 자신이 유리해지는 공간으로 억지로 끌어들일 수 있으므로, 어떻게 사용하느냐에 따라 달렸다.

상대에게 달린 것이다. 동격이라면 일단은 성공하지 않지만, 교묘한 말로 속여 넘길 수도 있을 테니까.

더구나 사용하기에 따라선 상대의 공격 위력을 저하시키는 '방어결계'로도 이용할 수 있을 것이다.

자신의 주위에만 마법을 금지한다는 식의 규칙을 적용해서 특수 공간을 설정해두면── 음, 제법 재미있는 사용법을 만들 수 있겠군.

저 두 명은 미궁 내에서 일하게 될 테니까, 보물 상자를 늘려주겠다는 식의 조건을 대면서 모험가와 교섭을 시도해보는 것도 좋을 것이다.

그런 스킬(능력)까지 획득하면서, 점점 보스에 어울리게 변한 두 명.

그런데도 설마 우스갯거리밖에 안 될 직책인 '사천왕'의 자리를 노리고 대회에 출전할 줄이야…….

이 두 명은 멋대로 내기를 한 뒤에 이긴 쪽이 '사천왕', 진 쪽이 50층의 보스, 라는 식으로 서로 협의를 한 모양이었다.

·················.

············.

······.

골치 아픈 얘기이긴 하지만, 이 녀석들이 본선에 출전한 것도 당연한 결과였다고 할까.

『다음 선수는 고즈루의 영원한 라이벌인 메즈루──!! 백 년의 분쟁은 아직 끝나지 않았는데!! 과연 이 본선에서 승패를 가리게 될 것인가?! 그 힘은 이 대회에 불어닥칠 새로운 바람을 일으킬 것이 틀림없습니다──!!』

소우카가 경쾌하게 멘트를 날렸다.

정말 체질에 맞는 것 같군.

외모도 귀엽게 생겼으니, 관객들의 반응도 좋은 것 같았다.

꼬리와 날개와 뿔이 있지만, 그런 것은 '귀여움' 앞에선 아무런 문제도 되지 않는다.

『그리고 이 메즈루, 또는 방금 소개한 고즈루 중에서 한 명이 내일 공개될 던전(지하미궁)의 주인이 됩니다───!! 그 강함을 눈여겨보십시오! 그리고 쓰러뜨릴 자신이 있는 용기 있는 자들은 영광과 부를 좇아서 미궁으로 들어가시기 바랍니다!!』

완전히 신이 났다.

미궁의 선전까지 완벽하다.

내일 오픈할 예정이니, 지금 단계에서 미궁에 대한 얘기를 들어도 감은 오지 않겠지만 말이지.

하지만 고즈루와 메즈루의 강함을 보고 미궁에 도전하는 자가 나타날지…….

조금은 실수한 것 같지만, 의외로 자신이 넘치는 자가 많은 것이 이 세계의 모험가라는 생물이다. 아마 아무 생각 없이, 상금을 목적으로 참가해주리라 기대해본다.

묘르마일이 여러모로 고민하고 있으니, 아마 괜찮을 것이다.

자, 그건 그렇고 어느 쪽이 이기려나.

애초에 제비뽑기 결과에 따라 이 두 명이 붙지 않을 가능성도 있다.

이만큼이나 홍보를 해놨는데, 쉽게 져버리면 꼴사나우니까 말이지.

1회전에서 얼마나 활약했느냐에 달리기도 했지만, 자칫하면 얕보일지도 모른다.

그럴 경우, 문제를 보는 시각은 어떻게 생각하느냐에 달렸다. 우리를 얕봐야 상금을 목적으로 한 도전자가 더 많이 늘어날 수도 있으니, 그건 그때 가서 생각하기로 하자.

뭐, 제비뽑기를 조작할 것도 없다.

결과를 기다리기로 했다.

그렇게 말은 했지만, 메즈루는 아직 다섯 번째다.

선수는 앞으로 세 명. 어제의 승자도 아직 한 명 남아 있다.

『다음은 어제 엄청난 실력을 보여준 정체불명의 복면 사나이의 등장입니다──!! 정체불명의 라이언 마스크(사자가면), 정의의 편인가 악마의 사자인가?! 과연 오늘은 어떤 싸움을 보여줄까요?!』

　푸흐———읍!!

　나도 모르게 라이언 마스크를 보고 마시던 주스를 뿜을 뻔했다.

　"소, 소우에이! 저건———."

　"네, 틀림없습니다. 그분이 분명…….."

　그 이름을 입에 올리진 않았지만, 소우에이도 라이언 마스크의 정체에 확신을 갖고 있는 것 같았다.

　잠깐, 잠깐. 디아블로는 분명 '문제되지 않을 자들만 남았다'고 하지 않았었나?

　그 녀석 눈은 장식이야?!

　——아니, 아니로군.

　엄청난 자신감을 가지고 있는 거야, 그 바보(디아블로)는…….

　이런, 디아블로에 관한 것은 일단 미뤄두고.

　라이언 마스크를 응원하는, 낯익은 삼인조가 보였다.

　세 사람 다 기쁜 표정을 지으며 눈물이 맺힌 채 응원하고 있었다.

　긴 귀에 단단하게 근육이 잡힌 체격, 귀에 피어스를 단 싹싹한 남자.

　근육덩어리 같은 커다란 체격을 가진 남자는 코에도 피어스를 달고 있다.

　덩치가 크다는 표현보다는 뚱뚱하다는 말이 더 잘 어울린다고 할 수 있는, 체격이 작은 남자는 입에 피어스를 달고 있었다.

　컬러풀한 색의 기묘한 머리 모양———은 누가 봐도 다구류루의 아들들이었다.

옷에 '우리는 시온 친위대!!'나 '시온느님' 같은 글귀가 적힌 걸 보니, 그 삼 형제가 틀림없었다.

저 세 명은 시온에게 무참하게 패배한 이후, 시온을 잘 따르게 된 것 같았다. 두들겨 맞는 쾌감에 눈을 뜬 마조히스트(변태)인지도 모르겠지만, 그건 내 알 바가 아니었다.

알고 싶지도 않은 세계다.

너희들, 괜찮은 거냐? 그렇게 묻고 싶었지만, 모르는 자가 보면 시온은 쿨 뷰티로 보이겠지.

나도 처음엔 그랬으니까.

귀찮아서 본인들이 원하는 대로 하라고 했다.

현실을 알아차리고 환상이 깨지는 것은 시간문제겠지만, 그것 또한 그들의 삶인 것이다. 따뜻하게 지켜보기로 하고, 시온 밑에서 수행을 하라고 시켰는데…….

"이봐, 소우에이. 왜 저 세 명이 라이언 마스크를 응원하는 거지?"

"──그건, 어제 시합에서 저분에게 세 명이 동시에 덤볐다가 졌기 때문이겠지요."

세상에 그럴 수가…….

저 세 명은 저래 보여도 구(舊)마왕 급의 에너지(마력요소)양을 보유하고 있다. 전투기술이 아직 조잡한 수준이라 시온이 별 어려움 없이 꺾어버렸지만, 결코 약하지는 않다.

실력은 그야말로 진화한 고즈루나 메즈루보다 높을 것이다.

이런 녀석들 세 명을 상대로 승리했다면, 그 정체는 더 의심할 것도 없군.

"한심한 녀석들. 저 바보들은 좀 더 단련시키지 않으면 안 되겠군요."

시온이 화를 냈지만, 그건 좀 가여운데.

상대가 너무 안 좋다.

저 세 명도 분수를 모르고 까불었겠지만, 근육질의 무투파인 전(前) 마왕이 상대라면 어른과 아이가 싸우는 것이나 마찬가지다. 이기라고 요구하는 게 더 무모한 짓이다.

그건 그렇고…….

세 명이 같은 시합에 배정되었고, 더구나 그 시합에 괴물이 참가했었으니 저 세 명의 불운도 상당한 수준이군.

다른 시합에 출전했다면 우승도 노릴 수 있었을 텐데.

뭐, 시온이 다시 단련시키겠다고 단단히 마음을 먹고 있으니, 앞날을 기대하기로 하자.

『──아──, 지금 여기서 어떤 익명의 인물이 보낸 메시지를 소개하겠습니다. '내 대신 열심히 싸워야 한다! 알고 있겠지만 정체가 들키는 것만은 반드시 막아라. 그러면 건투를 빌겠다!!'라고 합니다──! 이게 무슨 뜻일까요? 잘 모르겠지만, 이건 라이언 마스크에게 보내는 격려의 메시지 같군요!!』

아니, 알고 있잖아.

소우카 녀석은 뻔히 알고 있으면서 모르는 척 즐기고 있었다.

그 말은 곧 어디선가 밀림과 미리 접촉했다는 뜻이렷다?

밀림은 지금 미궁을 최종적으로 조정하는 일에 쫓기고 있다──고 본인이 말했었다. 방해받는 것보다는 낫기에 좋을 대로 하라고 놔뒀지만, 설마 이런 방법으로 우리에게 간섭할 줄은 생각지도 못했다.

참고로 베루도라도 부르지 않았다.

밀림과 라미리스와 같이 즐거운 표정으로 던전(지하미궁) 제작에 한창 정신이 팔려 있을 것이다.

흥분하여 날뛰는 것도 귀찮아서, 일부러 부르지 않은 것도 이유 중의 하나다.

밀림이 대리를 투입한 것은 예상외의 사태였지만, 베루도라에겐 부하가 없기 때문에 그런 걱정은 할 필요가 없다.

그렇게 되면 문제는 우승의 행방인데…….

차원이 다르게 강한 라이언 마스크가 밀릴 거란 생각은 들지 않지만, 그나마 상대가 될 수준은 게루도 정도려나?

게루도가 이기면 좋겠지만, 조금 힘들까나? 하지만 라이언 마스크 씨가 우승해도 딱히 문제는 없다.

걱정되는 건 게루도와 같이 탈락할 경우겠지.

그리고 마사유키와 맞닥뜨렸을 때에 어떤 반응을 보일 것인가 하는 것이다. 우승을 노리고 있다면 제대로 싸워주겠지만…….

뭐, 무운을 빌어주자.

이걸로 여섯 명의 선수 소개가 끝났군.

남은 건 시드로 특별 출전한 선수다.

『자, 여기서부턴 진정한 강자의 등장입니다! 템페스트(마국연방)가 자랑하는 간부들── 그중의 두 명이 이번 대회에 출전해 주셨습니다. 그 실력은 일기당천, 우승하면 마왕 리무루 폐하의 '사천왕'이라는 지위가 약속되어 있습니다──!!』

이미 소문이 다 퍼졌다니까 이제 와서 따지는 것도 이상하지만, 새삼스레 '사천왕'이라고 불리니 부끄럽구먼.

나는 그렇게 생각했지만, 시온은 자랑스러운 표정이다. 그리고 견학하는 마물들도 동경하는 눈빛으로 고부타와 게루도를 보고 있었다.

내가 생각했던 것 이상으로 '사천왕'이라는 지위가 가치 있다고 여기는 것 같았다.

『첫 번째 선수는 고~부~타아~!! 그 니힐(허무, 무가치, 냉혹하고 무정함)한 마스크를 동경하는 사람도 많은 엘리트 전사! 천재라는 이름을 쥐고 흔드는 젊은 전사장. 과연 이번에는 어떤 싸움을 보여 줄 것인가?!』

니힐하다는 게 뭐야? 뜻을 잘못 쓰고 있는 것 아냐?

그만하십쇼──!! 라고 외치는 고부타의 마음속 소리가 들려올 것만 같았다.

고부타는 얼굴이 창백해져 있었다.

그야 그렇겠지. 아무리 봐도 고부타의 옆에 서 있는 라이언 마스크 씨가 더 강하니까.

시합에서 마주치게 되면, 적당히 봐주더라도 반 죽는 정도로는 끝나지 않을 것이고…….

미안하구나, 고부타. 이건 내 예상을 벗어난 사태였다.

원망하려면 반쯤 재미로 부하를 출전시킨 밀림을 원망해라.

하지만 어쩌면──,

고부타는 필사적으로 싸우느라 숨겨뒀던 진짜 실력을 발휘할

지도 모른다.

　나도 꿰뚫어 보지 못한 엄청난 힘을 갑자기 각성할 가능성도 있다.

　《…………》

　기대가 된다.

　고부타의 싸움은 지금부터 시작이라는 뜻이다.

　그리고 이제 남은 선수는 게루도뿐이다.

　『바람잡이는 여기까지, 마지막에 소개할 이는 메인 캐스트! 하이오크의 구세주, 게루도 고오——옹! 철벽의 방어를 자랑하는 템페스트의 수호신이기도 합니다!!』

　이런, 소우카 녀석.

　자연스럽게 고부타까지 포함해서 지금까지 소개한 선수들을 바람잡이라고 딱 잘라 말해버렸다.

　말투까지 변하면서, 진지하게 소개하는 모드로 바뀌었다.

　확실히 게루도는 옛날부터 대간부였지만…… 그렇게 말하자면 고부타도 오래전부터 있었던 멤버인데.

　역시 '격'의 차이라고 해야겠지.

　만에 하나라도 고부타가 우승하면 그때는 소우카의 대응도 바뀔지도 모르겠군.

　『자, 그러면 이것으로 여덟 명의 선수가 전부 모였습니다! 과연 누가 우승할 것인지, 운명의 시간은 이제 곧 시작됩니다!!』

　이런, 선수 소개가 끝나면 그다음은 내가 인사를 할 차례다.

여덟 명의 선수들 앞에서 내가 인사하게 되어 있다는 것을 잊어버리고 있었다.

하지만 여기서 당황하는 모습을 보여주면 꼴사납지.

리그루도가 내빈들을 접대하고 있기에 베니마루에게 그들의 호위를 맡겼다.

소우에이는 몰래 숨어서 전체를 지켜보라고 명령한 뒤에, 나는 일어섰다.

그리고 무대로 향했다.

여유 있는 모습을 연기하면서, '공간지배'를 사용하여 귀빈석에서 무대로 '전이문'을 연결시켰다. 시온을 데리고 그곳을 통과하자, 대회장이 떠나갈 것 같은 큰 함성이 일어났다.

『우오오————오옷!!』

우리나라의 국민들과 이웃국가에서 견학하러 찾아온 자들이 내 모습을 보고 크게 흥분한 것 같다.

그 반응에 응해주는 나.

조금 쑥스럽지만, 나는 마왕에 걸맞게 당당한 태도를 유지하려고 노력했다.

소우카로부터 마이크를 받아 들고 선수들 쪽으로 돌아섰다.

『제군들. 오늘의 시합을 이긴 뒤에 내일 결승에서 승리하면 우리나라에서 내리는 영광을 누리게 될 것이다——.』

이런 식으로 하면 되려나?

어쨌든 위엄 있게 들리도록 조금 느리게 말했다.

다음은 선수들 한 명 한 명에게 말을 걸어야 하는 거였지.

『'용사' 마사유키여—— 네가 우승하면 내게 도전할 수 있는 기회를 주겠다——.』

약속했으니까 말이지.

내 말을 듣고, 마사유키는 조금도 기쁜 표정을 짓지 않았다.

그보다 오히려 '그게 나한테 무슨 이득인데?'라는 뜻이 담긴, 달갑지 않은 표정을 지었다.

이유는 모르겠지만 역시 본인은 나와 싸우는 걸 바라지 않는 것 같았다.

미워할 수가 없는 녀석이군.

그리고 마사유키에서 다음 선수로 시선을 옮겼다.

분명 '미친 늑대' 진라이라는 이름을 가진 마사유키의 동료였지.

『너는 '미친 늑대' 진라이였지? 뭔가 바라는 게 있는가?』

내가 그렇게 묻자, 소우카가 재빨리 움직이더니 진라이에게 마이크를 건네줬다.

『이거 참, 내게도 말을 걸어줄 줄이야. 내 바람은 단 하나, 마사유키 씨에게 도움이 되는 것이다. 미안하군, 내가 우승할 일은 절대 없을 거야. 하지만 날 대신해서 마사유키 씨가 너를 쓰러뜨려 주실 거다!!』

아아, 그렇단 말이지.

진라이는 마사유키와 붙게 되면 승리를 양보할 생각이로군.

그렇다면 우승할 수 없는 것도 당연하다.

『알았다. 그 고결한 뜻을 봐서 어떤 결과가 나오든 너에겐 새로운 무기와 방어구를 마련해주지. 용감한 전사에게 바치는 경의라고 여기고, 부담 없이 받아주면 좋겠다.』

모처럼 만난 인연이니 이 정도의 상은 줘도 괜찮겠지.

마사유키 일행이 대회에 참가해준 덕분에 관객 수가 확 늘어났다. 그에 대한 답례이기도 하고, 무엇보다—— 여기서 큰 도량을 보여줌으로써 사람들에게 나에 대해 좋은 인상을 주고 싶다.

그런 계산이 담긴 제안이었다.

『흥, 준다면 받긴 하겠지만, 그런 걸로 나를 회유할 수 있다곤 생각하지 말라고.』

진라이는 콧방귀를 뀌면서 말하고는, 소우카에게 마이크를 돌려주었다.

꽤나 기골이 있는 인물 같지만, 어쨌든 우리의 호의는 전해진 것 같군. 안 그러면 받겠다는 대답은 하지 않았을 테니까.

뭐, 참가상 정도로 생각하고 받아주면 충분하니까.

그리고 다음 선수.

진라이와 대화를 끝낸 뒤에 '유려한 검투사' 가이라는 인물 쪽으로 시선을 돌렸다. 그러자——.

"이봐, 마왕. 내가 저기 있는 '용사'보다 더 강하다고!! 내가 우승하면 나하고도 승부해주겠지?"

뭐?

갑자기 그런 말을 한들…….

애드립에 약한 나는 어떻게 대답해야 좋을지 몰랐다.

그런 내게 생각지 못한 도움의 손길을 내민 사람이 있었다.

"리무루 님께 무례하게 구는군요. 그렇게까지 말한다면 당신이 우승했을 경우엔 제가 상대해드리죠. 만약 이긴다면 그때는 저도 리무루 님께 소원을 빌겠습니다."

심판 자격으로 무대 옆에 대기하던 디아블로가 냉혹한 미소를 지으면서 가이에게 그렇게 말했다.

덕분에 살았다.

귀찮으니까 전부 디아블로에게 맡겨버리자.

『이번에는 용사와의 약속이 있다. 하지만 그 외에도 나와 싸우길 바라는 자가 있다면 우선은 '사천왕'을 쓰러뜨려서 그 힘을 증명해보이도록 해라. 그러면 나에게 도전할 권리를 인정해주마!』

편리하군, '사천왕'이라는 것은.

그렇구나, 이렇게 써먹는 방법도 있었군.

하나 배웠다.

그제야 뒤늦게 소우카가 가이에게 마이크를 건네줬다.

『홋, 용케도 도망쳤군. 뭐, 좋아. '용사'도, 거기 있는 '악마'도, 그리고 '마왕'도── 내 앞에 쓰러질 줄 알라고!!』

대체 뭘까, 분위기를 파악 못 하는 이 안쓰러운 남자는.

그런 발언은 우승한 뒤에 했으면 좋겠는데.

디아블로가 이성을 잃어버리기 전에, 이 녀석과 얘기를 끝내는 게 좋을 것 같다.

『──'유려한 검투사' 가이여, 네가 우승한다면 특별히 내게 도전하는 것을 인정해주마. 그러면 되겠지?』

귀찮으니 다음으로 넘어가자, 다음으로.

어차피 이 녀석은 우승하지 못할 테니, 부담 없이 받아들여도 문제는 없을 것이다.

홋, 그 말을 잊지 말라고──. 그렇게 말하면서 폼을 잡는 가이를 무시하고, 고즈루와 메즈루 쪽으로 시선을 옮겼다.

내 시선을 느꼈는지, 고즈루와 메즈루가 한쪽 무릎을 꿇었다.

『너희에게는 기대가 크다. 이 대회에서 비록 이기지 못한다 해도 미궁의 지배자가 된다는 자각을 가지고 절대로 꼴사납게 싸우지는 말아다오.』

이렇게 말하면 되려나?

약간의 위협도 담았지만, 관객들이 보는 앞에서 도망치며 돌아다니는 미궁의 주인이란 존재는 아예 논외다.

져도 좋지만 어느 정도는 멋진 모습을 보여준 뒤에 퇴장해주길 바랐다.

『알겠습니다!! 리무루 폐하의 체면에 먹칠하는 일이 없도록, 폐하께서 지어주신 '고즈루'라는 이름을 걸고 최선을 다해서 싸울 것을 맹세하겠습니다!!』

『폐하의 영광을 더럽히지 않도록, 저희도 이 나라의 일원으로서 부끄럽지 않은 싸움을 보여드릴 것을 이 '메즈루'도 약속드립니다!!』

그래그래.

말투가 좀 딱딱하긴 하지만, 싸울 각오는 제대로 되어 있는 것 같다.

양쪽 다 진다고 해도, 원래 예정대로 50층을 교대로 수호하도록 시키면 되니까. 이 둘 중 한 명이 우승할 거란 생각은 들지 않지만, 부끄럽지 않을 정도로 열심히 싸워주면 고맙겠다.

자, 그럼 다음은 저 사람인가.

『아— 라이언 마스크 씨. 뭐, 일단 무모한 짓은 하지 마세요.』

『잠깐, 나는 너무 대충대충 넘어가는 것 아냐?』

『그렇지 않습니다. 그럼 그렇게 알고 넘어가죠!』

이 사람에게 내가 해줄 말은 아무것도 없다.

시합을 사퇴하라고 말하는 것도, 열심히 하라고 말하는 것도 양쪽 다 이상하게 들리니까.

누구와 상대하느냐에 따라선 응원해주겠지만, 운 나쁘게 고부타와 붙게 되면 최악이란 말이지…….

가장 좋은 건 마사유키와 붙어주는 거지만—— 그렇게 원하는 대로 잘 풀리진 않겠지.

부정한 방법으로 대전 상대를 조작하는 것도 생각해봤지만, 그러지 않기로 했다.

자칫 들켜버리면 신용을 잃게 된다. 그러면 큰 손해가 되니까, 이 자리는 정직하게 제비뽑기에 맡기기로 하자.

그래서 다음 선수로 넘어갔다.

『고부타 군! 용케도 여기까지 통과했군!』

『저기, 저는 특별 출전——.』

『자네라면 분명 우승할 수 있을 것으로 믿고 있네!!』

고부타의 발언을 흘려 넘기고, 격려의 말을 보냈다.

이것으로 고부타도 여기서 발을 빼지 못할 것이다.

나름대로 최선을 다해서 우승하기 위해 노력할 테지.

자, 이제 남은 것은 게루도뿐이다.

『게루도, 너는 강하다. 그 힘을 이 대회에서 아낌없이 발휘해다오!』

『알겠습니다!!』

기대를 품고 게루도에게 말했다.

저한테 말할 때와는 뭔가 많이 다르네요——. 투덜대는 고부타의 불평은 무시하면서, 게루도와 인사를 마쳤다.

과묵한 게루도는 많은 말을 하지 않는다.

나머지는 행동으로 보여줄 것이다.

선수 소개가 끝나고, 다음은 대전 상대를 정하는 순서가 되었다.

토너먼트 방식으로 치르기 때문에 오늘은 여섯 시합만 벌어진다. 내일 치를 결승전은 남겨두고, 준결승전까지 끝낼 예정이다.

3위 결정전은 치르지 않으므로, 내일은 하나의 시합만 치르는 셈이다.

곧바로 제비를 뽑기로 했다.

마사유키가 3번, 진라이가 4번, 가이가 5번, 고즈루가 1번, 메즈루가 2번, 라이언 마스크가 8번, 고부타가 6번, 게루도가 7번을 뽑았다.

개표가 될 때마다 토너먼트 표에 이름이 적힌다.

그 결과——,

제1시합 고즈루 VS 메즈루.

제2시합 '용사' 마사유키 VS '미친 늑대' 진라이.

제3시합 '유려한 검투사' 가이 VS 고부타.

제4시합 게루도 VS 라이언 마스크.

이런 식으로 대진표가 만들어졌다.

공정한 제비뽑기로 나온 결과이므로 불만은 없지만.

………….

망할 마사유키 녀석. 놀랄 정도로 운이 좋은 녀석이군.

처음 시합부터 부전승으로 진출하는 것이 확정됐다.

그에 비해 게루도는 운이 너무 안 좋다.

시작부터 그 사람, 라이언 마스크(사자가면)가 대전 상대다.

과연 게루도가 이길 수 있을까?

흥미는 생긴다. 흥행하기에 좋은 카드라는 것은 틀림없지만, 솔직히 기뻐할 수는 없었다.

마사유키의 실력을 알아볼 시금석이라는 면에서 생각한다면 이 대진표는 최악이다.

그리고 마사유키의 2회전 상대 말인데, 제1시합의 승자가 상대가 된다. 이 경우에는 고즈루와 메즈루가 접전을 벌일 것이므로, 다음 시합에 쓸 여력을 남긴 채 싸우지는 않을 것이다. 그렇게 되면 마사유키와 싸울 때는 완전히 지쳤을 가능성이 크다.

그리고 또 하나.

제3시합과 제4시합에서 각각 이긴 둘이 싸워서 승리한 자가 우승 결정전에 나가게 되는 셈이니…….

고부타와 게루도가 싸우게 될 가능성도 있으니, 마사유키의 실력을 알아보는 시금석으로써 기능하지 못한다.

더구나 그 대진표에는 라이언 마스크가 있다.

고즈루와 메즈루도 흥행에 좋은 카드이지만 게루도와 라이언 마스크도 아주 좋은 카드란 말이지.

내가 보기에는 상당히 좋은 승부가 될 것 같다.

칼리──가 아니라 라이언 마스크 씨의 진짜 실력은 모르지만,

지금의 게루도는 상당한 강자다. 그런 두 사람이 첫 전투에 붙게 되다니, 이번 제비뽑기는 정말 이상하다.

마치 운명이 조작되는 게 아닐까, 의심이 들 정도로 이번 결과는 마사유키에게 유리한 대진표로 만들어졌다.

뭐, 불평을 한들 어쩔 수 없다.

예상은 그렇다 쳐도, 결과는 어떻게 될지 아직 모르는 것이다.

그런 분위기 속에서, 바로 첫 번째 시합이 시작되려 했다——.

＊

제1시합이 시작되었다.

관계없는 선수들은 무대에서 나와 대기실로 이동했다.

고즈루와 메즈루는 무대 중앙에 남은 채 서로를 노려보면서 악담을 퍼부어댔다.

"여어, 메즈루. 처음부터 우리 둘이서 승패를 가렸어야 했어. 오랜 인연도 오늘로 끝이다, 각오하라고."

"멍청한 소리 마라, 고즈루. 마왕 리무루 폐하 밑에서 영광스러운 '사천왕'의 한 자리를 차지하는 것은 바로 나, 메즈루 님이야! 네놈은 미궁에 틀어박혀서 느긋이 숨어살기나 하라고."

"헛소리! 네놈 따위가 그 위대한 '사천왕'에 어울릴 것 같냐!!"

그리고 갑자기 두 사람의 싸움이 시작되었다.

서로 파워 타입(근접격투형)이라 방패와 도끼, 방패와 창을 들고 격렬하게 싸워댔다. 그 외모를 봐도 마법이나 요술을 구사하는 것보다 육체로 싸우는 것이 잘 어울렸다.

고즈루가 힘을 주면서 찍어 누르듯이 내려치는 도끼를, 손에 든 방패로 막아내면서 튕겨내는 메즈루.

고즈루의 몸이 균형을 잃는 것을 보고, 메즈루가 재빨리 창으로 공격을 시도했다. 그러나 그 공격을 백스텝으로 무난하게 피하는 고즈루.

시합이 시작된 후로 20분 가까이 지났다. 그런데도 기세가 전혀 줄어들지 않는 호각의 공방이 반복되고 있었다.

백 년을 싸워온 만큼 좀처럼 승부가 날 것 같지 않았다.

관객도 마물끼리 벌이는 처절한 전투에 흥분하면서, 완전히 빠져들었다.

애초에 이 정도 레벨의 마물들이 벌이는 전투를, 이렇게 가까운 거리에서 관전할 수 있는 기회는 좀처럼 없을 테니까 당연했다.

그야 뭐, A랭크끼리의 전투는 평생 보지 못하는 것이 일반적이긴 하다.

승부가 오래 걸리는 것도 실력이 백중세이기 때문이다.

재미있는 싸움이다.

하지만 승부가 갑자기 막을 내렸다.

"이것으로 끝이다!"

고즈루가 승부수를 띄웠다.

도끼를 힘껏 던지는 고즈루. 그 일격은 바위까지 박살낼 만한 파괴력을 담고 있으며, 받아내는 무기와 함께 상대까지 쓰러뜨릴 것 같았다.

메즈루의 왼팔이 폭발이라도 한 것처럼 튕기더니 공중으로 떠올랐다. 고즈루가 던진 도끼를 왼팔을 희생하여 막아낸 것이다.

그러나 메즈루는 대담하게 웃고 있었다.

그건 메즈루가 노린 것으로, 그대로 순식간에 고즈루와의 거리를 좁혔다.

메즈루가 피할 것으로 예상했던 고즈루의 반응은 둔하기만 했다.

그런 고즈루에게 메즈루가 달려들었다.

"이걸로 끝이다!! 죽어라, 마초연창(馬超連槍)!!"

품에 파고든 뒤에 날리는 회피 불능의 러시(연속 찌르기)——.

고즈루는 피할 방법이 없었으며, 그의 몸에 여섯 개의 큰 구멍이 뚫렸다.

왼팔을 희생으로 삼으면서까지 승리를 쟁취하는 작전.

이 승부가 메즈루의 승리로 끝나는 줄 알았던 바로 그때——.

"아직 멀었다! 라이트닝 혼(뇌격각, 雷擊角)——!!"

그렇게 외치는 소리가 들려왔다.

고즈루가 머리의 뿔로 메즈루에게 박치기를 시도한 것이다.

고즈루의 뿔은 번갯불을 두른 모습으로, 길이가 두 배 이상으로 늘어나 있었다. 그 흉악한 뿔이 메즈루의 오른쪽 눈과 오른팔에 박혔다.

이게 승부를 결정짓는 한 수가 되었다.

오른손에 공격을 받으면서 창을 떨어뜨리는 메즈루.

더구나 뿔 공격을 받은 곳이 전격으로 인해 타버리면서, 피가 증발된 것 같았다.

메즈루도 진화했을 때에 엑스트라 스킬 '자기재생'을 획득한 상태다. 그렇다 해도 치유능력이 회복시키는 속도보다 전격에 피해를 입는 속도가 더 빨랐다.

그에 비해 고즈루에겐 엑스트라 스킬 '초속재생'이 있다. 가슴
과 배에 뚫린 구멍도 어느새 메워져 있었다. ──고즈루의 승리
였다.

일반적으로 보면 즉사할 수준의 큰 부상도 엑스트라 스킬 '초속
재생' 앞에서는 문제가 되지 않는다.

메즈루에게도 엑스트라 스킬 '자기재생'이 있기에 두 손과 오른
쪽 눈이 재생이 시작된 것 같았다.

무대에서 나올 때는 고즈루는 물론이고 메즈루도 원래의 모습
으로 돌아가 있었다.

다음에는 이기겠다! 메즈루는 벌써 그렇게 말하면서 씩씩거렸
다.

기운도 좋지.

하지만 승부는 끝났다.

우선은 첫 번째로 고즈루가 승리하면서 다음 단계로 진출했다.

그 멋진 싸움에, 관객들도 박수갈채를 보냈다.

첫 번째 싸움을 장식하기에 어울리는 좋은 승부였다.

──그건 그렇고 '초속재생'이란 것은 반칙 급의 스킬(능력)이라
고 새삼 생각했다.

아마 메즈루도 지금까지 쌓아온 경험대로 싸우다가 그만 방심
했을 것이다. 평소라면 러시 공격이 적중한 시점에서 승부가 났
을 테니까.

하지만 그렇게 노골적으로 수상한 뽈을 경계하지 않은 것은 명백하게 메즈루의 실수라 하겠다. 앞으로는 좀 더 신중하게 상대의 비장의 수를 파악하는 조심성을 갖추면 좋겠다고 생각했다.

*

제2시합.

'용사' 마사유키와 '미친 늑대' 진라이의 싸움이지만, 이건 예상했던 대로 마사유키의 부전승이 되었다.

무대 중앙에서 악수를 나누는 두 사람.

그 모습을 보고 큰 함성과 함께 박수가 쏟아졌다.

이해가 안 된다.

왜 악수하는 것만으로 관객들이 저렇게 기뻐하는 걸까?

"역시 마사유키 님이야!!"

그렇게 흥분하면서 외치는 사람도 보였는데, 나로선 이해가 되지 않는 인기였다.

······뭐, 좋다.

귀찮으니까 생각하는 걸 포기하고, 바로 다음 시합으로 넘어가기로 하자.

제3시합.

'유려한 검투사' 가이와 고부타로군.

자, 이 시합은 어떻게 되려나?

실은 속으로 이 시합을 기대하고 있었다.

가이라는 남자의 실력은 아슬아슬하게 A랭크 정도 되는 것 같았다.

그의 무기와 방어구는 레어 급으로 통일되어 있었는데, 그것이 가이가 일류의 모험가라는 것을 증명하고 있었다.

하지만 고부타의 장비는 유니크(특질) 급으로 갖추어져 있다.

실력으로 따지면 상당히 뒤떨어진다고 생각하지만, 전체적인 강함으로 비교해본다면 재미있는 승부가 될 것 같았다.

『그럼, 시작!!』

소우카의 신호로 시합이 시작되었다.

"쉿!!"

짧게 숨을 내쉬면서, 가이가 거리를 좁히며 검을 휘둘렀다.

날카로운 검격.

유려하다는 말을 듣기에 충분한 훌륭한 실력. 그러나 그 검은 고부타의 몸에서 막히고 말았다.

"뭐야?! 잔챙이 주제에 어울리지도 않는 갑옷을——?!"

"히, 히이익!! 너무 빠릅니다요——!!"

시작 신호와 동시에 공격이 들어왔기 때문인지, 고부타는 소태도를 뽑지도 않은 상태였다.

너무 방심했잖아, 이 멍청아!! 그렇게 속으로 꾸짖었다.

방금 그 공격은 가름이 만든 갑옷이 막아냈지만, 다음 기회는 없다.

가이가 자신의 실력을 과신했기에 목숨을 건졌을 뿐이지, 다음에는 관절을 노릴 것이 명백했기 때문이다.

"훗, 이건 어떨까?"

춤추는 듯한 참격이 연속으로 고부타를 덮쳤다.

고부타는 그걸 겨우 피했지만, 여유가 없다 보니 울상을 짓고 있었다.

그 얼굴을 보니 장외패를 노리는 게 아닌가 싶었다.

이미 이기는 것을 포기하고 자신의 몸을 지키는 것만을 생각하는 것 같군.

그게 정답이긴 하지만, 좀 더 버텨주면 좋겠다는 마음도 드는데.

모처럼 좋은 승부가 될 거라고 기대했던 만큼 고부타의 반응은 아쉬웠다.

이걸로 이 시합도 끝인가——. 그렇게 생각했지만 좀처럼 승부가 날 것 같지는 않았다.

자연스럽게 장외를 노리는 고부타를, 가이가 쫓아다니면서 방해하고 있었기 때문이다.

"저 녀석, 고부타를 끝까지 괴롭히다 쓰러뜨릴 생각인가?"

"성격이 안 좋은 남자인 것 같군요. 고부타도 고부타지만, 저 남자가 하는 짓은 실로 불쾌합니다."

시온도 나와 같은 의견인가.

으——음……. 이렇게 되면 고부타가 어떻게든 이겨주면 좋겠다는 생각이 든단 말이지.

"하하핫! 꼴사납게 이리저리 도망쳐 다니는구나, 잔챙이 녀석!!"

가이의 전투 스타일은 바스타드 소드를 한 손으로 쓰면서, 손을 보호하는 장갑을 낀 왼손으로 타격을 하는 이질적인 것이다.

여차하면 양손으로 칼을 잡고 휘두르지만, 그 동작은 예상하기가 힘들었다.

하쿠로우로부터 정통파의 검술을 배우고 있는 고부타가 보기엔 상당히 상대하기 힘든 스타일이라고 하겠다.

하지만 그래도 고부타는 치명상을 입지는 않았다.

제대로 맞은 것은 맨 처음의 일격뿐이었다.

"고부타는 공격을 잘 보고 있군요. 상대의 검의 움직임이 보이지 않는다면 저렇게 오래 도망치는 것도 불가능할 테니까요."

시온도 그렇게 말하면서 고부타를 칭찬했다.

나도 그렇게 생각한다.

펀치는 몇 번이나 맞았지만, 칼 공격만은 확실하게 소태도로 흘려보내고 있었던 것이다.

"좋아. 잘한다, 고부타! 기합이다. 근성을 보여서 그 녀석에게 이겨라! 그러면 용돈을 올려주마! 그리고── 만약 우승한다면 네가 갖고 싶어 하던 신형 낚싯대를 주겠다!"

"정말입니까?! 그렇다면 비장의 수를 보여주겠습니다요!!"

비장의 수가 있으면, 그걸 먼저 쓰라고…….

내가 응원하는 소리를 듣고 고부타가 의욕을 보였다. 물건으로 낚는 것도 좀 문제가 있지 않나 하고 생각했지만, 고부타 같은 게으름뱅이에겐 처음부터 이렇게 했어야 했다.

아니, 게루도가 있으니 큰 기대를 하지 않았다는 게 본심이지만, 이렇게 되면 고부타도 열심히 싸워줘야 하는 것이다.

"캬하하하하, 애송이가 함부로 까불지 마라! 최강인 나를 너 같은 놈이 이길 수 있을 것 같으냐!!"

가이가 큰 소리로 웃으면서 고부타를 추격하며 돌아다녔다. 고부타를 전혀 경계하지 않는 것이, 승리를 확신하는 모습이었다.

고부타가 무슨 짓을 하더라도 상관없이 이길 수 있다는 그 방심── 그게 가이의 패인이 되었다.

"소환!! 자, 나타나십쇼!!"

그렇다, 고부타는 고블린 라이더의 대장을 맡고 있는 남자. 당연하지만 스타울프(성랑족, 星狼族)를 소환할 수 있는 것이다.

그리고 고부타에겐 스타울프와의 '동일화'라는 비장의 수단이 있다.

A-랭크에 해당하는 에너지(마력요소)양과 함께, 하쿠로우에게 수행을 받은 검기도 갖추고 있으니── 가이 정도라면 충분히 대항할 수 있게 된 셈이다.

처음부터 그렇게 하라고 나는 생각했다.

망할 고부타 녀석, 사실은 처음부터 질 생각을 하고 있었던 것이 틀림없다.

뭐, 이것으로 고부타도 진지하게── 어라?

"어?"

"쳇, 소환술인가. 하지만 블랙 팽(흑아랑) 따위가 내 적이 될 수는──."

가이의 말은 거기서 끊겼다. 고부타가 소환한 검은 늑대가 엄청난 속도로 가이에게 몸통 박치기를 날려버렸기 때문이다.

가이는 착각한 것 같은데, 고부타가 소환한 것은 블랙 팽이라는 C나 D랭크 정도의 마물이 아니다.

지금도 꼬리를 흔들면서 가이를 핥고 있는 검은 늑대── 그건 아무리 봐도 란가였다.

"란가…… 뭐 하는 거야?"

"쳇, 그런 방법이 있었단 말인가요. 역시 란가, 책사로군요……."

아니, 아니야.

그건 아니겠지?

고부타도 놀라는 걸 보니, 고부타가 의도한 결과가 아니었다는 생각이 들었다. 즉, 이건 란가의 독단이며…… 고부타의 소환에 자신이 끼어든 것이라는 뜻이 되겠지.

내 그림자 속에서 얌전히 자고 있는 줄 알았더니, 설마 이런 꿍꿍이를 꾸미고 있었다니…….

회의 자리에서 대회에 출전할 수 없다는 말을 듣고 란가도 납득했을 거라고 생각했는데. 이런 방법을 생각했을 줄은 몰랐다.

가이에게 달려간 소우카가 디아블로 쪽으로 돌아봤다.

『가이 선수의 의식을 빼앗은 훌륭한 일격이었습니다. 승부는 결정 났군요.』

디아블로가 심판이지만, 당연하다는 표정으로 지금의 공격을 유효한 것으로 판정했다. 지금은 소형 늑대 사이즈로 줄어든 상태지만 그 정체가 란가라는 걸 알아차렸을 텐데…….

뭐, 디아블로는 란가와 사이가 좋으니까.

『승자, 고~부~타아~!!』

소우카의 승리 선언이 대회장 안에 울려 퍼졌고, 박수갈채가 쏟아졌다.

아무도 이견을 제기하지 않는 걸 보면, 이번 소환도 반칙으로 여기지 않는 듯했다.

"정말입니까요……."

고부타의 중얼거림은 큰 함성에 묻혀, 누구에게도 들리지 않았다.

"그런데 저래도 되나?"

"소환술은 규칙상 인정받고 있으니, 문제는 없을 것으로 생각합니다."

리그루도도 이렇게 말하니, 허용된다고 봐도 좋겠지만…….

그건 그렇고, 란가가 참전했단 말인가.

으──음.

역시 반칙 아냐……?

지금까지는 제4시합의 승자에게 고부타가 이길 가능성이 제로였다. 하지만 란가가 참전했다면 승부의 행방은 알 수 없다.

마사유키의 실력을 시험한다는 당초의 목적을 떠올린다면, 이런 전개는 바라던 바다.

좋아! 찜찜한 느낌은 훨훨 털어버리자.

나는 마음을 고쳐먹고, 이대로 밀어붙이자고 결심했다.

＊

제4시합.

게루도 대 라이언 마스크(사자가면), 주목받는 일전이다.

"큭큭큭, 오랜만에 마음껏 싸울 수 있겠군!"

기뻐하는 라이언 마스크 씨.

"위대한 무인과 상대할 수 있다니, 바라지도 않았던 행운. 한 수 배운다는 생각으로 최선을 다해 싸우겠소."

게루도가 그렇게 말하면서 상반신의 갑옷을 벗어던지더니, 주먹을 쥐었다.

"호오, 맨손으로 싸우기를 바라는 건가? 좋아, 나는 무기 없이 맨손으로 싸우는 것도 잘하거든."

게루도의 요청에 응하면서 라이언 마스크도 자세를 잡았다.

그리고 시작된 것은 대회의 역사에 남지 않을까 싶은, 훌륭한 명승부였다.

교차하는 주먹과 주먹.

그것만으로도 엄청난 충격이 발생했고, 무대 위에 회오리바람이 미친 듯이 불었다.

게루도는 발기술을 사용하지 않고, 던지기와 주먹으로만 싸웠다. 밸런스가 무너지지 않게 발바닥 전체로 디디고 이동하면서, 어떤 공격을 받아도 꿈쩍도 하지 않았다.

그거다.

권투 만화에서 본 적 있는 '피커부(peekaboo, 얼굴의 하관을 글러브로 가린 채 방어하거나 공격하는 것) 스타일'이라는 것이다.

그야말로 철벽의 방어.

그러면서 상대의 틈을 보고 뻗는 그 주먹은, 견제로 날리는 일격이라고 해도 대포 같은 위력을 품고 있었다. 하반신을 포대로 삼고, 온몸으로 만들어낸 운동에너지를 주먹에 실어서 날리기 때문이다.

주먹만 위협적인 게 아니다. 어깨치기도 있는 데다, 몸이 서로 얽히면 던지기를 쓰기도 한다.

말하자면 중전차 같은 이미지였다.

그에 비해서 라이언 마스크는 무슨 공격이든 이용하는 올 라운더다.

공격 수단은 다채롭다.

게루도와 비교해도 체격이 뒤떨어지지 않아서 힘으로 밀리지도 않는다. 애초에 이 세계에선 겉모습보다 에너지(마력요소)양이 더 중요하기 때문에, 게루도보다 라이언 마스크 쪽이 더 강할 정도다.

그래도 일방적으로 공격하지 못하는 걸 보면, 게루도의 방어가 얼마나 우수한지에 대한 증명이 될 것이다.

바위조차 박살 낼 것 같은 발차기가, 게루도의 팔에 작렬했다. 공격에 밀려서 방어가 풀리는 틈을 노리려는 것 같은데, 게루도는 개의치 않는 모습이다. 원하던 대로 풀리지 않자, 라이언 마스크는 사방팔방에서 정권 찌르기와 손날치기, 돌려차기나 찍어차기 등등 마치 분신술을 쓰듯이 빠르게 연거푸 시도했다.

재빠른 동작으로 연속공격을 무수히 날리지만, 철저하게 방어에 임하는 게루도에겐 통하지 않았다.

"하, 재미있는데, 너!! 내 공격을 마치 산들바람처럼 받아내고 있잖아!!"

"후후훗, 불평을 쏟아내고 싶은 건 내 쪽이오. 반격할 틈이 없군. 대충 날리는 공격으로 보이지만, 그 하나하나가 잘 연마된 동작이니——."

목소리에 분한 감정을 실으면서, 게루도가 대답했다. 지금은 버티고 있지만, 이대로 가면 점점 밀리게 된다는 것을 느꼈던 것이리라.

역시 라이언 마스크, 그 실력은 진짜였다. 그리고 한계는 여전히 보이지 않는다…….

게루도의 사정권 밖에서 장갑을 꿰뚫는 듯한 공격을 계속 날려댔다──. 그 모습은 마치 헬기의 공격 같았다.

어느 쪽이 유리한지는 말할 것도 없겠지만, 승부는 실력만으로는 정해지지 않으며 시간과 운에도 좌우된다. 이번 같은 경우, 승리의 여신은 어느 쪽을 보며 웃을까──.

두 사람의 싸움을 보면서 대회장의 분위기는 크게 들끓었다.
"괴, 굉장해────!!"
"뭐야, 저건. 뭐냐고, 저거어언!!"
매점에서 산 감자튀김을 한 손에 쥐고 소리치는 자.
맥주를 마시고 얼굴이 시뻘게진 채로 흥분하며 절규하는 자.
관객들에게도 두 사람의 엄청난 실력이 전해지는지, 마치 성난 목소리 같은 응원 소리가 곳곳에서 터져 나왔다.
중후한 숙련자의 분위기가 느껴지는 게루도와 보는 자의 눈길을 끌어들이는 오라를 내뿜는 라이언 마스크.
두 사람은 이 대회에서 단번에 인기인이 되어버린 것 같았다.
격렬한 공방이 벌어지고 있지만, 승부는 한쪽으로 기울어지지 않았다.
일진일퇴, 양자호각의 상태를 유지하면서 시합은 계속되었다.
30분이 경과했지만, 상태는 그대로였다.
소우카도 흥분하면서 큰 목소리로 두 사람의 싸움을 중계했다.

심판인 디아블로도 역시 진지한 눈으로 두 사람의 싸움을 지켜 보았다.

그리고 20분이 더 지났고──,

"나를 상대로 용케 여기까지 버텼군. 칭찬해주마."

"후, 후훗, 여, 영광입니다. 위대한 분으로부터 그런 말을 듣게 될 줄이야──."

"빈말은 집어치워. 그보다 하나 물어봐도 될까?"

"──뭐든 물어보시죠."

"너는 왜 스킬(능력)을 쓰지 않지?"

"그야 당연하죠. 그건 당신이 진짜 모습을 보이지 않기 때문입 니다."

"후훗, 후하하하하! 나를 위대하다고 말하면서 진심으로 승리 를 노리고 있었단 말인가. 재미있군. 진짜 모습을 보여줄 수는 없 지만 진심을 담은 기술은 보여주지!"

공방을 되풀이하면서 나누던 대화.

일반 손님에겐 들리지 않았겠지만, 나는 디아블로의 귀를 통해 서 그 대화를 다 듣고 있었다.

나도 게루도가 스킬을 쓰지 않는 것을 이상하게 여기고 있었지 만, 그런 이유였을 줄이야. 저 라이언 마스크를 상대로 게루도는 동등한 조건으로 싸워서 승리하기를 바랐던 것이다.

라이언 마스크── 아니, 칼리온은 '수신화'를 통해 원래의 전 투력을 발휘했다. 지금의 모습은 진짜가 아니며 전력을 다한 것 이라 말하기는 어렵다.

게루도는 그걸 알고 있었기 때문에, 자신도 유니크 스킬 '지키

는 자(수호자)'와 '채우는 자(미식자)'를 사용하지 않고, 맨몸 하나만
으로 싸우고 있었던 것이다.

무엇보다 이렇게 많은 사람들이 보는 가운데에서 진짜 실력을
보여주고 싶지 않다는 것도 이유가 되겠지만.

어떤 익명의 인물이 남긴 메시지에서도 그런 내용의 말을 했으
니까 말이지.

칼리온도 그 말에는 동의하는지, 정체가 들키지 않도록 진짜
실력을 보여줄 생각은 없는 것 같다.

하지만 그래도 칼리온은 강하다. 웬만한 마물이나 마인 등은
비교도 되지 않으며 상위 정령도 능가할 실력을 갖고 있다.

그런 칼리온이었지만, 아주 약간은 진지하게 싸울 마음이 생긴
모양이었다.

"간다!"

"오옷!!"

금색의 요기가 순간적으로 일어나더니 칼리온의 오른쪽 주먹
에 집중되었다.

잔상을 남기면서 게루도의 두 팔에 박히는 주먹.

위력은 절대적이었다.

게루도의 두 팔이 폭발이라도 일으킨 것처럼 밀려났으며 그대
로 드러난 몸의 중앙, 급소 중의 하나인 명치에 칼리온의 오른쪽
주먹이 박혀들었다. 그리고 그 충격은 물리적인 파괴 에너지로
변하면서 게루도의 온몸에 퍼졌다.

"훌륭합니다. ——아무래도 전 여기까지인 것 같군요."

그렇게 말하면서 게루도는 한 걸음 비틀거렸다. 그러나 무릎은

꿇지 않았으며, 휘청거리면서 장외로 나가려고 했다.

그런 게루도를 디아블로가 부축하면서 소우카에게 눈짓으로 신호를 보냈다.

『시합 끝!! 라이언 마스크의 승리──입니다!!』

커다란 환호성.

그리고 우레와 같은 박수.

두 사람의 승부에 아낌없는 칭찬이 쏟아졌다.

"사자포권이라는 기술이다. 자랑스럽게 생각해도 돼, 게루도. 내 오의 중의 하나를 맞았는데, 목숨을 유지한 것뿐만 아니라 아직 서서 걸어 다닐 수 있으니까 말이야."

"훗, 후후후…… 당신과는 언젠가 진심으로 싸워보고 싶군요."

"나도 동감이다. 이렇게 즐거운 싸움은 오랜만이었어."

게루도와 칼리온은 눈인사를 나누었다. 서로를 인정했고, 그 마음은 서로 통한 것 같았다.

둘 다 이걸로 승부가 났다고는 생각하지 않았다.

확실히 그렇긴 하다.

서로가 진심으로 스킬을 사용해서 싸웠더라면 승부의 행방은 또 달라졌을 것이다.

하지만 이번의 승자는 칼리온이며 게루도는 패하고 말았다.

그래도 나는 게루도에게 잘했다고 칭찬해주자고 생각했다.

이 커다란 환호성이 모든 것을 말해주고 있다.

정말, 실로 훌륭한 승부였으니까.

나 또한 다른 사람들과 마찬가지로 박수를 치면서 무대를 떠나는 게루도를 배웅했다.

네 개의 시합이 끝났기에 일단 휴식 시간을 가졌다.

정오가 지났고 오후부터 2회전이 벌어진다.

1회전의 승자끼리 싸우는 거지만, 얼마나 피로가 회복되었는지도 승부에 영향을 줄 것이다.

선수들에겐 회복약을 주었으니 육체적인 부상은 완치되었을 것이다. 하지만 에너지(마력요소)양이 얼마나 남아 있는지는 겉모습만으로는 판단할 수 없다.

오전에 있었던 시합의 흥분이 식지 않은 가운데, 오늘 다섯 번째의 시합이 시작되려 하고 있었다.

무대 중앙에서.

결승 진출을 걸고 '용사' 마사유키와 고즈루가 서로를 노려보았다.

자, 이 싸움에서 자세히 봐야 할 것은 마사유키의 실력이 진짜인지 아닌지 하는 것이다.

내 눈에는 마사유키의 다리가 살짝 떨리는 것처럼 보이는데, 그건 흥분으로 떨리는 것일까?

자세히 보니, 목을 타고 흘러내리는 땀도 굉장한데.

마사유키는 정말로 히나타와 같은 급의 실력을 지녔을까?

나는 도저히 그런 생각이 들지 않았다.

내가 관찰하고 있으려니, 마이크를 손에 쥔 고즈루가 입을 열었다.

『리무루 폐하께 싸움을 건 '용사'라는 자가 바로 너지? 제 분수를 모른다는 건 정말 불쌍하구나.』

그 내용은 마사유키에게 날리는 도발이었다.

그러나 마사유키는 허무한 미소를 지으면서——나쁘게 말하면 긴장된 표정으로 입가를 씰룩거리면서——그 말을 흘려 넘기더니 소우카를 향해 손을 내밀었다.

그 요구에 응해 마사유키에게 마이크를 넘기는 소우카.

『홋. 네가 싸우는 모습을 봤다. 아주 훌륭하더군——.』

『그, 그런가.』

도발에 넘어가지 않고 상대를 칭찬한단 말인가.

마사유키는 생각했던 것 이상으로 어른이로군.

『——하지만 그런 만큼 아쉽군.』

『아쉽다고? 대체 뭐가 아쉽다는 거냐?』

싸움을 시작할 기색은 전혀 없이 마사유키가 고즈루에게 말했다.

으——음, 대체 무슨 말을 하려는 거지?

『네가 컨디션이 완전한 상태였다면 나도 진짜 실력을 보일 수 있었을 텐데. 지금의 너는 방금 전의 싸움으로 힘의 대부분을 써버렸겠지? 그게 너무나 아쉽다는 뜻이다.』

싸우기 전에 진심으로 싸우지 않겠다고 선언할 줄은 몰랐다. 진지한 태도로 그런 말을 하다니, 그건 단순히 말하자면 변명인 것 아닌가……?

『무슨 소리를——.』

『아니, 뭐. 지금의 너와 싸워서 이겼다고 해도 기쁘지는 않겠다고 생각한 것뿐이야.』

『………….』

『듣자 하니, 너는 마왕 리무루가 준비한 미궁의 왕으로 임명되었다지? 그게 싫어서 '사천왕'의 자리를 노리는 것 같던데——.』

『바보 같은 소리! 메즈루와 내게 제시하신 던전(지하미궁) 50층의 주인 자리도 당연히 명예로운 직책이다! 단지 우리는 더 높은 곳을 목표로 삼고 싶었던 것뿐…….』

『그런가? 하지만 말이지, 아쉽게도 내가 보기에는 방금 전의 게루도라는 사람이 '사천왕'에 더 어울리는 실력을 가진 것 같던데——?』

『윽, 크으으으윽…….』

상대를 칭찬한 뒤에 깎아내리기.

마사유키는 무슨 생각을 하는 거지?

『지금의 너와 싸운다 해도 내가 이기겠지. 하지만 진짜 실력을 발휘하는 너와 싸운다면 승부의 행방은 모르겠군. 너에게 유리한 환경인 미궁이었다면 더 그럴 테고 말이야. 나는 지금 여기서 너와 승부를 가리는 것은 너무나 아깝다고 생각한다.』

『으윽——?!』

이봐, 이봐. 설마 그건 아닐 거라 생각하지만, 마사유키한테는 싸울 생각이 없는 것 아냐……?

『나도 나중에 이 던전에 도전할 생각이야. 마왕과의 싸움과는 관계없이 말이지. 어때? 승부는 그때, 완전한 상태의 네가 날 맞이할 수 있을 때 겨뤄보는 건?』

틀림없다.

마사유키는 여유 있는 태도를 보이지만, 내겐 고즈루를 상대로 벌벌 떠는 것처럼 보였다.

혹시 마사유키는 말만 가지고 고즈루를 구워삶으려 들고 있는 건…….

고부타와 게루도에겐 마사유키의 실력을 시험해보라고 명령했지만, 고즈루는 그 사실을 모른다.

그러므로 어쩌면──,

『크, 크왓──핫핫하! 그 마음은 확실하게 느껴졌다. 분명히 네가 꿰뚫어 본 대로 지금의 나에겐 여력이 없다. 메즈루와의 승부는 종이 한 장 차이로 승리했으니까. 좋아. 네 녀석의 말을 믿고 나는 미궁에서 기다리기로 하겠다!!』

우와──, 역시?!

망할 고즈루 녀석, 마사유키의 제안을 받아들였어. 그러더니 후련한 표정을 지으면서 마사유키와 악수를 나눈다.

그 광경을 보고 관객들도 크게 흥분했다.

평소라면 싸우지 않고 무대를 내려가는 자에겐 비난의 말이 쏟아져야 할 텐데, 무슨 이유인지 칭찬과 박수가 쏟아지고 있었다. 마사유키의 너른 도량을 칭찬하는 목소리와, 그걸 꿰뚫어 본 고즈루를 칭찬하는 목소리. 어쨌든 이해가 안 되는 함성이 콜로세움(원형투기장)을 가득 메웠다.

이해가 안 된다.

정말로 이해가 안 된다.

아무리 봐도 허세를 부리는 건데, 관객들은 훌륭한 행동이라고 인식하는 것 같고.

역시 마사유키에겐 어떤 카리스마가 있는 걸로 봐야—— 아니, 잠깐만?

그렇게 생각한다면 나까지 속고 있을 가능성이 있다.

혹시 전부 연기라거나?

내 눈을 경계하여, 그 실력을 감추기 위해 고즈루와의 싸움을 피한 것이라면 일단 앞뒤가 맞기는 한데.

그렇다면 역시 방심은 금물이군.

마사유키가 이 시합을 통과하면서 이제 결승전만 남겨두게 되었다.

다음 시합은 고부타와 칼리온——라이언 마스크——이 싸우는 것이니, 누가 이길 것인지는 생각할 것도 없다.

과거에 마왕이었던 자를 상대로, 용사를 자칭하는 소년이 얼마나 싸울 수 있을까.

하긴, 응. 그렇게 생각하면 이런 전개도 나쁘지는 않군.

나는 그렇게 스스로를 위로하면서, 환호성을 받으며 무대를 내려가는 마사유키를 바라보았다.

*

그리고 오늘의 최종전.

고부타와 라이언 마스크(사자가면)의 시합이다.

이 시합의 결과는 볼 것도 없지만, 그렇기에 나는 고부타를 응원할 생각이다.

우승했다면 낚싯대를 주겠다고 말했지만, 그건 내 역작이다.

릴 기능을 강화했으며, 전적을 따져봤을 때 약간 밀리고 있는 내가 고부타와의 승부를 타개하기 위해 만든 신형인 것이다.

그렇게 쉽게 넘겨줄 수는 없다.

낚싯대는 쉽게 만들 수 있지만, 이건 승부가 걸린 문제니까.

그걸 손에 넣기 위해서 고부타는 한껏 의욕적인 모습을 보였다.

나로선 반가운 일이다 보니, 적어도 응원 정도는 해줘야겠다는 생각이 있었다.

그도 그럴 게 말이지.

어차피 이기는 건 '라이언 마스크 = 칼리온'이니까.

여기까지 통과했으니, 칼리온도 우승을 노리고 있겠지. 그렇지 않으면 게루도와의 싸움에 만족했을 때 벌써 기권했을 테니까.

그렇다면 내 우려도 사라진다.

우려, 즉 마사유키의 건이다.

칼리온이라면 마사유키의 실력을 시험하기에 더할 나위 없이 좋은 상대다. 밀림의 부하에게 부탁해볼까 하는 생각도 있었지만, 이렇게 되면 신경을 쓸 필요도 없게 된다.

칼리온은 변덕이 심하니까 언제 기권할지 모른다──는 생각에 지나치게 마음을 졸인 것 같다.

괜히 초조하게 걱정했다는 기분이 들었다.

게루도와 칼리온이 같이 쓰러지지 않은 이상, 내 걱정은 사라졌다. 남은 건 칼리온에게 맡기면 된다──고, 나는 생각한 것이다.

그러나 마치 내 생각을 읽은 것처럼 고부타는 의욕으로 불타올랐다.

정말 청개구리 같은 녀석이라니까.

기대하고 있을 때는 제대로 싸우지도 않으면서······.

아니, 아니지.

고부타를 제대로 응원해야지.

어차피 칼리온이 이기겠지만, 고부타의 노력을 비웃으면 안 된다.

그렇게 생각하면서, 고부타 쪽으로 시선을 돌렸다. 그러자 고부타는 처음부터 란가를 소환해서 그 등에 타고 있었다.

아니, 잠깐. 또 란가에게 의지하는 거야?!

고부타가 자신만만한 것은 란가를 대신 싸우게 만들려는 생각을 했기 때문인 것 같았다.

반칙이 되지 않는 이상, 유효한 방법이다. 고부타가 이길 생각을 갖고 있다면 이렇게 싸우는 것이 정답이다.

내가 보기에는 게루도보다도 란가 쪽이 더 강하다. 칼리온이 진짜 실력을 발휘한다면 또 모를까, 지금의 모습 그대로 싸운다면 승산도 충분히 있을 것 같았기 때문이다.

잠깐, 어라?

그렇게 되면 어떻게 되는 거지?

아니, 어떻게 되어도 상관없는 건가?

만일, 그래, 만일의 경우 고부타가 이겼다고 해도 마사유키의 본성을 고부타가 이끌어내면 되는 거니까.

그러면 원래 계획대로 되는 것이라 할 수 있지 않을까.

그렇다면 어느 쪽이 이겨도 문제는 없겠군.

고부타에게 맡기는 건 조금 불안하지만 뭐, 어떻게든 되겠지.

그렇게 생각하면서 나는 고부타에게 응원을 보냈다——.

시합이 시작되었다.

"오늘의 저는 조금 다를 겁니다요!"

그럼 아까 그 모습은 뭐였는데——. 딴죽을 걸고 싶어지는 발언이었다.

"웃기지 마라, 애송아. 널 위해서 하는 말이니 어서 기권——."

"란가 씨, 부탁드립니다요!"

"음, 알았다!!"

칼리온의 제안을 걷어차고, 고부타와 란가가 먼저 공격을 시도했다.

점심시간 동안 서로 의논한 바가 있는지, 움직임에 망설임이 없었다.

진심이다.

진심으로 승리를 노리고 있다.

노리고 있긴, 한데…….

"취조호각(鷲爪虎脚)!"

날카로운 칼 같은 발톱이 칼리온의 발끝에 돋아났다. 그러고는 열풍 같은 돌려차기가 고부타와 란가를 덮쳤다.

날카로운 발톱은 길어서 리치를 가늠할 수가 없다. 비록 피했다고 해도 발톱에서 진공파 같은 뭔가가 발사되면서 사선에 놓인 대상을 베어버린다.

칼리온은 장난처럼 날린 기술이겠지만, 고부타에겐 죽음이 얼핏 보이지 않았을까.

"히약?!"

고부타가 소리치면서 란가에게서 미끄러져 떨어지고 말았다.

역시 그렇군.

조금 무리였던 모양이다.

꼴사납게 바닥을 기면서 칼리온의 시야에서 벗어나려 하는 고부타. 하지만 그걸 비웃을 자격이 있는 자는 존재하지 않는다.

관객은 대폭소하는 것 같지만, 칼리온의 무서움을 모르기 때문에 그렇게 웃을 수 있는 것이다.

정면으로 맞서면서 도전한 것만으로도 고부타의 용기를 칭찬해야 할 것이다.

그런 고부타를 칼리온은 방치했다.

아니, 방치할 수밖에 없었다.

고부타가 떨어지면서 몸이 가벼워진 란가가 칼리온에게 이빨을 드러냈기 때문이다.

지금의 란가의 사이즈는 대형견 정도다. 그래도 이빨과 발톱은 충분히 날카롭다.

"쳇."

칼리온은 왼팔을 희생하면서 란가의 이빨을 받아냈다. 그리고 그대로 힘껏 란가를 땅바닥에 처박았다.

하지만 란가도 지지 않았다. 가볍게 빙글 회전하더니 지면을 박차면서 이탈했다.

"오, 오옷…… 대단하네, 저 늑대."

"그러게. 블랙 팽이면 분명 상위 개체라고 해도 C랭크 정도 아니었던가?"

"가이 님이 언급했던 마물 말인가. 그런데 저게 정말로 블랙 팽인가?"

란가의 움직임에 감탄했는지, 관객들도 술렁이기 시작했다. 그 중에는 마물에 관한 지식을 가진 자가 몇 있는지 란가의 정체에 대해 억측이 난무하기 시작했다.

네, 그 정체는 템페스트 스타울프(흑람성랑, 黑嵐星狼)입니다. 특A급 의, 웬만하면 눈에 보이지 않는 희귀한 마물이죠.

──나는 속으로 그렇게 대답했다.

"군상주란(群象走亂)!!"

칼리온이 기술을 날렸다.

축척해둔 오라(투기)를 난사하듯이 상공에서 쏘아댔다.

자유로운 공간이라면 도망칠 곳이 있겠지만, 이곳은 무대 위. 밖으로 나가면 장외패가 되는 이상, 피하지 않고 받아낼 수밖에 없다──고 생각했는데.

란가는 망설임 없이 밖으로 도망쳤다.

"뭐야?"

놀라면서 소리치는 칼리온.

란가가 여기서 승부를 포기할 거라고 생각하진 못했을 것이다. 예상 밖의 사태에 놀랐는지, 한 순간 빈틈을 보이고 말았다.

"거기입니다요!!"

앗!!

고부타가 외치는 소리.

그와 동시에 질주하는 검은 그림자.

란가다.

지금 장외로 도망친 란가가 당연하다는 표정을 지으며 고부타 의 그림자에서 튀어 나온 것이다.

"너는 방금 장외로——."

그렇게 칼리온이 외쳤지만.

『쿠후후후후, 재소환은 규칙 위반이 아닙니다.』

디아블로의 목소리가 그 불만을 지워버렸다.

아아, 이건 완전히 칼리온의 실수로군.

확실히 고부타보다 란가 쪽이 압도적으로 강하다.

칼리온이 경계해야 할 쪽은 당연히 란가였다.

하지만 선수는 고부타. 본인이 장외로 나가지 않는 이상, 지지 않는다.

고부타는 치사하게 시합 개시 직후부터 아슬아슬하게 장외가 되지 않을 정도로만 도망쳤다. 처음부터 이걸 노리고 있었다는 뜻이다.

꼴사나운 모습을 보이면서도 탐욕스러울 정도로 승리를 노리면서, 고부타는 계획을 단단히 세웠던 것이다.

그리고 이게 시합의 흐름을 바꾸었다.

란가의 이빨이 칼리온의 머리를 스쳤다. 칼리온의 빈틈을 노린 공격이었지만, 그 공격을 종이 한 장 차이로 피해냈다.

——아니, 그게 아니었다.

완벽하게 피해낸 칼리온이 황급하게 얼굴을 손으로 눌렀다.

란가는 자신이 노리던 대로, 칼리온의 가면에 일격을 날리는 데 성공한 것이다.

란가의 공격은 칼리온에게도 통한다. 당연하지만 칼리온도 경계하고 있었다.

그러나 칼리온에겐 직격을 피하기만 하면 버틸 수 있다는 자신
감도 있었을 것이다. 자세가 흐트러지는 꼴사나운 회피가 아니라,
다음 동작으로 이어지는 아슬아슬한 방어 행동을 선택한 것도 왕
자(王者)인 칼리온의 입장에서 보면 무난한 선택이었던 셈이다.

항상 여유를 가지고 왕자답게 싸울 것.

그게 칼리온의 생각이며, 그걸 당연하게 여길 정도로 실력도
뒷받침하고 있다. 그렇기에 기습 공격도 피해냈다.

그러나 이번 경우엔 란가의 노림수는 처음부터 칼리온이 아니
라, 그가 착용한 마스크(가면)였다.

칼리온은 흔하지 않은 직감으로 자신이 대미지를 입지 않는 아
슬아슬한 한도에서 회피하는 것을 선택했다. 아니, 선택하고 말
았다. 그 때문에 란가의 발톱이 마스크를 찢어버리는 것을 허용
하고 말았던 것이다.

씨익 웃는 고부타.

"좋아, 좋아. 노리던 대로 되었습니다요!!"

흥분하면서, 고부타가 기쁜 표정으로 소리쳤다. 그리고 그대로
소태도를 쥐면서 아이시클 랜스(수빙대마창)를 날렸다.

"받으십시요!!"

"쳇, 이런 약삭빠른 짓을!!"

고부타의 노림수는 칼리온을 쓰러뜨리는 게 아니라, 그 마스크
를 벗기는 것이었다.

그걸 알아차렸는지, 칼리온은 양손으로 얼굴을 지키면서 싸웠다.

그때 란가가 자신이 의도하는 대로 추가 공격을 날렸다. 양손
이 봉인된 것이나 마찬가지인 칼리온의 입장에선 란가의 공격에

대처하는 것은 너무나 힘들어 보였다.

"치, 치사해……."

"너무 치사하게 싸우잖아……."

"진지하게 싸우라고!!"

관전하던 관객들 사이에서도 항의의 소리가 난무하기 시작했다.

그러나 고부타는 신경 쓰지 않았다.

"시끄럽습니다요!! 이 세상은 승자가 바로 정의입니다요. 리무루 님도 그렇게 말씀하셨으니까 말입죠!!"

당당하게 관객들을 보면서 소리치며 대꾸했다.

아니, 거기서 날 끌어들이는 건 참아주면 좋겠는데…….

"쳇, 역시 마왕의 '사천왕' 자리를 노릴 만하군. 저렇게 싸우면서도 전혀 부끄럽게 여기지 않아."

"그러게. 그러기는커녕 당연하다는 얼굴을 하고 있으니."

"멍청한 얼굴을 하고 있지만 상당한 실력자로군, 저 녀석은. 처음부터 이걸 노리고 저지른 거야."

"틀림없이 마왕에게서 약은 꼼수를 배웠겠지. 저 멍청해 보이는 얼굴을 보라고. 그런 잔꾀를 부리게 생기지 않았잖아."

"무섭구먼. '사천왕'을 뜻대로 부릴 수 있는 마왕이라──."

그렇게 말하면서, 나까지 멋대로 평가를 내리는 건 심한 것 아냐?!

이건 고부타 때문이다. 전부 고부타가 잘못한 거야.

나는 그런 잔꾀를 가르쳐줘야만 움직이는 '사천왕' 따위는 바라지도 않는다고. 않지만, 그런 내 생각은 관객들에겐 전해지지 않는다. 슬픈 사실이었다.

싸움은 고부타와 란가에게 유리하게 돌아갔다.

그리고 결국 칼리온이 스스로 장외로 나가는 것으로 시합은 끝이 났다.

"빌어먹을. 이번에는 너희의 작전이 이긴 것으로 쳐주마."

분노로 물든 표정을 짓던 칼리온이었지만, 그래도 판단력은 냉정했다. 이런 어린애 장난에 더 이상 창피를 당하는 것보다 재빨리 기권하는 길을 선택한 것이다.

과거에 마왕이었던 자가 이런 대회에서 졌다는 게 알려지면 큰 문제가 될 테니까, 그게 올바른 판단이라 하겠다.

그리고 이번 패배의 원인은 어떤 익명의 인물이 쓸데없는 메시지를 남겼기 때문이다.

그게 없었다면 고부타도 이런 작전을 떠올리진 않았을 테니까.

『예상외의 사태가, 엄청난 예상외의 사태가 발생했습니다아──!!』

엄청난 분노의 고성과 환호성 그리고 웃음소리.

이래저래 말은 많았지만, 관객들은 이 싸움을 즐기고 있었다.

"저 가면 쓴 형씨도 그래. 얼굴이 드러나는 걸 가지고 너무 호들갑스럽게 반응하는 것 같은데……."

그렇게 고부타를 옹호하는 의견도 있었다.

그렇게 말은 해도 고부타의 이미지는 완전히 힐(악역)로 정착되어버린 것 같다. 그래도 그 애교스러운 얼굴과 유쾌한 행동, 이런 요소가 어우러지면서 그렇게까지 미움을 사지는 않은 것 같지만.

어쨌든 관객들이 만족한 것은 틀림없었다.

게루도와 칼리온의 승부는 훌륭한 시합 내용 때문에 칭찬을 받았다. 고부타의 경우는 재미 때문에 오래도록 얘깃거리가 될 것이다.

오락거리가 적은 이 세계.

규칙에 얽매인 잉그라시아 왕국의 대회보다 뭐든지 가능한 이쪽 대회가 더 관객들의 마음에 다가가는 점이 컸던 게 아닐까 한다.

시합 내용은 엉망진창이었지만, 이건 이것 나름대로 괜찮게 느껴지는 결과로 끝났다.

그 후──.

"멋대로 시합에 나간 벌로, 당분간 내 그림자 속에 들어가는 건 금지한다!"

꼬리를 휘두르면서 돌아온 란가에게 나는 그렇게 선언했다.

란가는 칭찬을 받을 거라고 생각했는지 내 선언을 듣고 놀랐지만…….

왜 칭찬을 받을 거라고 생각했는지 그게 의문이다.

하지만 슬픈 표정으로 나를 보는 란가에게 나도 마음이 흔들리고 말았다.

"란가, 벌이라고는 했지만 내일 결승전의 결과에 따라 달라질 수 있다."

"──!!"

"너는 일단 남들이 보기엔 소환된 입장이니까, 고부타의 말을 잘 듣고 무모한 짓은 하지 않도록 해라."

"잘 알겠습니다!"

란가도 시온과 사이좋게 지내서 그런지, 약간 지나친 짓을 할 때가 종종 있다. 확실하게 못을 박아놓지 않으면 내일 시합에서 뭔가 큰일을 저지를지도 모른다는 걱정이 들었다.

고부타의 소환수라는 입장을 잊어버리지 않는다면 아마 괜찮을 것이다. 실수로라도 마사유키를 상대로 무모한 짓은 하지 않겠지.

"고부타, 란가와 협력해서 내일 결승전도 잘 싸워다오!"

"알겠습니다요!"

이걸로 안심이다.

고부타라면 적절하게 마사유키의 실력을 파악해줄 테니까.

최악의 경우는, 많은 사람들이 보는 가운데서 란가가 진짜 실력을 드러내고 그것도 모자라 마사유키에게 완전히 패배하는 것이다.

그렇게 되면 내가 나설 수밖에 없으므로, 대화로는 해결하기 어려워진다.

마사유키의 실력이 밝혀지지 않은 것도 걱정이지만, 가능하면 싸움은 피해야 한다.

제대로 이길 수 있다면 그걸로 문제는 해결되겠지만 말이지.

어쨌든 모든 것은 내일 시합의 결과에 달렸다.

＊

이리하여 둘째 날도 생각 못 한 해프닝이 있긴 했지만, 순조롭게 예정대로 끝났다.

무사히 여섯 개의 시합이 끝났으며, 내일 결승전만 남겨두고 있다.

마사유키와 고부타, 예상 외로 두 명이 싸우게 되었다.

흥분한 관객들이 몰려든 덕분에, 밤에 여는 가게의 매상은 엄청난 매출을 거두었다고 한다.

빠돌이 기질이 강한 자들은 마사유키의 칭찬을, 자신이 뭘 좀 안다고 생각하는 자들은 게루도나 칼리온을 칭찬해댔다. 그리고 일부의 마니아들은 고부타에게 공감한 것 같았다.

모두가 웃으면서, 오늘 시합에 대한 감상을 얘기하고 있었다.

그건 만찬 자리에서도 마찬가지였다.

각자 테이블에 나누어 앉아서 코스 요리를 즐기는 내빈들. 화제는 물론 오늘 있었던 시합 내용에 관한 것이다.

그 가이라는 남자도 유명했는지, 그자를 쓰러뜨린 고부타도 주목을 받은 모양이다. 그리고 내일 결승전에 대한 기대도도 같이 올라가고 있는 것 같았다.

우리가 앉은 테이블에서도 마찬가지였다.

"굉장했어———!! 역시 마사유키 님은 서 있기만 해도 멋있었지?!"

"그런가? 나는 선생님이 더 좋아——!!"

"게루도 씨, 진짜 장난 아니더라. 웬만큼 멋진 정도가 아니더라고."

"응응. 라이언 마스크(사자가면)의 맹공을 냉정한 얼굴로 다 받아냈었지!"

"그러게! 그, 라이언 마스크 씨의 공격을 말이야!"

"그거 정말 대단했어. 그 멋진 기술들을 넋을 놓고 바라봤지 뭐야. 나도 배워보고 싶다는 생각이 들었어."

"게일도 그랬어? 나도 그래!"

"응응, 나도!!"

앨리스는 마사유키에게 푹 빠졌다.

클로에는 흥미가 없는 표정이다.

켄야를 필두로 한 소년들은 게루도를 멋지다고 생각하는 것 같은데, 인기는 칼리온 쪽이 더 위인 것 같았다.

뭐, 히어로 같긴 하지. 라이언 마스크니까.

그런 아이들의 모습을 보고 훈훈한 감정을 느끼면서, 테이블에 놓인 요리를 보고 입맛을 다셨다.

우리 테이블은 코스 요리가 아니라 새우튀김 스페셜이다. 햄버그, 크림 크로켓 그리고 새우튀김. 이 세 가지 메뉴를 메인으로 한 아이들 전용 메뉴다.

나도 아주 좋아하는 거지만.

귀족이라면 시중을 받는 게 당연하다고 할 것이다. 하지만 여기선 그런 걸 신경 쓰지 않는다.

어느 정도 방음 효과가 있는 칸막이로 각 테이블을 가리고 있기 때문이다. 매일매일 매너를 신경 쓰다간 피곤할 것 같았기에, 이틀째에는 이런 장치를 설치하게 했다.

그러므로 오늘은 즐겁게 수다를 떨면서 저녁을 즐기고 있었다.

아이들은 낮에 있었던 대회 결과에 무척 흥분했다.

이렇게까지 즐겨준 걸 보면 흥행은 대성공이라 하겠다.

내일 시합에 대해선 불안감이 좀 있지만, 걱정을 지나치게 해봤자 소용은 없을 것 같다.

아이들의 와자지껄한 목소리가 들렸는지, 옆 테이블에서 칼리온이 씨익 웃는 모습이 눈에 들어왔다.

그리고 그 옆에는 토라진 표정의 밀림도 보였다.

저 인간들에게는 방음도 의미가 없겠지.

우리 목소리가 다 들리는 모양이었다.

애초에 나한테도 저쪽 목소리가 다 들리지만.

"훗훗후, 내가 얼마나 멋진지 전해진 모양이군. 저 아이들도 보는 눈이 있어."

"무슨 소리를 하는 거야! 이런 대회에서 우승도 하지 못했으면서."

"자자, 그렇게 말하지 말라고, 밀림. 여유를 보여준 거야, 여유를."

"한심하네. 전(前) 마왕으로서 긍지를 잊어버린 거 아니야?"

"핫핫하, 그렇지 않다니까. 싸워보고 싶었던 상대와는 제대로 한번 싸워봤고, 우승에는 흥미가 없었으니까 말이지."

"그건 부럽군요."

"그러게. 나도 정체를 숨기고 참가할 걸 그랬어——."

이 목소리는 칼리온, 밀림, 미도레이로군.

밀림이 참가하겠다고 나섰으면 내가 전력을 다해 막았을 거야.

"잠깐, 잠깐. 그건 너무 무모한 짓이야, 밀림."

"그렇습니다, 밀림 님. 기품이 넘치시는 밀림 님께서 정체를 들키지 않을 거란 생각도 들지 않고요."

칼리온과 미도레이도 동의하는지 밀림을 달래고 있었다.

기품이 넘치지는 않는 것 같지만 뭐, 넘어가기로 할까.

"뭐, 좋아. 내일 결승전은 다 같이 보러 가자!"

"어? 미궁 쪽 준비는 안 해도 되는 거야?"

"준비는 완벽해. 내일은 나도 리무루 쪽과 행동을 같이할 거야!"

"그러면 나도 같이 가기로 할까?"

"나는 패스하겠어. 부하들이 같이 구경하러 가자고 했거든. 결승전에 나가지 못한 건 아쉬웠지만, 내일은 느긋하게 이 도시를 구경하며 돌아볼 거야."

밀림도 내일은 관전할 건가. 칼리온은 삼수사와 동행하고, 프레이는 밀림과 동행하면서 지켜볼 예정인 것 같았다.

남은 게 결승전뿐이라 다행이었다.

밀림은 그 뒤에 있을 미궁 소개를 더 기대하는 것 같으니, 걱정할 필요는 없겠지.

"하지만 그렇게 재미있는 대회라면 저도 참가해볼 걸 그랬군요."

"하핫, 그러고 보니 넌 오늘 하루 뭘 하고 지냈어?"

"우후후, 미도레이 씨는 하루 종일 가극장에 있었답니다."

프레이가 같이 있었던 모양이다.

미도레이가 가극장에 있었던 걸 안다는 건 아마 그런 뜻이겠지.

그 정도로 마음에 들었다면 우리 악단도 기뻐할 것이다.

"뭐어? 졸리기만 하던 어제 그 행사 말이야?"

"칼리온……. 당신 같은 야만스러운 남자는 예술을 이해하지 못하겠지——."

"이봐, 프레이. 그렇게 말하는 건 좀 심하지 않아?"

"어제 그거라는 건 뭘 말하는 거야?"

"음악이야, 밀림. 클레이만이 자랑하던, 아름다운 음색을 연주하는 악단을 이 나라에서도 키우고 있더라고."

"클레이만의 악단보다 나는 이쪽이 더 좋았지만."

"흐—음. 당신도 그 정도는 이해할 수 있는 모양이네."

"칭찬으로 들리지 않거든!"

"그건 맞아. 칭찬하는 게 아닌걸."

"여전히 취급이 심하구먼……."

"그 루미너스조차 오늘 하루 종일 가극장에서 가장 좋은 자리를 독점하고 있었는걸. 당신 정도의 수준에서 그 음악을 이해할 수 있을 거라는 생각은 도저히 들지 않아."

"정말이야? 그 루미너스가? 아니, 그 녀석도 왔단 말이야?!"

"에에이, 나도 음악은 좋아한다고!!"

이런 식으로 꽤나 흥겨운 분위기 속에서 대화가 이어졌다.

즐거워 보여서 다행이다.

그렇게 내가 모두의 대화에 귀를 기울이고 있는데——.

"그래서? 그 마사유키라는 애와 싸우면 너는 어떻게 할 생각이지?"

갑자기 히나타가 내게 질문을 던졌다.

다짜고짜 핵심을 찌르는군.

"그야 뭐, 싸울 수밖에 없지 않겠어?"

"네에—— 리무루 선생님이 마사유키 님하고요? 선생님도 강하지만 마사유키 님이 더 강할 것 같은데."

"그렇지 않아. 선생님이 더 강할 거야!"

나와 히나타의 대화를 듣던 아이들이, 나와 마사유키 중에서 어느 쪽이 더 강한지를 놓고 싸우기 시작했다.

앨리스와 켄야는 마사유키 파, 나머지는 내 편이다.

내 편이 한 명 더 많으니, 이렇게 계산하면 내가 이긴 거라고 생각한 순간이었다.

"뭐, 좋아. 솔직히 말해서 그 마사유키 군은 나도 진짜 실력을 파악할 수 없었어. 경계해야 한다는 건 틀림없는 사실이겠지."

히나타가 그렇게 충고해줬다.

히나타의 스킬(능력)과도 연결되는 얘기니까 많은 말은 해주지 않았지만, 아무래도 마사유키를 조사해봤던 것 같다.

그 결과, 히나타도 판단하기가 어려운 상대였다고 하는데…….

"나라면 십중팔구 이길 것 같지만——."

히나타는 나를 도발하듯이 말하면서 웃었다.

분한 감정이 든 것은 그다음이다.

"그러게. 히나타 누나라면 누구한테도 지지 않을 거야."

"응, 분하지만 히나타 누나는 대단해."

"히나타 씨한테 이길 사람은 없을 것 같은데."

"응, 나도 그렇게 생각해…….."

"틀림없이 그렇겠지. 그 라이언 마스크 씨도 히나타 씨의 적은 못 돼."

놀랍게도 아이들이 만장일치로 마사유키보다 히나타가 더 강하다고 말하기 시작한 것이다.

나와 마사유키를 놓고 얘기했을 때는 의견이 갈렸는데, 히나타를 놓고 얘기했을 때는 모두가 같은 의견이라니…….

진심으로 분한 감정을 느낀 순간이었다.

"뭐, 뭐어, 마사유키도 누군가와는 다르게 우리 얘기를 들을 마음은 있는 것 같으니, 그렇게까지 걱정할 일은 없지 않을까 해."

그래서 나도 모르게 그만, 아주 살짝 비아냥거림을 섞어서 히나타에게 말했더니──.

"──그게 무슨 뜻일까?"

그 한마디로 분위기가 차갑게 바뀌어버렸다.

완전히 지뢰였다.

그것도 뻔히 보이는 지뢰를, 나는 일부러 밟아버리고 만 셈이다.

"아, 아무것도 아닙니다. 신경 쓰지 마세요."

"싸움을 거는 거라면 받아줄 수 있는데?"

참을성이 너무 없는 것 아닙니까, 히나타 씨?!

실수했다는 걸 깨달은 나는, 디저트로 나온 푸딩을 주는 것으로 겨우 그 분노를 수습했다.

쓸데없는 한마디를 한 것만으로 큰 손해를 입었다.

"하지만 당신이 말한 대로 마사유키 군에겐 얘기가 통하는 것 같긴 했어. 유우키도 자신이 보호자라고 했으니, 최악의 경우에는 나도 설득해볼게. 그럴 필요가 없을지도 모르지만."

"응?"

"내일 시합에서 마사유키 군이 질지도 모른다는 말이야."

"으─음, 그건 부정하지 않겠지만. 그래도 상대가 고부타라서 말이야……. 그 녀석도 늘 결정적일 때 실수를 저지르거든──."

평범하게 싸우면 강한 실력을 갖고 있는데 갑자기 생각도 못 한 꼼수를 발휘한다. 그리고 실수를 저지른다…….

그게 고부타라는 녀석인 것이다.

이번 결승전에서도 또 무슨 짓을 벌이는 건——.

《‥‥‥‥‥‥‥》

응?

왠지 한순간, 라파엘(지혜지왕)이 무슨 말을 한 것 같은 느낌인데—— 아니, 내 기분 탓인가?

뭐, 좋다. 어차피 대단한 건 아닐 테니까.

그보다 지금은 고부타와 마사유키의 결승전에 대한 얘기를 해야 한다.

란가를 소환할 수 있으니까, 평범하게 생각하면 고부타가 유리하다. 만약 마사유키가 란가에게 이길 수 있는 수준이라면, 그건 틀림없이 위협적인 존재라는 뜻이 된다.

하지만 역시 나는 도저히 마사유키가 위협적인 존재라는 생각이 들지 않았다.

"내가 생각하기엔 그 고부타라는 아이도 제법 소질이 있는 것 같던데?"

"아, 물론 나도 고부타의 센스는 인정하고 있어. 그런데 말이지, 역시 고부타라서‥‥‥."

평범하게 싸우면 이길 수 있는 시합이라도, 고부타가 쓸데없는 짓을 하는 바람에 실수를 저지를 것 같은 느낌이 든단 말이지.

"뭐, 좋아. 내일 시합, 기대하고 있을게."

그렇게 말하면서, 히나타는 이 화제를 마무리 지었다. 그리고

즐거워하는 아이들을 데리고 밤에 열리는 가게를 둘러보러 나
갔다.

　아이들 응석을 너무 많이 받아주지는 말아주세요. ──나는 속
으로 히나타에게 부탁했다.

　이러쿵저러쿵 말하면서도 히나타는 날 걱정해준 것이겠지.

　그 마음이 기뻤다.

　고부타가 지면, 그건 그때 가서 생각하면 된다. 이미 각오는 되
어 있으니, 일이 그렇게 나쁘게 돌아가지는 않을 것으로 생각한다.

　그런 것보다 나도 지금의 축제를 즐겨야겠지.

　문제는 산적해 있고, 해야 할 일은 많다.

　그래도 너무나 충실한 나날이라고 생각한다.

　그 사실을 행복하게 느끼면서, 나는 마음을 바꿔먹었다.

　그리고 식사 후에 약속되어 있던 가젤과 면담을 하러, 마음을
새로이 먹고 이동했다.

베니마루와 시온 그리고 디아블로를 데리고 나는 응접실로 들어갔다.

그 자리에는 이미 묘르마일이 긴장한 표정으로 기다리고 있었다.

슈나가 손님들을 대접하고 있었다. 우리가 온 걸 알아차리고 마실 것을 준비해주었다.

"가젤 님은 이제 곧 나오실 것 같습니다."

슈나의 말이 끝남과 동시에 방문이 열리고 가젤이 들어왔다.

"오래 기다렸나?"

"아니, 우리도 지금 막 왔어."

그런 대화를 나눴다.

그리고 인사도 대충 한 뒤에, 우리는 자리에 앉았다.

"결론부터 말하마. 아침 일찍 연락을 해서 우리나라의 여유분을 모으게 했다만, 모은 건 1,500여 개 정도였다. 백성들에게서 강제로 거둘 수는 없으니까, 일요일 아침까지 준비할 수 있는 것도 이 정도가 한계겠지."

유통 중인 금화 전체를 따진다면 이 정도가 아니겠지. 그러나 드워프 왕국의 경제에 영향을 미치지 않는 선에서 제공할 수 있는 금화로는 이게 한계라고 가젤은 말했다.

더 말할 것도 없지만 성금화와 교환해달라고 부탁한 결과, 가젤이 협력을 해준 것이다.

"미안하군. 예상했던 것보다 많아서 도움이 됐어."

"흠, 내일 아침에 페가수스에 실어서 하늘을 통해 운반시키도록 했으니, 저녁쯤이면 도착할 것이다."

1,500개의 금화라면 꽤나 무거울 것이다. 일부러 실어다주는 것도 미안하니, 내가 '공간지배'를 써서 가지러 가는 게 낫겠지. 그 편이 안전하고 확실하다.

"내가 부탁한 것이니, 내가 받으러 가지."

"……하긴, 너한테는 '공간이동'이 있었지. 확실히 그렇게 하는 게 괜한 착오가 일어나지 않겠군. 알았다, 연락해두마. 그건 됐다고 치고, 본론을 말하겠다. 상인들에게 지불할 돈은 이걸로 충분한가?"

"으—음, 그건……."

아쉽지만, 실은 조금 부족했다.

이번 개국제는 처음 여는 것이다 보니, 예산을 아낌없이 쓰면서 개최하고 있었다. 그렇기 때문에 써야 할 금화는 예상을 넘어서, 3천 개 이상이 필요한 상태였다.

이건 내 감각으로 말하자면, 3억 엔 상당의 금액이다. 이 세계의 경제 규모로 봤을 때 무시무시한 낭비였다.

우리나라의 국고에는 나름대로 돈은 있다.

성금화는 1,500개. 이걸 금화로 바꾸면 15만 개에 해당한다. 금화 2천 개나 3천 개 정도는 아쉬움 없이 써도 된다고 생각한 이유가 바로 이것이다.

돈이 없는 건 아니므로, 환전을 할 수 있다면 지불할 수는 있다. 그러나 이번에는 소매상들만 상대하기 때문에 그럴 수가 없다.

그렇게 되면 우리나라의 국고에서 금화를 모을 필요가 있겠지만……

이제 겨우 화폐경제를 도입한 우리나라에선 금화의 유통량은 그 한계가 뻔히 보였다.

다종다양한 은화는 많이 모여 있지만, 드워프 금화는 백 개도 채 되지 않을 것이다.

거기에 내 개인 소지 금화가 3백 개.

묘르마일이 긁어모은 금화가 1천여 개.

합하면 1,400개 정도.

가젤이 준비해준 것을 합쳐도 3천 개까지는 못 되었다.

"부족한가?"

"대충 계산해봤지만 앞으로 몇백 개는 더 필요할 것 같군."

"그렇게 예산 할당을 대충 해놓고 잘도 이런 행사를……."

"갑자기 떠오른 아이디어라서 말이야. 기간도 짧았고, 어쩔 수 없잖아?"

"……어디서 꾸짖어야 할지도 모르겠다."

가젤은 크게 한숨을 쉬더니, 어이없다는 표정으로 나를 바라보았다.

아니, 하지만…… 다들 신이 나서 찬성했다고.

반대 의견도 없었고…….

목소리를 높여서 변명하고 싶었지만, 그 말을 했다간 가젤의 분노가 대분화를 일으킬 것 같아 자제하기로 했다.

술이 들어가지 않은 가젤은 역시 좀 무섭단 말이죠. 현명한 나는 여기서 쓸데없는 발언은 삼가기로 했다.

"그렇다면 그 모자란 몫은 제가 준비해드릴 수도 있는데요?"

갑자기 우리의 대화에 끼어든 자가 있었다.

누군가 싶어서 봤더니, 에라루도를 동반한 마도왕조 살리온의 황제 에르메시아였다.

옆에 앉아 있던 가젤이 에르메시아의 얼굴을 보자마자 불쾌한 표정을 지었다. 순간적이었지만, 신경이 쓰이기에는 충분한 변화였다.

나는 약간 조심스럽게 에라루도에게 물어봤다.

"저기, 에라루도 씨…… 왜 황제까지?"

"야아, 그게 말입니다, 리무루 님. 제가 폐하께 상담을 드렸더니 흔쾌히 협력을 제안하고 싶다고──."

에라루도의 설명을 듣고 방긋방긋 웃는 에르메시아.

에라루도 본인은 씁쓸한 표정이다.

왠지 모르게 감이 왔다. 이건 억지로 토해내게 만든 거로군.

이런 때는 긁어 부스럼을 만들지 않는 게 낫다.

"아아, 아니, 그 문제는 저희들끼리──."

"흐──응. 방금 전까지만 해도 돈이 모자란다고 탄식하지 않았나요? 저는 단지 앞으로 있을 양국의 우호관계를 기대하면서 협조하겠다고 제안하는 것뿐이랍니다."

미소를 짓지만 눈은 웃고 있지 않다.

이거 일이 귀찮아지겠는데. ──내 직감이 그렇게 속삭였다.

"아니, 그러니까……."

나는 스스로의 직감을 믿고 거절하는 방향으로 얘기를 진행시키기로 했다.

확실히 금화는 환전해주면 좋지만, 에르메시아에게 빚을 지는 것이 더 두렵다고 생각한 것이다.

부족한 금화는 앞으로 몇백 개 정도이니, 최악의 경우엔 상인 몇 명이 손해를 감수하게 만드는 방법도 있다. 우리가 얕보이지 않는 수준에서 적당하게 손해를 감수하게 만든다면 그렇게까지 원망 들을 일은 없겠지.

그런 계산도 했기 때문에 내린 판단이었지만——.

"포기해라. 저 여자는 한번 말을 꺼내면 끝까지 물러서지 않을 테니까. 그리고 저 여자를 적으로 돌리는 것이 상인들 전체를 상대하는 것보다 더 귀찮아진다. 지금은 순순히 도움을 받는 것이 나을 것이야."

에라루도와 마찬가지로 씁쓸한 표정을 지으면서, 가젤이 내뱉듯이 말했다.

놀라운 일이지만, 그 위대한 영웅왕인 가젤조차도 이 에르메시아 황제를 상대하기 어려워했다.

"어머나, 가젤 도련님. 당신은 내 편을 들어주는군요? 기뻐라!"

시치미를 뚝 떼면서 에르메시아가 기쁜 표정을 지으며 웃었다.

가젤 도련님이라는 호칭을 보더라도 두 사람의 관계가 어떤지 슬쩍 보이는 것 같았다.

"그 호칭은 더 이상 부르지 말았으면 좋겠군. 그보다, 그대의 노림수는 뭐지?"

"여전히 딱딱하네요. 당신의 할아버님은 자유분방한 분이셨는데."

"할아버님이 그런 분이셨기 때문에 선대인 아버님이 고생을 하신 것이오. 그보다 빨리 용건을 말하는 게 좋겠군."

가젤은 확실히 자유분방한 성격을 가지고 있지만, 평소에는 엄격한 왕을 연기하고 있다. 그 이유는 바로 고생하신 아버지의 뒷모습을 보고 자랐기 때문이라고 한다.

선대왕이 현역이었을 때, 가젤은 마지막 자유를 만끽했다고 한다. 그 무렵에 에라루도와 에르메시아를 만났다고 했었다. 하쿠로우의 가르침을 받은 것도 그 무렵의 얘기겠지.

그때의 일을 에르메시아는 지금도 화제로 삼고 있었다.

옛날이야기를 아직까지도 툭하면 끄집어내는 친척 할머니 같은 존재일지도 모른다.

가젤이 상대하기 어려워하는 것도 납득이 간다.

"박정하기는. 그렇게 여유가 없는 성격이었던가요?"

깔끔히 감추고 있어서 전혀 그렇게 보이지는 않지만, 가젤은 상당히 짜증이 나 있었다. 나는 알아보지 못했지만 에르메시아에게는 뻔히 다 보이는 모양이었다.

남의 안색을 읽어내는 것은 왕후 귀족에겐 아주 쉬운 일이다.

그렇기에 눈 감으면 코 베어갈 수준으로 가혹하게 속고 속이기가 벌어지는 것이지만…… 내 입장에서 보면 스승이라고 부를 수 있는 가젤조차도, 이 에르메시아는 갓난아이 수준으로 다루고 있었다.

가젤이 싫은 표정을 지을 법도 했다.

자기에게도 마실 것을 달라고 요청한 뒤에 슈나에게서 과일주를 받는 에르메시아. 당당히 자리를 잡고 앉아버린 이상, 쫓아내는 것도 무리였다.

가젤과 에라루도가 눈빛을 교환하더니, 둘 다 동시에 한숨을 쉬었다.

이 두 사람도 사이가 안 좋은 것 같으면서 호흡이 잘 맞는단 말이지. 에르메시아 앞에서 어린애 취급을 받는다는 점에서도 둘은 비슷한 처지일지도 모르겠다.

당연히 경험이 미천한 내 수준으로는, 에르메시아를 교섭으로 이길 수 있으리라는 생각이 들지 않았다. 가젤이 포기하라고 말하는 것도 이해가 갔다.

"어머나, 이것도 맛있네."

"황공합니다."

슈나가 따라준 과일주가 마음에 들었는지, 에르메시아가 방긋 웃었다.

한 모금 마실 때마다 맛이 변하는, 슈나의 비장의 술이다. 이게 맛이 없다는 소리를 듣는다면 더 이상 좋은 물건을 준비하는 것은 힘든 일이다.

내가 잠깐 안도했을 때, 가젤이 자리의 분위기를 바꾸려는 듯이 입을 열었다.

"이제 그 정도면 됐겠지. 귀중한 시간을 그대의 변덕으로 낭비할 수는 없소."

다시 가젤이 재촉하자, 그제야 에르메시아도 얘기할 마음이 든 것 같았다.

"그러네요. 당신에게 도움을 주는 것에 있어서 내가 요구하는 건 하나예요. 이런 축제 같은 행사를 기획한다면 나도 반드시 초대해주면 좋겠답니다. 다음부터 나를 초대해준다면 기꺼이 환전을 해드리죠."

이런 재미있는 일을 자신에게 말도 없이 기획한다는 것이 용서가 안 된다고―― 에르메시아는 내뱉듯이 말했다.

머리를 감싸 안으면서 하늘을 쳐다보는 에라루도.

벌레를 씹은 듯한 표정의 가젤.

"기꺼이 그러죠."

부담 없이 대답하는 나.

내 대답을 듣고 기쁜 표정으로 웃는 에르메시아.

온도 차가 상당히 있는지라, 어쩌면 내 판단이 잘못된 것인지도 모른다.

하지만 축제를 좋아하며 그런 기획에 참가하고 싶다는 제안을 한다면 나로서는 바라 마지않던 일이었다.

"왕족은 백성의 노예가 아니랍니다. 왕족이 자유롭게 사는 것이 백성의 입장에선 기쁜 일이죠. 저도 기쁜 일이고요. 모두가 행복해질 수 있을 거라고 생각해요!"

"일리가 있군요. 저도 같은 생각입니다. 도와주는 사람이 있으면 든든하기도 하니, 앞으로도 잘 부탁드리겠습니다."

웃는 얼굴로 악수하는 나와 에르메시아.

나와 묘르마일에 더하여, 에르메시아가 새로운 동료가 되었다. '나쁜 꿍꿍이를 꾸미는 삼인조'가 결성된 순간이다.

가젤과 에라루도가 불안한 예감이 든다는 듯 몸을 부르르 떨어 댔지만, 그건 우리하고는 관계가 없는 이야기라 하겠다.

그런 뒤에 에르메시아는 마법의 지갑을 꺼냈다.

"여기에는 내 포켓머니만 들어 있어서 금화는 1천 개 정도밖에 없답니다. 필요하다면 더 준비해서 가져다드릴 수는 있는데요."

"아니, 당장은 그것만으로도 충분할 것 같습니다. 그러면 성금화 열 개와 바꿔주시겠습니까?"

나도 태연하게 대답했지만, 이 사람은 대체 무슨 생각을 하고 있는 걸까?

아무렇지도 않게 금화 1천 개를 들고 돌아다닌다니, 감각이 조금 이상하다는 생각밖에 들지 않았다.

정말로 셀럽(부자)인 것 같으니, 가젤의 말대로 적으로 돌리질 않길 잘한 것 같다.

"좋아요. 약속은 확실히 지키세요."

"물론이고말고요!"

에르메시아의 말에 나는 웃으면서 고개를 끄덕였다.

그녀는 이 자리에서 바로 환전을 해주었다.

나머지는 내일 아침에 드워프 왕국에서 금화 1,500개를 바꿔오면 필요한 수량을 채울 수 있을 것 같았다.

이걸로 문제가 해결됐다는 생각에, 나는 안도했다.

그런 나에게 "다행입니다, 리무루 님"이라고 말하면서 디아블로가 차를 추가로 더 따라주었다.

가젤과 에르메시아에게도 차를 따르는 디아블로를 보면서 나는 기분 좋은 표정으로 차를 마셨다.

"법도 지키지 않는다고 비웃으면서 리무루 님을 웃음거리로 만들려고 했던 것 같은데, 이걸로 누군가의 계획도 실패로 돌아갔군요."

베니마루도 호방한 표정으로 웃었다.

이로써 나를 짓밟고 위에 서려고 한 누군가의 계획을 막아냈다.

소매상들에게 머리를 숙여야 할 필요도 사라졌고, 체면도 지킬 수 있게 된 것이다.

마음속의 짐을 던 것 같아서 기분이 가벼워졌다.

그런 우리에게 에르메시아가 의미심장한 말을 꺼냈다.

"하지만 아마 금화를 미처 준비하지 못했다고 해도 도와주겠다고 제안할 인물이 나타났을 것 같네요."

"응, 그게 무슨 뜻이죠?"

나는 무슨 뜻인지 몰라서 솔직하게 물어봤다.

"상대를 자기가 원하는 대로 움직이게 조종하길 바란다면, 공포나 위압 같은 강경 수단보다 은혜를 베푸는 것이 몇 배나 더 간단하고 성공률도 올라간다는 얘기예요."

에르메시아가 그렇게 말하면서 미소를 지었다.

그 미소는 틀림없이 지배자의 것이었다.

그리고 그 말에 디아블로가 움찔하고 반응했다.

"과연. 부탁하지도 않았는데 중재에 끼어드는 자가 나타날 것이란 말씀입니까?"

"그래요, 그럴지도 모르죠. 하지만 그런 사람이 나타난다고 해도 그 사람도 누군가가 조종하는 인형일 거라는 생각이 드네요."

"쿠후후후후, 재미있는 분석입니다. 자신들이 문제를 일으켜놓고 은혜를 베푸는 척하면서 자기 말을 듣게 만든다. 그건 분명 충분히 있을 법한 계략이군요. 하지만――."

"진짜 금화가 없어도 문서가 있으면 문제없겠죠. 이 나라에 신용이 없다는 걸 각국의 중진들에게 보여줌과 동시에 자신에게는 신용이 있다면서, 당신들에게 은혜를 베풀 거예요."

"참으로 탐욕스럽군요. 실로 인간다운 생각입니다. 덕분에 공부가 되었습니다."

어, 그러니까 뭐야?

은혜를 베푸는 척 소매상들을 설득하면서 우리의 환심을 사려는 자가 나타날지도 모른다는 말인가. 그리고 그 인물도 누군가의 명령에 따라 행동하고 있을 뿐, 언제든지 버릴 수 있는 잔챙이에 지나지 않는다고?

과연—— 그 인물을 우리가 신용하면서 환심을 사게 되면 좋은 것이고, 그 인물을 의심한다면 이 계획을 포기한다는 뜻인가.

물론 우리 체면을 망치는 것만으로 끝날 가능성도 있지만……에르메시아의 말대로 될 것 같은 느낌이 드는군.

디아블로도 그 가능성이 크다고 생각했는지, 오싹한 미소를 지으면서 생각에 잠겨 있었다.

"나는 그런 복잡한 얘기는 잘 모르지만, 그런 일을 꾸미는 사람으로 짐작 가는 자가 있나? 그, 서방 열국을 좌지우지하는 평의회의 멤버 중에 우리를 시험하려는 자가 숨어 있단 말인가?"

베니마루가 물었다.

그가 하대를 하며 거칠게 묻는 걸 듣고도 에르메시아는 기분 상한 기색 하나 없이 웃었다.

"저도 모르겠네요. 왜냐하면 우리 살리온은 평의회에 가담하지 않았으니까요. 하지만—— 거기 있는 저 사람이라면 뭔가 알지 않겠어요?"

그렇게 말하면서 에르메시아가 바라보는 시선 끝에는, 뭔가를 생각하던 묘르마일이 있었다.

"네, 저 말입니까?!"

갑자기 자기를 가리키자 묘르마일은 동요했다.

하지만 이내 평정을 되찾으면서, 고심하는 기색이 가득한 말투로 입을 열었다.

"소문이라면 들은 게 있긴 합니다. 서방 열국을 좌지우지하는 어둠 속의 위원회가 존재한다고 말이죠. 평의회 구성 멤버들의 상위에 존재하는 지배자들이라고 하는데…… 아무리 생각해도 그건 좀 이상합니다. 왜냐하면 평의회 구성 멤버들은 각국의 대표인걸요. 왕후 귀족 출신이며, 그 신분은 보증되어 있으니까요."

묘르마일의 말에 따르면 상인들 사이에 도는 소문이 있다고 한다.

권력의 중추에 위치한 지배자 계급이 존재한다고.

음모론 수준의 소문이며, 묘르마일도 믿지 않았다고 했지만…….

"──만약 수상한 인물이 중재를 하겠다고 나선다면…… 제가 그자의 신변을 조사해서 배후 관계를 죄다 밝혀내겠습니다."

내 옆에서 한쪽 무릎을 꿇으면서, 소우에이가 말했다.

있는 줄 모르고 있었어…….

속으로 깜짝 놀란 것을 애써 감추면서 나는 대범하게 고개를 끄덕여 보였다.

"놀랐어. 전혀 기척이 느껴지지 않네."

"그래서 제가 말씀드린 겁니다, 폐하. 이곳에 있는 자들은 보통이 아니니까 맨몸으로 방문하시는 것은 위험하다고 말입니

337

다——."

"우후후. 하지만 재미있는 경험을 할 수 있었는걸. 그리고 리무루 님, 질문을 하나 해도 될까요?"

응?

이제 와서 뭘 묻고 싶은 거지?

"네, 뭡니까?"

"짐은 그대들과 맹약을 맺으려고 생각한다. 하지만 그 전에, 그대의 생각을 들어보고 싶구나——."

순식간에 에르메시아의 분위기가 바뀌었다.

방금 보였던 지배자의 얼굴을 감추려고도 하지 않고, 똑바로 나만을 보고 있었다.

압도될 것 같은 중압감.

가젤과는 비교가 되지 않는 이것은—— '영웅패기'다.

"대답해드리죠."

그렇다면 나도 '마왕패기'로 대항한다.

노려보면서, 서로 눈싸움을 벌였다.

정면으로 받아들이겠다고 생각하면서, 나는 눈길을 돌리지 않고 에르메시아를 마주 봤다.

"그대는 거기 있는 악마를 어떻게 처리할 생각인가? 그 지극히 위험한 태초의 존재를——."

태초?

에르메시아의 말이 무슨 뜻인지 모르겠지만, 악마라면 디아블로를 말하는 건가?

확실히 강하긴 하지만 그렇게 위험하지는 않은 것 같은데…….

"딱히 별생각이 없습니다만? 디아블로는 내 말을 잘 따라서 일해주고 있으니까. 무슨 문제라도 있습니까?"

"……질문의 내용을 바꾸지. 그 악마가 폭주한다면, 그대는 어떻게 책임을 질 생각인가?"

폭주?

할 것 같긴 하네, 폭주.

에르메시아는 마치 전에 보기라도 한 것처럼, 내 고생을 다 이해하고 있는 듯한 태도를 보였다.

확실히 디아블로라면 언제 폭주를 해도 이상하지 않다.

하지만 그건 디아블로 개인의 문제로 끝나지 않는다.

말하고 싶지는 않지만, 나에겐 시온이라는 문제도 같이 있으니까.

날 걱정해주는 것 같지만, 그건 에르메시아가 어떻게 해줄 수 있는 얘기는 아닐 것이다.

"그야 폭주하기 전에 막을 겁니다. 피해가 발생하지 않게 하려면 그 방법밖에 없지 않겠습니까?"

다른 방법이 있다면 나한테 가르쳐주면 좋겠다.

폭주하기 전에 막는다. 그것밖에 없는 것이다.

내 말을 듣고 디아블로가 기쁜 표정을 지었다.

아니, 너도 문제아에 속하는 당사자이거든. 기쁜 표정을 지어본들 곤란할 뿐인데…….

곤혹스러운 표정을 지은 건 나 혼자만은 아니었다.

"뭐? 저기, 잠깐만. 나도 모르게 원래 말투로 돌아오고 말았지만, 당신이 그 악마를 막는다고? 책임을 지고?"

"네. 폭주할 가능성이 있는 건 확실하지만, 최근에는 내가 말하는 바를 이해해주게 되면서 예전과 비교하면 상당히 얌전해졌으니까요."

나는 자신만만하게 대답했다.

디아블로도, 시온도 이런 상태를 계속 유지하면 딱히 문제를 일으키지 않을 것이다.

시온이 마치 다른 사람 얘기인 양 듣는 것이 약간 불안하긴 하지만…… 뭐, 괜찮겠지.

내 대답을 들은 에르메시아는 소녀처럼 웃기 시작했다.

"나 차암, 방금 그 말 들었어, 에라루도? 마왕 리무루는 에라루도한테서 들은 것 이상으로 거물이네!"

씁쓸한 표정으로 한층 더 얼굴을 찌푸리는 에라루도 공작.

당신도 힘들겠군, 저런 자유분방한 주인을 모시느라── 나는 속으로 그렇게 생각하면서 에라루도를 위로했다.

"그 정도면 충분하지 않겠소, 에르메시아 님? 리무루가 이렇게 말하니, 나도 그 의견을 지지할 것이오. 무슨 일이 생기면 그때는 이 가젤 드워르곤도 리무루의 힘이 되겠다고 약속하리다."

오랜만에 가젤이 믿음직스럽게 내 편을 들어줬다.

그런 우리를, 에르메시아는 즐거운 표정으로 바라본다.

그리고──,

"그대의 생각은 잘 이해했소. 만약 그대가 인류의 적으로 돌아선다면, 그때는 짐이 온 힘을 다해 막아내도록 하지. 이대로 좋은 관계를 유지하면서 양국의 인연이 깊어지기를 바라겠소. 에라루도──."

"넷!!"

"짐도 마도왕조 살리온과 쥬라 템페스트 연방국과의 맹우 관계를 정식으로 인정하기로 하겠다. 남은 절차는 잘 처리하도록 해라."

"네엣——!!"

역시 황제다.

위엄이 가득한 모습으로 에라루도에게 잡일을 명하고 있다.

나도 본받아야겠다.

"그럼 무슨 일이 생기면 나나 가젤에게 논의해서, 절대 폭주하지 않도록 해야 해요."

에르메시아가 날 보면서 그렇게 말했다.

이해가 안 된다.

디아블로와 시온이 폭주할 경우를 얘기하는 줄 알았더니, 어느새 나에 관한 얘기가 된 거지?

더구나 내가 폭주를 한다니…… 무슨 그런 실례되는 얘기를 하는 거람.

"저기 말이지, 이렇게 보여도 나는 꽤 사려 깊은 성격을 가지고 있는데? 내가 폭주할 것처럼 말하는 건——."

"리무루여, 갑자기 떠오른 아이디어랍시고 개국제를 개최한 건 대체 누구였느냐?"

가젤의 시선이 따가웠다.

누구냐고 묻는다면 그건 나라고 대답할 수밖에 없다.

"묘르마일 군이었지?"

"아닙니다, 리무루 님!!"

역시 예, 하고 고개를 끄덕여주지는 않는군…….

"알았어, 알았습니다. 앞으로는 제대로 논의하도록 하죠."

"그렇게 해줘요, 부탁할 테니까."

"원래는 다른 나라의 왕에게 이런 말을 하는 건 할 짓이 못 되지만, 네 경우는 다르다. 나쁘게 생각하진 마라."

너무 시끄럽게 잔소리를 하면 내정간섭이 된다고 가젤은 말한다. 하지만 내 발상은 이 세계에선 받아들이기 힘든 것도 많아서, 사전에 논의를 해주길 바란다고 했다.

그건, 좋고 나쁘고 이전에 가젤의 입장에선 필요한 일이었다.

그리고 내게도 나쁜 얘기는 아니었다. 엔젤(천사족)에 의한 문명 파괴에 대비하는 의미에서 봐도 양국의 협력이 체결된 것은 다행스러운 일이었다.

금화 문제가 해결된 후에 왠지 내가 꾸지람을 듣는 듯한 분위기가 된 것 같은데, 그건 뭐 좋게 넘어가기로 하자.

어려운 얘기는 끝났다.

앞으로는 양호한 관계를 맺을 것을, 에르메시아와도 약속할 수 있었다. 가볍게 논의하기 위한 자리로 생각했는데, 말도 안 되는 대성과를 거둔 것이다.

이걸로 끝내려고 했더니 에르메시아가 아직 할 이야기가 남았다고 말했다.

진지한 표정으로 날 똑바로 보는 것이 왠지 필사적이라는 느낌이 들기도 했다.

무슨 일인가 싶어서 나도 긴장하면서 물어봤다.

"저기, 아직 무슨 문제가 남았나요?"

"아니, 문제라고 할 정도는 아니에요. 이건 제 개인적인 부탁인데…… 요시다 씨를 소개해주면 좋겠어요!"

"잠깐만, 폐하. 무슨 말씀을 하시는 겁니까?! 이런 자리에서 은근슬쩍 그런 요청을 하시다니, 너무 뻔뻔하십니다!"

무슨 어려운 이야길 꺼내려고 저러나 했더니, 그런 이야기였나.

에라루도가 당황했지만, 그렇게 거창한 이야기는 아니다. 요시다 씨는 슈나의 부탁을 받아서 이 나라에 왔고 지금도 요리 실력을 한껏 뽐내주고 있지만, 축제 후에 어떻게 할 것인지는 묻지 않았다.

나는 이 나라에 남아주기를 바라고 있지만, 그걸 결정하는 것은 요시다 씨 본인이니까.

에르메시아에게 소개해주는 것 정도라면 딱히 문제가 될 일도 아니다.

"그 정도는 쉬운 일입니다. 하지만 요시다 씨에게 억지로 뭔가를 강요하진 말아주십시오."

그렇게 말하면서 나는 흔쾌히 승낙했다.

"물론이죠!"

에르메시아도 납득하면서 기뻐했으니, 축제가 끝난 뒤에라도 바로 소개해주기로 하자.

이로써 한밤중에 개최된 '초대국의 삼거두(三巨頭)가 벌인 회담'은 비밀리에 끝을 고했다.

제4장

결승과 미궁 개방

Regarding Reincarnated to Slime

개국제 3일째의 아침.

나는 드워프 왕국으로 가서 준비되어 있던 금화와 성금화를 맞바꾸었다.

이것으로 문제 해결. 나머지는 이걸 뒤에서 주도한 자의 반응을 살피는 것뿐이다.

그러니 이제 후환은 걱정하지 말고 축제를 즐기기로 하자.

우선, 오늘의 예정.

마사유키와 고부타의 결승전이 있다.

콜로세움(원형경기장)은 벌써부터 열기에 휩싸여 있었다.

누가 이길 것인가를 두고 분위기가 달아올랐으며, 승부의 결과를 놓고 내기 도박도 벌어지는 것 같았다.

묘르마일도 도박의 주최자로서 활약하고 있으니, 얼마나 이익이 나올지 기대가 되었다.

도박의 필승법—— 그것은 운영진이 되는 것이다.

결과가 어느 쪽으로 나오든 반드시 이익이 나오게 되어 있다. 그런 게 도박 운영이라는 거다.

나는 용돈을 벌기 위해 고부타에게 걸었지만, 이건 결코 큰 배당금을 노리기 때문이 아니다.

그렇다. 결코── 배율에 눈이 멀어서 큰돈을 건 것이 아니다.

아차, 이런 얘기는 해봤자 아무 의미가 없지.

지금 중요한 것은 고부타를 응원하는 것일 테니까.

『자아────, 드디어 결승전이 시작되려 합니다!! 오늘 승자의 영광을 차지할 자는 과연 어느 선수일까요! '섬광'의 마사유키인가 아니면 '사천왕' 후보로 대두된, 작은 투사 고부타인가?!』

소우카의 중계 멘트도 좋은 분위기로 진행되고 있었다.

자연스럽게 고부타를 띄워주면서 퇴로를 차단한다. 그걸 자각하고 있는 건지 아닌지는 모르겠지만, 상당히 악랄하게 몰아붙이고 있었다.

디아블로가 손을 들자, 대회장은 조용해졌다.

뭘까? 여성 관객들 중에 넋을 잃고 바라보는 이도 있는 것 같은데…….

신경 쓰면 왠지 지는 것 같은 기분이 드니, 그런 의문은 그냥 넘어가기로 하자.

어쨌든 고부타가 마사유키에게 승리하면 모든 문제는 해결된다.

만약 정말로 마사유키가 히나타와 동격의 실력이라면, 고부타에겐 승산이 없다.

하지만 이 싸움을 통해 얻게 되는 정보도 있다. 적어도 마사유키가 고부타를 상대로 고전하는 모습을 보인다면 그 힘은 위협거리가 되지 못한다는 뜻이 될 테니까.

란가도 있으며, 고부타에게는 강력한 행운이 있다.

마사유키의 실력을 파악하는 시금석으로써 이 상황은 나쁘지 않다는 생각이 들었다.

소우카가 순조롭게 양 선수를 소개하고 있었다.

이 순서가 끝나면 시합이 시작된다.

어디 보자, 고부타는 마사유키의 실력을 어디까지 이끌어낼 수 있을까.

그렇게 생각하면서 나는 시합이 시작되기를 기다렸다──.

●

마사유키는 초조한 심정이었다.

어제 고즈루와 메즈루의 시합을 보고, 그 승자가 다음 대전 상대가 될 것이라는 걸 알았을 때──.

(끝이야. 저, 저런 괴물과 싸웠다간 단번에 짓눌려서 죽을 거라고!!)

그런 생각에 바로 창백해졌다.

그럭저럭 입으로 그럴듯한 허풍을 내뱉으며 고즈루의 마음을 유도해서 시합을 포기하게 만드는 데 성공했을 때는 자신을 칭찬해주고 싶은 심정이었다.

그러나 그 뒤의 시합을 보고, 마사유키는 절망했다.

(이길 수 있을 리 없잖아!! 뭐야, 이 나라의 무투대회에는 괴물만 참가하는 거냐고!!)

그렇게 속으로 욕을 퍼붓고 싶었다.

내일 결승전에서 싸우게 될 상대는 둘 다 고즈루를 뛰어넘는 괴물들이었던 것이다.

어젯밤엔 목구멍으로 밥도 넘어가지 않았고, 사형 집행을 기다리는 심정으로 하룻밤을 보냈다.

(생각해보면 그동안 너무 순조롭긴 했지…….)

동료들의 실력을 과신하면서, 영웅이니 용사니 하는 칭송을 받는 걸로 어떻게든 해결될 것이라 안일하게 생각했었다.

지금까지 그걸로 잘 버텨왔기에 마사유키는 그 일에 의문을 품지도 않았던 것이다.

——아니, 애써 생각하지 않으려 했다는 게 정답이다.

자신들은 무적이며 어떤 적에게도 승리할 수 있다고, 근거도 없이 믿고 있었다. 그렇게 함으로써 마사유키는 마음의 평안을 유지하고 있었던 것이다.

(어떻게 그런 바보 같은 망상을 믿을 수 있었던 건지……. 사실은 도망치고 싶어. 도망쳐서 숨고 싶다고!)

마사유키가 몇 번이나 도망치려고 했던가…….

"헷, 마사유키 씨. 내일 우승하면 기세를 살려서 그대로 마왕에게 도전할 겁니까?"

순진하게 묻는 진라이에게 마사유키는 말도 안 되는 소리 하지 말라고 화를 내고 싶어졌다.

애초에 마왕 리무루가 모든 잘못의 원인이다.

그렇게 친절하고 약해 보이는 외모를 가진 걸 보니, 마사유키도 그만 경계심이 약해지고 말았다. 안 그러면 좀 더 신중하게 자신을 보호하려고 행동했을 것이다.

"어떻게 되든 시간문제야. 마사유키 님이 마왕을 쓰러뜨리고 이 나라를 해방하실 거야."

"마왕과 싸우기 전에 유우키 씨와 상담하는 게 좋으려나? 하지만 쉽게 이길 거라고 방심해서 내일 시합에서 지기라도 하면 어쩌지?"

"이봐, 버니. 그런 일이 일어날 리가 없잖아?"

"라이언 마스크(사자가면)라면 위험하겠지만 고부타라는 홉고블린이라면 낙승이야. 그 귀찮은 소환수를 부르기 전에 승부가 끝날 거라고."

낙승일 리가 없다.

마사유키는 어떻게 대항해야 할지 아이디어가 전혀 떠오르지 않았으며, 자신이 유린될 것이라는 미래밖에 상상되지 않았다.

그러나 마사유키는 동료들이 보내오는 신뢰의 눈빛을 보면서 진심을 밝힐 수 없었다.

어쩔 수 없이 "뭐, 열심히 해봐야지"라고 말하면서 그 자리에선 대충 얼버무렸던 것이다.

그리고 무정하게도 결승전의 시간이 다가왔다.

마사유키는 몇 번이고 화장실에 들러서 만일의 경우에 지리지 않도록 내보내야 할 것은 전부 다 몸 밖으로 내보낸 뒤에 시합에 임했다.

(으아아아아, 어떡하지? 어떡하면 이 자리에서 살아서 돌아갈 수 있는 거야?!)

눈앞에 서 있는 것은 센스를 어느 정도는 갖춘 전사다. 이름은 고부타라고, 경기 중계를 맡은 아가씨가 말했었다.

지우는 홉고블린이라면 낙승이라고 말했지만, 마사유키에겐 도저히 그런 생각은 들지 않았다.

(홉고블린? 거짓말하지 마! 고블린이라면 가장 약한 마물이잖아? 그런 녀석이 어떻게 저리도 멋지게 진화할 수 있는 건데?!)

『자, 여러분! 드디어 제1회 템페스트 무투대회의 결승전이 시작되려 하고 있습니다!! 한쪽은 마왕 리무루 폐하의 직속 부하이자 고블린 라이더의 젊은 대장, 고부타 선수! 그를 상대할 자는 서방열국의 영웅이자 섬광의 '용사', 마사유키 선수입니다!! 두 사람은 과연 어떤 대결을 보여줄까요――? 자아, 양쪽 다 중앙에서 서로를 노려보고 있습니다. 시합 시작까지――.』

이 멘트가 끝나면 시합이 시작된다.

(큰일이야. 이젠 진짜로 시간이 없어.)

분명히 다 배출했는데도 소변이 마려운 것 같은 긴장감이 마사유키를 덮쳤다.

좀 더 여유가 있다면 사회자 아가씨의 꼬리가 어떻게 달려 있는지에 대한 궁금증을 느낄 수도 있겠지만, 마사유키는 지금 그럴 겨를조차 없었다.

마사유키는 자신의 힘을 떠올렸다.

유니크 스킬 '선택된 자(영웅패도)'라는, 뭐가 뭔지 잘 모르는 권능을.

불친절한 목소리가 머릿속에서 울렸고, 그렇게 들렸던 것 같은 능력의 이름을 가르쳐줬었다.

최근에 알게 된 사실이지만, 이 스킬(능력)에는 다양한 효과가 있는 것 같았다.

모두가 마사유키에게 유리하도록 알아서 해석하고, 마사유키를 영웅으로 받들어주는 것도 이 스킬 덕분이라는 것도 알고 있다.

반대로 말하자면 그걸 막을 수 없었기에 지금의 상황에 놓이게 된 것이다.

(——그래, 어제 만난 고즈루라는 마물에게도 내 힘이 통했어. 어쨌든 지금은 무사히 이 시합을 넘기기만 하면…….)

주위 사람들이 멋대로 착각하는 스킬——이라는 인식을 갖고 있는 마사유키는 이번에도 그 힘에 모든 것을 걸어보기로 했다.

방침이 정해지자 조금은 진정이 되었다. 마사유키는 대전 상대 쪽을 쳐다봤다.

그러자 우연이었을까? 눈이 딱 마주치고 말았다.

잘 보니 상대도 안절부절못하면서 진정하지 못하는 것 같았다.

(어라? 이거 혹시 이길 수 있는 거 아냐……?)

잉그라시아에서 개최된 무투대회에서도 대전 상대가 이런 모습을 보여줬었다. 마사유키가 강하다고 착각하면서, 자멸하는 자가 얼마나 많았던가.

마사유키는 생각했다.

어쩌면 이번에도 이길 수 있지 않을까, 하고.

그렇게 생각한 순간, 다리의 떨림이 멎었다.

(잘 하면 이번에도 아무것도 안 하고 이길 수 있을지 몰라.)

조금은 여유가 생기면서 그렇게 생각한 마사유키.

그 생각이 참으로 안일했다는 건 이 직후에 알게 된다——.

『그러면 시합을 시작해주십시오!!』

소우카의 신호로 시합이 시작되었다.

"우오———— 갑니다요!"

그렇게 외치면서 우선은 먼저 돌진하는 고부타.

저 녀석, 큰 부상을 입기 전에 기권을 노리는 거 아냐……? 그렇게 생각했지만, 기우였다.

내가 말했던 낚싯대라는 미끼는 고부타에겐 상당히 매력적인 것이었나 보다.

평소와는 다르게 진지한 자세로 마사유키와 맞서더니, 슬라이딩을 하며 미끄러지듯 빠져나가는 고부타. 어제 칼리온과 싸웠던 것과 마찬가지로, 아슬아슬하게 장외가 되지 않는 위치를 노리는 것 같았다.

마사유키를 잔뜩 경계하는 고부타에 비해, 마사유키 쪽은 전혀 동요하지 않았다. 천천히 고부타 쪽으로 돌아서더니, 훗 하고 허무하게 웃어 보였다.

『오————옷, 역시 얼굴이 잘생긴 쪽이 더 강한 것인가아?! 고부타 선수의 변칙적인 움직임을 완전히 무시하고, 마사유키 선수가 여유를 보이고 있습니다아——!!』

마음을 아프게 파헤치는 소우가의 멘트. 그 말을 듣고 고부타뿐만 아니라, 자신의 얼굴에 자신이 없는 자들까지 눈물을 흘려 댔다.

확실히 마사유키가 얼굴이 잘생기긴 했지만, 조금 지나치게 그쪽 편만 들어주는 것 같다.

"헤, 헤헷, 예상대로, 입니다요⋯⋯. 그 반응, 제가 무슨 짓을 해도 소용없다는 뜻이겠죠? 지금의 제 실력으로 얼마나 해낼 수 있을지 시험해보고 싶었습니다만⋯⋯ 전혀 안 먹힌단 말입니까요. 그러면 쓰도록 하겠습니다요. 새롭게 얻은 이 궁극의 힘을――!!"

저, 저 녀석⋯⋯ 역시 무슨 짓을 벌일 생각이다.

그리고 틀림없이 실수하겠지! 저 녀석.

이제 와서 말릴 방법도 없지만, 대놓고 말해서 이런 자리에선 제발 참아주면 좋겠는데.

《알림. 어젯밤에 개체명 : 고부타가 유니크 스킬 '나에게 힘을(마랑소환, 魔狼召喚)'을 획득했습니다. 개체명 : 란가가 강제로 끼어든 것이 원인으로 추측됩니다만, 엑스트라 스킬 '동일화'도 통합되면서 소환한 란가와 '동일화'도 가능해진 것으로 보입니다――.》

뭐어?

고부타가 '마랑소환'을 획득해서 란가와 합체할 수 있게 되었다는 의미야?

어떻게 그런 일이⋯⋯ 아니, 그러고 보니 어젯밤 라파엘(지혜지왕)이 뭐라고 말한 것 같은데, 설마 이걸 말했던 거였어?!

《그런 사실은――.》

그런 사실은, 그다음은 뭔데?

라파엘이 말끝을 흐린다는 것은 무슨 일이 있었다고 봐야 한다.

고부타가 갑자기 굉장한 힘에 눈을 떴다는 건 조금만 생각해봐도 너무 부자연스럽다. 어쩌면 고부타의 스킬 획득을 도와줬을 가능성이 있다는 이야기다.

내 의문에 침묵으로 답하는 라파엘.

나에게 거짓말은 하지 않지만, 진실도 대답하지 않을 생각이로군. 억지로 답하게 만들 수도 있지만 그렇게까지 할 필요도 없으려나.

뭐, 우리에게 유리한 전개이기도 하니 지금은 상황을 지켜보기로 하자.

"잘 보십쇼! 변신(마랑합일, 魔狼合一)──!!"

공간이 일그러지기 시작하더니, 고부타의 뒤에 란가가 불려 나왔다.

그리고── 고부타의 몸을 란가가 덮어버리는 형태로 '동일화'가 일어났다.

고부타의 형체는 어디에도 남아 있지 않았다.

한마디로 표현하자면, 두 다리로 서 있는 인간 형태의 란가다.

솔직한 감상을 말하면, 엄청나게 멋있다.

제길, 고부타 주제에 변신이라고?! ──그런 생각이 들었다.

"우, 우와아───!! 멋있어. 저게 뭐야, 진짜 멋져!!"

내 옆에서 크게 소리치는 밀림.

고부타의 변신을 보고 잔뜩 흥분했다.

으, 음. 밀림의 기분이 잘 이해가 갔다.

망할 고부타 녀석, 외모까지 멋진 모습으로 변할 줄이야…….

『이, 이건?! 고부타 선수가 이형의 모습으로 변신한 것일까요……?』

『그렇군요. 소환수의 힘을 자신의 몸에 깃들게 하는, 아주 희귀한 스킬입니다.』

『그 말은 곧, 고부타 선수는 어제 소환한 수환수의 힘을 자신의 것으로 다룰 수 있다는 뜻이군요? 이거 대단합니다! 대단한 일이 벌어지고 있는 것 같습니다!!』

실황을 중계하는 소우카도 흥분했는지, 목소리가 뒤집어졌다.

디아블로는 아주 냉정했다. 소우카의 질문에 담담하게 대답하고 있었다.

"고부타 녀석, 란가의 힘을 자유롭게 이끌어내게 되었다는 말인가?"

"네에, 대단하군요. 란가는 주도권을 고부타에게 맡기고 있는 것 같은데, 이건 생각한 것 이상으로 좋은 조합일지도 모르겠습니다."

"하지만 고부타인데요?"

"헛헛허. 고부타는 저래 봬도 저의 제자. 신체 능력은 떨어질지 몰라도 격이 높은 마인과 싸워본 경험도 있습니다. 란가 공의 힘을 잘 구사한다면 예상하지도 못한 성장을 보여줄지 모르겠군요——."

내가 중얼거리자, 같이 관전하던 간부들도 각자 감상을 내놓았다.

그리고 관중들이 침을 삼키면서 지켜보는 가운데.

"헤헤, 다음은 제 차례입니다요!!"

방금도 네 차례였고, 마사유키 군은 아직 아무것도 안 했어.

고부타에 대한 질투를 느끼면서 그렇게 지적하는 나.

그런 내 앞에서 고부타가 사라졌다.

──아니, 내 눈에는 당연히 보인다. 그러나 일반인의 시각에선 사라진 것처럼 보였을 거라는 얘기다.

『고, 고부타 선수가 사라졌습니다?! 대체 어디로──.』

의도적으로 소우카가 절규한다.

소우카라면 분명 보일 텐데, 상당한 연기파였다.

그리고 그런 소우카의 시선 끝에.

쿠우우우우웅!!

라는 굉음이 울려 퍼지면서 작은 폭발이 일어났다.

폭발이 일어난 위치는 관객석의 바로 밑에 있는 벽면이다. 그것도 마침 우리가 앉은 귀빈석이 있는 쪽이었다.

그렇기 때문에 나에겐 확실하게 보였다.

──고부타가 멋지게 선언하면서 마사유키를 향해 달리기 시작했다. 그러나 멈출 기색도 없이, 그대로 마사유키의 옆을 빠져나가 벽에 충돌할 때까지의 모든 과정이──.

그래서 나는 고부타가 갑자기 얻은 힘을 이렇게 바로 쓰는 것에 반대했던 것이다.

상당히 높은 확률로 실수할 것이라고, 이런 짓을 벌이기 전부터 예상하고 있었으니까.

『오오, 고부타 선수. 일어나질 못합니다만 괜찮은 걸까요?』

고부타는 벽에 부딪치면서 의식을 잃은 상태다.

그 전에, 무대 밖으로 뛰쳐나간 시점에서 이미 실격패가 되겠지만.

멍청한 고부타는 힘을 전혀 제어하지 못하고 있었다. 변신해서 란가의 힘을 몸에 깃들인 것까지는 좋았지만, 그 힘을 주체하지 못하면서 이런 꼴이 된 것이다.

알기 쉽게 말하자면, '달린 뒤에 멈춘다'라는 생각을 자신의 원래 신체 능력을 기준으로 삼아 의식한 것이리라.

고부타의 1초와 란가의 1초는 보이는 세계가 전혀 다르다.

즉, 멈추려고 의식하기도 전에 벽에 부딪치고 말았다──는 것이 이 사태의 전말이라고 하겠다.

더구나 소우카의 말대로, 고부타는 일어나지를 못했다. 물리적으로 대미지를 입어 움직이지 못하는 게 아니라, 놀라서 기절해 버린 것이다.

뭐라고 말해야 좋을까…….

멋진 모습을 보여준 직후에 저런 한심한 꼴을 보여주다니. 어떤 의미에서는 고부타답다고밖에 말할 수 없는 상황이었다.

"…………."

절규하는 나.

"저 바보……."

하늘을 쳐다보는 베니마루.

"고부타답네."

쿡 하고 웃는 시온.

"_____."

아무 말도 없이 이마에 힘줄이 툭툭 불거진 하쿠로우.

"흐—응. 저 녀석이 아버님의 제자로군요."

하쿠로우의 분노에 기름을 끼얹는 모미지.

뭐라고 말할 수 없는 분위기가 감돌았다.

전부 고부타의 자업자득이었다.

대회장의 관객들도 무슨 일이 일어났는지 이해하지 못하는 분위기였다.

이런 분위기 속에서, 이해가 안 되는 상황이지만 나름대로 대답을 찾아내려 한 자가 넌지시 작은 목소리로 중얼거렸다.

"공기 던지기(유도의 기술. 우리말로는 '모로 떨어뜨리기'라고 함), 인가?"

그 말이 조용한 대회장에 또렷하게 울려 퍼졌다.

"그, 그렇군. 그것밖에 없겠어."

"역시 대단해. 역시 마사유키 님이야!"

"우, 우오오오! 굉장해, 굉장하다고!"

"전혀 보이지 않았어. 정말 엄청난데!!"

눈 깜짝할 사이에 전염되어 퍼지는 마사유키를 칭송하는 말들. 그리고 그게 마치 진실인 양 커다란 환호성이 대회장을 뒤흔들었다.

소우카와 디아블로의 판정을 기다리지 않고, 대회장은 마치 마사유키가 우승한 것처럼 흥분해서 열기로 휩싸였다──.

내 옆에서 분노로 부들부들 떠는 인물이 한 명 있었다.

"저, 저 녀석…… 날 얕보고 있는 거야? 모처럼 멋있었는데, 저

꼴은 대체 뭐냐고?"

모처럼 멋지게 변신했는데 그 결과가 이것이다. 밀림이 기대를
한 만큼, 한층 더 큰 분노가 거꾸로 고부타에게 쏟아지려 했다.

"자, 잠깐, 잠깐. 저래 봬도 저 녀석, 자기 나름대로는 노력한
거야."

"리무루, 네가 자꾸 봐주는 건 저 녀석을 위해서도 좋지 않아!"

"그렇습니다, 리무루 님. 저도 고부타를 조금 봐주고 있었던 것
같습니다. 앞으로는 더 엄하게 가르쳐야겠습니다."

밀림의 말에 동의하는 하쿠로우.

나는 그렇다 쳐도 하쿠로우가 고부타를 봐주고 있었다니, 금시
초문이다.

"좋아! 내가 저 녀석을 단련시켜주겠어. 리무루, 고부타를 나에
게 맡겨. 반드시 훌륭한 전사로 키워 보일 테니까!"

반짝반짝 빛나는 눈으로 나를 바라보는 밀림.

레어 몬스터를 획득했어, 라는 느낌으로 말하는군.

여기서 고개를 끄덕였다간 고부타가 불쌍한 꼴을 겪을 텐
데……. 그렇게 생각하다가, 문득 어떤 사실을 떠올렸다.

"나한테 부탁이 있는데, 그걸 들어준다면 검토해볼게."

"좋아, 말해봐."

"저기, 클레이만의 성에 유적이 있더라고. 멋대로 탐색하는 건
좋지 않다고 생각했고, 무엇보다 과거를 알 수 있는 귀중한 자료
가 될 것 같아서 그 상태 그대로 보존해두고 있어."

"흠."

"그 유적을 조사해보고 싶은데, 허락해주면 좋겠어."

"왜 나한테 묻는 건데?"

그야 지금 그곳은 너의 영토잖아. ──나는 그렇게 생각했다.

"밀림, 그 땅은 지금 누가 관리하고 있지?"

내가 지적하기 전에 조용한 목소리로 프레이가 밀림에게 물었다.

"그, 그랬지. 그 땅은 내 영토였지. 음, 물론, 기억하고 있다!"

프레이의 목소리를 듣자마자, 밀림이 등을 쭉 폈다. 그리고 당황한 표정으로 그렇게 말했다.

일단은 자신의 영토가 된 것을 기억하고는 있는 모양이다.

"그래서 말인데──."

"물론 오케이다!"

쉽게 허락했다.

밀림이 이 얘기를 피하고 싶었던 것뿐인지도 모르지만, 나로선 허락을 받을 수 있다면 어쨌든 상관없다.

고부타에겐 미안하지만 좋은 거래를 할 수 있어서 만족스러웠다.

고부타는 전혀 도움이 되지 못했으며, 마사유키의 정보를 어느 것 하나 해명하지 못한 채 자폭했다. 그러니 적어도 이런 일 정도에 이용해먹어도 괜찮겠지.

고부타도 강해지기 위한 단련을 받을 테니, 모두에게 다 좋은 일이다.

"그리고 리무루, 조사라는 걸 하러 갈 때는 나도 같이 데려가겠지?"

"으─음, 뭐 상황에 따라서겠지. 실은 자유조합의 전문가에게도 미리 언질을 해놓은 상태거든. 문제가 없다면 너도 같이 가도 될 거야."

"오오, 기대되는데!"

"그래? 수수하게 생긴 유적이라 재미없을지도 모르는데?"

판정 결과가 나오길 기다리는 동안, 나는 밀림과 그런 대화를 나누었다.

시간으로 따지면 몇 분.

소우카와 디아블로의 대화가 겨우 끝이 난 모양이었다.

『판정 결과가 나왔습니다! 아직도 의식이 돌아오지 않은 고부타 선수가 걱정이 됩니다만, 이 시합의 승자는——.』

더 들을 것도 없다.

그렇게 생각하면서 나는 소우카의 발표를 기다렸다——.

●

"잘 보십쇼! 변신(마랑합일, 魔狼合一)——!!"

마사유키과 대치하던 고부타가 그렇게 외쳤다.

그 순간, 마사유키는 자신의 생각이 너무 안일했다는 것을 깨달았다.

(잠깐만?! 그게 뭐야? 그런 건 듣도 보도 못했다고!!)

소환을 저지하니 마니를 따지기도 전에, 고부타가 이형의 모습으로 변신한 것이다.

마사유키에겐 예상외의 사태였다.

그가 풍기는 것은 강자의 기운.

초보자나 다름없는 마사유키도 상대가 범상치 않은 실력을 가지고 있음을 알아차릴 수 있었다. 회복약이 있다고 듣긴 했지만, 죽어버리면 의미가 없다.

(잠깐!! 그런 커다란 발톱이 박히면 이런 시시한 장비는 고철이 될 게 뻔하잖아. 이럴 줄 알았으면 무겁다고 풀 아머를 사양하는 게 아니었는데…….)

그렇게 생각하면서도, 마강으로 만든 풀 아머라도 의미가 없지 않을까 하고 마사유키는 현실도피에 가깝게 생각했다.

그런 마사유키에게 고부타가 소리쳤다.

"헤헤, 다음은 제 차례입니다요!!"

그리고 마사유키의 대답도 기다리지 않고 행동에 나선 것이다.

잠깐 기다려, 기권할 테니까──. 그렇게 소리치려고 했던 마사유키.

이렇게 되면 자존심보다도 목숨이 우선이다.

그렇게 결론을 내린 마사유키였다.

변신한 고부타를 눈앞에서 보자, 승리라는 두 글자 따위는 어찌 되든 상관없게 느껴졌다.

그러나 그런 마사유키를 내버려둔 채, 사태는 격변했다.

마사유키가 "기권하겠어"라고 선언하기도 전에──,

쿠우우우웅!! 엄청난 굉음이 울려 퍼졌다.

고부타의 자폭이었다.

마사유키는 반응도 하지 못한 채, 그저 멍하니 서 있었다. 폭풍에 휩쓸려 날아온 석벽의 파편이 마사유키의 볼을 따갑게 찔렀다. 그 아픔이, 이게 현실임을 마사유키에게 가르쳐주었다.

(노, 농담이지······? 저런 공격은 피할 수도 없어. 내 말을 멋대로 착각한 것 같지만, 무슨 짓을 해도 통하지 않는다면 도저히 방법이 없는 거잖아······.)

이대로 가면 고부타의 실격으로 자신이 승리할 것이다. 그러나 그래도 정말 좋은지, 마사유키는 고민했다.

이대로 이 시합에 승리했다고 해서 마사유키가 얻는 것이 있는가?

(마왕에게 도전할 수 있는 권리? 말도 안 돼. 그런 건 틀림없이 자살행위일 뿐이라고!)

마사유키는 바보가 아니다.

이대로 우승했을 경우, 마왕 리무루와 싸우게 된다. 그게 무엇을 의미하는지, 마사유키는 확실하게 이해하고 있었다.

방금 눈앞을 지나간 검은 늑대나, 어제 본 라이언 마스크도 마사유키가 도저히 이길 수 있는 상대가 아니었다. 그런 마인들을 부리는 자가 마왕 리무루이며, 그런 자를 상대로 싸움을 걸었다간 엉망진창으로 당할 뿐이다.

(아니, 아예 죽어버리겠지!)

자신의 스킬(능력)이 통하느냐 아니냐의 차원이 아니라, 사는 세계가 아예 다르다고 말할 정도로 상대가 되지 않는다.

여기서 지고 물러나자. ──그게 좋겠다고 마사유키는 결심했다.

공기 던지기인가? 그렇게 술렁대는 관객이 짜증스러웠다.

빨리 어떻게든 하지 않으면, 상대인 고부타는 이대로 실격패가 될 것이다.

마사유키는 태어나서 이렇게까지 한 적은 처음이라고 할 만큼 열심히 머리를 굴렸다.

이대로 무사히, 마사유키가 진 것으로 만들려면 어떻게 해야——.

『판정 결과가 나왔습니다! 아직도 의식이 돌아오지 않은 고부타 선수가 걱정이 됩니다만, 이 시합의 승자는——.』

안 돼. 그렇게 생각하며 마사유키는 바로 행동에 나섰다.

"——잠깐."

속으로는 아주 다급하게, 그러나 여유가 있는 것처럼 보이면서 소우카를 손으로 제지했다.

『네……?』

말없이 내미는 마사유키의 손에, 눈치가 빠른 소우카가 예비용 마이크를 건네줬다.

『이 승부는, 내 패배인 것 같은데?』

마사유키는 떨리는 목소리를 애써 붙잡으면서 필사적으로 그렇게 밝혔다.

그러자 소우카가 이해가 안 된다는 표정으로 되묻는다.

『저기, 하지만 마사유키 님. 방금 그건 어떻게 봐도 고부타 선수의 자폭인 것 같은데요……?』

『그럴지도 모르지. 하지만 그의 공격을 나는 눈으로 좇아갈 수 없었어. 그런 미숙한 내가 마왕에게 도전하는 것은 아직 시기상조라는 생각이 드는군——.』

말이 헛나오지 않도록 천천히, 솟아나는 땀을 애써 감추며 조금은 말이 안 되는 소리로 들리는 변명에 당연하다는 듯이 설득력을 담아서, 마사유키는 말을 내뱉었다.

그리고 더는 아무 말 없이, 뒤를 돌아보지 않고 그 자리를 떠나는 마사유키. 질문을 들어봤자 대답할 수도 없으니, 아무 말 없이 떠나는 것을 선택한 것이다.

(내 힘은 효과를 발휘하고 있으니까, 아무 말이 없어도 관객들은 전부 각자 상상해서 멋대로 납득하겠지. 그것보다 지금은 이 자리에서 도망치는 것이 제일이야…….)

다리를 움직이는 것에 이렇게까지 집중했던 것은, 마사유키가 태어나서 처음 겪는 경험이었다.

이리하여 마사유키는 생애 최대의 위기에서 화려하게 탈출하는 데 성공했다.

●

고부타가 자폭해서 쓰러졌는데, 갑자기 마사유키가 자신의 패배를 선언했다.

"무슨 생각을 하는 거야, 저 녀석?"

"으—음, 저도 잘 모르겠군요."

"고부타에게 겁을 먹은 건 아닐 테고, 뭘 노리는 걸까요?"

베니마루와 시온도 이해가 안 된다는 표정으로, 그 자리를 떠나는 마사유키를 바라보았다.

역시 단순히 허세만 부리는 애송이였던 건가?

그렇지 않으면 뭔가 다른 꿍꿍이가 있는 건가?

뭐, 아무리 고민해봤자 별수가 없다.

마사유키가 나와의 싸움을 포기해주었으니, 잘된 것으로 치자.

관객들도 처음에는 당황했다.

"……마왕 앞에서 진짜 실력을 낼 수 없어서 그러는 거 아냐?"

"아니, 아니. 공기 던지기 같은 걸로 상대를 쓰러뜨렸잖아."

"공격을 눈으로 좇지 못했다고 말했는데, 상처 같은 건──."

"아니, 볼에 아주 작은 상처……."

"뭐라고요?! 마사유키 님의 얼굴에 상처를──?!"

그렇게 술렁거리던 분위기 속에서──.

"그렇구나, 알았어!!"

한 명의 남자가 소리치며 뱉은 말에, 그 분위기가 바뀌었다.

"마사유키 님은 마왕에게 유예 시간을 준 것이 아닐까?"

"무슨 뜻이야?"

"마왕은 우리와 사이좋게 지내고 싶다고 선언했어. 이건 다들
알고 있는 일이잖아?"

"물론이고말고."

"당연하죠!"

"그래서 그런 거야. 여기서 그가 했던 행동은 마왕 리무루에게
주는 경고였던 거지."

그 남자는 의기양양한 얼굴로 설명하기 시작했다. 묘하게 설득
력이 있는 것이, 왠지 부아가 나는군.

그래서인지 그 남자의 말에 고개를 끄덕이는 자가 나타나기 시
작했다.

그리고 결국엔──.

"과연 듣고 보니 그런 것 같기도 해. 마사유키 님은 이번에도 칼을 한 번도 뽑지 않았잖아?"

"용케 깨달았군. 그 말이 맞아. 이런 대회는 언제든지 우승할 수 있다고, 마사유키 님이 나름대로 메시지를 전한 거지!"

"그런가! 그리고 마왕에겐 나쁜 짓을 하겠다면 자신도 잠자코 있지 않겠다고, 경고를 보낸 셈이로군?"

"그렇지. 뭐, 만약 마왕 리무루와 싸웠더라도 쓰러뜨리기만 하지, 목숨까지 빼앗지는 않았겠지만."

"그렇게 자신을 비하하면서까지…… 참으로, 참으로 훌륭한 분이야!!"

"역시 대단해, 역시 마사유키 님이야."

"그래요, 너무나 멋진 분이에요!!"

그렇게들 말하면서, 놀라운 해석으로 납득하기 시작한 것이다.

어느새 사람들의 마음은 하나가 되었고, 마사유키를 칭송하는 목소리로 다 같이 노래하고 있었다.

『마~사유키, 마~~사유키──!!』

그렇게 대합창을 한다…….

뭐야, 이건? 무슨 종교야?!

뭔가 무서운 것의 일부분을 맛본 것 같은 기분이다.

그 목소리에, 떠나가는 마사유키가 한 손을 들어서 답례해주고 있었다. 그 동작이 약간 어색한 것이 마음에 좀 걸리는군.

그건 그렇고, 마사유키라는 자는 정말 이상한 녀석이다.

왜 저렇게 좋은 평가를 받는 거지.

《해답. 개체명 : 혼조 마사유키가 소유한 유니크 스킬의 효과인 것으로 추측됩니다.》

　세상에는 이해하지 못할 일도 다 있다고 생각했더니, 라파엘 씨가 많은 걸 설명해줬다. 빈틈없이 마사유키를 분석해두고 있었던 모양이다.
　마사유키의 스킬(능력)은 특수한 효과를 발휘한다고 하며, 이 영향하에 들어간 자들의 생각이나 감정에 자극을 준다고 한다.
　마사유키가 우승을 포기한 것은 고부타의 힘을 직접 눈으로 봤기 때문일 것이다. 이건 내 생각이지만, 고즈루를 잘 구슬렸던 것을 생각해봐도 아마 마사유키가 이기지 못할 상대였기 때문이 아닐까 하고 추측할 수 있다.
　그걸 전제로 마사유키의 싸움을 떠올려보니, 전혀 상대에게 반응을 못하지 않았던가? 한 번도 검을 뽑지 않은 것도 납득이 갔다.
　결론을 말하자면, 마사유키 자신의 전투 능력은 그렇게 높지 않다는 뜻이 된다.
　히나타도 마사유키의 실력을 읽을 수 없었다고 했지만, 그건 당연했다. 왜냐하면 강하지 않았으니까.
　그렇다고 해서 마사유키를 가볍게 볼 수는 없다. 그 영향력이 절대적인 이상, 적으로 돌아서기라도 하면 골치가 아파진다.
　결코 가볍게 볼 인물이 아니라, 오히려 사이좋게 지내지 않으면 안 된다고 생각했다.
　그러기 위해선 "쿡쿡쿡, 나는 너의 비밀을 알고 있거든?"이라고 말하면서 마사유키를 협박한다거나—— 이건 농담이다.

마사유키는 지금 필사적으로 고즈루에 대한 대책을 생각하느라 골치가 아플 것이다. 동료들 앞이니, 도망칠 수도 없을 테고.

나중에 불러서 노고를 치하해주기로 하자. 그런 뒤에 협력을 제안하는 것이다.

마사유키를 용사로 잘 대접하면 미궁 공략 홍보에 이용할 수 있을 것 같으니까.

"소우에이! 마사유키와 접촉해서 내가 만나고 싶어 한다고 전해다오."

"알겠습니다!"

"부디 정중하게, 이다음에 있을 점심식사 자리에 나오도록 초청해다오."

같은 일본인으로서, 이야기도 들어보고 싶으니까.

또 하쿠로우에게 부탁해서 초밥이라도 대접해주기로 하자.

그런 생각을 하면서 나는 이 예상이 정답이기를 기도했다.

내가 마사유키에 대해 생각하는 동안에 고부타가 의식을 되찾은 것 같았다.

그리고 소우카와 디아블로도 판정을 번복하고, 마사유키의 의견을 받아들이기로 한 모양이었다.

『예상 못 한 해프닝의 연속이었지만, 마사유키 선수의 사퇴로 고부타 선수의 우승이 되겠습니다!!』

대회장의 곳곳에서 불만의 목소리도 쏟아져 나왔다.

그야 그렇겠지. 기대하고 있던 결승전에서 고부타의 자폭, 그런 뒤에 마사유키가 사퇴하는 흐름으로 진행되었으니. 돈을 지불했다면 반환하라는 항의가 나와도 이상할 게 없는 상황이다.

하지만 그건 소수파였다.

마사유키 본인이 스스로 납득한 뒤에 벌인 행동이기 때문에, 나에 대한 불만도 나오지 않았다.

고부타의 실력이 일단 인정을 받은 것도, 그렇게 큰 불만이 나오지 않았던 요인이라 할 것이다.

애초에 고부타의 힐(악역)로서의 악명은 사라지지 않았으며, 비열한 남자로서 기억되어버린 것 같지만.

『자, 고부타 선수! 지금의 기분은 어떻습니까?』

『네, 네?! 정말입니까요? 제가 우승한 겁니까요?』

『그래요. 고부타 선수의 활약은 너무나, 너무나 훌륭한 것이었답니다!』

잘도 말한다.

벽에 부딪친 후 그 충격을 이기지 못해서 기절했을 뿐인 고부타를, 소우카는 한껏 칭찬하면서 치켜세워주었다.

어쨌든 이것으로 시합은 끝났다.

그 뒤에 나도 무대에 올라가서 각 선수들을 표창했다.

여덟 명의 선수에게 말을 걸고 잘 싸웠다고 칭찬해주었다.

마사유키의 동료인 진라이에겐 약속대로 장비 일체를 선물했다. 그걸 보던 가이가 무슨 이유인지 "나한테도 넘겨라"라고 항의했지만, 그런 약속을 한 적이 없으므로 무시했다.

마사유키로부터는 "초대에 응하겠다"는 대답을 얻었다.

각오를 단단히 한 표정인데, 뭔가 착각하고 있는 건 아니겠지?

뭐, 앞으로 천천히 얘기를 들으면서 오해를 풀면 되겠지.

마지막은 고부타다.

『잘했다, 고부타. 이제 오늘부터 너를 정식으로 '사천왕'의 한 명으로 임명하겠다!』

의외의 전개였지만, 우승은 우승이다.

이로써 약속대로 고부타가 '사천왕'이 되는 것이 결정된 것이다.

고부타라면 우스갯거리나 구경거리로도 부족함이 없다.

누군가에게 져도 "큭큭큭, 녀석은 사천왕 중에서 가장 약하지. 사천왕의 수치다!"라고 말해버리면 그만이다. 그야말로 적임, 고부타라면 흐뭇한 심정으로 보고 있을 수 있다.

너무 딱 들어맞아서 무서울 정도였다.

『감사합니다요! 앞으로도 계속 노력하겠습니다요!』

이로써 제1회 템페스트 무투대회는 무사히 종료되었다.

——그리고 이렇게 끝나면 좋았겠지만.

고부타에겐 지금부터가 지옥의 시작이었다.

"슬슬 괜찮을까? 그러면 저자는 내가 단련시켜주기로 하지!"

귀빈실에 돌아온 우리에게, 밀림이 그렇게 말하며 씨익 웃었다.

"아, 응. 적당히 하도록 해, 알았지?"

"안심해. 미궁 안에서 특훈을 시킬 거니까 죽어도 부활할 수 있어!!"

미소를 짓는 밀림.

그렇구나, 그런 사용법도 있었군…….

그게 고부타에게 위로가 될지 안 될지, 그건 나도 모르겠다.

단 하나 말할 수 있는 것은, 그게 너무나 힘든 일이 될 것이라는 점이다.

죽어도 끝나지 않는다니, 생각만 해도 오싹해지는 이야기다.

"고부타, 잠깐 저리 가서 얘기 좀 할까?"

또각또각또각, 소리를 내며 고부타가 있는 곳까지 걸어오더니 고부타를 한 손으로 들어 올리는 밀림.

"히익?!"

우두둑 하는 소리가 들릴 정도로, 고부타를 든 손에는 힘이 잔뜩 들어가 있었다.

밀림은 씨익 웃고 있었지만, 그 눈은 웃고 있지 않았다.

"우승 축하해. 하지만 이런 꼴사나운 시합을, 나는 도저히 용서할 수가 없더라고. 그래서 너를 다시 단련시켜주기로 했어!"

밀림은 고부타의 변신을 보고 너무나 기뻐했었다. 그랬던 만큼 그 후의 꼴사나운 모습에 무척 화를 냈다.

방금 전의 기대감과 흥분을 어떻게 보상해줄 거냐── 라고 따지는 밀림의 분노의 목소리가 들려오는 것 같았다.

"괜──찮아. 내가 직접 상대해줄 테니까 금방 강해질 거야!!"

"잠깐, 밀림 님?! 전 그런 걸 부탁드리지 않았습니다요!!"

당황하는 고부타.

하지만 너의 의견은 들어주지 않을 것 같구나.

"고부타여, 좋은 기회이니 밀림 님의 밑에서 기합을 단단히 넣고 열심히 수행하거라."

하쿠로우가 박력 넘치는 미소를 지으면서 고부타에게 말했다.

"영, 스승님, 절 팔았──."

"시끄러워!"

뭔가를 말하려고 하는 고부타를, 밀림의 철권이 입을 다물게 했다.

애처롭다.

"헛헛허. 남이 들으면 오해할 만한 말을 하지 말거라, 고부타. 모든 것은 너를 위한 것이니까."

하쿠로우가 고부타에게 그렇게 말했지만, 이미 듣지 않는 것 같은데?

그리고 아무리 생각해봐도 모미지가 보는 앞에서 창피를 당한 것에 대한 보복으로 보인단 말이지. 고부타를 위한 것이 아니라는 것은 분명한 것 같다.

이렇게 하여 고부타는 밀림에게 붙잡혔다.

그리고 또 한 사람.

"나의 주인이여, 고부타 공과 협력하여 멋지게 우승을 차지했습니다!"

고부타를 냉큼 저버리고 내게 달려오는 란가.

그야 그렇겠지. 란가 입장에선 불똥이 튀는 게 싫을 테니까.

하지만 안됐다. 밀림으로부터는 도망칠 수 없다.

"잠깐, 란가라고 했었지? 네가 없으면 고부타의 수행이 완성되지 않아!"

"?!"

슬픈 표정으로 나를 보는 란가.

미안하구나. 밀림은 한번 말을 꺼내면 남의 말을 듣질 않아.

그리고 내게 말도 없이 멋대로 시합에 나간 것은 란가니까, 이번 일은 자업자득이라고도 할 수 있다. 그러므로 내가 도와줄 필요는 없다고 생각한다.

"와하하하하! 해로운 짓은 하지 않을 테니까 안심해라!!"

그 말을 남기고 고부타와 란가를 질질 끌고 데려가면서 밀림은 사라졌다.

아니, 실제로 고부타는 행운에 너무 의지하는 면이 있다.

그리고 란가도 본능대로만 싸우는 버릇이 있었다.

그런 두 사람이 실력을 갈고 닦아서 서로 잘 협력할 수 있게 된다면 그 '변신'은 상당히 훌륭한 실력을 발휘하게 해주지 않을까?

밀림도 그걸 깨달았기 때문에 두 사람을 단련시켜주겠다고 생각한 것이겠지.

꾸준히 수행해서 확실한 실력을 익혀주면 좋겠다.

그렇게 빌면서 고부타의 앞으로의 활약을 기대해보도록 하자.

그러기 위해서라도 밀림에게 단련을 받으면 좋을 것이다.

안녕, 고부타.

안녕, 란가.

너희의 용감한 모습은 잊지 않겠다!!

나는 너희의 명복을 빌어주마.

그렇게 생각하면서 나는 세 명을 배웅했다.

*

그리고 점심시간.

마사유키와의 식사 자리가 실현됐다.

뭐, 거창한 건 아니지만 단둘이서 얘기하고 싶다는 뜻을 밝히고, 다른 사람들은 별실에 자리 잡게 했다. 마사유키의 동료들과 한바탕 싸우긴 했지만, 마사유키가 중재했더니 받아들여준 것이다.

"처, 처음 뵙겠습니다, 라고 해도 되려나? 섬광이나 '용사'라고 불리곤 하는 혼죠 마사유키입니다……."

얼굴을 붉히면서 자신을 '용사'라고 칭하는 마사유키.

하긴, 과거에 살던 세계의 감각으로는 용사를 자칭하는 것만큼 부끄러운 일도 없지. 마치 아무 생각 없이 돌진부터 하고 보는 무뇌아라고 놀림을 받는 듯한, 온몸이 근질거리는 심정일 것이다.

그리고 마사유키는 처음 만났을 때 자신들이 보였던 반응을 마음에 담아두었던 모양이다.

동료들이 멋대로 말하며 나댔던 거지만, 나를 토벌하겠다고 호언장담하던 걸 기억하고 있는 것이다. 그렇기 때문에 어색해하는 것 같았다.

어쨌든 나는 마왕이다.

마사유키의 입장에서 보자면, 터무니없는 상대에게 싸움을 걸었다는 생각이 들 테니 두려워진 거겠지.

복잡한 심정을 느낄 법도 하다.

그러나 그건 쓸데없는 걱정이다. 나는 과거의 일은 다 흘려보낼 생각이니까.

준비시킨 식사를 같이 먹으면 그런 응어리도 분명히 풀릴 것이다.

"뭐, 만난 게 처음은 아니지만 처음 뵙겠다고 인사를 할까? 내가 바로 마왕 리무루. 본명은 미카미 사토루라고 해. 과거엔 샐러리맨이었어, 난."

식사에 손을 대지 않는 마사유키의 기분을 풀어주기 위해, 나부터 솔직하게 밝히기로 했다.

과거에 버렸던 이름을 오랜만에 밝혔는데, 생각했던 것보다 찡하게 다가왔다. 딱히 숨겼던 건 아니지만, 그동안은 이름을 밝힐 기회가 없었으니까.

"——네? 혹시…… 일본인, 입니까?"

마사유키는 반신반의했다.

뭐, 지금의 내 외모는 미소녀다. 믿기지 않는 것도 무리는 아니다.

"뭐, 그런 셈이지. 그에 대한 건 먹으면서 얘기해볼까."

그러고는 식사를 권하자, 마사유키가 겨우 젓가락을 손으로 잡았다.

"그런데 이거, 정말 먹어도 되는 건가요?"

"물론이지. 너를 위해서 일부러 일본풍으로 요리를 만들어달라고 했거든."

이번 점심식사용으로 준비한 것은 초밥과 텐푸라(튀김)다.

그 히나타도 감개무량한 표정으로 반응했으니, 마사유키도 기뻐해줄 것이라 생각했다. 마사유키는 전야제 때 연회에 참가하지 않았기 때문에 초밥을 보는 것도 오랜만일 테니까.

"이거, 설마 최후의 만찬이라거나——?"

"아니라니까. 같은 고향 출신이라 이야기가 통할 것 같아서 너와는 사이좋게 지내고 싶다고 생각하는 것뿐이야."

눈앞에 놓인 요리를 보고, 마사유키는 완전히 착각을 하고 있었다. 식사에 손을 대지 않았던 것도 이걸 먹으면 끝이라고 생각했기 때문인 것 같았다.

내가 일본인이라고 설명했는데도, 아직도 의심의 눈초리를 지우지 않는 것 같았다.

"그, 그러면 잘 먹겠습니다."

"그래. 잘 먹겠습니다."

겨우 마사유키가 요리를 입에 넣었다.

그 순간 마사유키는 말이 없어졌다. 눈빛이 바뀌더니 젓가락과 입을 부지런히 놀리기 시작했다.

마사유키가 식사에 정신이 팔리는 바람에, 제대로 된 대화를 할 수 있는 분위기가 아니었다. 나는 어쩔 수 없이 식사가 끝날 때까지 기다리기로 했다.

"알겠습니다. 저는 미카미—— 아니, 리무루 씨의 부하가 되어도 좋습니다!"

밥을 다 먹자마자, 마사유키가 그런 말을 꺼냈다.

마사유키가 뭘 알았다는 건지, 나는 전혀 모르겠다. 아니, 뭐 일식에 굶주려 있을 거라는 건 이해할 수 있지만 말이지.

나는 아직 아무 말도 하지 않았지만, 마사유키도 뭔가 생각하는 바가 있었던 모양이다.

"부하라니, 너……."

"아니, 괜찮습니다. 저는 용사 같은 것에 전혀 미련이 없거든요. 솔직히 말해서 '맛사유키'라는 이상한 발음으로 불리는 것도 부끄럽고요. 아니, 사실은 이 용사라는 자리에서 어떻게 도망칠까, 고민하고 있었을 정도였습니다."

그렇게 말하면서 상당히 솔직하게 본심을 밝혀주었다.

식사가 끝난 뒤, 나는 차를 마시면서 마사유키로부터 사정을 전해 들었다.

마사유키는 원래 세계에선 명문고에 다니던, 나름대로 머리가 좋은 우등생이었다.

몰래 즐기는 취미로 만화와 라이트노벨을 읽는 걸 좋아했다고 하며, 그 때문에 이런 일이 벌어지고 말았다고 투덜댔다.

"제 힘은 유니크 스킬 '선택된 자(영웅패도)'라고 하더군요. 어이가 없는 노릇이죠, 정말⋯⋯."

자신이 영웅 같은 존재가 되기를 바랐기 때문에 이 세계에 와버렸다고 생각하는 것 같았다.

마사유키의 유니크 스킬 '영웅패도'── 그 권능은 뭐, 예상한 대로였다.

세뇌에 가까운 사고 유도를, 주위의 인간들에게 자연스럽게 적용시키는 힘인 것 같았다.

그 능력이 최종적으로 노리는 바는 마사유키를 영웅으로 만드는 것이다.

그 목적은 마사유키의 의사와는 관계가 없으며, 그만하길 바라도 효과는 지속되었다.

이걸 편리하다고 해야 할지, 아니라고 해야 할지⋯⋯.

"하지만 너의 힘은 대단하군. 그대로 사퇴하지 않으면 네가 우승했을걸?"

그 효과가 진짜라는 것은 이번 대회의 결과가 증명하고 있다.

원래는 마사유키가 우승했으니까.

"그렇긴 하죠. 그래서 난감하니까요. 제가 아무것도 하지 않아도 주위 사람들이 멋대로 착각하거든요……. 잉그라시아에서도 그런 식으로 우승을 했었지만요."

그래서 점점 분수를 모르고 까불게 되었다——라고 마사유키는 말했다. '오르토스(노예상회)'라는 범죄조직을 박살 냈을 때도 자신을 간판 격으로 받들었을 뿐이지, 마사유키 자신은 아무것도 하지 않았다.

자신이 아무런 생각을 하지 않아도 결과가 따라오기 때문에 편했는지를 묻는다면, 편했다고 했다. 하지만 이번에는 하나만 잘못 어긋나도 죽을 수 있다는 느낌을 받았던 모양이다. 그래서 급하게 억지로라도 방침을 바꿀 것을 결심했다는 것이다.

정답이라고 생각한다.

나에게 '영웅패도'의 영향은——,

《해답. 얼티밋 스킬(궁극능력) 앞에는 거의 모든 하위 스킬(능력)이 무효화됩니다.》

그러니, 통하지 않는다.

나도 적당히 힘 조절을 하고 상대할 생각이었지만, 설마 초보자나 다름없는 수준일 줄은 몰랐다. 내 예상이지만, 아마 가볍게 날린 펀치 한 발로 마사유키는 비참한 꼴이 되지 않았을까.

"넌 마지막의 마지막에 와선 바른 선택을 한 거야. 그건 자랑스럽게 여겨도 된다고 생각하는데?"

"그런가요? 하지만 고부타라는 사람조차 그렇게 흉포한 모습으로 변신하던데. 평범하게 생각하면 이길 수 없다는 건 당연히 깨닫게 되죠."

그렇지도 않은 게, 꽤나 많은 상대가 싸움을 걸어온단 말이지. 하지만 뭐, 마사유키가 잘못된 판단을 하지 않은 건 확실하다.

그런 식으로 많은 얘기를 나누면서 서로의 사정을 설명했다.

내 쪽은 가볍게 신상 얘기를 했을 뿐이며, 마사유키의 이야기를 들어주는 것에 전념했지만.

마사유키의 동료들은 마사유키를 신처럼 받드니까, 속마음을 터놓고 얘기할 수도 없다고 했다. 푸념을 늘어놓을 상대가 유우키밖에 없는데, 늘 바쁜 그와는 시간을 맞추기가 어려웠다. 필연적으로 불만과 스트레스가 쌓여만 갔던 모양이다.

내가 묻지 않아도 지금까지의 경위를 자세하게 설명해주었다.

"잠깐, 좀 더 얘기를 듣고 싶지만 슬슬 점심시간도 끝이군. 하나 묻겠는데, 너는 앞으로 어떻게 할 생각이지?"

"어떻게, 라뇨?"

"아니, 고즈루와 다시 싸우기로 약속했잖아? 던전 '지하미궁' 공략에 도전할 건가?"

"앗!"

보아하니 마사유키는 그 약속을 완전히 잊어버리고 있었던 모양이다. 이대로 도망칠 생각이었던 것 같은데…….

"어, 어떻게 하면 될까요?"

"안심해. 고즈루가 지키는 곳은 지하 50층이야. 던전은 엄청나게 넓으니까 거기에 도착하는 것만으로도 며칠은 걸려."

"그, 그럼 일단은 공략하는 척하면서 오늘은 넘어갈 수 있단 말이군요?"

"바로 그거야. 초대한 내빈들은 내일이 되면 귀국길에 오를 예정이고 말이지."

축제는 3일 동안 열릴 예정이다.

내일은 도로가 사람들로 꽉 찰 것으로 예상되기 때문에, 교통정리가 중요한 일이 될 것이다.

뒤처리가 시작되는 건 모레부터. 손님들이 떠난 뒤에 할 예정이었다.

던전 공개는 내빈들에게 보여주는 데몬스트레이션(demonstration)에 지나지 않는다. 프리 오픈이라고 할까, 본격적으로 가동되기 전에 한시적으로만 개방하는 셈이다.

그러므로 오늘 낮 동안 몇 시간 정도만 갖고는, 몇 개 층수밖에 공략하지 못할 거라고 생각한다.

그리고 고즈루와 마사유키의 싸움 말인데, 이에 관해선 나도 조금 생각해둔 게 있었다.

고즈루에겐 미안하지만, 마사유키가 쓰러지면 나도 곤란해진다. 아니, 모처럼 기회가 생긴 셈이니 마사유키가 광고탑 역할을 해주면 좋겠다고 생각한 것이다.

던전 공략팀의 선두에 서서, 도전자들을 부추기며 의욕을 북돋아주는 역할을 말이다.

"그런 식으로 네가 사람들의 눈길을 끌어주면 좋겠다고 생각하는데, 어때?"

"과연, 아주 믿음직스럽네요. 그래서 진라이에게 엄청난 장비를 선물해준 것이군요? 저도 실수해도 죽지 않는다면 안심하고 도전할 수 있으니까, 바라 마지않는 얘기입니다!"

마사유키는 흔쾌히 날 도와주겠다고 약속했다.

진라이에게 주었던 선물에 그런 의미는 없었지만, 지금에 와서는 확실히 그럴듯하게 들렸다. 상반신이 알몸에 가까운 꼴로 던전을 돌아다니는 건 자살행위일 뿐이니까.

"너에게는 공략 정보를 몰래 알려주지. 그걸 사용해서 공략을 진행하면 될 거야. 나중에 개선점 같은 게 보이면 사양하지 말고 가르쳐줘."

50층 이하는 우리 쪽도 진지하게 만들었으니까 공략 정보를 몰래 알려줄 생각은 없다. 그 점만큼은 주의하라고 마사유키에게 충고해주었다.

그래도 아이템이 있으면 죽지 않으니까 문제는 없을 것이다.

"알겠습니다! 왠지 게임의 테스트 플레이어 같은 느낌이군요."

"오오…… 그 말을 듣고 보니 그렇군. 뭐, 오늘은 무리하지 않아도 되니까 5층 정도만 목표로 삼아줘."

게임이라.

재미있는 착안점이로군.

"네. 리무루 씨와 얘기를 나누길 잘했습니다. 불안도 해소됐고, 왠지 이 세계도 나쁘지는 않다는 생각이 들기 시작했어요."

마사유키가 상큼한 미소를 지으면서 그렇게 말했다.

지금까지 스킬 효과로 상당히 편하게 살아온 것 같던데, 그건 그것대로 마음이 불편한 점이 많았을 것이다. 내가 뒤에서 받쳐주겠다고 약속했으니, 이젠 걱정거리가 사라진 것이겠지.

그리고 이 나라는 문화의 최첨단을 달리고 있으니까.

욕실과 화장실까지 완비되어 있기 때문에, 여관의 쾌적함은 다른 나라의 것에 비할 바가 못 된다. 게다가 풍부한 식사와 그 맛에 놀랐다고 한다.

"악단도 있고 그림도 가르치고 있지. 나중에 연극 같은 것도 유행시킬 예정이야. 나도 기대를 하고 있으니, 그런 면에선 투자를 아끼지 않겠다고 생각하고 있어."

"리무루 씨, 진심으로 존경합니다! 혹시 만화 같은 것도——."

"훗훗후. 당연하지 않은가, 마사유키 군? 그곳에 도달하는 길은 멀지만, 포기하면 거기서 시합은 종료되는 거니까 말이지!"

"우오오오오! 전 리무루 씨를 평생 따르겠습니다!!"

마사유키는 이 도시에 머무르게 되었다. 자주 연락을 주고받으면서 정보를 공유할 생각이다.

앞으로도 종종 얘기를 나누기로 하자. 그리고 그리운 저쪽 세계의 얘기를 듣고 싶다.

무엇보다 그의 기억(만화)에도 관심이 있다.

마사유키도 내 컬렉션에 흥미진진한 반응을 보였기 때문에, 앞으로도 좋은 친구로 사이좋게 지내고 싶다.

이리하여 나는 새로운 동료를 얻게 되었다.

*

오후에는 드디어 던전(지하미궁)을 공개한다.

나는 만일을 대비해서 개방 전에 마지막으로 확인해보기로 했다.

던전 최하층의 대공간에 도착하자, 오늘도 기운찬 라미리스가 날아와서 내 어깨에 앉는다.

"이제 곧 오픈인데, 상태는 어때?"

"흥! 넌 나를 누구라고 생각해?"

라미리스가 자신만만한 표정으로 그렇게 대답했다.

방에서 나온 베루도라도 어딘가 자랑스러운 표정이다.

"크앗──핫핫! 걱정하지 마, 리무루. 나한테 실수는 없어!!"

안 돼, 급격히 불안해지기 시작했다.

"이봐, 이봐. 괜찮은 거야? 오늘 시연회에선 무모한 짓을 하면 절대 안 된다고."

"훗후후. 괜찮──아! 맡겨두라고! 오늘은 각종 안전장치를 작동해놓았어."

"큭큭큭. 하지만 내일은 흉악한 미궁이 각성하는 날이 되겠지!!"

서로 얼굴을 마주 보면서 라미리스와 베루도라가 사악하게 웃었다.

괜찮은가? 전혀 불안감이 해소되지 않는데…….

"만약을 위해 한 번 더 말해두겠는데, 미궁은 곧바로 닫을 거야."

"뭐, 뭐라고오?!"

아니, "뭐, 뭐라고오?!"가 아니지.

몇 번이나 설명했는데, 베루도라는 내 말을 듣지 않았던 것이다.

오늘 반응을 보고 나서 난이도를 조정하려고 생각했다. 그러므로 2, 3일은 미궁을 닫고, 그런 뒤에 다시 개방할 예정이었다.

그리고 아직 미궁의 입장료 등을 정하지 않았다.

입장 허가증이 될 '미궁 카드'나 각종 아이템을 판매하는 접수처 등도 직원을 철저히 교육시킨 뒤에 배치할 필요가 있었다.

이런 바쁜 시기에 그렇게 인재에 여유가 있을 리가 없다. 축제의 뒷정리를 끝낸 뒤에 그 문제를 묘르마일과 상담하려고 생각 중이었다.

마지막 단계에서 이 두 사람에게 전담시킨 것은, 지금 생각하면 위험한 선택이었을지도 모르겠군. 라미리스와 베루도라가 즐거운 표정으로 작업을 했고, 나도 바빴기 때문에 어쩔 수 없었다고는 생각하지만.

회의를 할 때도 제대로 이야기를 듣지 않았으니.

당황하는 심정은 잘 이해되니, 화를 낼 생각은 없지만 말이야.

"자, 자, 진정해. 가능한 한 빨리 정식 오픈을 할 수 있도록 노력할 테니까, 즐거움은 그때까지 접어두라고."

"알았어!"

"너를 믿는다, 리무루!"

이러면 된다.

이걸로 오늘 하루를 넘길 수 있겠다.

아차, 잊어버리고 있었군.

또 하나 중요한 걸 물어봐야지.

"그러고 보니, 밀림이 오지 않았어?"

"왔는데."

"응. '부활의 팔찌' 중에 횟수 제한이 없는 걸 두 개, 나한테서 뺏어가더라고?"

"그랬군. 그건 그렇고 그 녀석이 준비한 층은 96층부터 99층까지의, 지형 효과가 있는 드래곤 방뿐이었지?"

"그 말이 맞아. 단단히 기합을 넣어서 만들더군."

"응응. 참고로 밀림이 잡아온 드래곤들의 지배권 말인데, 전부 나한테 넘겨줬어! 잘 키워서 드래곤 로드(용왕)까지 진화시킬 수 있게, 내 명령을 이해할 수 있는 지혜를 부여했대!!"

밀림도 착한 구석이 있다니까——. 그렇게 말하면서 라미리스는 기뻐했다.

밀림이 붙잡은 용을 끌어안고 하늘을 날아오는 모습은, 목격한 자들을 너무나도 놀라게 만들었던 것 같았다. 처음 두 번 정도는 고충이나 항의도 있었다고 하는데, 세 번째부터는 익숙해지고 말았다. 주민들은 놀라지도 않고, 늘 있는 일로 치부해버렸던 모양이다.

밀림이 잡아 온 것은 파이어 드래곤(화염룡, 火炎竜), 아이스 드래곤(빙설룡, 氷雪竜), 윈드 드래곤(열풍룡, 烈風竜), 어스 드래곤(지쇄룡, 地碎竜), 이렇게 네 마리다.

약속한 대로 속성을 지닌 아크 드래곤(상위 용족)이며, 지금도 가축 수준의 지혜는 있다고 한다.

애완동물을 키우듯이 소중히 키우면 의사소통도 가능하다고 했다.

"흐—음, 그럼 그 네 마리에게도 목줄을 채우는 거야?"

"지금은 그렇지. 하지만 귀여운 내 하인들이니까, 확실하게 주종관계를 구축할 예정이야!"

과연, 라미리스도 깊이 생각을 하고 있군.

그렇다면 그걸로 됐다 치고, 하던 이야기를 마저 했다.

"그럼 밀림은 지금 드래곤 방에 있는 거야?"

"응. 내 하인들의 운동 부족을 해소할 수 있는 좋은 놀이 상대를 준비했다고 했어!"

"그 녀석은 분명 얼마 전에 같이 낚시를 했던 애송이인 것 같은데, 드래곤으로 무슨 놀이를 하려는 거지?"

그건 모르는 게 좋을 것 같다.

내가 알고 싶었던 것은 밀림이 어디 있느냐 하는 것뿐이다. 깊은 층 부근에 있다면 무슨 일이 생겨도 시연회에 영향을 주진 않겠지.

"알았어. 그럼 방해되지 않을 테니 문제는 없겠군. 이제 곧 미궁을 개방할 건데, 너희도 귀빈실로 올래?"

"응! 나는 갈래."

"나는 사양하겠어. 여기서 도전자를 기다리는 것도 미궁의 왕이 해야 할 일이니까!"

······그러니까 이 장소까지 하루 만에 올 녀석은 없다고 했잖아?!

아니, 며칠을 기다려도 손님은 오지 않을 거라 생각한다.

──하지만 굳이 말로 하지 않는 것도 자상한 배려라 하겠지.

"그래? 알았어. 그럼 수고하라고!"

나는 베루도라를 격려한 뒤 라미리스를 데리고 귀빈실로 '전이'했다.

*

점심 식사 겸 휴식이 끝나자, 많은 사람들이 관객석으로 돌아왔다.

그 직후에 나와 라미리스도 귀빈실로 들어갔다.

"다녀오셨습니까, 리무루 님."

디아블로가 웃는 얼굴로 맞아주었다.

심판 일이 끝났으니, 나를 찾고 있었던 모양이다.

나는 가볍게 고개를 끄덕이면서 그의 인사에 답했다. 그리고 심기일전하여 준비에 차질이 없는지 확인했다.

지금부터 시작되는 던전(지하미궁)의 공개 행사에는 많은 의도가 담겨 있다. 앞으로 국가사업의 중추가 될 중요한 기획이므로, 가능한 한 많은 내빈들이 시연회에 와주길 바라고 있었다.

다행히도 점심시간을 끝내고 그대로 돌아간 자는 없는 것 같았다. 귀빈실도 만실에 가까웠고, 이 정도면 충분한 홍보 효과가 있을 것이다.

대회장으로 시선을 돌리니, 그곳에 소우카와 묘르마일이 서 있다.

묘르마일은 디아블로와 교대하여 안내원으로서 소개 멘트를 맡을 예정이다.

시간이 되었다. 나는 두 사람에게 신호를 보냈다.

『자, 시간이 되었습니다! 그러면 개국제 3일 차의 마지막 행사를 소개하겠습니다!』

『내빈 여러분, 오래 기다리셨습니다. 지금부터 보여드릴 것은 이 템페스트(마국연방)가 자랑하는 난공불락의 던전의 일부분입니다. 마왕 리무루 폐하가 모험가들에게 개방하는, 너무나도 어려운 관문. 과연 이걸 클리어(돌파)할 수 있는 자가 나올 수 있을까요——?!』

묘르마일이 무대 중앙에서 마이크를 한 손에 쥐고 설명을 시작했다. 소우카와는 달리 살짝 굳어 있지만, 그래도 분위기는 제대로 갖추고 있었다.

그 내용을 말하자면——,

시연회를 개최하는 것은 좋지만, 많은 사람들을 안내하기에 던전은 너무 위험한 장소였다.

왕후 귀족만 해도 수백 명. 부근의 주민까지 합치면 수천 명이 넘는다.

그런 인원수로 들어가도 너무 혼잡해서 제대로 안내도 할 수 없다.

그래서 생각해낸 것이 다수의 인원으로 이뤄진 파티가 공략하는 상황을, 거대한 스크린으로 공개한다는 아이디어였다.

문제는 기술적인 부분인데——.

무투대회의 전투도 거대 스크린으로 확실하게 관전할 수 있었다. 그것과 같은 장치를 이번 시연회에도 이용했다.

스크린에 영상을 비추는 영사기. 가비루와 베스터가 제작한 장치인데, 다양한 곳에 응용이 가능했다.

조금 전의 전투 장면을 스크린에 비춘 것도 이것이며, 촬영 기능을 지닌 수정구를 영사기에 끼워 넣을 수도 있다.

그리고 이 수정구에는 마법통신의 각인도 새겨져 있었다. 이로써 원거리에서 촬영된 영상까지 수신하여, 이 자리에서 비출 수 있게 된 것이다.

이런 과정을 거쳐서 관객들은 도전자의 모습을 안전한 장소에서 오락거리로 견학할 수 있게 된다.

만일의 경우, 높으신 분이 다치기라도 하면 큰 문제니까. 그러므로 누군가 자신을 대신해 움직일 자들만 보내서 실제로 이 미궁을 체험하게 한다는 기획이었다.

『그럼 곧바로 도전자를 모집하고 싶습니다! 우리나라가 자랑하는 던전을 공략해보고 싶은 용감한 분은 없습니까?』

소우카가 즐거운 목소리로 소리치면서 도전자를 모집했다.

그 목소리를 신호로 우리도 행동을 시작한다.

내 어깨에 앉은 라미리스가 무대 중앙에 미궁으로 들어갈 수 있는 임시 문을 소환해서 보여줬다. 지상 계단을 통해 내려가면 그만이지만, 무슨 일이든 연출이 중요한 것이다.

"""오옷——!!"""

이것 보라지. 내가 기대했던 대로 관객들도 놀라고 있다.

그와 동시에 관객들 사이에 조용하게 흥분이 퍼졌다. 시연회에 참가한 모험가들이 서로 눈치를 보고 있는 것이다.

이번에는 희망자에 한하지만, 가능하다면 이번 기회에 많은 사람이 참가해주길 바랐다.

참고로 희망자가 없다고 해도 마사유키 일행이 있다. 조금 전에 내가 마사유키와 교섭한 것도 이 모험가들과 같은 파티가 되도록 만들기 위해서였다.

마사유키는 동료를 잘 설득했으며, 지금은 나갈 차례가 올 때까지 대기하고 있었다.

실패하는 일이 없도록 5층까지의 지도를 미리 전해놓았다. 홍보를 제대로 해줄 것이라 기대해보자.

어디, 도전자가 나타나려나?

그건 쓸데없는 걱정이었나 보다.

"헤헷, 마왕의 미궁인지 뭔지 모르겠지만 우리가 그 번지르르한 포장을 벗겨주지! 무투대회같이 이미 승부가 정해진 시합을 보여주면서 우리를 속이고 위압하려 해도 그렇겐 안 될걸!"

"그러게! 밧슨 씨 말이 맞아!"

"길만 복잡하지 않았으면 밧슨 씨가 대회에서 당연히 우승했을 거라고!!"

"후후후, 나를 잊어버리면 곤란하지."

"그렇게 말하지 말라고, 고메스. 네 실력은 이 녀석들도 인정하고 있어. 너와 내가 같이 있는 한 우리 '호뢰(豪雷)' 파티는 무적이라고!"

응?

뭔가 튀어나왔다고 생각했더니, 도전자가 나타난 것 같군?

아무래도 이 밧슨이라는 남자는 늦게 도착하느라 무투대회에 참가하지 못했던 것 같다.

그래도 전투를 실제로 보면 선수의 실력도 가늠할 수 있겠지만…… 상대가 포기한 시합도 있다 보니, 시합의 퀄리티는 제각각이었다.

이 밧슨처럼 자신이 최강이라고 믿는 자도 끝없이 나타나겠지.

하지만 그게 좋다.

우리의 말을 믿지 않는 자가 나오는 것은 예상한 범위였다. 그런 자들이 앞으로 손님이 되어줄 것이다.

"용사 마사유키라는 녀석도 의외로 대단치 못하던걸? 실력은 인정하겠지만, 적은 확실히 숨통을 끊어놓아야 한다고. 이 나라의 마왕을 토벌하는 것에 유예 시간을 주다니 말이야. 생각이 너무 물러 터져서 구역질이 날 정도야!"

아, 응. 마사유키의 실력은 인정한단 말이지…….

"이 미궁이라는 이름의 공갈 허풍도 밧슨과 내가 그 정체를 밝혀주겠어!"

호언장담하는 밧슨 일행.

"리무루 님에게 무례하게……. 용서할 수 없습니다."

"제가 가서 입을 다물게――."

"그만!"

방심할 틈도 없다니까.

시온이 불쾌한 반응을 보였으며, 디아블로가 폭주하려 했다.

둘을 황급하게 말리는 나. 그래도 죽인다는 말을 하지 않게 된 것만으로도 그나마 나아진 것이다.

"자신감이 지나친 것뿐이잖아? 아니, 저런 자들이 더 재미있을 것 같은데."

왠지 멍청해 보이지만 이용해먹기 좋을 것 같으니 채용하기로 하자――. 내 말에 시온과 디아블로도 납득했다. 나도 이 녀석들을 다루는 법에 점점 익숙해졌다.

스킨헤드의 전사, 밧슨.

검은 로브를 입은 마술사, 고메스.

그 외에 잔챙이들이 네 명.

이 여섯 명이 최초의 도전자로 결정되었다.

뒤이어 예상외의 자들이,

"우리도 도전하겠어요오!!"

라고 외치면서 3인조가 튀어나왔다.

어디선가 본 듯한—— 아니, 에렌 일행이잖아?!

에렌을 비롯한 저 삼인조는 요움의 건국을 도와달라고 부탁했었다. 구(舊)파르무스의 자유조합을 통해서 요움을 도와달라는 의뢰를 저들을 보내서 했던 것이다.

B랭크 모험자 중에서도 상당히 권위가 있는 것 같지만, 에렌 일행은 B+랭크로 승격한 상태였다. 국경을 신경 쓰지 않고 돌아다닐 수 있기 때문에 이런 역할에 적임자였다.

요움과 같이 돌아오지 않아서 고향으로 돌아간 줄로만 알았는데…….

설마 이런 일을 꾸미고 있었을 줄은 몰랐다. 에라루도 공작의 반대를 피하기 위해 끝까지 숨기고 있었던 거겠지.

"정말로 참가할 겁니까요?"

"당연히 참가해야지이. 최근엔 모험을 전혀 하질 못한 데다, 이때를 기다리고 있었단 말이야아!"

"일단 하나 물어보고 싶은데, 리더인 나한테 결정권이 있는 거 맞아? 맞는 거냐고?"

"그런 건 없어. 이건 이미 결정된 거라고오!!"

무모하기 짝이 없다.

카발이 불쌍해진다.

그리고 옆방에선 에라루도 공작의 절규하는 듯한 목소리가 들렸고, 짜악 하는 소리가 난 뒤에 조용해졌다.

무슨 일이 일어난 것인지, 상상이 될 것 같았지만 애써 참았다. 불쌍한 에라루도가 또 이성을 잃고 날뛰기 전에 에렌 일행의 차례가 끝나면 좋겠다고 바랄 뿐이다.

세 번째로 등장한 것은 우리의 마사유키 군이다.

유유히 무대로 걸어 나온 뒤에 관객들을 보면서 미소를 지었다.

『마~사유키, 마~사유키──!!』

이제 됐어. 이제 알았다니까.

그렇게 말하고 싶어질 정도로 엄청난 성원.

인기가 많군, 마사유키는.

마사유키를 포함한 네 명의 파티.

거의 알몸에 가까운 복장으로 돌아다니던 진라이는 내가 선물한 갑옷을 장비하고 있었다.

가름이 만든 미스릴 아머. 레어 급에 해당하는 물품이다.

요움의 엑소 아머보다도 무거우며, 성능이 약간 떨어지지만 내구력은 비슷한 수준이다. 게다가 안티 포이즌(독기의 청정화) 효과가 부여되어 있는 우수한 장비다.

마사유키에게도 레이피어를 선물했다.

왜냐하면 어째서 검을 뽑지 않았는가를 물었을 때 마사유키가 '그게, 무거우니까요……'라고 무심코 내뱉은 것이다. 정말로 허세만 부리는 애송이였다는 사실에 나도 놀랐을 정도였다.

검도를 약간 배웠다고 하지만 실제 검은 무겁다. 특히 이 세계에선 일본도같이 베는 검이 주류가 아니라 적을 찍어 누르는 검이 주류였다. 그러므로 어느 정도 무게가 있는 것이 당연했던 것이다.

마사유키의 힘으로는 오랜 시간 포즈를 유지하는 것만으로도 힘들었다고 한다.

어느 정도는 단련하는 게 좋겠다고 말하면서, 가벼운 레이피어를 주었던 것이다.

이 레이피어는 히나타에게 선물한 것을 만들 때에 실패한 것이다. 무게와 강도는 같지만, '일곱 번째의 공격으로 상대를 확실히 죽음에 이르게 한다'는 특수 능력을 재현하는 데 실패한 것이다.

어차피 마사유키는 이걸 들고 있는 것만으로도 벅찰 것이다. 그런 고도의 권능이 부여되지 않아도 아무런 문제가 없다. 그리고 이 검에는 피로회복 효과가 있다. 포즈를 유지하기만 하는 마사유키에겐 이 검으로도 충분하다.

뭐, 장비가 바뀌는 것 정도는 아무도 신경 쓰지 않았고, 네 명은 큰 환호성을 받고 있다.

제한 시간은 세 시간을 예상한다. 거꾸로 계산하면 오늘의 목적지는 많이 내려간다 해도 5층 정도일 것이다.

마사유키 일행에겐 지도가 있으므로, 다른 파티보다 유리하다.

열심히 노력해서 선전해주면 좋겠다.

그건 그렇고, 이렇게 세 개의 파티인가.

수가 적은 것 같기도 하지만, 수상쩍은 마왕의 미궁이다 보니 주저하는 자도 많겠지.

오늘 이 홍보를 통해서, 그런 자들의 불안을 불식시켜야만 한다.

그러면 슬슬 시작해볼까──. 내가 그렇게 생각했을 때.

"잠깐, 나도 참가하겠다."

그러더니 검은 옷을 입은 남자가 무대로 나와 모습을 드러냈다. '유려한 검투사' 가이였다.

"시시한 허풍과 트릭으로 잘도 날 함정에 빠뜨렸겠다? 크크크, 마왕의 부하인 '사천왕'도 참 지저분한 짓을 하는군. 내 실력을 두려워하는 건 이해할 수 있지만 어설펐다. 네놈이 무슨 꿍꿍이를 꾸미든 그 야망을 박살 내주겠어!"

뭘 하러 온 것인지 몰라서 궁금해하던 내게, 가이는 그런 식으로 설명했다.

쉽게 말해서, 란가에게 쓰러진 것이 이해되지 않아서 어떤 함정에 빠진 거라고 여기는 것 같았다. 그리고 이 미궁에서 내가 어떤 꿍꿍이를 꾸미고 있다고 생각해서, 그걸 저지하기 위해 참가했다는 얘기인 모양이다.

뭔가를 꾸민다는 게 틀린 말은 아니지만, 아마도 가이가 생각하는 것과는 다를 거라고 보는데.

"이번에야말로 완전히 숨통을——."

"음. 가라, 디아블로!"

"가지 않아도 된다. 그리고 시온, 내 목소리를 흉내 내지 마라!"

이 녀석들…… 정말이지, 어쩌다 이렇게 된 거야?

나에게 뭐라고 따지면서 대드는 상대가 보이면, 정말로 인정사정을 봐주질 않는다니까.

시온이 점점 잔재주가 늘어나고 있으니, 조금은 진지하게 대책을 생각하는 게 좋을지도 모르겠다.

뭐, 지금은 그게 문제가 아니다.

가이는 혼자 참가할 것 같은데, 괜찮으려나?

내가 그렇게 걱정해도 어쩔 수가 없다.

그보다, 솔로로 미궁에 들어가면 어떻게 되는지에 대한 샘플을 입수할 수 있는 기회라고 생각하면 될 것이다.

이리하여 네 번째의 도전자로 가이도 참가하게 되었다.

*

그러면 도전자도 다 모였으니, 곧바로 시작하기로 하자.

기다리고 기다리던 던전(지하미궁) 개방을.

시간도 없으므로, 공략은 동시로 진행하기로 했다. 소우카는 이 자리에 남아서 스크린에 비친 각 파티의 상황을 실황으로 중계하기로 했다.

미궁 안의 안내는 드라이어드가 맡는 게 안성맞춤이다. 카메라맨(마법통신자)의 역할도 겸임하면서 각 파티를 따라가게 되어 있다.

드라이어드는 트레이니 씨의 자매인 트라이어와 드리스 이외에도 그 수는 적지만 존재했다. 아직 젊은 개체이며 전투 경험도 적은 것 같지만, 마력만큼은 높다. 라미리스의 영향하에 들어간 지금, 미궁 관리자로서 적임인 것이다.

『그러니까, 여기 있는 네 명이 이 미궁의 관리자입니다. 기본적으로 원래는 동행하지 않지만, 이번에는 여러분의 공략 상황을 화면으로 전송하는 역할로서 각 파티에 한 명씩 동행하는 형식으로 진행됩니다.』

소우카가 이름을 부르자, 한 명 한 명 차례대로 인사를 했다.

알파, 베타, 감마, 델타.

이름이 없으면 불편하기 때문에 내가 적당히 지어준 것이다. 그렇다곤 해도 에너지(마력요소)양의 소모는 없었다. 드라이어드는 상위의 마물이므로, 자기 자신의 에너지양을 대신 소비하도록 했다. 그녀들은 라미리스의 부하가 되어 있기에, 나는 이름을 생각하는 것을 도와줬을 뿐이다.

참고로 자매는 다 비슷한 얼굴을 하고 있기 때문에 보고 듣는 정보만으로는 구별하기가 힘들다.

마물은 의외로 마력의 파형으로 개체를 구분할 수 있다고 하지만, 인간이 그러기는 어려울 것이다. 그런 이유도 있다 보니 이름을 지어줘서 식별하기 쉽게 한 것이다.

『뭔가 곤란한 일이 있다면 사양하지 않고 그녀들에게 의논해주세요~!! 그러면 규칙을 설명하겠습니다! 우선 여러분께 이걸 건네 드리겠습니다!』

소우카가 그렇게 말하면서, 몇 가지 아이템을 들어서 보여주었다. 그 타이밍에 맞춰서 알파를 비롯한 드라이어드들이 한 명 한 명에게 동일한 물건을 나눠 주며 돌아다녔다.

『이건 말이죠, 이 미궁에 진입하기 전에, 판매할 예정인 아이템입니다. 여러분께도 다들 전달되었겠죠?』

소우카의 발언에 맞춰서 각종 아이템들이 스크린에 확대되어 비췄다. 이런 경우에도 이 방송 시스템은 아주 편리하다.

화면에 비친 아이템은 하이퍼 포션(상위회복약)이 열 개, 풀 포션(완전회복약)이 한 개 그리고 '부활의 팔찌'와 '귀환의 호루라기'다.

오늘은 시연회를 하는 것이니, 당연히 무료로 나눠 준다.

이 데몬스트레이션에 참가해주는 것이니, 보수 대신 가지고 가도 상관없다.

만일을 대비해 동행하는 드라이어드들에게도 예비용 아이템을 가지고 있도록 지시했으니, 문제가 발생하면 즉시 귀환할 수 있다.

상당히 넓기 때문에 1층조차 클리어하지 못할 가능성도 크다. 막히지 않고 계단까지 진행한다고 해도 직선거리로 2킬로미터가 넘는다. 미로로 만들어져 있으니 걸어야 하는 거리는 더 늘어날 것이다.

지금부터 세 시간 정도, 관객이 즐길 수 있을 정도로만 노력해주는 것이 베스트(최선)다. 그리고 시간이 되면 아이템으로 지상으로 돌아오게 만들 예정이다.

당연히 그 외에도 보수는 있다.

홍보 목적도 있기 때문에 선물로 나름대로 성능이 좋은 무기와 방어구 등이 나오는 보물 상자를 준비해놓았다. 정식으로 개방할 때에는 2층 이하부터 설치할 예정이지만, 이번에는 크게 서비스하기로 했다.

그런 내부 사정은 일단 숨겨두고, 소우카가 설명을 이어나갔다.

그리고 마지막으로, 가장 중요한 점을 설명하기 시작했다.

『그러면 여기 있는 아이템을 봐주십시오. 이건 말이죠, '부활의 팔찌'라고 하는 건데, 우리나라의 미궁에 들어갔을 때는 반드시 구입해주시길 바라는 아이템이 되겠습니다. 그 효과는 뭐냐면── 죽음에서 부활하는 것입니다!!』

소우카가 그렇게 말한 순간, 대회장이 크게 술렁였다.

그런 말도 안 되는──. 그렇게 말하는 목소리가 여기저기서 들렸다.

『진정하고 조용히 해주십시오~! 중요한 사항이니 잘 들어주시기 바랍니다. 이 아이템의 효과는 우리나라의 던전 안에서만 발휘하도록 되어 있습니다!! 밖으로 나가면 효과가 없으며, 아이템의 목적이 목적이니만큼 잘못 사용하면 큰일이 납니다. 외부에선 효과가 없다는 것을 이해해주시길 거듭 부탁드리겠습니다!!』

이게 가장 중요한 것이다.

착각한 나머지 밖에서 사용했다간 단순한 실수 정도로 끝나지 않을 테니까.

우리에게 책임을 떠넘겨도 곤란하다. 그런 일이 벌어지면 완전히 자기 책임이라 하겠다.

하지만 뭐…… 세상에는 악의를 품고 불평을 제기하는 인간들이 있으니까 말이지…….

그런 사람들도 납득할 수 있도록, 이 점만큼은 아주 자세하게 설명을 해줘야 한다.

그런 주의 사항을 전달하여, 미궁 밖에서도 이용할 수 있을 거라고 잘못 생각하는 일이 없도록 설명한다. 바보 같은 착각을 해서 밖에서도 되살아날 수 있다고 착각하지 않도록. 만일 사고가 일어나도 그건 우리 책임이 아니라고, 말이다.

무엇이든 다 주최자의 책임으로 모는 건 사양하겠다.

전에 내가 살던 세계에선 가게 쪽에 책임을 지나치게 떠넘기는 것에 가깝다고 하겠다. 규칙을 어기면서 날뛰는 바보가 가령 죽어버린다 해도, 그건 자업자득이라고 생각한다.

하지만 설명을 게을리하면 우리에게 책임이 발생한다. 그 점을 주의하면서 면밀하게 진행해야 한다.

『──한 번 더 말씀드리니, 절대로 밖에선 사용하지 마십시오!!』

소우카는 빈틈없이 확실하게, 누구라도 이해할 수 있게 설명해 주었다.

이 정도면 충분하다.

이제 남은 현안은 누군가가 실제로 사망을 경험했을 경우다. 자연스럽게 생각해도 누구든지 뒷걸음질을 칠 문제였다.

'부활의 팔찌'는 라미리스가 개량을 해서, 사망 판정 시에 통증이나 고통을 차단할 수 있게 되어 있다.

게다가 사망한 후에도 지상으로 전송되기까지는 10초 정도 여유가 있으며, 그동안에 적절한 방법을 동원하면 소생할 수 있게 배려하고 있다.

그렇다고 한들, 신의 기적 : 리저렉션(사자소생) 같은 고위 마법을 다룰 수 있는 자는 거의 없겠지만.

참고로 풀 포션으로는 영혼의 소생이 불가능하다. 하지만 미궁 안에선 육체에 영혼이 여전히 머물러 있기 때문에, 실은 풀 포션으로 육체를 수복할 수 있다면 부활이 가능하기도 하다.

하지만 그렇게 하면 미궁 밖의 세계에서 자칫 잘못 이해를 할 수도 있다는 두려움을 느꼈다. 그래서 정규 수속을 밟아서 부활하지 않으면, 10초가 경과됨과 동시에 육체가 지상으로 전송되게 했다.

그야말로 마사유키가 지적한 것처럼, 게임을 하는 감각으로 미궁 공략에 임하는 것이다.

설명이 끝났다.

그러면 이제 실제로 누군가가 '부활의 팔찌'를 시험해봐야 하는 과정이 남았다.

『그러면 실제로 경험해보고 싶은 분이 계십니까──?』

있을 리가 없을 거라 생각하지만, 소우카가 밝은 목소리로 물어보고 있다. 소우카는 생각한 것 이상으로 무덤덤한 성격인 것 같군.

"흥, 미궁 안에선 죽지 않는다고? 재미있는 농담이로군. 그 말을 믿고 죽는다니, 사양하겠어!"

스킨헤드의 남자── 밧슨이 그렇게 말하자, 당연하다는 듯이 다른 자들도 고개를 끄덕였다.

에렌 쪽도 역시 나설 마음은 없는 것 같다.

"훗, 그렇다면 쉬운 얘기가 아닌가. 거기 너, 네가 시범을 보여라."

'유려한 검투사' 가이가 묘르마일을 가리키며 말했다.

자신이 아닌 다른 사람으로 시험한다. ──뭐, 당연한 요구라고 하겠다.

단, 그 말투는 좀 고쳤으면 좋겠는데.

『제가 말입니까? 그 제안도 타당한 것이니, 기꺼이 받아들이죠.』

지명을 받은 묘르마일은 예상하고 있었는지 동요하는 기색이 없었다.

아니, 사실은 이미 실제로 경험한 뒤였다.

시온의 부하인 '부활자들(자극중, 紫克衆)'이 몇 번이나 실험에 참가해주었기 때문에 묘르마일도 안전하다는 걸 믿었던 것이다.

한 번 경험했으니 이젠 두렵지 않은 모양이다. 묘르마일은 당당한 태도로 팔짜를 끼고 미궁 안으로 발을 들였다.

동시에 도전자들도 안으로 들어갔다.

『그러면 여기 있는 묘르마일에게 실제로 공격을——.』

소우카가 한 손으로 검을 뽑은 뒤에 자신이 묘르마일에게 공격을 할 생각인지, 그렇게 말하려고 했다.

그러나 소우카의 시도를 가로막듯이, 가이가 먼저 움직였다.

"속을 것 같으냐. 키에엣!!"

그렇게 말하자마자 곧바로 검을 휘두르며 묘르마일의 팔을 베어버렸다.

『——잠깐!!』

소우카가 당황해서 말리려고 했지만, 이미 늦었다.

『으갸아!』

비명을 지르면서 묘르마일이 팔을 붙잡는다.

고통의 경감 효과로 쇼크사하지는 않겠지만, 그래도 자신의 팔이 잘렸는데 기분이 좋을 리가 없다.

"하하하하핫! 자, 자, 자, 슬슬 숨통을 끊어주마!!"

저 자식, 묘르마일을 갖고 놀고 있어…….

나는 살짝 이성을 잃을 뻔했지만, 묘르마일이 입가에 미소를 지은 것이 보였다.

그걸 본 순간, 바로 냉정을 되찾았다. 그와 동시에 가이의 검이 묘르마일의 목을 베었고—— 묘르마일의 몸이 빛의 입자로 바뀌더니 그 자리에서 사라졌다. 그리고 아무 일도 없었던 것처럼 지상에 설치된 무대 중앙의 가설입구 옆에 나타났다.

묘르마일이 입고 있던 옷도 모두 빛의 입자로 변해서 본인과 마찬가지로 부활했다.

그 모습은 동행중인 드라이어드들이 들고 있는 수정구에 기록되었고, 그 정보가 영사기로 전송되어 거대 스크린에 비치고 있었다.

『자, 보시다시피 저는 사지가 다 멀쩡합니다!』

아무 일도 없었던 것처럼 서 있는 묘르마일. 절단된 팔도 원래대로 돌아가 있는 모습이 더할 나위 없이 성공적인 퍼포먼스였다.

『오오옷──!!』

관객들로부터 큰 환호성이 일어났다.

기적이라고 외치는 자도 있었으니, 우리의 노림수는 대성공이었다.

이것도 속임수라고 의심하면 귀찮아지지만, 가이의 지나친 행동이 오히려 모두를 믿게 만드는 결과를 낳은 것 같군.

이대로 믿지 못하는 자는 실제로 경험해볼 수밖에 없다. 하지만 이건 어디까지나 보험이니까 죽지 않으면 되는 것이다. 신중하게 행동하면 문제되지 않으니까, 무리하게 경험해볼 필요도 없는 셈이다.

그러니 미궁에 도전한 모험가들의 입을 통해 소문이 퍼지는 것을 기다리기만 하면 될 것이다.

호기심이 많은 모험가들이라면 스스로 시험해볼 자도 있겠지. 그래도 딱히 문제는 없다.

중요한 건 던전을 두려워하지 않고 도전하는 것이니까.

그리고 그런 계획은 묘르마일 덕분에 달성할 수 있었다.

역시 묘르마일이다. 그 담력에는 감탄했다. 이것이 노림수였기에 가이의 행위도 참아낼 수 있었던 것이다.

달갑지 않은 역을 억지로 떠밀려서 맡았으니, 나중에 묘르마일의 노고를 치하해야겠다. 나는 그런 생각을 하면서 스크린 쪽으로 시선을 돌렸다.

*

『자, 던전(지하미궁)의 탐색이 시작되었습니다! 지금부터 그 앞은 미지의 세계가 펼쳐져 있습니다. 용기 있는 도전자들을 기다리고 있는 것은 과연——.』

무대에선 소우카의 실황 중계가 시작되었다.

거대한 스크린에 각 파티의 모습이 비친다. 문제없이 중계가 되면서 내부의 상황이 고스란히 전달되고 있었다.

소우카가 다큐멘터리를 해설하듯이 중계를 계속한다. 다양한 재주가 있다고 생각하면서, 나도 각 파티의 행동을 눈으로 좇았다.

우선 맨 처음에 보인 것은 밧슨 일행이다. 규칙적이고 정연하게 돌로 세워진 벽.

그런 1층을 전진하는 밧슨 일행.

누가 지도를 작성하고 있는지 궁금해서 살펴봤더니, 누구 하나 지도나 경로를 작성하지 않는다. 벽에 표시를 해두지도 않고, 그저 담소를 나누면서 당당하게 통로를 걷고 있었다.

괜찮을까?

이 세계에도 동굴 탐험 같은 게 있을 테고, 깊은 숲에서 토벌해 달라는 의뢰를 받는 일도 있을 것이다. 그럴 때에는 어떻게 목적지까지 이동하는 거지? 설마 매번 안내인을 고용하기라도 하는 걸까…….

"쳇, 같은 길만 계속 이어지네! 뭐야, 사각형뿐이잖아!"

"형님, 여긴 아까도 지나간 길 아닙니까?"

내 걱정을 아랑곳하지 않은 채, 시작하자마자 길을 잃은 모양이었다.

처음에 얼마나 넓은지도 설명했는데, 얘기를 듣지 않은 건가?

"밧슨, 큰일이야! 이 미궁은 생각했던 것보다 넓어…….”

아, 그런가.

이 미궁은 1층의 넓이만 따져도 사방이 250미터가 된다. 넓다고 분명히 전달했는데, 이 녀석들은 더 좁을 거라고 예상했던 모양이다.

콜로세움의 지하에 있는 인조물이라는 얘기를 들었으면, 그렇게까지 넓지 않을 거라고 생각하는 것도 무리는 아닌가.

뭐, 그렇다면 그것도 좋다. 홍보만 잘 되면 되는 것이니 딱히 문제는 없다.

하지만 1층의 시작 지점에서 바로 사망하는 것은 안 된다. 하드 난이도에서나 일어날 법한 짓을 저질렀다간 앞으로 모험가들이 오지 않게 된다.

어느 정도는 공략을 진행해줬으면 좋겠는데.

최악의 경우에는 죽어도 되돌아올 수 있고, 팔찌에는 SOS 기능도 달아놓았다.

그 기능을 사용하면 사망한 것으로 취급되지만 탈출은 가능하다. 알파 같은 드라이어드들이 구조하러 가게 되어 있다.

이번에는 동행을 하고 있으니, 즉시 지상까지 강제로 송환해줄 것이다.

그러므로 안심하고, 지금부터라도 좋으니 진지하게 공략해주면 좋겠는데…….

밧슨은 동료들이 초조해하는 소리를 들으면서 표정이 좋지 않아 보였다.

"바보냐, 너희들? 그런 광대한 미궁 같은 걸 들어본 적 있어? 이건 그 마왕의 속임수야. 마법 같은 걸로 우리를 홀리고 있는 거라고."

"그, 그런가!"

"역시 밧슨 씨!"

"확실히 이 일대는 마력요소 농도가 높아. 네 말대로 환각이나 환술 같은 종류일지도 모르겠군."

"그래, 고메스. 우리는 계속 오른쪽으로 꺾는 선택을 하고 있어. 그러니까 최악의 경우라 해도 왔던 길로 돌아가면 되는 거야."

틀렸다. 이건 난이도의 문제가 아냐.

생각을 하는 듯하면서, 아무 생각을 하지 않고 있어.

종이에라도 제대로 메모를 한다면 또 모를까, 비슷하게 생긴 벽이 계속 이어지는 통로에서 길을 외울 수 있을 리가 없다.

십자로나 T자형 도로 그리고 막힌 길.

복잡한 지형과 비슷한 풍경.

아무리 첫 번째 층이라고 해도, 오른쪽만 골라서 계속 가는 걸로 공략할 수 있을 정도도 만만하지는 않다.

도전자가 너무 멍청하다.

이 녀석들에겐 기대할 수가 없군…….

내가 그렇게 생각한 순간.

밧슨 일행이 사라졌다. 아니, 아래층으로 떨어지고 있었다.

『이, 이──런?! 이건 함정인 걸까요?』

소우카의 말을 들으면서 나는 의문을 느꼈다.

1층부터 밑으로 떨어지는 함정을 준비하지는 않았을 텐데, 라고.

"라미리스──."

"으, 응, 왜, 왜 그러시나요?"

"──아니, 내가 설정한 층 말이야, 나는 저런 장치를 하지 않은 것 같은데 설마 네가 멋대로 다시 손을 본 건 아니겠지?"

방긋 웃으면서.

라미리스가 겁을 먹지 않도록.

자연스럽게 도망치려는 그 몸을 붙잡고, 나는 라미리스에게 의혹이 가는 점을 질문했다.

"시, 실은 말이죠, 우리가 미궁의 완성도를 높이고 싶다는 생각에……."

라미리스가 애교 섞인 웃음을 지으면서 내게 고백했다.

내가 캐묻자, 라미리스는 상당한 수의 함정을 마구잡이로 설치했다고 자백했다.

이 바보 자식, 나는 라미리스에게 그렇게 소리치면서 화를 냈다.

저기 말이야, 넓은 층에 떨어지는 함정은 필요가 없다고. 아니,

오히려 길을 잃고 헤매게 만들어서 체력을 뺏는 것이 목적이니까, 아래층으로 바로 이어지는 함정은 역효과다. 덫이란 것은 효과와 목적에 맞게 설치해야 그 의미가 있는 것이다.

"하, 하지만, 아래층에는 더 흉악한 함정이 있잖아? 그래서 말이지, 설치하는 걸 까먹었나 싶어서 일부러 친절을 베푼 거야. 정말이라니까?"

쓸데없는 간섭이다.

시작 단계부터 그렇게 나오는 건 아닌 것 같지만, 빈틈없이 대응하겠다는 생각이라면 그나마 이해는 된다.

라미리스, 베루도라, 밀림, 이 세 사람한테 맡겨놓으면 그런 무모한 덫을 설치할 것이라고는 예측하고 있었다. 그래서 시작 단계만큼은 내 손으로 완성하겠다고 말했었는데⋯⋯.

나는 당황하면서 밧슨 일행 이외의 다른 파티의 상태를 확인했다.

에렌 일행,

카발이 대표지만, 지금은 완전히 에렌이 리더이다.

이 녀석들은 방향치라서 1층 돌파도 어려울 것이다. 그렇게 생각한 내 예상은 반은 맞고 반은 틀렸다.

에렌 일행은 함정에 빠지지도 않았고, 조심스럽게 공략을 진행했다. 게다가 놀랍게도 종이에 정보를 꼼꼼히 적는, 모범이 될 만한 공략 방법을 준수하고 있었다.

"오? 에렌 쪽은 진지하게 진행하는군. 함정에도 걸리지 않았고 내가 설치해둔 덫도 잘 피하고 있어. 그리고 벌써 세 번째 보물 상자를 얻었나. 잠깐. 너무 순조로운데, 저 녀석들⋯⋯."

"──에헤헤."

뭐지?

뭔가 이상한데?

왜 저렇게 순조롭지?

그리고 마음에 하나 걸리는 건, 라미리스가 지금 얼버무리듯이 웃었다는 것이다.

"⋯⋯이봐, 라미리스."

"왜, 왜 그러시나요?"

"나는 널 믿고 있어. 너라면 내게 뭔가를 숨기거나 하지 않겠지?"

"무, 물론이지, 리무루!"

"그럼 하나 묻겠는데, 너, 설마 에렌 일행에게 무슨 짓을 한 건 아니겠지?"

스크린으로 보기만 해선 수상한 점이 없지만, 그 성과가 너무 수상했다. 내가 설치한 보물 상자는 당연하지만 꽝일 확률이 더 크다. 그런데 세 번 연속으로 아이템을 얻었다는 시점에서 부정행위의 냄새가 풀풀 풍겼다.

"시, 실은 말이죠⋯⋯."

또 그 말이냐.

"무슨 짓을 한 거야?"

"아, 네. 에렌 일행이 우리한테 수고한다면서 간식을 갖고 왔는데, 그러다가 얘기가 훈훈하게 진행되고 말았습니다! 그런 뒤에──."

…………

들으면 들을수록 골치가 아파지는 얘기였다.

라미리스와 베루도라와 밀림이 미궁 제작을 열심히 하고 있을 때, 에렌이 대량의 케이크를 사 들고 찾아왔다고 한다.

요시다 씨가 만든 것이니 당연히 맛있었겠지. 그렇게 얘기를 나누다가 드라이어드들과도 사이가 좋아진 에렌은 한 명 한 명한 테서 조금씩 1층에 관한 정보를 캐물었다고 했다.

라미리스도 도중에 눈치를 챘다고는 하지만, 그때는 이미 케이크의 마력에 저항할 수가 없었다는 이야기였다…….

"하지만 어쩔 수가 없잖아! 나만 그런 게 아니라 사부랑 밀림도 문제없다고 말했는걸!!"

적반하장으로 당당하게 화를 내면서, 라미리스는 자신의 정당성을 주장하기까지 하는 지경에 이르렀다.

완전한 매수 행위를 보고, 부패라는 것이 이렇게나 빨리 진행되는 것인가 하는 생각을 하며 나도 어이가 없어졌다.

하지만 그렇게까지 거창하게 생각할 일도 아니다.

이번 축제날의 공략은 난이도를 조금 쉽게 설정해두었다.

그리고 기껏해야 알아낸 건 1층뿐이다. 정말로 도움이 될 만한 진짜 보물 상자는 이 층에는 놓아두지 않았던 것이다.

『카발의 파티는 아까부터 보물을 잘 찾아내고 있군요.』

『그러게요. 리무루 폐하로부터 들은 얘기로는, 작은 방 같은 곳에 보물 상자가 설치된 경우가 있다고 합니다. 그 안에는 덫도 있으니까 주의가 필요하다고 하셨습니다.』

『그렇군요~! 그 안에는 귀중한 아이템 같은 것도 들어 있을까요?』

『깊은 층엔 그런 물건이 있다는 것 같더군요. 어, 그러고 보니…… 보물 상자는 전부 세 종류가 있다고 합니다. 동(銅), 은(銀), 금(金), 이렇게 세 가지 색으로 말이죠. 덫이 설치되어 있는 것은 동뿐이라고 합니다.』

보물 상자는 세 종류가 있으며, 안에 든 게 다르다.

1층에 출현하는 것은 동(銅), 구리색의 보물 상자뿐이다.

구리색 보물 상자에는 아무리 좋아봤자 스페셜(특상) 급까지만 들어 있으며, 대부분은 포션이나 은화 등의 편리용품. 그 외에는 쿠로베의 제자가 제작한 실패작인 노멀(일반) 급의 무기와 방어구만 들어 있다. 그런 걸 노린다고 해도 우리는 큰 손해를 입지 않는다.

『역시 금색 보물 상자를 노리는 걸까요?』

『그렇군요. 아— 그리고 금색 보물 상자 말인데, 10의 배수로 끝나는 층의 보스 방에 있다고 합니다.』

『그게 무슨 뜻이죠?』

『네. 이 던전은 50층의 수호자 자리에 고즈루 공이 취임했습니다. 그 사실은 모두 알고 있으리라 생각합니다. 그와 마찬가지로 40층, 30층, 20층, 10층, 이렇게 10의 배수로 끝나는 층에는 보스 몬스터가 계단 앞의 방을 지키고 있습니다. 그런 난적을 쓰러뜨린 자야말로 금색 보물 상자에 어울리죠. 그 안에서는 놀랍게도 레어 급의 무기와 방어구도 출현한다고 합니다!』

묘르마일은 내가 건네준 메모를 읽으면서 설명을 했다. 홍보 목적이 있는 만큼, 이런 기회는 실컷 이용해야지.

심야방송의 광고 같은 수상쩍은 말투. 함께 생각한 나까지 부끄러워지고 시원스럽기까지 한, 욕망을 자극하는 문구다.

그 효과는 절대적이었는지, 레어 급의 무기와 방어구라는 말에 대회장이 크게 술렁거렸다.

『고즈루 씨의 실력은 여러분도 다 보셨겠지요. 그 강자가 도전자를 기다리고 있으니, 자신의 힘을 자랑하고 싶은 분은 꼭 도전해보시길 바랍니다!』

『그리고 또 하나. 지금 보시는 대로 각각의 층은 아주 넓으므로 공략에는 며칠이 넘게 걸린다는 점을 각오해주시기 바랍니다.』

그런 식으로 소우카의 질문에 대답하는 묘르마일. 캐스터와 해설자로 역할을 분담한 것을 보니 상당히 호흡이 좋은 콤비였다.

한 번 더 확인하겠지만, 1층에 출현하는 보물 상자는 구리색 상자뿐.

"──보물 상자 안에 든 것까지 멋대로 손댄 건 아니겠지?"

"그건 괜찮습니다!"

그럼 됐다.

일단은 본보기를 보여주는 것에 가까운 공략법이니, 홍보에는 안성맞춤이다. 에렌 일행의 꼼수는 마음에 걸리지만, 그 정도라면 보수로 치고 넘겨줘도 좋을 것이다.

지도와 덫의 위치를 가르쳐준 것은 반칙이지만, 이번에는 관대히 넘어가기로 하자.

에렌 일행이 무사하다는 건 알았다.

그러면 내가 정보를 흘린 마사유키는…….

『오오———웃, 이거 대단하네요. 놀랍게도 벌써 4층에 돌입했습니다아——!! 역시 '섬광'이라고 불릴 만하군요. 엄청난 속도로 공략하고 있는데요.』

———품!!

어째서?! 아직 시작한 지 30분도 지나지 않았는데, 어째서 벌써 4층인 거냐고?!

마사유키 일행은 마치 일부러 노린 것처럼 함정을 밟아서 빠졌고, 그리고 별 어려움 없이 아래층으로 내려가고 있었다.

관객들의 반응은———,

『마~사유키, 마~사유키——!!』

볼 것도 없었다.

밧슨 일행이 함정에 빠졌을 때는 웃어대던 관객들의 반응도, 마사유키의 경우에는 칭찬으로 바뀌어 있었다.

너무나도 부조리하지만, 그게 마사유키의 힘인 것이다.

지금쯤 마사유키는 아마도 미리 얻은 정보가 실제 던전과 맞지 않는다고 생각하면서, 속으로 나를 원망하고 있겠군…….

미안. 그건 내 탓이 아니지만, 무슨 말을 해도 변명이 될 수밖에 없다.

4층까지 내려오면 통로에도 몬스터가 배회하기 시작한다. 함정이라는 불안 요소가 존재하는 지도만 가지고는 마음이 안 놓이겠지만, 부디 열심히 노력해달라고 빌었다.

마지막 한 사람인 가이는.

그 뛰어난 신체 능력을 활용하여 미궁 안을 질주하고 있었다.

그를 뒤쫓듯이 델타가 필사적으로 날아가고 있다. 델타는 반정신 생명체이므로 풀과 나무를 통해 '전이'할 수도 있다. 그러나 그렇게 하면 영상을 보낼 수 없기 때문에 필사적으로 하늘을 날아서 쫓아가고 있었다. 열심히 맡은 일에 임하는지라 솔직히 감탄했다.

델타는 늦지 않도록 필사적이었지만, 가이는 그런 건 신경도 쓰지 않고 자신의 페이스대로 미궁을 나아갔다. 망설임 없이 계단을 향해 움직이는 걸 봐서, 마법이나 그 비슷한 것으로 위치정보를 파악하는 것 같았다.

《해답. 원소마법 : 오토 매핑(지도작성)의 효과입니다.》

지도가 없어도 그런 방법이 있었나.

예전에 '대현자'가 해줬던 것처럼 머릿속에 위치 정보를 표시해주는 마법인가 보다. 상시 발동을 시키고 있는 거라면, 검뿐만이 아니라 마법까지 다룰 수 있는 모양이군. 그것도 상당한 솜씨로 보였다.

휴즈로부터 듣기엔 가이 역시 얼마 되지 않는 A랭크라고 했다.

그 말이 납득되는 실력이다.

지금 현재 2층을 이동 중이지만, 이제 곧 계단에 도착한다. 이 기세를 유지한다면 두 시간 안에 5층에는 도착할 것이다.

내 예상보다 많이 빠르다. 미처 예상하지 못했던 공략 속도다.

그러나 그렇다고 쳐도 마음에 걸리는 것이 있다.

가이의 심상치 않은 눈빛이다.

입가를 크게 일그러뜨리고 있으며 눈엔 핏발이 서 있는데…….

가이는 3층에 도착해서도 그 속도를 유지하면서 나아갔다.

그러나 2층까지와는 다르게, 작은 방을 무시하지 않고 보물 상자의 유무를 확인했다.

아니, 그 반대로군. 거기에 확실히 있다는 걸 알고 있는 듯이, 보물 상자가 설치된 작은 방을 망설임 없이 뒤지고 있었다.

그것도 노린 것처럼 은색 상자만을.

"저 녀석…… 무슨 수를 쓴 거야?"

자신도 모르게 중얼거리는 나.

대답이 없는 걸 보면 라파엘 선생도 모르는 모양이다.

"왠지 저 가이라는 녀석은 엄청나게 욕망에 물들어 있는 것 같은데. 마치 후각으로 돈 냄새를 맡고 있는 것 같다고나 할까?"

라미리스가 막연하게 표현했지만, 말하고 싶은 바를 알 것 같기도 하고 모를 것 같기도 한, 그런 느낌이다.

어쨌든 가이가 평범하지 않다는 건 틀림없다. 묘르마일을 다짜고짜 공격했던 것도 불쾌했기 때문에 가능하면 얽히고 싶지 않은 인물로 보였다.

그런 식으로 가이의 공략도 진행되고 있었다.

*

두 시간이 지났다.

밧슨 일행이 또 숨겨진 방을 발견한 것 같았다.

"밧슨 씨! 여기에도 방이 있습니다!"

동료 중의 한 명이 우연히 문을 찾아낸 것이다.

"또 덫이 있는 것 아냐?"

의심스러운 표정으로 밧슨이 말했다.

지금까지 그들은 내가 설치한 마비독과 수면 가스가 든 보물 상자에 고전했다. 약한 미믹(유사 보물 상자)에 걸리기도 했기 때문에, 슬슬 의심스러운 눈으로 보물 상자를 보게 되었다.

"이봐, 라미리스. 저 방의 보물 상자는 뭐였지? 이대로 가면 제대로 홍보도 안 되는 데다, 저 녀석들도 좀 불쌍하니까 슬슬 뭔가 좋은 아이템을 뽑아주면 좋겠는데⋯⋯."

왠지 저 녀석들을 보고 있으면 게임의 10연속 가챠를 뽑다가 대폭사했던 기억이 되살아난단 말이지.

저렇게까지 꽝을 연발하면 나까지 미안한 기분이 든다. 완전히 의욕을 잃어버리면 단골손님이 되어주지 않을 테니까⋯⋯ 슬슬 뭐라도 당첨이 되어주면 좋겠다고 생각한 것이다.

"괘, 괜찮아. 저 도전자는 좀 심하네⋯⋯. 내가 말하는 것도 좀 우습지만 이렇게까지 무모한 인간은 예상외였어. 하지만 저 방에는 마물 한 마리와 은색 보물 상자가 있어. 안에 든 것까지는 기억나지 않지만 이번에야말로 틀림없이 당첨일 거야!"

좋아, 그렇다면 괜찮다.

오늘만큼은 조금이나마 행운을 맛보라고──.

"우옷! 역시 덫이었네. 마물이 있어!"

"쳇, 일단 물러날까?"

"무리야, 밧슨. 저 녀석, 우리를 포착했어!"

"자이언트 베어냐! 확실히 도망치는 건 어려울 것 같군⋯⋯."

양쪽은 거기서 상대방이 어떻게 나올지 살피듯이 서로를 노려
보기 시작했다.

——아니, 잠깐?

마물이 있다는 것만으로 그렇게 당황할 건 없잖아.

확실히 1층에선 마물이 그렇게 많이 출현하지 않는다. 2층에도
강력한 마물은 출현하지 않게 되어 있다. 그러나 이 숨겨진 방에
는 그럭저럭 좋은 아이템이 든 은색 보물 상자가 있다.

그걸 지킨다는 취지로 조금 강한 마물을 배치했을 뿐인데……
이 숨겨진 방이 2층의 보상 방이란 건 틀림이 없는 것이다.

안에 있던 것은 자이언트 베어 한 마리다.

C랭크 정도의 몬스터라서, 팀 전체의 수준이 B랭크인 밧슨 일
행이라면 여유 있게 물리칠 수 있는 수준이다. 그런데 밧슨은 물
론이고 고메스도 자이언트 베어 한 마리를 보고 안색이 변했다.

"밧슨 씨, 안쪽에 보물 상자가 보입니다!"

"그것도 은색이에요."

"그것도 덫인지도 모르지만, 싸워볼 수밖에 없지. 좋아, 너희
들, 각오를 단단히 해라!!"

"예!"

"붙어보자고!"

밧슨 일행 여섯 명은 겨우 싸울 마음을 먹은 모양이었다.

자이언트 베어와 서로 노려보면서, 신중하게 무기를 쥐며 자세
를 잡았다.

"내가 미끼가 되겠어. 너희는 빈틈을 노려라!"

밧슨은 리더답게 전위 역할을 소화하려는 생각 같았다. 방에

뛰어들자마자 큰 소리를 지르면서 자이언트 베어의 주의를 자신 쪽으로 끌었다.

정면에서 대치하는 밧슨과 자이언트 베어.

『오옷, 밧슨 일행은 마물과 전투를 시작한 모양입니다! 상대는 자이언트 베어인가요? 그 거대한 발톱에 일격을 당하면 인간의 목숨 정도는 아주 쉽게 빼앗긴다고 하던데──.』

소우카의 설명을 듣고, 나는 잘못 생각했다는 걸 깨달았다.

그렇다. 이건 게임이 아니다.

밧슨 일행은 저래 봬도 프로 모험가이니, 자신이 부상을 입는 것을 꺼렸던 것이다. 약간만 실수해도 목숨을 빼앗길 수 있는 우려가 있는 이상, 이익이 되지 않는 마물 토벌은 피하는 게 당연하다. 죽지 않으니까 괜찮다고 말해도, 그 사실에 익숙해지기까지는 시간이 걸릴 것 같다.

그렇다면 이 미궁의 홍보 방법을 다시 검토할 필요가 있을지도 모르겠군…….

그리고 전투가 시작됐다.

밧슨이 앞으로 나서서 자이언트 베어의 공격을 받아낸다.

그 얼굴은 필사적이다. 밧슨의 장비는 오래 쓴 하드 레저 아머다. 온몸을 다 덮은 방식이 아니라서, 팔이나 옆구리 등은 보호되어 있지 않다.

격이 낮은 마물을 상대로 조마조마하게 만드는군.

대형 도끼의 일격은 무겁고 위력도 있지만, 발톱을 받아내기엔 적합하지 않은 무기였다. 그래서인지 밧슨은 재주도 좋게 둥그런 방패로 자이언트 베어의 팔을 밀어내려 했다.

그런 밧슨을 원호하는 동료들. 안전을 중시해, 자이언트 베어의 눈이나 발을 노려 차례로 공격했다. 그리고 고메스라는 마술사가 윈드 커터(풍절대마참, 風切大魔斬)로 마무리 공격을 날렸다.

『지금 막 자이언트 베어와의 사투가 막을 내렸습니다! 아주 훌륭한 전투였네요!』

『그렇군요. 정석적인 이론대로 깊이 파고들지 않고 베테랑답게 싸웠습니다.』

소우카와 묘르마일의 실황 중계를 들으면서 나도 지금의 전투를 회상해봤다.

확실히 훌륭한 연계다. 결국 밧슨 일행은 한 명의 부상자도 없이 5분 만에 자이언트 베어의 토벌에 성공했다.

그러나 나는 예상 못 한 문제가 발생하는 바람에 골치를 썩일 수밖에 없었다.

"이거 참, 실력으로 따지면 압승할 수 있는 상대한테도 이렇게 신중하게 싸운단 말인가……."

"으—음, 나도 놀랐어. 하지만 저게 일반적인 반응이겠지?"

"그런 것 같군. 지도를 그리지 않는 시점에서 뭔가 위험하다는 생각이 들었지만, 생각했던 것 이상으로 우리와 인식 차이가 너무 많이 나는 것 같아."

"그러네, 그러네. 자칫하면 1층을 답파하는 것만으로도 사흘은 걸릴 것 같아……."

"으—음. 그렇게 되면 식량 조달 방법 같은 것도 고려해보는 게 좋을 것 같군……."

설마 이런 일로 우리의 계획에 차질이 생길 줄이야…….

밧슨 일행은 개개인의 랭크는 제각각이지만, 팀 전체로 보면 B랭크 수준에 해당했다.

밧슨과 고메스 두 사람은 장비만 좋으면 B랭크 수준에 들어갈 수 있을 만큼의 레벨(기량)은 있는 것 같았다. 그런 여섯 명으로 이뤄진 파티가 설마 2층에서 고전하다니, 예상을 벗어나는 것도 어느 정도여야지.

결과만을 보면 완전 승리지만, 5분이라는 시간은 너무 오래 걸렸다.

그렇지만 안전을 생각한다면 프로로서 당연한 행동일 테고…….

약간의 부상 정도는 포션으로 치유한다는 것을 철저하게, 좀 더 효율이 좋은 전투법을 인식하도록 배우는 게 좋을지도 모르겠다.

그런 내 걱정은 아랑곳하지 않고, 밧슨 일행은 보물 상자로 다가갔다.

『보아하니 이 방에는 보물 상자가 있는 것 같군요. 그것도 그 색은 은색이네요. 안에는 대체 뭐가 들어 있을까요……?』

소우카의 목소리에 대회장의 분위기도 긴장을 띠기 시작했다. 다른 파티도 몇 번이나 보물 상자를 열었지만, 이 순간만큼은 역시 계속 흥미가 생기는 모양이다.

별다른 주의 없이 상자를 여는 밧슨의 동료.

이봐, 이봐. 덫에 대한 경계 정도는 하라고.

은색 상자에 덫을 설치하지는 않았지만, 그걸 밧슨 일행은 모르고 있으니까…….

조금 전에도 마비독에 당했고, 그 전에는 수면 가스에 당했다. 멤버끼리 순서를 정해서 차례대로 상자를 여는 것 같은데, 이건 무슨 벌칙 게임이 아니라고.

너무나도 수준이 낮다 보니, 보고 있는 쪽이 두려워진다.

이런 점은 게임에 익숙해진 내 눈에는 초보자나 다름없게 보였는데, 어쩔 수가 없다.

미궁 안에 있는 보물 상자는 이쪽 세계에선 익숙하지 않은 것이겠지만…… 그렇다고 해서 무모한 짓을 아무렇지 않게 할 수 있는 건가?

이렇게 보고 있으니 에렌 쪽이 그나마 낫다. 기도가 있기 때문에 현재도 덫에 걸리는 일 없이 보물 상자에서 아이템을 회수하는 것 같고.

이 녀석들에게 도적 계통의 동료가 없는 것이 문제겠지.

호위 임무를 맡는 것이 주류인 토벌계의 모험가는 이런 자리에 익숙하지 않은 것이다. 그렇다면 탐색계 모험가를 고용하거나, 동료로 가담시키는 게 좋을 것이다.

잠깐만 있어봐?

어쩌면 미궁의 난이도가 우리가 생각하는 것 이상으로 높을 가능성이 있다.

단순히 밧슨 일행의 수준이 낮은 게 원인이 아닐까 하고 생각했지만, 공략에 익숙하지 않은 자가 많은 현재 상황에선 미궁 공략이 좀처럼 빠르게 진행되지 않을 것 같았다.

어쨌든 그 점에 대해선 나중에 재검토해야겠군.

"오, 오오옷!! 밧슨 씨, 검입니다!!"

좋아!

제대로 당첨된 것 같군.

그것도 아주 대박으로.

당첨이 되면 나오는 아이템에도 여러 가지가 있는데, 고급 포션이나 고대금화, 질이 좋은 무기와 방어구 등이 있다. 2층에선 아주 낮은 확률로 레어 급도 나오게 설정되어 있다.

밧슨 일행이 얻은 것은 그야말로 그 레어 급에 해당하는 검이었다.

"그러고 보니 사부가 말이지, 2층 이하의 보물 상자에는 아이템이 잘 나오게 설정해뒀다고 하더라?"

"그, 그래? 그런데도 저 녀석들은 방금 전까지 계속 꽝만 뽑았단 말인가……."

모처럼 베루도라가 분위기를 파악해서 선심을 써줬는데, 밧슨 일행의 낮은 실시간 행운 수치 앞에선 의미가 없었다. 아니, 베루도라가 확률을 조정하지 않았다면 이대로 계속 꽝만 뽑았을 가능성도 있다는 건가.

그러나 그것도 레어 급을 뽑았으니 대역전이로군.

이걸로 좋은 홍보가 되었을 테고, 밧슨 일행의 사행심은 상당히 자극을 받았을 것이다. 그렇게 생각하면 베루도라는 아주 일을 잘했다.

"베루도라치고는 좋은 판단을 했군. 어느 정도 보답을 해주지 않으면, 앞으로 미궁 공략에 영향을 미칠 테니 말이야."

베루도라에게는 나중에 고맙다고 말하자.

밧슨 일행은 교대로 검을 바라보면서 휘파람을 불었다.

검이 마음에 든 것 같았다.

"얘들아, 이 기세로 계속 나가자!!"

큰 도끼를 넣고 검으로 바꿔 쥐는 밧슨.

다음 방에선 D랭크의 레서 배트 세 마리가 출현했지만, 그 세 마리를 단번에 베어버리고 있었다. 검의 성능에 도움을 받은 것인지, 처리 속도가 빨라진 것 같았다.

그 검은 쿠로베의 제자가 만들어낸 것으로 아슬아슬하게 레어급에 해당한다. 그래도 밧슨 일행에겐 명검 취급을 받겠지.

가이도 그랬지만, A랭크의 상위 모험가라고 해도 레어 급의 장비를 갖추는 것은 어렵다고 들었다.

밧슨 일행이 기뻐하는 것도 무리는 아닐 것이다.

밧슨 일행은 지금까지 늦어진 걸 만회하려는 듯이 기세 좋게 나아가기 시작했다.

그리고 마물에게서 드롭되는 '마정석'도 나름대로 제법 많이 획득한 모양이었다.

"이거 좋군. 이렇게 나가면 흑자도 문제가 없을 테고, 생각보다 많이 벌 수 있겠어!"

"그래. 이 미궁이 일반에게 공개된다면 꼭 다니도록 하자고!"

그런 말을 나누면서 훈훈한 표정을 지었다.

그런 식으로 밧슨 일행의 공략은 계속되었다——.

에렌 일행 쪽으로 주의를 돌려봤다.

에렌 일행은 1층에 있다 보니 레어 급을 발견하기가 어렵다. 안전을 생각해 돌다리도 두들기며 지나갈 정도로 신중하게 행동한다고 할 수 있겠다.

 그래서인지 지나치게 순조로울 정도로 1층의 보물 상자를 죄다 뒤지고 있었다. 그렇게 봤는데, 지금 와서 갑자기 움직임이 바뀌었다.

 "슬슬 괜찮지 않겠어어?"

 "정말 갈 겁니까요?"

 "저기…… 내 의견은……?"

 "갈 거야! 우리의 목표는 거물이 되는 것——!!"

 카발의 의견은 완전히 무시되었고, 에렌 일행은 아래층을 목표로 움직이기 시작했다. 남은 건 약 한 시간, 이쯤에서 승부를 걸 생각인 것 같았다.

 1층에서 지금까지 돌아다니고 있었던 건 포션들을 모으는 것이 목적이었던 모양이다. 그리고 에렌 일행은 라미리스로부터 얻은 정보를 유효하게 활용하여 단번에 10층을 목표로 삼고 움직이기 시작한 것이다.

 『오오, 카발 일행이 드디어 움직이기 시작한 모양입니다. 지금까지 신중하게 공략하던 모습을 버리고 단번에 아래층을 노리는 것 같습니다.』

 『으——음, 더 좋은 보물 상자를 노리는 작전일까요? 그러나 운만 갖고 보물 상자를 발견하는 건 힘들 텐데 말이죠…….』

 『방금 전의 밧슨 일행처럼 은색 상자에서도 레어 급이 나오기도 하는 것 같은데요?』

 『그건 노린다고 해서 나오는 게 아닙니다. 가이 님은 이래저래 스무 개 이상의 은색 상자를 열었지만 아직까지 레어 급은 제로니까요.』

『확실하게 레어 급을 노린다면 금색 상자밖에 없는 걸까요?』

『그렇습니다. 하지만 금색 상자의 출현 장소는 기본적으로 보스의 방에 있거나 혹은…….』

『또 다른 장소가 있는 건가요?』

『으—음…… 에리어 보스라고 하는, 랜덤으로 출현하는 보스도 있는 것 같더군요. 그런 마물이 지키는 방에도 금색 상자가 출현하는 것 같습니다.』

소우카와 묘르마일의 대화를 듣던 나는 에렌의 목적을 알아차렸다.

"이봐, 라미리스."

"네."

"네가 흘린 정보에는 에리어 보스의 출현 위치도 포함되어 있냐?"

"그게 말이죠…….."

"포함되어 있는 거야? 아니야?"

"——?! 포함되어 있는 것 같습니다!!"

이게 무슨 일이람.

아니, 이건 낙관적으로 생각하자.

재미 삼아 놓아둔 에리어 보스가 홍보에 도움을 줄 수 있다고 봤다.

그리고 내가 설치한 위치는 분명 4층이었지. 쓰러뜨렸다면 장소가 바뀌겠지만, 지금이라면 아직 그대로 남아 있을 텐데…….

악의가 넘치는 몬스터 하우스(마물의 방)에서 C+랭크의 자이언트 배트가 여러 마리 출현한다. 모르고 있다면 마물의 대량 습격이라는 세례를 받겠지만, 알고 있다면 대책은 가능하려나.

하지만 처음부터 그 방에 뭐가 있는지 알고 있었다는 식으로 반응하는 건 문제가 될 것이다.

──그렇게 걱정했지만, 기우였다.

에렌 일행은 일부러 빠지는 함정을 이용하여 5층까지 돌파했고, 싸우다가 부상을 입은 척하면서 포션의 효과를 선전하더니, 게다가 쉴 수 있는 장소를 찾는 척하면서 목표하던 장소로 이동했던 것이다.

연기가 빈틈없는 것이, 배우가 따로 없었다.

"가발 씨, 누님, 이 모퉁이를 돌면 작은 방이 있습니다요. 거기서 잠깐 쉬도록 하죠."

"알았어어! 카발, 몸은 괜찮아?"

"아, 응. 이 회복약, 효과가 굉장한데. 몸은 전혀 문제가 없지만, 한바탕 벌기 전에 조금 쉬기로 할까."

카발은 국어책을 읽는 수준으로 대사를 쳤지만, 그걸 알아차리는 자는 없었다. 관객들이 스크린에 빠져 있는 동안 기도가 그 문을 열었다.

"우오! 자이언트 배트입니다요!!"

"당황하지 마. 카발, 부탁해애!"

"……피를 빨리는 건 싫은데?"

카발의 저항과는 상관없이 전투가 시작되었다.

스케일 실드를 든 카발. 그대로 방패에 몸을 숨긴 채, 자이언트 배트의 공격을 혼자서 계속 받아냈다.

언뜻 보기에는 위기로 보이지만 카발은 침착했다. 자이언트 배트의 힘으로는 뚫을 수 없을 정도로 방패가 강하기 때문에, 여유 있게 공격을 흘려보낼 수 있는 것이다.

그리고 카발이 주의를 끄는 동안에 에렌의 마법이 완성됐다.

"간다아아——!! 아이시클 랜스(수빙대마창)——!!"

작고 뾰족한 얼음 덩어리가 자이언트 배트들에게 쏟아졌다. 좁은 방 안, 도망칠 곳은 어디에도 없다. 드리아데스 케인(나무요정의 지팡이)으로 증폭된 에렌의 마법의 위력 앞에 자이언트 배트들은 일망타진된 것이다.

"으—음, 이렇게 보니까 너무 간단한데."

"그러게. 밧슨의 파티라면 생사를 건 사투가 벌어졌을 텐데……."

"이걸로 저들이 금색 상자를 얻는다면, 조금은 손해 보는 기분이 들 거 같아."

"하지만 에렌 쪽을 기준으로 생각하는 것도 좀 그렇지 않아?"

확실히 라미리스의 말도 일리는 있었다.

그리고 생각해보면 이번에는 꼼수를 썼기 때문에 간단했을 뿐이지, 보통은 이렇게 일이 잘 풀리지 않는다. 미궁을 마구 뛰어다닌 끝에 금색 상자를 발견했다면 운이 좋았다고 축복해줄 수 있겠지.

『훌륭한 싸움이었네요.』

『네에, 역시 숙련된 팀은 다르군요. 여유가 느껴지는 싸움이었습니다. 오, 기도 님이 보물 상자를 여는 것 같군요.』

『오오!! 보물 상자네요. 정말로 레어 급이 나오는 걸까요?!』

해설을 들으면서, 기도의 손을 향해 시선을 돌렸다.

레어 급이 나오는 건 확정되어 있지만, 과연 뭐가 나올까.

"검, 입니다요······."

"마법사용의 방어구를 바랐는데에."

"검이라고?! 됐어, 내 노력을 하늘이 굽어 살피신 거라고!"

3인 3색.

재미없다는 표정을 짓는 기도, 혀를 차는 에렌, 방금 전까지 의욕 없던 모습은 완전히 날아가버린 카발. 각자의 반응이 재미있었다.

『오오, 정말로 무기가 나왔네요, 묘르마일 씨!』

『당연히 그렇겠죠. 금색 싱자에는 꽝이 없나는 섯이 마왕 리부루 님에게서 전해 들은 말이니까요.』

나는 그런 말을 해준 기억이 없지만, 묘르마일도 적당히 맞장구를 쳐주면서 분위기를 끌어올렸다.

이 금색 상자에서 나온 것은 템페스트 소드(폭풍의 장검)였다.

모두 레어 급이라고 생각하는 것 같은데, 엄연히 유니크(특질) 급의 무기다.

기도에게 준 템페스트 나이프(폭풍의 단도)와 마찬가지로, 카리브디스(폭풍대요와)의 비늘을 쿠로베가 벼려서 만든 물건이다.

베루도라가 대박이 쉽게 나오도록 설정한 탓인지, 에렌 일행은 1%의 확률로 나오는 최고의 물건을 뽑았다.

그리고 에렌 일행은 목적을 달성하자마자 재빨리 귀환할 준비를 했다.

이걸 현실적이라고 해야 하나, 뭐라고 해야 하나······.

"조금 지나치게 화려한 걸 얻은 것 같은데 뭐, 상관없나."

에렌 일행의 늠름한 모습에 나도 쓴웃음을 지을 수밖에 없었다.

이걸 끝으로 에렌 일행은 제한 시간을 앞두고 재빨리 철수했다.

한편, 마사유키 일행과 가이는 어떤가 하면.

둘이서 경쟁이라도 하듯이 아래층을 향하고 있었다.

하지만 그 차이는 역력했다.

마사유키 일행 쪽이 압도적으로 빨라서, 두 시간이 경과한 시점에선 이미 지하 9층에 도달해 있었다.

"너무 빠르잖아, 저 녀석들……."

"미안. 설마 빠지는 함정이 저런 식으로 이용될 줄은 생각 못했어……."

"마사유키 일행의 경우는 노리고 이용하는 게 아니겠지만 말이지."

나와 라미리스가 그런 대화를 나누는 동안에도 마사유키 일행은 9층의 공략을 진행했다. 그리고 나머지 50분 이상을 남겨두고 10층에 도달한 것이다. 게다가 함정을 지름길 삼아 내려온 결과, 지하 10층의 가장 깊숙이 위치한 방 부근이라는 절묘한 위치에 도착했다.

이것 또한 마사유키의 행운에 의한 것이겠지.

"설마 세 시간도 안 되어서 저기까지 내려갈 줄이야……."

이 정도면 아예 어이가 없을 수준의 속도였다.

이 정도 층까지 내려오면 통로에 출현하는 몬스터도 있다. 그것도 무리를 지어 출현하기도 하는데, 마사유키의 동료들의 움직임은 참으로 훌륭했다.

고전하지도 않고, 일격으로 마물들을 처리해나갔다.

함정을 제외하면 내가 건네준 지도의 정보는 정확하다. 그러므로 그 정보를 확인하면서 마사유키 일행은 통로를 나아가고 있었다.

그리고 드디어 마사유키 일행은 가장 깊숙이 위치한 방에 도착한 것이다.

지하 11층으로 이어지는 계단은 이 넓은 공간의 보스를 쓰러뜨리면 출현한다.

그리고 그 보스 몬스터는 난이도 B랭크의 블랙 스파이더다.

그 위용에 겁을 먹──,

"으랏차아!!"

진라이의 기합을 담은 공격 한 방에 블랙 스파이더가 죽었다.

부, 분해.

마사유키 일행이 상대라면 블랙 스파이더 정도로는 어쩔 도리가 없는 것 같다. 적어도 함정만 없었다면 여기까지 오는데도 상당한 시간을 소모했을 텐데…….

마사유키 일행은 금색 상자를 확실하게 회수했고, 레어 급에 해당하는 단검을 얻었다. 그것도 모자라 약삭빠르게도 세이브 포인트에 등록하고 말았다.

나는 그걸 보고, 빠지는 함정은 모두 철거시켜야겠다고 결심했다.

마사유키 일행은 보스 몬스터를 쓰러뜨리고는 그대로 '귀환의 호루라기'를 써서 지상으로 돌아왔다. 에렌 일행에 이어서 두 번째 귀환이다.

마사유키 일행이 넓은 방에서 사라짐과 동시에 닫혀 있던 문이 다시 열렸다.

『마사유키 님 일행이 돌아왔습니다만, 이번에는 가이 님이 보스에게 도전하려는 것 같군요.』

『가이 씨는 여기까지 혼자서 공략하고 있네요. 함정이나 다른 덫에 걸리는 일 없이 엄청난 속도로 통로를 내달렸죠.』

『저 속도라면 함정이 열리기 전에 빠져나가겠군요. 생각도 못 한 공략 방법입니다만, 평범한 사람은 흉내 내지 못할 것 같습니다.』

묘르마일의 말에 모험가들이 동의하듯이 고개를 끄덕였다. 솔로라면 모를까, 파티라면 더더욱 흉내 낼 수 없는 방법이다.

가이는 저래 봬도 A랭크에 부끄럽지 않은 상위의 모험가인 것이다. 이런 초기 단계의 층에서 고전할 리도 없으며, 무슨 수를 쓰는 건지 모르겠지만 은색 상자를 열어서 잔뜩 돈을 벌고 있었다.

모니터 요원으로선 최악이로군, 이 녀석.

그렇게 생각했지만 이런 경우엔 어쩔 도리가 없다.

"쳇, 빌어먹을 용사가 한발 빨랐나. 뭐, 좋아. 어서 보스를 부활시켜라!"

가이가 거만한 자세로 말했다.

발끈했지만, 나는 어른이니까 참는다.

『그런데 묘르마일 씨. 이런 경우엔 어떻게 되는 건가요?』

『흠. 보스는 30분 정도 지나면 부활한다고 하더군요.』

『그렇다면 당연히 금색 상자도 마찬가지일까요?』

『그렇게 들었습니다. 안 그러면 보스를 놓고 쟁탈전이 일어나지 않겠느냐며 리무루 님께서 걱정하셨으니까요.』

『과연, 그렇군요. 그렇게 되면 가이 씨는 시간제한에 걸리게 되겠네요~.』

『그렇게 되겠군요. 시간도 이제 얼마 안 남았으니까, 이번 도전은 여기까지가 될 것 같습니다.』

예정된 세 시간까지는 15분 정도 남았다.

가이는 시간제한에 걸릴 것이라는 설명을 듣고, 불쾌한 표정으로 불평을 늘어놓았다.

"헛소리하지 마! 감히 날 가르칠 생각이냐? 네놈들이 무능하다는 건 이해했다만, 내가 그에 맞춰줄 이유 따윈 없다! 빨리 보스를 부활시키란 말이다!"

가이는 욕망으로 핏발이 선 눈을 한 채, 입에서 나오는 대로 지껄이고 있었다.

델타는 그 말을 태연한 표정으로 흘려듣고 있었지만, 이어진 가이의 폭언을 듣고 표정이 대번에 바뀌었다.

"흥!! 무능한 놈들의 주인도 역시 무능하군. 네놈들 같은 무능한 자들이 정한 규칙을 내가 지킬 필요는 없단 말이다!!"

아, 그 말을 해버리네.

미궁 관리자 앞에서 당당하게 규칙을 무시하겠다고 선언하다니…….

가이가 뭐라고 외치든 간에 규칙이 바뀌는 것도 아니다. 하지만 그 말을 듣고 미궁 관리자가 그냥 넘어갈 것인지 묻는다면, 그 답은 정해져 있다.

"당신의 발언은 우리가 정한 규정을 명백하게 위반하고 있습니다. 사과하겠다면 불문에 부치겠습니다만, 이 이상의 폭언은 간과하지 않겠습니다."

"뭐라고? 안내인 주제에 건방지게. 웃기지 마라!"

가이에게 담담히 고하는 델타.

그런 델타를 업신여기는 듯한 표정으로 비웃으며 무시하는 가이.

"명백한 규정 위반을 확인. 지금부터 형을 집행하겠습니다."

"흥, 형이라고? 너 따위가 나를──."

다음 순간, 지면에서 뻗어 나온 덩굴이 가이의 몸을 묶어버렸다.

"──뭐야?!"

"'부활의 팔찌'의 통각 차단 기능을 해제했습니다. 사과할 마음이 드셨습니까?"

가이의 몸을 묶고 있는 덩굴엔 작은 가시가 돋아나 있었다. 그게 갑옷 틈을 꿰뚫고 가이를 몸을 찌르면서 격렬한 고통을 주었다.

정령마법 : 손 바인드(만자속박, 蔓刺束縛)를, 델타가 주문도 읊지 않고 발동시킨 것이다.

"비, 빌어먹을! 이 정도로 나에게 이겼다고 생각하냐?"

"최종 경고. 사과할 마음은 없습니까?"

"웃기지 마!! 이 정도의 마법은──"

가이가 외치는 소리가 도중에 사라졌다.

델타가 그 가느다란 손으로 가이의 목을 베어버린 것이다.

가이에게 델타는 상대하기가 너무 어려운 존재였다.

가이는 확실히 A랭크 급이긴 하지만, 델타는 드라이어드다. 전투 경험이 없어도 종족 본능만으로 해저드(재해) 급을 넘는 실력을 가지고 있다. 앞으로 경험을 더 쌓으면 트레이니 씨와 마찬가지인 캘러미티(재액) 급 수준까지 도달할 것이다.

가이의 수준으로 이길 수 있을 리가 없다.

무투대회에서 활약한 가이가 상냥해 보이는 델타에게 쓰러지는 것을 보면서 관객들 사이에 동요가 일어났다.

자신들이 강자라고 믿고 있던 가이가 저항도 해보지 못하고 순식간에 살해되었다. 그런 광경을 직접 눈으로 봐버리면 놀라지 않는 게 무리였다.

그런 분위기를 읽었는지, 묘르마일이 온화한 말투로 설명을 시작했다.

『아아, 미궁 관리자의 말은 이 미궁 안에서 지켜야 할 규칙이기도 합니다. 규칙을 무시하면 지금처럼 미궁 관리자의 철퇴를 맞게 될 겁니다.』

규칙만 지킨다면 안전하다고, 묘르마일은 그렇게 말한 것이다.

『무, 무섭네요. 그건 그렇고, 가이 씨는 어떻게 되는 것인가요?』

『딱히 어떻게 되는 것은 없습니다. 이번에 미궁 안에서 획득한 아이템이 전부 몰수되는 것뿐입니다. 단, '부활의 팔찌'의 통각 차단 기능이 해제된 것 같으니 상당한 고통을 경험하고 있겠군요.』

사실 벌칙이라고 해도 대단한 것은 아니다.

미궁 안에서 벌인 활약을 없었던 것을 되돌리는 것뿐이지, 그이상은 아무 짓도 하지 않는다.

너무나도 악질인 경우엔 미궁 출입을 금지시키는 조취를 취할지도 모르지만…… 그건 돌아가는 분위기를 살펴본 뒤에 검토할 예정이었다.

『앗! 가이 씨가 밖으로 나왔지만, 묘르마일 씨 때와는 달리 기절한 상태인 것 같네요.』

가이는 목을 베임과 동시에 빛의 입자로 변하더니 지상에서 부활했다. 하지만 여전히 기절한 상태였다.

왜냐하면 이번에는 징벌적인 의미를 강하게 부여해, 델타의 권한으로 '부활의 팔찌'의 기능을 제한했기 때문이다. 그래도 무사한 것은 틀림없지만, 사망했다는 쇼크에서 회복하려면 어느 정도 시간이 필요할 것이다.

묘르마일에게 저지른 짓이나 델타를 업신여기는 듯한 태도 등, 가이는 끝까지 불쾌한 남자였다. 그러므로 내 입장에선 속이 후련해지는 것 같았다.

이것으로 가이도 조금은 반성하겠지.

『규칙을 지키면 '부활의 팔찌'의 안전장치는 완벽하게 작동합니다. 하지만, 가이 님은 규칙을 무시하려고 했으니까요. 이 미궁에서는 모험가들끼리의 다툼이 금지되어 있다거나 미궁 관리자의 조언에는 잘 따를 것 등등, 세세한 규정이 있습니다. 정식으로 개방될 때는 규정집이 배포될 예정이고, 글을 읽지 못하는 분에겐 안내인이 설명해주게 되어 있습니다. 이번처럼 가이 님과 같은 꼴을 당하지 않기 위해서라도 에티켓을 잘 지켜주시기 바랍니다.』

『이런 결과가 돼버려서 가이 씨는 조금 아쉬울지도 모르겠네요, 하지만 정식으로 개방될 때는 조금만 기다리면 보스도 부활한다고 합니다! 모험가들끼리 다투는 것도 규칙 위반이 되는 것 같으니, 순서를 잘 지켜서 올바르게 미궁 공략을 진행해주시길 바랍니다!!』

낭랑한 목소리로 해설하는 소우카.

올바른 미궁 공략이란 게 뭐야? 그런 질문은 받지 않겠다.

관객들이 조금은 어색한 분위기를 띠었지만, 소우카의 기세에 밀려 대충 넘어가는 것 같았다.

이윽고 시간이 조금 지나자, 가이도 의식을 되찾았다. 그리고 자신의 몸에 무슨 일이 일어난 것인지를 떠올리면서, 경악과 동시에 분해했다.

그런 가이의 모습을 보고, 관객들도 침착함을 되찾기 시작했다.

다행이다, 다행이야.

보아하니 관객들도 묘르마일의 해설이 옳다는 것을 이해하는 것 같다.

마음에 안 드는 녀석이었지만, 가이를 관찰해서 얻은 정보는 도움이 될 것이다.

보물 상자를 노리는 상위 모험가에 대한 대책을 검토해야 우리가 큰 손해를 보는 사태를 피할 수 있었다. 또한 규칙을 지키지 않은 상대에 대한 대처도 널리 알릴 수 있었다.

이로써 가이의 도전은 내 기준에선 대만족이라 할 수 있는 결과로 끝났다.

＊

그렇게 각 팀의 공략이 차례차례 끝났으며, 이제 밧슨 일행만 남게 되었다. 종료 예정 시간까지 이제 10분 정도이니 밧슨 일행 쪽도 슬슬 끝을 내도록 해야겠다.

그런 생각을 하고 있는데, "끄아——!!" 하는 비명을 지르면서 밧슨의 동료 중 한 명이 쓰러졌다.

방 안에 있던 마물에게 당했는지, 오른쪽 눈에 화살이 박혀 있었다.

저렇기 때문에 경계심 없이 문을 여는 행동은 위험한 것이다.

방 안에 있던 것은 한 마리의 스켈레톤. 활을 겨누고 있다가 방으로 들어오는 자를 저격하게 되어 있다.

다음 사람이 미간에 화살을 맞고 쓰러졌다. 가이와는 달리 10초가 지난 뒤에 빛의 입자로 변해 사라졌다. 이제 곧 종료될 시간에 때마침 적당하게 사망을 경험할 수 있었던 것이다.

스켈레톤은 남은 네 명의 공격에 의해 바로 쓰러졌다.

『이, 이런!! 지금까지 희생자는 제로였는데, 두 명이나 희생자가 나오고 말았네요. 하지만 안심하세요. 지금 사망하신 분도 지상에서 무사히 부활했습니다!』

그 모습을 실황으로 중계하는 소우카.

그녀의 상대역을 맡고 있는 묘르마일.

관객도 현장감이 넘치는 밧슨 일행의 싸움에 정신이 팔려 있었다. 그렇다기보다는, 거대 스크린에 박력이 넘치는 전투 장면이 비치고 있기 때문인지, 마치 자신들이 직접 탐색하는 기분에 빠져 있는 것처럼 보였다.

마물이 나올 때마다 비명이 들려오곤 하는데, 그런 반응도 제법 재미있었다.

호러 영화를 보는 기분일지도 모르겠다.

그리고 사망자가 나왔을 때는, 자신의 일인 양 비명을 지르는 자까지 속출했던 것이다.

미궁 공략 현장을 방영하는 것도 하나의 이벤트로서 재미있을지도 모르겠다. 무단으로 방영하는 것은 문제가 될 테니까, 미궁 공략에 도전하는 모험가와 방영에 관해서 교섭해보는 것도 괜찮을 것 같군.

그런 아이디어까지 반짝 떠올랐다.

자, 그건 나중에 생각하기로 하고, 슬슬 시간이 되었다. 이 정도 경험했으면 충분하겠지. 밧슨 일행이 나서준 덕분에 나름대로 긴박한 분위기도 느꼈으니, 결과적으로는 좋은 도전자였다.

처음에는 기세 좋게 마사유키를 비난하거나, 미궁의 본색을 밝혀주겠다느니, 광대한 미궁은 허풍이라느니 하며 큰소리를 쳐댔지만, 밧슨 일행은 그런 건 잊은 것처럼 공략에 정신없이 몰두해주었다.

그리고 지금은 굵은 목소리로 울면서 사망한 동료의 이름을 부르고 있었다.

자기 좋을 대로 믿어버리는 것도 모자라서, 남의 말을 듣지 않는 타입이로군. 하지만 모험가에겐 이런 타입의 인간이 많은 것 같다. 샘플로 아주 좋은 참고가 될 만한 모험가들이라고 할 수 있겠다.

"그럼 여러분, 슬슬 귀환하실 시간이 되었습니다."

밧슨 일행의 담당이었던 알파가 분위기도 파악하지 못한 채 그렇게 선언했다.

밧슨은 알파의 태도에 분노한 표정을 지었지만, 알파는 신경도 쓰지 않고 모두의 '귀환의 호루라기'를 강제 발동시켰다.

"너——!!"

따지고 들려 했던 밧슨.

그러나 그 말은 지상으로 귀환한 시점에서 쏙 들어가고 말았다.

"아, 밧슨 씨. 전 정말로 되살아난 것 같네요."

휘둥그레 눈을 뜬 동료의 마중을 받으면서, 그의 분노가 사라진 것이다.

"말도 안 돼——!! 정말로 살아났단 말이야?!"

"네에, 저도 이젠 틀렸다고 생각했는데 생각했던 것보다 아프지도 않고 무사히 부활했더라고요?"

"이봐, 이봐. 그게 정말이면 대단한 일인데? 부활 마법을 쓸 줄 아는 사람은 얼마 되지 않는데, 이 팔찌가 있으면 문제가 없단 말이야?!"

그런 대화를 나누면서 죽음에서 살아 돌아온 동료의 무사함을 확인하고 서로 기뻐하는 밧슨 일행.

"젠장, 내 오른쪽 눈은——."

"그럼 이걸 사용해보겠어?"

오른쪽 눈에 화살을 맞은 남자도 포션의 효과로 상처가 나았다.

"이거 대단한데. 몸이 자본인 우리한테 이렇게까지 좋은 환경은 바라 마지않던 거야."

"이거 정말이야?! 그럼 다음부턴 좀 더 과감하게 막 나갈 수 있겠군!!"

아니, 아니. 너희들은 처음부터 과감하게 막 나갔어.

덫을 경계하는 행동은 전혀 하지 않았는데, 덫이 더 흉악해지는 층에선 그런 방법이 통하지 않는다고.

지적해주고 싶은 것은 산더미같이 많았지만, 꾹 참았다.

중요한 것은 관객들의 반응이며, 밧슨 일행의 모습을 시종일관 지켜보고 있었으니 이 던전(지하미궁)의 안전성은 충분히 인지했을 것이다.

그러므로 이번 홍보는 성공이었다.

무대 위에 도전자들이 나란히 섰다.

나도 무대 쪽으로 돌아보면서 그들 앞에 섰다. 이번 던전 공개 행사의 마지막 인사를 하기 위해서.

『어땠나? 재미있게 즐겼나? 이 던전은 이제 곧 정식으로 개장할 예정이다. 안전성은 보증할 테니 흥미가 생긴다면 모쪼록 도전해주면 좋겠다. 그리고 훌륭하게 지하 100층을 제패한 자에겐 내게 도전할 수 있는 권리를 주겠다!!』

마이크를 손에 쥐고 나는 그렇게 말하면서 이 자리를 마무리 지었다.

내 느낌을 말하자면, 꽤 좋았다.

무투대회의 결승전에서도 크게 흥분했었지만, 미궁의 공략 과정을 지켜보는 것도 실제 체험에 가까운 느낌을 받은 것 같다.

이리하여 던전 공개도 무사히 종료되었다.

——물론 이렇게 끝나면 깔끔했겠지만.

『리무루, 어떻게 된 거야? 도전자가 좀처럼 오질 않는데, 언제까지 기다리면 되는 거지?』

남의 말을 듣지 않았다는 것을 바로 알 수 있는, 멍청한 미궁의 왕(베루도라)가 보낸 '사념전달'이 들려왔다.

좋았던 기분을 다 망쳤다.

『시끄러워, 몇 번이나 말했잖아!! 잘 들으라고, 마지막 층까지 갈 수 있는 도전자는 당분간 없을 줄 알아!!』

『뭐, 뭐라고오?! 이건 이야기가 다르잖아!!』

『다르지 않아, 멍청한 자식! 남의 얘기를 제대로 좀 들으라고!』

그런 뒤에 한동안 입씨름이 계속 이어졌다.

꼭 있단 말이지, 축제날에 꾸중을 듣는 어린아이가.

너무 들떠서 까불다 보니 실수를 저지르는 것은 종종 있는 얘기다.

그러므로 이때다 싶어서 나는 베루도라가 반성할 때까지 간절한 심정으로 꾸짖고 또 꾸짖었다.

제5장

축제가 끝난 후

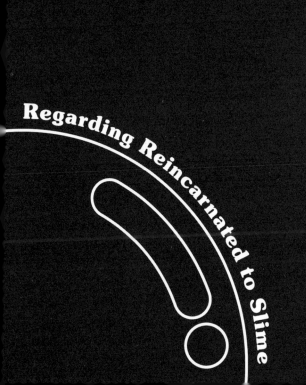

Regarding Reincarnated to Slime

개국제의 마지막 밤.

오늘이 마지막이라, 우리나라가 주최한 성대한 나이트 파티가 개최되었다.

슈나와 요시다 씨를 비롯한 요리사들이 실력을 발휘해서 더할 나위 없이 화려한 요리를 차례로 제공했다.

이것도 전부 우리에게 좋은 인상을 가지길 바라기 때문이었다.

최근 3일 동안에 많이 친해졌는지, 담소를 나누는 귀족들의 모습도 보였다.

첫날밤과는 달리 연회의 분위기는 온화했다.

미궁 안에서도 지금쯤 베루도라와 라미리스 그리고 밀림. 그 외에 칼리온과 프레이, 미도레이 등도 같이 모여서 즐거운 밤을 보내고 있을 것이다.

트레이니 씨와 엘프들이 한껏 의욕적으로 맛있는 요리를 준비해주었기에, 나도 나중에 선물로 디저트를 들고 가서 얼굴을 내밀 예정이었다.

그리고 도시 쪽에서도.

찾아온 상인, 모험가, 근처의 농민들 그리고 마을의 주민들이 사이좋게 술과 요리를 즐기고 있었다. 모든 가게가 무료로 개방되면서, 오늘은 먹고 마시며 노래 부르느라 시끌벅적했다.

이쪽도 경계심이 약해졌는지, 마물이니 인간이니 하는 건 관계 없이 즐거운 표정으로 밤을 보내고 있었다.

음악이 흘러나오자, 누군가의 선창에 맞춰서 노래하는 자.

그 음악의 리듬에 따라 춤을 즐기는 자들도 있다.

이 시간이 끝을 향해 흐르는 것이 아까운 것 같기도 하고, 아쉬 워하는 것 같기도 하다…….

내일부터는 또 각자의 일이 기다리고 있다.

그걸 생각하면 우울해지고, 동시에 보람도 솟아오른다.

왠지 신기한 기분이었다.

그런 기분을 맛보는 이가 비단 나뿐만은 아닐 거라 생각하지 만, 그래도 모두의 얼굴이 즐거워 보였다.

아마 이것이야말로 행복이라고 할 수 있겠지.

나는 그런 행복한 광경을 보면서 이 평화가 길게 계속되면 좋 을 텐데, 라고 빌었다.

그렇게 그날 밤도 깊어져갔다――.

*

허무하게도 축제는 끝났다.

오늘은 아침부터 귀국 길에 오른 자들로 인해 도로가 크게 혼 잡했다.

고부타 대신 리그루가 이끄는 경비부대도 해가 뜨기 전부터 엄 청 바쁘다.

"축제 다음 날 정도는 대낮까지 자고 싶었을 텐데?"

"하하하, 리무루 님. 술을 이기지 못하고 반대로 먹혀버릴 정도로 어리석은 자는 경비부대를 맡을 수 없습니다!"

리그루는 진지했다.

역시 리그루도의 아들이다.

고부타라면 당연히 이런 때에 "축제 다음 날 정도는 대낮까지 자고 싶었습니다요"라고 말했을 텐데. 그 말엔 나도 동의하기에 자신도 모르게 응석을 받아줄 것 같으니, 말하지 않는 게 좋을 것 같다.

고부타와 달리, 리그루는 불만 따위는 한마디도 하지 않은 채, 부하들에게 빠릿빠릿하게 명령을 내리고 있었다.

리그루가 힘을 써준 덕분에, 크게 문제없이 내빈들의 이동이 시작되었다.

도로가 충분히 넓기 때문에, 마차로 길을 막지 않는 한 인간들의 대열이 도중에 멈출 일은 없다. 오늘의 혼잡을 예견했는지 며칠 더 머물 예정을 잡은 자들도 있는 것 같으니, 생각했던 것보다 불만은 적게 나올 것 같았다.

도로의 교통정리는 리그루에게 맡기고, 나는 내 일을 하기 위해 돌아갔다.

그렇다, 오늘은 금화를 지불해야 하는 기일인 것이다.

백 명이 넘는 상인들을 대회의실에 모아놓았다.

현재는 리그루도와 묘르마일이 설명을 해주고 있지만, 슬슬 내가 나설 차례가 된 것이다.

지금이 아주 중요하다고 생각하여 기합을 단단히 넣고, 나는 대회의실로 향했다.

대회의실에 도착하자 안에서 다투는 목소리가 들려왔다.

"그러니까 지불은 반드시 할 것이니 진정하고 기다려주십시오!"

"그런 말을 하면서 우리를 속일 생각이야?"

"축제가 끝날 때까지 기다려줬어. 줘야 할 건 빨리 주라고!"

"잠깐, 잠깐. 너희들이 하고 싶은 말도 이해는 되지만, 우리 체면도 좀 세워주지 않겠나?"

"그러게 말이야. 친구인 묘르마일에게 너희를 소개한 내 얼굴에 먹칠을 할 생각이냐고?"

"나리들, 그런 뜻으로 한 말은 아닙니다만, 저희도 대금은 제대로 지불받아야──."

"그러니까 기다려달라고 말하잖아. 이 나라는 도망이나 잠적도 하지도 않을 테고, 드워프 금화 이외의 지불 방법이 있으면 준비할 수 있다고 말하고 있어. 지금은 우리를 도와준다고 생각하고, 잠깐만 참아주지 않겠나?"

"그걸 어떻게 믿으라고──!"

"그래, 맞아. 어서 지불을──."

묘르마일의 친구인 큰 가게의 상인들이 나서서 소매상들을 달래주는 것 같군.

상인으로서 연줄을 이용하는 것뿐인지도 모르지만, 내 입장에선 기쁨 따름이다. 즉, 그건 묘르마일의 사람을 보는 눈이 확실하다는 증거가 되니까.

"자, 자, 다들 조금은 진정하는 게 어떻겠소? 나는 가스톤 왕국의 대리로 온 뮤제라는 사람이오. 아무리 마물의 나라라고 해도 상인들에게 지불해야 할 돈을 떼어먹지는 않겠지. 어떻소, 묘르마일 씨. 내 말이 맞지 않은가?"

거물이 있는 모양이다.

카스톤 왕국의 대리── 즉, 잉그라시아 왕국에 인접한 상업국가 가스톤 왕국의 귀족이란 말인가.

"네, 뮤제 공작님! 그 말씀이 맞습니다. 하지만──."

흠. 대국은 아니지만, 어느 정도는 국가 규모를 갖춘 가스톤 왕궁의 공작. 귀족도 그냥 귀족이 아니라, 공작이라면 대귀족이다.

"그렇다면 빨리 이자들을 안심시켜주면 좋겠소. 카운실 오브 웨스트(서방평의회)가 정한 국제법에 의거하여 빨리 지불을 해주시오."

뮤제 공작은 대귀족이면서 신사적으로 교섭을 벌이는 것 같군.

묘르마일은 우리나라의 요인이긴 하지만 현재로선 작위도, 지위도 주어져 있지 않다. 내 대리를 맡아서 임시 권한만 가지고 있는, 식객에 가까운 입장인 것이다.

대신인 리그루도가 같이 있다고는 하나, 묘르마일의 이름을 기억하고 먼저 나서서 대응하는 것이라면 최상급의 대우라고 할 수 있다.

귀족이 평민의 이름을 기억한다니──. 정말로 기억하지 못하는 경우가 많지만, 보통은 기억하고 있어도 모르는 척하는 것이 귀족이다. 이건 묘르마일로부터 들은 얘기이니, 지금 가장 놀라는 사람은 묘르마일 본인이 아닐까 하고 생각한다.

"자, 잠시만 기다려주십시오, 뮤제 공작님. 처음 계약했을 때엔

관례에 따른 지불 방법도 상관없는 것으로 되어 있었습니다. 관례라는 것은 더 말할 것도 없이——."

"묘르마일 씨, 그런 사사로운 일은 내 알 바가 아니오. 상인들도 그렇겠지만, 나라와 나라 사이의 거래에도 신용이라는 것이 가장 중요한 것이외다. 신용이라는 것은 서로가 약속을 지키면서 생겨나지. 그렇지 않소?"

"그 말씀이 맞습니다. 하지만——!!"

"그 입 다무시오! 이자들은 당신들을 신용하여 거래에 응했소. 그 신용을 짓밟을 생각은 아니겠지?"

"물론입니다. 하지만 저희 쪽에도 사정이 있어서——."

"후훗, 과연 그렇단 말인가. 묘르마일 씨, 그대의 고민을 해결할 방법 말인데, 다행히 내게 좋은 생각이 있소. 거기 있는 리그루도 공이 같이 오는 것도 상관없지만, 잠시 따로 이야기를 나누지 않겠소이까?"

——아아, 딱 맞아떨어졌네.

이건 에르메시아가 지적했던 대로의 전개로군.

사전에 예습을 확실히 해둔 시험문제를 보는 것 같은, 뭐라고 말할 수 없는 확실한 여유가 내 안에서 생겨나는 기분이었다.

이건 쉽게 해결이 되겠다는 생각이 들었다.

"무, 무슨 뜻입니까?"

반문하며 의도적으로 연기를 계속하는 묘르마일. 산전수전 다 겪은 상인답게 강심장에다 뛰어난 연기자다. 나와 마찬가지로 진상을 알고 있는데도, 그걸 얼굴에 드러내지 않고 대화를 계속하고 있었다.

믿음직한 묘르마일에게 다 맡겨놓아도 이 문제는 해결될 것 같다. 하지만 그래선 내 기분이 풀리지 않는다.

어디, 그러면 행동을 시작해볼까.

여기서 귀를 기울여 듣고만 있어봤자 소용없으니, 이런 연극은 빨리 끝내기로 하자.

디아블로가 힘차게 문을 벌컥 열었다.

"그렇게는 안 되겠는데."

그렇게 말하면서 나는 문을 통해 방으로 들어갔다.

나를 따라서 베니마루 그리고 시온이 들어왔다. 마지막으로 디아블로가 방으로 들어온 뒤에 조용히 문을 닫았다.

"오래 기다렸나? 그건 그렇고, 조금 소란스럽군."

베니마루가 상인들을 노려보며 말했다.

상인들은 내가 모습을 보인 것에 놀라더니, 그 말을 듣고 창백해졌다. 리그루도와 묘르마일에게 모든 것을 다 맡기고, 나는 나타나지 않을 것이라고 지레짐작하고 있었겠지. 그런데 간부들을 이끌고 내가 나타났으니, 어떻게 대응해야 좋을지 모르게 된 모양이다.

"마왕 리무루 님이 납셨다. 다들 머리를 숙여라."

리그루도가 눈을 부릅뜬 채 상인들을 노려보면서 말하자, 몇 명은 당황한 표정으로 일어서서 머리를 숙였다. 그러나 반 이상이 당혹스러운 표정으로 나를 보고만 있을 뿐, 의자에 앉은 채로 분위기만 살펴댔다.

뭐, 귀족에 대한 대응도 제대로 교육받지 못한 소매상들이 바로 보일 수 있는 반응은 이 정도겠지.

뮤제 공작까지 당황한 표정으로 일어서려 했기 때문에, 나는 그걸 제지하기 위해 목소리를 높였다.

"딱딱하게 굴지 않아도 되네, 리그루도."

웃는 얼굴로 말한 뒤에, 회의실 안을 둘러봤다.

리그루도는 내 말을 따르겠다는 뜻을 보이면서, 그 자리에서 조용히 대기했다.

안에 있던 자들은 상인들뿐만 아니라 변장한 기자들의 모습도 드문드문 보였다. 우리나라가 실수를 저지르면, 그걸 각국에 보도하도록 시킬 속셈이었던 모양이군.

금화를 지불하지 않겠다고 우기거나 폭력을 써서 상인들의 입을 다물게 하는 것 등등. 우리가 어떤 식으로 대응하더라도, 신이 나서 그 모습을 기사로 낼 예정이었을 것이다.

하지만 그런 꿍꿍이가 내겐 뻔히 보였다. 놀랍게도 사전에, 친절한 기자들의 제보가 디아블로에게 전해졌던 것이다.

쿠후후후후, 참으로 갸륵한 마음가짐입니다. ──그런 말로 디아블로는 기자들을 칭찬했지만, 기자들의 미소는 공포로 굳어 있는 것처럼 보였다. 얼마나 무서운 꼴을 겪었을까. 디아블로와는 절대로 적대하고 싶지 않다는 강한 의지가 느껴질 정도였다.

왠지 협박하는 느낌이 들었지만, 그건 기자들과 디아블로 사이의 얘기다.

내가 끼어드는 건 눈치 없는 짓이 될 것이다.

"이럴 수가, 마왕 리무루 폐하. 평안하신 것 같아 참으로 다행입니다. 인사를 드리는 게 늦어서 정말 죄송합니다."

귀족답게 우아한 동작으로 인사하는 뮤제 공작. 날 보고 동요한 것은 순간적이었으며, 이내 여유를 되찾은 것 같았다. 부드러운 표정을 지으면서 이 자리를 대표하여 내게 인사했다.

 "가스톤 왕국의 뮤제 공작 아니신가. 왜 여기에 계시오? 그대에겐 볼일이 없을 것이라 생각하는데?"

 나도 방긋 웃으면서 준비해둔 대사를 읊었다.

 상대가 귀족이라는 이유로 위축되는 일 없이, 나는 술술 대응할 수 있었다. 역시 예습복습은 중요한 것이다.

 "실은 이번에 이 나라와 처음 거래를 한 자가 있는데, 자신들의 정당한 권리를 우습게 여긴다면서 제게 울면서 호소를 하더군요. 우리나라의 백성을 지키는 것도 귀족의 의무이니, 실례일 것이라 생각했지만 이렇게 중재에 나서게 되었습니다."

 뻔뻔하다.

 이 인간의 뱃속은 시커멓겠군.

 이렇게 말하는 나도 지지 않을 정도로 뻔뻔하지만, 내 뱃속은 슬라임이므로 깔끔하고 투명하다.

 "그랬었군. 하지만 이상한데. 거기 있는 묘르마일은 우리나라의 예산으로 충분히 처리할 수 있다고 말했으니까. 그런데 지불이 지체되고 있다니, 왜 그런 일이 벌어진 것인가?"

 "넷, 그게 이자들이 드워프 금화로 지불하는 게 아니면 인정할 수 없다고——."

 묘르마일도 연기파였다. 내 질문에 황송하다는 표정을 보이면서 설명해주려고 했다. 그러나 그걸 막은 것은 뮤제 공작이다.

 "그건 당연하지 않습니까. 묘르마일 씨, 당신도 블루문드 왕국에 소속된 정규 상인이었으니 상업에 관한 국제법 정도는 잘 알고 있을 텐데! 자유조합 같은 조잡한 자들과는 달리, 이자들이 믿는 것은 드워프 금화뿐이오."

뮤제 공작은 여전히 평정을 유지한 목소리로 말하면서, 이 자리에 모인 상인들의 편을 들었다.

어디까지나 자신은 선의의 제삼자라는 입장을 고수하겠다는 듯이. 그리고 틈을 봐서, 내게 은혜를 베푸는 식으로 움직일 생각이겠지. 그러므로 그 태도는 언뜻 공평해 보인다.

하지만 그건 자신들의 법을 억지로 밀어붙이는 것에 지나지 않는다.

나는 디아블로를 힐끗 보았다.

디아블로가 알았다는 듯이, 웃는 얼굴로 내게 고개를 끄덕여 보인다.

이것으로 모든 준비가 끝났다.

"과연, 그렇단 말입니까. 이곳에 각국의 기자가 모여 있다는 얘기를 듣고 무슨 일인가 했는데, 그런 사사로운 일이었단 말이군요."

"그러니까 리무루 님, 이번 일에 대한 대응도 제게 맡겨주신다면……."

위압적인 베니마루의 모습을 보고, 상인들 중에 겁을 먹는 사람도 있었다.

우리의 계획대로, 우리가 위협을 해서 억지로 말을 듣게 만들려 한다고 생각을 하도록.

"잠깐, 베니마루. 얘기를 들어보면 상인분들이 걱정하는 것도 이해가 안 되는 건 아니다."

내가 베니마루를 달래자, 뮤제 공작이 다소 의외라는 표정을 보였다. 일이 잘 풀려가는데 찬물을 끼얹었다는 듯한, 그런 불만스러운 모습이다.

"하지만 리무루 님. 저는 이상하다는 생각이 듭니다. 드워프 금화가 아니라면 고대금화도 있습니다. 그게 안 된다면 우리나라의 특산품을 대금을 대신하여 줄 수도 있다고 생각합니다. 왜 그걸 받아들이지 않는 걸까요?"

"나도 그렇게 생각하지만 상인들에게도 사정이 있겠지."

그런 대화를 나누면서, 뮤제 공작의 반응을 살폈다. 보아하니 뮤제 공작은 얘기를 끊을 타이밍을 보고 있는 것 같았다.

자신이 상인들의 문제를 해결하는 것으로 내게 은혜를 베풀기 위해서.

"그렇게 하는 것이 어떻겠습니까? 우리나라를 믿고 베니마루 님이 제안하신 대로 증서나 현물로 지불하는 것에 응해주실 수는 없겠습니까?"

여기서 단번에 끝을 내기 위해, 묘르마일이 도화선에 불을 댕겼다.

이 말에 상대가 수긍해준다면 그걸로 됐다. 원만하게 얘기를 끝낼 수 있다.

하지만 만약 이 제안을 거절한다면…….

내가 거래를 제안했음에도 불구하고 내 체면을 뭉개려고 든다면, 그때는 우리도 각오를 굳힐 뿐이다.

"그, 그건 신용할 수가 없습니다!"

"그, 그래, 그렇습니다."

"이곳이 마물의 나라이기 때문에 드워프 금화라는 안정적인 통화로 지불해줄 것을 요구하는 겁니다. 저희의 심정을 이해하시고, 부디 관대한 대응을 부탁드립니다——."

이런 자리에 익숙하지 않은 상인들만 있는 게 아니라, 귀족을 상대하는 게 익숙한 자도 있는 것 같다. 하지만 그 말은 완전히 일방적인 것이며, 우리에 대한 배려가 느껴지지 않았다.

아아, 정말 유감이로군——. 나는 그렇게 생각했다.

●

뮤제는 때가 되었다고 생각했다.

마왕의 위압을 눈앞에서 보면서 상인들이 겁을 먹지나 않을까 걱정했지만, 보아하니 계획대로 뮤제의 지시에 따라주는 것 같았다.

그것도 생각해보면 당연한 것이다.

뮤제는 가스톤 왕국의 공작이다.

아직 서른다섯 살로 젊지만, 그 위대한 로조 일족과 관계있는 자이다.

극히 일부분인 상류계급에 속한, 서방 열국의 지배자 중 한 명.

그런 그의 명령을 어길 수 있는 자는 손가락으로 꼽을 정도밖에 없는 것이 현실이다.

이번에 벌인 계획, 그것은 로조 일족의 장로에게서 받은 칙명이었다.

'마왕 리무루에게 은혜를 베풀어주고 신용을 얻어라'는 명령을 뮤제는 받았던 것이다.

그리고 만약 이 명령을 달성한다면, 오대로(五大老)로 승진하기로 약속되어 있었다.

오대로——이 세계의 정점.

뮤제는 환희했다.

그리고 동시에, 자신의 모든 힘을 동원해 무슨 수를 써서라도 이 명령을 수행할 것을 맹세했다.

손익계산에 밝은 상인들에게 장래를 약속하고, 각국의 기자들을 끌어들여서 자신의 안전을 확보한 뒤에, 뮤제는 스스로 나서서 마왕 리무루와 대치했다.

이 일만은 다른 누구에게도 맡길 수가 없었기 때문이다.

태어난 지 얼마 되지 않은 몸이면서, 잔인하고 냉혹하기로 소문난 마왕 클레이만까지 제거한 뒤에 새로운 마왕을 자칭했다고 한다. 2만 명의 병사들을 몰살한 '폭풍룡'과 연결되어 있다는 소문도 있는 무시무시한 마왕.

그런 마왕 리무루와 직접 만나는 것은 무서웠지만, 얻을 수 있는 영광과 저울질을 해보면 그 정도 공포는 쉽게 억누를 수가 있었다.

뮤제 또한 손익계산에 밝은 남자였던 것이다.

그렇기 때문에 이용당한 것이지만, 본인은 그 사실을 깨닫지 못했다.

모든 것은 에르메시아 에르 류 살리온이 추리해낸 내용 그대로였다.

이런 자리까지 마왕과 간부들이 모습을 보인 것은 솔직히 말해서 뮤제도 의외였다.

묘르마일이라는 남자를 꼼짝달싹 못하게 몰아붙인 뒤에, 마왕을 만나게 해달라고 부탁할 예정이었으니까.

그러나 뮤제의 의도와는 다소 전개가 달라지긴 했지만, 괜한 수고를 던 것으로 생각하기로 했다. 이 자리에도 기자가 있으며, 이 층의 아래에 있는 홀에도 많은 기자들이 모여들어 있다고 했다.

그렇다면 준비는 아주 순조롭다.

상인들이 마왕의 제안을 거절한 시점에서 뮤제의 계획은 성공한 것이라 마찬가지였다.

나머지는 상인들을 달래면서 이 자리를 잘 수습하는 것이다.

그렇게만 된다면 마왕 리무루는 뮤제에게 감사할 것이 틀림없다.

뮤제는 성공을 확신하면서 온화한 표정을 지으며 입을 열었다──.

●

"어떻습니까, 리무루 폐하. 만약 곤란하신 일이 있다면 저 뮤제가 미약하나마 얘기를 들어드려도 될까요? 이것도 인연이니, 저도 폐하께 도움을──."

예상대로라고 해야 할까, 수준이 낮은 연극이라고 해야 할까.

뮤제 공작이 제안을 하고 나섰다.

그런 공작을 내 뒤에 선 간부들이 차가운 시선으로 바라보았다.

그 시선을 느꼈는지 뮤제 공작의 얼굴에 당혹스러운 빛이 떠올랐다. 예정과는 뭔가 다르다고 느꼈겠지만, 이미 때는 늦었다.

자, 이제 슬슬 끝을 내기로 할까.

"모처럼의 제안은 고맙지만, 그럴 필요는 없소. 들어와라."

내 명령에 따라 게루도가 안으로 들어왔다. 그 손에는 산더미 같은 금화를 실은 쟁반이 들려 있다.

"어?!"

"설마······."

"저게 전부······?"

술렁거리기 시작하는 방 안.

그 금화를 본 순간, 뮤제 공작은 눈에 뻔히 보일 정도로 안색이 바뀌었다. 보아하니 자신의 작전이 실패했다는 것 깨달은 모양이었다.

"지불하라고 하셨지요. 좋습니다. 드워프 금화로 지불에 응해 드리죠."

리그루도가 선언한다. 그와 동시에 방 안이 물을 끼얹은 것처럼 조용해졌다.

"자, 잠깐, 잠깐만 기다려주십시오. 리무루 폐하!!"

당황한 것 같은 뮤제 공작.

하지만 이미 늦었다.

"뭐요?"

차갑게 묻자, 뮤제 공작이 필사적인 표정을 하고 내게 물었다.

"이, 이게 전부 드워프 금화입니까? 가짜 돈을 만드는 것은 완전한 위법행위입니다!!"

으—음, 그런 말을 나한테 한단 말인가.

그건 큰 실수라고 생각하는데, 뮤제 군.

"리무루 님께 그런 말을 하다니, 무례하군요."

그렇게 말하면서, 디아블로가 앞으로 나섰다.

베니마루도 분노의 표정을 지었으며, 시온은 내 뒤에서 불온한 기운을 띠기 시작했다.

이렇게 되기 십상이라, 섣부른 발언은 하지 않았으면 좋겠는데.

"시, 실언을 했습니다. 하지만 이게 정말로——?"

"의심이 간다면 감정을 해도 좋소."

내가 웃는 얼굴로 말하자, 뮤제 공작이 쩔쩔맸다.

"그러면 실례를 무릅쓰고, 제가 소중히 여기는 마도구로 조사를 해보고 싶습니다."

나와 뮤제 공작의 대화에 끼어들다니, 원래는 무례한 짓이지만…… 뭐, 괜찮으려나. 굳이 꾸짖지 않더라도.

아마 이 상인은 뮤제 공작이 키우는 공작원이겠지. 너무 동요한 나머지, 겨우 머릿속에 넣어둔 교양을 잊어버린 모양이다.

결국은 진짜가 아니라 가짜라는 뜻이다. 나도 아직은 왕이라는 자리에 익숙하지 못하니, 남의 말을 할 입장은 아니지만.

어찌 됐든 이야기를 진행시키기로 하자.

"리무루 님, 기자분들이 교섭의 결과를 기사로 쓰고 싶다고 요청하고 있습니다. 어떻게 하시겠습니까?"

내 '사념전달'을 받은 슈나가 사전에 맞춘 대로 문 너머에서 말을 걸었다.

밖에 있는 기자들은 디아블로의 요청을 받고 모여주었다. 그리고 내가 적절한 때에 지시를 내리면 증인으로서 난입하기로 미리 얘기가 되어 있었다.

"그렇다면 때를 맞춰 잘 왔군. 금화의 진위를 감정하겠다고 하니 기자분들도 현장에서 입회인으로 참가시키도록 해라."

슈나의 질문에 베니마루가 그렇게 대답했다.

그리고 예정대로 기자들이 회의실로 들어왔다.

"지, 진짜입니다——!!"

경악하며 소리치는 공작원. 고생을 하면서 모은 것이니, 당연하다.

"확실히 그렇군요. 이건 훌륭한 금화로군요. 꽤 오래된 시대의 것도 있으니, 시장에 돌아다니진 않은 것 같군요."

지식이 좀 있는 기자 한 명이 그렇게 금화를 평가했다.

아마 내 예상이지만, 에르메시아가 교환해준 것일 것이다.

그 사람은 돈을 쓰지도 않고 잔뜩 모아두기만 한 것 같았으니.

기자들까지 금화를 감정하면서, 공작원이 할 수 있는 일은 아무것도 없게 되었다. 여기서 가짜로 슬쩍 바꾸는 짓을 막는다는 의미에서도 기자들은 유효하게 움직여주고 있었다.

애초에 만약 정말로 그런 짓을 하려 들었다간, 몰래 감시하고 있는 소우에이가 잠자코 있지 않았겠지만.

"자, 그럼 이제 됐나? 상인분들도 대금 문제를 걱정하고 있었던 것 같으니, 어서 지불을 해드리게."

내가 약간 거드름을 피우면서 말하자, "넷!" 하고 리그루도와 묘르마일이 고개를 끄덕였다.

그리고 서류를 확인하면서 상인들에게 대금을 지불해주는 절

차가 시작됐다.

그리고——,

그 후에는 아무 일 없이 기자들의 감시하는 가운데, 별지장 없이 지불이 진행되었다.

"보아하니 당신이 마지막인 것 같군요."

이것으로 무사히 지불이 완료되었다.

"하, 하하하, 역시 리무루 폐하시군요. 이 정도의 드워프 금화를 대체 어떻게 모으신 것인지……."

굳은 얼굴로 말하는 뮤제 공작. 그의 눈앞에는 모든 지불을 끝내고도 아직 남은 수많은 금화가 여전히 반짝거리며 쌓여 있었다.

약간 당혹스러운 표정을 짓는 상인들. 예정과는 달라진 흐름에, 어떻게 해야 좋을지 몰라서 난감한 듯했다.

그러던 중에 조금 전의 공작원으로 보이는 사내가 목소리를 높였다.

"뭐, 저희로서는 국제법을 지켜주신다면 불만은 없습니다. 앞으로도 저희와 거래를 해주신다면——."

"아아, 그건 사양하겠소."

그렇게 대답한 것은 나다.

내 말에 눈을 휘둥그레 뜨고 나를 바라보는 상인들.

내 부하인 간부들도 마찬가지였다.

"그, 그게 무슨 말씀인지……."

"당신들과의 거래는 이것으로 끝났소. 다음은 없다는 뜻이오."

당연하다는 표정을 하고, 나는 그렇게 선언했다.

놀란 표정을 짓는 간부들.

하지만 디아블로만은 즐거운 표정으로 웃고 있었다. 이 녀석만큼은 정말로 내 생각을 다 꿰뚫어 보는 것 같아서 난감하단 말이지.

"무슨 말씀을 하시는 건지 잘 모르겠습니다만⋯⋯."

"무, 무슨 생각입니까? 돈만 지불해준다면 저희도 당신들을 믿을 수가 있는데요?"

"저희가 소매상이라고 해서 얕보는 겁니까? 행상이 없으면 국가 간의 거래도 마음대로 되지는 않을 텐데요?!"

겨우 이해되기 시작했는지, 상인들이 제각각 소리치기 시작했다.

"당신들, 이 나라의 왕이신 리무루 님께 너무 무례한 것 같군요?"

조용히 분노를 불태우면서 시온이 말하자, 역시 심했다고 생각했는지 상인들이 입을 다물었다.

조용해졌으니, 이만 끝내기로 하자.

"저기, 속고 속이는 짓은 귀찮으니 이참에 확실히 말하겠는데, 당신들은 우리나라를 '신용'할 수 없다고 떠들어댔잖아? 신용이란 건 서로 상대를 믿음으로써 성립하는 거지, 한쪽이 상대의 말을 전부 다 들어주는 건 아니라고 나는 생각하거든. 묘르마일은 몇 번이고 우리를 신용해주길 바란다고 당신들에게 부탁했잖아?"

"그, 그건⋯⋯."

"그렇지만⋯⋯."

"뭐, 당신들의 생각도 이해는 해. 우리는 마물이고, 우리가 서방 열국과 교류를 하고 싶다고 말해도 과연 정말로 인간들이 정한 법을 지킬 수 있을지 모른다──고 생각하는 그 기분은 말이야."

"바, 바로 그겁니다! 그러니까──."

"하지만 말이지, 그래서 우리도 타협해서 물물교환이나 고대금화로 지불하는 방법을 제시했잖아? 그 모든 것을 걷어차버린 건바로 당신들이야."

"──!!"

"으……."

묘르마일은 필사적으로 교섭을 시도했고, 몇 번이고 몇 번이고 고개를 숙였다. 그 모든 것을 걷어차버린 것은 여기 있는 상인들인 것이다.

나는 그걸 용서할 수 없었다.

"당신들이 신용할 수 있는 상대가 아니면 거래하고 싶지 않은 것처럼, 나 또한 신용할 수 있는 상대가 아니면 거래하고 싶지 않아. 그러니까 당신들이 우리나라에서 장사를 하는 것은 일절 인정하지 않겠어. 입국 금지까지는 하지 않겠지만, 상업 허가를 받을 수 있을 거라는 기대는 하지 말도록 해."

내 선언을 듣고, 그제야 상인들은 이 일의 중대성을 이해한 것 같았다.

앞으로 발전이 기대되는 이 신천지에서 자신들의 설 자리가 사라졌다는 것을.

그리고 지금까지 대화를 듣고 있던 뮤제 공작이, 계획이 실패했음을 깨달았는지 창백한 얼굴을 하고 서 있었다.

"그, 그런 횡포가 허용이 될 것 같습니까! 이자들은 국제법에 근거하여 정당한 주장을 했을 뿐인데——."

참을 수 없었는지, 뮤제 공작이 소리를 질렀다.

우리나라와 거래를 하지 못하게 되면 곤란하다고 생각하는 걸까?

뭐, 확실히 이 땅은 거대한 경제권의 중심이 될 예정이다. 그 규모는 서방 열국 전체를 합쳐도 부족할 정도가 될 것이다.

그렇기에 더더욱 나와 좋은 관계를 미리 맺고 싶다고 생각했겠지만—— 그 정도로 미래를 읽을 줄 안다면, 이런 방법을 써선 안 되는 것이었다.

나는 적에게는 인정을 베풀지 않으니까.

"권리라. 착각하고 있는 것 같아서 정정해두겠는데, 우리나라는 아직 카운실 오브 웨스트에 가입하지 않았어. 가입하고 싶다고 생각은 하지만, 가입할 수 없다면 그것도 딱히 상관은 없어."

"뭐라고요——?!"

"그도 그럴게, 이 땅이 거대 경제권의 중심이 되는 것은 이미 확정된 사실이거든. 왜냐하면 내가 그렇게 만들고 싶다고 생각했으니까."

"무슨 말도 안 되는 소리를!! 개인의 의지로, 그런 오만한——."

"오만이 아니야. 모두가 한 몸이 되어서 같은 목표를 향해 노력하고 있어. 그렇다면 필연적으로 결과가 따라오는 법이지. 나는 그걸 도와주는 것에 지나지 않아."

그렇게 멋있는 척을 해봤지만…… 실은 내가 원하는 것을 우선적으로 실현시키고 있을 뿐이다. 그러므로 오만이라는 소리를 들어도 부정할 수는 없지만, 이 자리에서는 당당하게 반론을 해두었다.

"카운실 오브 웨스트와도 대등한 관계를 구축하고 싶다고 생각해. 하지만 말이야, 우리의 머리를 꼼짝 못 하게 눌러두려 한다면, 그건 사양하겠어. 무리한 짓을 하면서까지 어울리지 않아도 자유조합을 통하면 끝날 얘기니까. 이제 이해가 되었나?"

그리고 필요하다면 블루문드 왕국이나 드워프 왕국과 체결한 것처럼 양국 간 협정을 맺는 방법도 있다. 서로 신뢰할 수 있는 나라와 개별적으로 협정을 맺으면 되는 것이다.

여기까지 왔으니 다급하게 굴 것은 없다.

우리나라를 잘 키워서, 그 중요성을 높여가면 우리를 신용해줄 나라는 반드시 출현할 테니까.

그 생각은 이미 내 안에선 확신의 수준으로 도달해 있었다.

"아, 알겠습니다. 그러면 제가 평의회와의 가교 역할을 맡도록 하죠. 아무래도 안 좋은 오해가 발생한 것 같습니다만, 저는 리무루 폐하께 도움이 되기를 바라고 있습니다."

아직도 포기하지 않는구면, 뮤제 공작도.

어쩔 수 없지. 빨리 물러나주면 이렇게까지 말할 생각은 없었는데.

"으—음, 뮤제 공에겐 중개를 부탁할 수 없겠는데. 왜냐하면 자네는 이제 실각할 것 아닌가?"

"네?"

휘둥그레 눈을 뜬 채, 무슨 소리인지 이해가 안 된다는 표정을 짓는 뮤제 공작.

어차피 다 끝난 얘기니까 내 입으로 말하고 싶지는 않았지만,

여기까지 왔으니 마지막까지 설명해주는 게 친절한 배려라고 할 수 있겠다.

"여기 있는 기자분들은 각자의 나라에 돌아가면 기사를 쓰게 될 거야. 우리나라가 개최한 개국제 뒤에서 상인들과 지불을 둘러싸고 공방이 있었다고 말이지. 사실관계를 명확히 적을 테니 아주 재미있는 기사가 되겠지."

"…………."

뮤제 공작은 눈을 이리저리 돌리면서 머리를 굴리더니, 앞으로의 일을 상상했는지 얼굴빛이 점점 나빠지고 있었다. 그래서 말하고 싶지 않았던 건데.

"우리나라의 부탁을 거절하고 드워프 금화 지불에만 응했던 상인들. 그들과 아무 관계도 없을 텐데, 무슨 이유인지 그런 상인들을 대표해서 나선 대귀족. 자, 그 기사를 읽은 이들이 어떤 생각을 할 것 같은가?"

"그, 그건……."

뭐, 이렇게 되도록 꾸민 자는 디아블로다.

기자단을 모아서 정보를 자세하게 공개한다. 그것만으로도 우리나라의 정당성은 증명될 것이고, 상인들의 뒤에서 음모를 꾸민 자가 있음을 알아차리게 될 것이라고 말했다.

나도 그 의견에 찬성했다.

정보는 올바르게 써야만 의미가 있는 것이니까. 날조되어서 이리저리 퍼지는 것보다 처음부터 올바르게, 있는 그대로를 전하는 것이 바람직하다.

그것도 다 가젤이나 에르메시아의 의견을 들은 덕분에 떠올린

작전이지만 말이지.

　디아블로도 "아직 공부가 부족했습니다"라고 말하면서 두 사람에게 감사했을 정도였으니까. 확실히 이번만큼은 그 두 사람에게 신세를 졌다고 생각한다. 나중에 제대로 답례를 하고 싶다.

　"그러니 자네가 나설 차례는 없네. 그리고 자네가 얕보던 묘르마일은 내가 전폭적으로 신뢰하고 있지. 우리나라의 재무를 담당하고 있을 정도로 말이야. 그야말로 자네 같은 자보다 훨씬 더 큰 도움이 되어주고 있다네."

　"큭──?!"

　굴욕으로 얼굴이 일그러지는 뮤세 공작.

　절망한 표정을 짓는 상인들.

　대조적인 것은 생각했던 것보다 편안해 보이는 기자들의 모습이다. 자신들이 피해를 입지 않았기 때문인지, 활기찬 모습으로 교섭 상황을 기록하는 자도 있었다. 고가의 영상 기록용 매직 아이템(마법도구)을 지닌 자도 있으니, 이번 일은 틀림없이 각국으로 퍼지게 될 것이다.

　자신들의 안전을 위해서 기자를 부른 것 같지만, 그게 오히려 치명적인 실수가 된 셈이다.

　"나머지 일은 맡기겠다."

　"맡겨주십시오, 리무루 폐하."

　공손한 태도를 취하는 묘르마일의 어깨를 두들기면서 "부탁하네, 묘르마일 군"이라고 속삭인다. 그런 뒤에 간부들을 이끌고 방을 나왔다.

　묘르마일은 쓴웃음을 지은 것 같았지만, 그걸 표정으로 드러내진 않았다. 그대로 상인에 걸맞은 타산적인 눈빛으로 뮤제 공작을 바라봤고, 그런 뒤에는 상인들을 둘러보았다.

그런 믿음직스러운 묘르마일의 모습은 간부들의 마음속에도 또렷이 새겨졌을 것이다.

묘르마일에게 재무총괄 부문을 맡겨도 분명 아무도 이견을 제기하지 않을 것이다.

"그러면 무사히, 모든 거래가 차질 없이 종료됐습니다. 자, 여러분. 그만 돌아가 주시죠——."

문 너머에서 묘르마일의 묵직한 목소리가 들려왔다.

그리고 그 말은 사실상 종료 선언이 되었던 것이다.

*

뮤제 공작을 쫓아낸 뒤에도 우리에겐 문제가 남아 있었다.

그렇다. 늘 하는 반성회다.

응접을 위한 곳이 아니라, 늘 모이는 대회의실. 그곳에 모두가 모인 것은 개국제가 끝난 다음 날 밤이었다.

손님 자격으로 가젤과 에르메시아, 요움 일행, 휴즈 그리고 유우키와 히나타에 마사유키까지 참석했다. 그 외에도 귀한 손님이 몇 명. 내 초청에 응해서 이렇게 모여주었다.

간부들도 다 모이는 바람에, 엄청난 인원수다.

밀림을 필두로 한 마왕 세력의 멤버들은 부르지 않았다.

자칫 사람 수가 너무 많아지면 회의가 수습이 안 된단 말이지. 특히 이번에는 많은 일이 있었으니까, 논의해야 할 것이 산더미

같이 쌓여 있기도 하고.

하나 마음에 걸리는 것은 베루도라다. 회의실 구석에서 토라져 있는 걸 보니, 분명히 뭐라고 한마디 할 생각이겠지. 뭐, 아마도 도전자가 오지 않았다는 실없는 불평을 늘어놓을 것 같지만.

귀찮은 일만 벌어지지 않으면 좋겠다고 생각하면서 반성회를 시작하기로 했다.

"아―― 우선은 여러분, 이번에는 다들 수고가 많았다!"

모두의 노고를 치하하는 나의 말이, 회의 시작의 신호가 되었다.

맨 처음 입을 연 것은 예상외로 베니마루였다.

"그건 그렇고, 의외였습니다. 그 상인들까지 리무루 님이 단죄하실 줄은 몰랐으니까요."

그 말에 고개를 끄덕이는 간부들.

간부들의 대부분은 금화를 지불하고 깔끔하게 끝낼 것이라 생각했던 모양이다. 내 단호한 대응을 보고 생각했던 것 이상으로 놀란 심정을 내비쳤다.

"동감입니다. 저도 그렇게까지 단호하게 대응하실 줄은 몰랐습니다."

리그루도도 베니마루의 말에 동의했다.

우리의 대화를 듣고 있던 가젤이 흥미가 생겼는지 내게 물었다.

"뭐야? 어떤 식으로 대응한 것이냐, 리무루?"

그의 물음에 나는 사건의 전말을 들려줬다.

"참으로 대담한 짓을 했구나……."

이야기를 다 듣자마자, 가젤이 어이없다는 표정으로 말했다.

그러나 화를 내지는 않았으며, 내 대응에 어느 정도는 이해한다는 뜻을 보여주었다.

"우후후후후, 저는 잘한 거라고 생각해요. 당하면 갚아준다. 당연히 그 뒤의 일까지 생각해서 한 행동이겠죠?"

당할 수가 없군, 에르메시아는.

기분 나쁠 정도로 뛰어난 통찰력으로 내 생각을 꿰뚫어 본 것 같았다.

"그게 무슨 뜻입니까, 리무루 님?"

베니마루가 그렇게 묻기에 할 수 없이 내 생각을 이야기해주기로 했다.

"그때 말했던 대로다. 나는 카운실 오브 웨스트(서방평의회)의 밑으로 들어갈 생각은 없다. 단, 가능하다면 대등한 관계로 사이좋게 지내고 싶다는 생각은 하고 있어."

"그건 알고 있습니다. 그러므로 우리도 어느 정도는 참는 게 필요하다고 생각하고 있었습니다."

나는 리그루도를 보면서 고개를 끄덕인 뒤에, 말을 이었다.

"잘 들어라. 그 뮤제 공작은 에르메시아 님의 말대로 심부름꾼에 지나지 않는다. 상대의 법은 지켜주었지만 그 뒤에 내가 뮤제를 거부했지. 그렇게 되면 다음에는 더 위에 있는 녀석이 나올 수밖에 없게 된다."

"그렇게 되겠지요."

"──즉, 한 번 더 교섭의 자리를 만들 수 있다는 말입니까?"

"그렇다. 그때는 상대가 실수를 한번 저지른 뒤이니, 우리가 유리하게 교섭을 진행할 수 있을걸?"

"과연……."

"상대는 말이지, 우리와 명확하게 적대하고 싶어 하지는 않을 거라 생각한다. 그렇기에 목줄을 채워서 자기편으로 끌어들이고 싶었을 것이며, 그게 실패한 지금, 우리를 대등한 상대로 인정하지 않을 수가 없게 된 셈이지. 그렇게 되면——."

"경제로 전쟁을 벌이거나, 아니면 다시 교섭을 시도할 것이란 말인가. 경제로 전쟁을 벌이기에는 둘 다 준비가 부족하겠지. 양쪽 다 상대의 존재가 없어도 경제권이 성립될 테니까 말이야."

내 말을 가젤이 이으면서 보충 설명을 해줬다. 이번 같은 경우에는 교섭이 끝나면 그걸로 종료된 것이 된다. 아니, 그렇게 되면 우리 쪽이 압도적으로 유리하다.

"그렇게 될 경우, 우리는 카운실 오브 웨스트가 정한 국제법에 관계없이 독자적으로 각국과 거래를 시작할 수 있다. 그건 전쟁이 아니라 경제적 침략 행위에 가깝다고 하겠지."

"쿠후후후후, 제게 맡겨주십시오. 그렇게 되면 서방 열국 전체를 통째로 리무루 님께 바치도록 하겠습니다!"

필요 없어.

솔직히 말해서 그런 건 바라지 않는다니까.

디아블로의 말을 듣고 어이가 없어졌다.

"너 말이다, 그런 짓을 해봤자 나중에 귀찮아질 뿐이잖아!"

기각이다, 기각.

"시, 실례했습니다."

"차 담당 주제에. 당신은 괜히 나서지 말고 리무루 님께 드릴 차라도 끓이도록 하세요!!"

풀이 죽은 디아블로에게 시온이 추가타를 날렸다.

시온의 행동에도 어이가 없었지만, 지금은 그냥 넘어가기로 하자.

"방금 디아블로가 한 제안은 시간을 들이면 실현 가능할 것이라 생각한다. 하지만 현재는 그렇게 할 의미가 전혀 없다. 분쟁이 자주 일어날 것 같으면 그 생각도 해볼 만하겠지만, 괜한 고생을 짊어지는 결과가 될 거야. 우호 관계를 쌓고 싶은 것뿐이라면, 그런 귀찮은 짓은 하고 싶지 않다는 게 내 본심이다."

그렇게 설명하자, 모두가 납득해주었다.

우리는 우리의 나라를 좋게 만드는 것만으로도 벅차다.

우선은 이 땅에 확고한 경제권을 구축하는 것—— 이것을 무엇보다 우선해야 한다.

"그러네요, 상대는 교섭을 할 수 밖에 없겠네요. 하지만 상대에게도 약간은 동정이 가는걸요. 수출입을 통한 경제제재도 통하지 않고, 군사적 압력 같은 건 아예 의미 없는 상대에게서 좋은 조건을 이끌어내는 건 너무나 힘든 일이니까요."

자신만만한 목소리로 그렇게 말하는 에르메시아.

아무리 생각해도 그건 마도왕조 살리온도 마찬가지라는 생각이 듭니다만…….

하지만 그건 정확한 지적이었다.

상대는 우리에게 다시 접근하려 해도, 이번 일을 통해 많은 제한을 받게 되었다고 봐도 무방하다.

"과연, 그 점은 이해가 되었습니다. 그러면 상인들에게 단호하게 대응하신 것도 뭔가 생각이 있기 때문에 그러신 것입니까——?"

게루도가 질문했다.

게루도의 기준에선 내가 지나치게 단호했다고 느껴졌을지도 모르겠군.

모두가 공작원인 것도 아니었고, 뮤제 공작에게 약점을 잡혔던 자도 있었을 것이다. 그런 자들까지 전부 포함해서 단죄한 것이 모두에겐 가장 의외였던 모양이다.

당연히 그렇게 했던 것에도 이유가 있다.

나는 씨익 웃으면서 설명하려고 했지만, 그 전에 먼저 입을 연 것은 만면에 미소를 띤 묘르마일이었다.

"훗훗후, 그건 아주 쉬운 이야기입니다, 여러분. 에르메시아 황제 폐하께서 말씀하셨던 대로 당한 것을 갚아준 것입니다."

"그게 무슨 뜻이지, 묘르마일?"

"당한 것을 갚아줬다고요?"

"흠, 나는 그 말만으론 이해가 안 되는데……."

베니마루도, 리그루도도, 게루도도 그 말만 가지고는 이해가 안 가는 듯했다.

디아블로는 이해한 것 같지만, 조용히 차를 끓이고 있다. 아직 도 조금 전의 일을 마음속에 담아두고 있는지, 약간은 기운이 없 어 보였다.

악마 주제에 멘탈(정신)이 너무 약한 것 아냐?

"리무루 님은 제게 뒷일을 맡기신다고 말씀하셨습니다. 즉, 갈 곳을 잃어버린 그 상인들에게 은혜를 베풀어줘서 제 수족으로 삼 으라는 의미입니다."

대단하군, 묘르마일은.

전해졌을 거라고 생각은 했지만, 내 의도를 완벽하게 이해한 모양이다. 나중에 확인하려고 생각했지만, 그럴 필요도 없었던 것 같군.

——상대를 자기가 원하는 대로 움직이게 조종하길 바란다면, 공포나 위압 같은 강경 수단보다 은혜를 베푸는 것이 몇 배나 더 간단하고 성공률도 올라간다——.

에르메시아가 한 말이지만, 나는 그것을 실행으로 옮겼을 뿐이다. 공포나 위압도 같이 동원했지만, 분명 크게 차이는 없을 것이다.

"과연, 역시 리무루 님이로군."

"그랬던 것입니까. 저도 납득했습니다."

"그렇다면 묘르마일 공. 상인들을 우리 편으로 끌어들이는 건 성공할 것 같습니까?"

"훗훗후, 빈틈없이 진행 중이지요. 제가 나중에 리무루 님께 잘 말씀드려보겠다고 말하면서 상인들에게 은혜를 베풀었습니다. 리무루 님이 단단히 위협을 해주신 덕분에, 생각보다 쉽게 이야기가 통하더군요!"

악랄하게 보이는 표정을 짓던 묘르마일이 기쁜 말투로 보고했다.

성공한 것은 무엇보다 다행이지만, 그렇게 말하면 내가 무슨 악당 두목 같잖아. 그 점이 좀 떨떠름했지만 뭐, 좋게 넘어가기로 하자.

그런 이야기들을 나누면서 모두가 납득해주었기에, 다음 화제로 넘어가기로 했다.

*

다음 화제, 아니 실은 이것이 이번 반성회의 진짜 주제다.

"상인들의 문제는 방금 말한 대로 묘르마일 군이 잘 처리해주었다. 최근 며칠 동안 골치를 썩였던 문제도 해결되었으니, 이번 개국제를 치르면서 느낀 점에 대해 의견을 나누고 싶은데. 생각난 것이 있으면 뭐든지 좋으니 기탄없이 의견을 얘기해다오!"

내가 말하자마자, 가젤이 헛기침을 한 뒤에 끼어들었다.

"리무루여, 동맹국의 왕으로서 말해두고 싶은 게 있다. 어젯밤도 너의 폭주에 대해서 의견을 밝혔다고 생각하는데, 이번에도 마찬가지다. 그건 어떻게 할 생각이냐?"

"응, 그것이라니?"

무슨 말인지 전혀 못 알아들었지만, 가젤의 심상치 않은 표정을 보니 내가 무슨 짓을 저지른 모양이었다.

하지만 짐작 가는 게 아무것도 없다.

굳이 말하자면 조금 전의 상인들에 대한 것인데, 아무래도 그런 분위기는 아닌 것 같고…….

"자각이 없단 말이냐. 그래서 너한테서 눈을 뗄 수가 없는 거다!! 베스터, 영사기를 개발한 것은 너와 가비루라고 말했었지? 그걸 응용해서 멀리 있는 곳의 정보까지 보여줄 수 있게 만든 것도 너희의 아이디어인가?"

"가젤 폐하, 그, 그건……."

실수했다는 표정을 짓는 베스터.

이 아저씨, 연구에 너무 몰두한 나머지 가젤 왕에게 보고하는 걸 잊어버렸던 것 아니야?

카이진도 어이없다는 표정으로 "여전히 경솔한 녀석이라니까" 라고 중얼거리는 걸 보니, 틀림없는 것 같았다.

"가젤 폐하, 그렇지 않습니다. 저와 베스터 공이 개발한 것은 맞습니다만, 마왕 클레이만의 유산인 영상 기록용의 매직 아이템 과 영사기를 조합한다는 아이디어를 제공해주신 것은 리무루 폐 하이십니다!"

분위기를 파악하지 못하는 것으로 정평이 난 가비루가 시원스 럽게 밝혔다.

어색한 표정의 베스터와 난감한 표정의 나.

"──역시 그랬었나. 이걸 공개하기 전에 적어도 한마디 정도 는 상담해주길 바랐다."

피곤한 표정으로 가젤이 쓴소리를 했다.

우리 기준에선 편리하고 필수적인 오락용 발명품이라는 가치 밖에 없지만, 이걸 처음 본 서방 열국의 왕후 귀족에겐 전혀 차원 이 다른 얘기인 것 같았다.

"이건 이용 폭이 너무 넓어서, 뭐라고 말해야 좋을지조차 망설 여질 정도다. 적어도 그 자리에서 그것의 이용가치를 알아보지 못하는 자는 없었을 것이야."

씁쓸한 표정으로 가젤이 말했다.

나는 무투대회나 미궁 내부의 모습을 대화면에 확대한 영상으로도 또렷하게 관전할 수 있으니까, 모두에게 대호평을 받은 것이 다행이라고밖에 여기지 않았는데…….

각국의 중진들에겐 엄청난 컬처 쇼크(문화적 충격)였던 모양이다.

"그런 게 있으면 전쟁의 개념도 바뀌어버리겠지."

가젤의 친구인 번의 말에 돌프도 동의한다는 듯이 고개를 끄덕였다.

쉽게 떠올릴 수 있는 것이 바로 군사적인 이용이라고 했다.

안전한 장소에서 군대에 지시를 내릴 수 있다는 것은 큰 이점이 된다.

군의 고위간부가 위험을 감수하지 않더라도 강행정찰부대가 적의 정세를 파악하러 간 뒤에, 재빨리 본대에 영상으로 알리는 것도 가능해지는 것이다.

개인 대 개인의 '마법통화'와 비교해봐도 그 정보량은 압도적으로 많다. 모두가 같은 정보를 공유할 수 있게 되면서, 명령을 전달하는 데 있어서 정밀도가 대폭 상승할 것으로 예상된다.

우리가 가볍게 생각해서 공개해버린 기술이, 이 세계에선 초문명이라고 할 정도로 혁신적인 기술이었던 것이다.

그런 게 있으면 좋겠다는 생각으로 만든 장치였는데, 터무니없는 물건이 나와 버린 셈이다.

나도 모르게 무심코 "그걸 먼저 말해줬으면 좋았잖아"라고 중얼거렸더니, 가젤이 날 노려보면서 "그건 내가 할 말이다!"라고 소리 지르면서 화를 냈다.

반성은 하겠지만, 이런 반성을 하기 위해 모인 자리는 아니라고.

세상은 정말 내 마음대로 돌아가질 않는군.

"뭐, 뭐어, 이건 다루려면 상당한 에너지(마력요소)양이 필요하니까 사용자의 마력이 높지 않으면 써먹을 수 없어. 전달 거리와 정보량도 사용자의 역량에 좌우되니 그렇게 쉽게 퍼지지는 않을 거라 생각하는데?"

일단 그렇게 말하면서 적당히 무마했다.

실은 그런 불편함도 에너지 집적 시스템을 개발해서 개선할 수 있게 되었지만, 이 자리에선 말하지 않는 게 좋을 것 같았다. 나중에 몰래 가젤과 논의해보기로 하자.

"어쨌든 군사적 목적으로 이용할 수 있는 것은 가볍게 공개하지 않도록 해라. 그걸 오락거리용으로 쓰자고 생각하는 건 너 정도뿐이란 말이다……."

어이없다는 표정으로 가젤이 체념하듯 말했다.

그걸로 끝난 줄 알았더니, 이번에는 에르메시아가 끼어들었다.

"그런 발명품이 또 있다면 제가 사들일까 하는데요? 당신들이 있던 세계에선 분명 '특허'라고 했던가요? 그런 권리에 대한 대가를 지불할 테니까, 우선적으로 이용할 수 있게 해주면 좋겠네요."

"아, 에르. 그럼 화장실이나 욕실 같은 이 나라의 시스템을 도입해주면 좋겠어!"

"알았어, 에렌. 요시다 씨와 교섭도 잘 풀렸으니, 앞으로는 좀 더 자주 우리 집에 놀러와 줘!"

"물론이지이!"

내가 대답할 틈도 없이 에렌이 이야기에 끼어들어서 대량으로 주문을 해대기 시작했다. 그리고 그 말에 기쁘게 반응하는 에르메시아. 나란히 앉은 두 사람을 보고 있으려니, 사이좋은 자매로밖에 안 보인다.

아니, 그렇다 해도 에렌은 일단은 황제인 사람을 상대로 아무리 혈연이라지만 너무 자유분방하게 대하는 거 아닌가.

아버지인 에라루도 쪽이 더 심하게 안색이 바뀌면서 "잠깐만, 에렌?!"이라고 소리치며 당황하고 있으니.

"폐, 폐하! 제 딸이긴 합니다만 에렌의 응석을 너무 받아주지 마십시오! 그리고 에렌, 황제 폐하께 '에르'라고 부르면 안 된다!!"

"잔소리가 참 많네, 에라루도는."

"정말이야, 아빠는 늘 지나치게 야단스럽다니까."

이 두 사람은 한 자리에 있으면 위험하겠는데…….

에라루도가 조금 불쌍했다.

깜짝 놀랄 정도로 에렌과 에르메시아는 호흡이 잘 맞았다.

사이좋게 보이는 게 아니라 정말로 사이가 좋은 것 같았다. 하이파이브를 하는 모습을 보면, 신분의 벽이 전혀 느껴지지 않는다.

서방 열국의 왕후 귀족조차도 만나고 싶어도 만나지 못하는 인물── 그게 에르메시아 에르 류 살리온 황제인 것으로 아는데, 도저히 그렇게 보이지 않는 광경이었다.

에르메시아의 뒤에 대기하고 있는 황제의 수호기사들도 그 모습을 보고 놀란 것 같았다.

"메이거스(마법사단) 제군! 지금 너희가 본 것은 국가 기밀에 해당한다. 절대로 다른 사람에게 말하지 마라!!"

에라루도는 그렇게 소리치면서 황제를 보호하려 했지만, 효과가 어느 정도일지는 확실하지 않다.

에르메시아는 에라루도와 수호기사들을 딱히 신경 쓰지도 않은 채, 자유롭게 내키는 대로 발언했다.

"그렇게 됐으니까, 우리나라에도 기술자를 파견해주면 좋겠군요. 물론, 이건 정식 요청이므로 정당한 기술 지도에 대한 대가는 지불하겠어요."

"즉, 노동력은 그쪽에서 준비하겠다는 겁니까?"

"그러네요. 그렇게 하고 싶지만, 핵심 기술의 유출을 막고 싶다면 필요한 기재나 완성품을 수입하는 형태로 진행해도 문제는 없어요."

"흠흠. 그렇다면 우리나라에서 제조한 부품을 수송할 필요가 있겠는데요."

에르메시아의 요청에 응하려면 많은 조건을 클리어해야 한다.

부엌, 욕실, 화장실 같은 데 쓰이는 상하수도용 배관은 카이진을 비롯한 드워프 장인들의 기술로 가공한 물건이다. 그걸 살리온의 기술자가 재현할 수 있을지 모르겠고, 기술을 가르치는 건 시간이 너무 걸린다.

그렇다면 우리 쪽에서 제조한 부품을 살리온까지 수송하는 방법이 제일 빠르다.

"기왕이면 그 열차라는 것을 이용해서 갖다 주면 좋겠군요. 돈이라면 제가 제공할 테니 빨리 개발을 부탁하고 싶은데 말이죠."

내 생각을 읽은 것처럼 에르메시아가 말했다.

가젤은 독심계의 스킬(능력) 보유자였는데, 설마 에르메시아도 그런 건가?

그런 느낌은 들지 않았지만 방심하지 않는 게 좋을 것 같다.

그건 그렇고, 그녀의 제안은 고려해볼 만한 가치가 있었다.

"열차 쪽은 본체를 아직 개발하지 못했단 말이죠. 그래서 말인데, 그 쪽의 마도과학이란 분야의 전문가가 우리를 도와주면 고맙겠습니다."

"물론이죠! 에라루도──?"

"넷! 준비하겠습니다."

에르메시아에게 충실한 에라루도. 그 모습은 대귀족이라기보다 편리한 심부름꾼이라는 느낌에 가까웠다.

그런 에라루도를 연민의 눈길로 바라보는 가젤. 가젤도 에르메시아에게 머리를 꼿꼿이 세우고 상대할 수 없다는 말을 했었으니, 에라루도의 모습을 보면 많은 생각이 들겠지.

이러니저러니 해도 마도왕조 살리온은 황제인 에르메시아 본인이 의욕적으로 협조할 자세를 보이고 있다.

기술 협정을 맺고 본격적으로 공동 연구를 시작하는 것도 시간문제다. 살리온의 자랑거리인 마도과학과 드워르곤에서 길러낸 정령공학. 이 두 개가 꿈이 아니라 실제로 이 땅에서 결합되는 것이다.

루미너스가 파견할 예정인 '초극자'들도 경우에 따라선 참가해도 좋을 것이다. 어떤 인물들인지 파악한 뒤에 그래야겠지만, 재미있는 발상을 제안해줄지도 모르니까.

"정말 믿음직스럽군요, 에르메시아 님. 이걸로 개발에도 박차가 가해질 테니, '마도열차'도 금방 실용화할 수 있겠습니다."

"호오? 그건 '마도열차'라고 부르는 건가?"

"그래. 정령을 이용한 동력으로── '정령마도핵'을 탑재하고, 그걸 적절하게 제어하는 시스템(마술식)을 마도과학으로 구축하는 거야. 완벽하지?"

"훗, 쉽게도 말하는구나."

"재미있네요! 정말로 재미있어. 부디 빨리 실현되면 좋겠네요."

가젤은 너무 낙관적이라고 내게 말했지만, 그 얼굴은 성공을 확신하는 것처럼 웃고 있다. 이런 모습을 보면, 이 사람도 나에 대해서 이러쿵저러쿵 말할 수 없을 것 같단 말이지.

그리고 에르메시아의 표정은 새로운 장난감을 발견한 어린아이처럼 빛나고 있었다. 우울해 보이는 에라루도와는 대조적이라, 너무나 인상적이었다.

어쨌든 이것으로 개발이 단번에 진행될 것은 틀림없다.

"그러면 그 전에 먼저 살리온까지 레일(철도)을 깔아두기로 할까. 도로 공사와 병행할 수 있으니 비용과 시간도 줄어들 테고 말이지."

우리나라가 주도한다면 규격을 통일하는 것도 간단하다. 먼저 레일 설치 공사를 진행해도 문제는 없을 거라 생각한다.

그렇게 생각해서 한 발언이었다.

"잠깐만요! 예전에 베니마루 님이 제안하셨던 '터널'이라는 것 말입니다만, 그건 장래에 필요해지는 것인지요?"

예상하지 못한 곳에서 질문이 나왔다.

모미지다.

터널이 필요한가에 대한 질문을 한다는 건, 우리가 산을 파내는 걸 검토해도 좋다는 뜻인가?

"가능하면 장래에는 개통하고 싶다고 생각해. 우선은 블루문드 왕국에 중계 지점을 설치할 예정이거든. 거기서 파르메나스 왕국을 경유하여 무장국가 드워르곤의 서쪽 입구까지 연결할 거야. 그리고 마찬가지로 블루문드 왕국의 남쪽과 마도왕조 살리온을 연결하는 도로를 정비할 예정이지. 서방 열국의 나라들을 경유하려고 하면 토지의 사용 권리를 획득하는 것만으로도 너무 힘든데다, 산을 둘러서 돌아가는 루트를 만들면 비용 면에서 엄청난 손해가 발생하거든. 하지만 그쪽이 싫어하는 걸 억지로 추진할 생각은 없어."

"알겠습니다. 리무루 폐하의 말을 믿기로 하죠. 영산(靈山)에 영향을 주지 않는다는 보장만 하신다면 '터널'을 뚫는 것도 승인해 드리겠습니다."

"정말이야?!"

"정말입니다. 단, 이쪽도 원하는 바가 있습니다만, 책임자로서 베니마루 님을———."

볼을 붉히면서 그런 말을 꺼내는 모미지. 마지막까지 듣지 않아도 나는 말귀를 알아듣는 남자다.

"베니마루 군!"

"잠깐만 기다려주십시오!! 저를 팔아넘기실 생각입니까, 리무루 님?"

"남이 들으면 오해할 소리를 하는군. 게루도는 지금 한창 대공사를 진행 중이야. 남을 잘 지휘할 줄 아는 인물이라면 자네가 가장 적임자가 아닌가!"

내 말에 고개를 끄덕이는 게루도.

그에 비해 베니마루는 어이없다는 표정을 보였다.

"그러니까 무리라니까요. 애초에 저는 공사에 대해선 아무런 지식이 없단 말입니다!"

뭐, 그건 그렇다.

"그렇긴 하지. 역시 무리겠군……."

베니마루를 희생해서 이 얘기를 마무리 지으려고 했는데. 역시 생각대로는 풀리지 않는다.

아니, 사실 베니마루를 장기 출장을 보낼 생각은 없으니, 처음부터 이 얘기에는 무리가 있었다.

"아쉽지만 베니마루는 내 오른팔이라서 말이야. 일단은 나와 동행해서 가끔씩 시찰하러 가는 정도라면──."

"아, 그렇게 해주셔도 좋습니다. 그럴 때마다 저희 마을에 들러주시기만 한다면."

만면에 미소를 지으면서 모미지가 그렇게 말했다.

잘했다는 표정으로 하쿠로우가 웃는 걸 보니, 처음부터 그걸 노린 것 같다.

"베니마루 군, 포기할 텐가?"

"포기하진 않겠습니다만, 리무루 님의 호위로서 시찰에 동행하는 정도라면 받아들이겠습니다."

어깨를 으쓱하면서 베니마루가 대답했다.

베니마루의 입장에선 이게 최대한 양보할 수 있는 선이겠지. 모미지는 그 정도로도 충분히 기뻐하는 것 같으니 나도 억지로 강요할 생각은 없다.

나머지는 본인들이 하기에 달렸다.

그렇게 생각하고 나는 중간에서 이익만 거두기로 하자.

"그럼 모미지 공——."

"그냥 모미지라고 부르셔도 됩니다, 리무루 님."

하쿠로우도 고개를 끄덕이니, 일부러 딱딱하게 굴지 않아도 괜찮으려나.

"그럼 모미지. 터널을 개통할 수 있는지 없는지 조사해볼까 하는데, 괜찮겠나?"

"네. 문제는 없지만, 정성을 다해 조사해주시길 부탁드립니다."

문제가 없다면 터널을 개통해도 좋다고 했다.

텐구의 대응이 대번에 부드러워진 걸 보면, 공사도 원활하게 진행할 수 있을 것 같아서 무엇보다 다행이었다.

나중에 모미지의 어머니라는 카에데 씨에게도 인사차 들러보기로 하자.

그때엔 하쿠로우도 동행해야겠지.

"이야기가 그렇게 되었으니, 에르메시아 님. 살리온 안으로 국경을 넘어서 들어갈 수 있는 허가와 조사에 대한 허락을——."

"전부 오케이예요. 에라루도, 그렇게 처리하도록 해줘."

내가 이상으로 생각하는 모습이 거기에 있다——. 그런 생각이 들 정도로, 에르메시아는 모든 걸 남에게 떠맡겼다.

"잘 알겠습니다. 리무루 폐하, 허가는 제 선에서 발행해드리죠. 단, 우리나라 안에서 공사를 할 때는 우리가 노동자들을 준비하는 것을 이해해주시기 바랍니다."

에라루도는 점점 지쳐가는 것 같았다. 이렇게 자유로운 황제 밑에서 일하고 있다면, 그야 우수해지는 것도 당연하다고 할 수 있겠군. 그래도 에라루도는 중요한 부분만큼은 양보할 수 없다는 태도로, 그런 조건을 추가로 다는 걸 잊지 않았다.

우리 쪽에서 모든 공사를 맡는다면, 역시 여러모로 힘든 점이 많겠지. 나로서는 이견이 없으므로 그 제안을 승낙했다.

무슨 일이 생기면 서로 도울 것을 약속하면서 이야기는 마무리 되었다.

반성회를 열 생각이었는데, 중요한 의제가 차례차례 정해지고 있다.

중진들이 이렇게나 많이 모인 덕분에 깜짝 놀랄 정도로 사전 단계를 무시하고 안건이 결정되는 것이 원인이다.

뭐, 주로 에르메시아 때문이지.

그런 상황에서 지금까지 잠자코 이야기를 듣고만 있던 요움이 입을 열었다.

"나리──가 아니라, 리무루 님. 질문이 있는데 괜찮겠습니까?"

거물들이 죄다 모인 회의에서 의견을 내놓는 것만 해도 상당한 용기가 필요할 텐데. 요움도 한 꺼풀 벗으면서 크게 성장한 모양 이다.

"뭡니까, 요움 님?"

"제가 설명을 드리고 싶습니다만, 공교롭게도 저는 배움이 모자랍니다. 저 대신 아내가 설명을 드리는 게 좋을 것 같은데, 괜찮겠습니까?"

아내라면 뮬란을 말하는 것이겠지?

측실 같은 존재가 있다면 놀랍겠지만, 요움에 한해선 그런 일 은 절대 없을 것이다.

쓸데없는 걱정이었는지, 일어선 사람은 역시 뮬란이었다.

"오랜만에 뵙습니다, 리무루 폐하."

"저야말로. 뮬란 씨—— 님도 건강하신 것 같아서 다행입니다."

"큰 은혜를 베풀어주신 리무루 폐하라면 절 편하게 부르셔도 상관없습니다."

아무리 그래도 그럴 수는 없지.

이 자리에선 에르메시아를 필두로, 다들 꽤나 격조 없는 대화를 나누고 있다. 그 분위기에 익숙해지면 안 된다고 생각하지만, 이제 와서 따지는 것도 우습군.

앞으로의 과제를 의논하는 자리이니, 지금은 가벼운 분위기로 이야기를 진행시키자.

"그럼 뮬란 씨, 질문이란 게 뭡니까?"

"네. 리무루 폐하께서 방금 하셨던 말에도 나옵니다만, 블루문드 왕국에서 우리나라를 거쳐 드워르곤에 이르는 도로를 정비하겠다고 하신 안건에 대한 질문입니다. 이건 예전에 말씀하셨던 구상—— 새로운 인마공영권(人魔共榮圈) 구축의 일환으로 생각해도 되겠지요?"

인마……공영권?

마음에 확 꽂히는 말이로군.

"그렇게 생각해도 됩니다. 그건 그렇고, 인마공영권이라는 호칭이 아주 좋군요. 내가 이상으로 삼는 형태를 참으로 이해하기 쉽게 표현하는 것 같소."

인간과 마물이 공존과 공영의 관계를 구축한다.

마물이라고 표현하지만 다종다양한 부류가 있으며 아인이라고 불러야 할 자도 많지만, 그건 넘어가기로 하자. 내 이상은 말 그대로 그런 관계였다.

우리 템페스트(미국연방)를 중심으로 동쪽에는 무장국가 드워르곤. 서쪽에는 블루문드 왕국. 그리고 남쪽에는 밀림을 정점으로 하는 마물의 일대 세력권이 펼쳐진다.

그리고 블루문드 왕국을 기점으로 하여 인류의 생활권이 펼쳐진다. 북쪽으로 파르메나스 왕국이 인접하며, 남쪽으로 내려가면 마도왕조 살리온이 광대한 영토를 지배하고 있다.

그리고——— 블루문드 왕국이 서방 열국을 상대하는 창구도 되는 것이다.

이 나라들이 손을 맞잡는 관계가 완성된다면, 그야말로 인마공영권으로 부르기에 적합할 것이다.

"감사합니다. 그럼 질문을 드리죠. 그 이상을 실현하기 위해, 우리나라는 최선을 다해서 리무루 폐하를 도우려고 생각하고 있습니다. 다행히도 우리나라의 귀족들은 저기 계시는 디아블로 님에게 협박———설득을 당하여, 아주 순종———협조적인 자세를 취하고 있으므로, 저희의 의견은 무엇이든 들어주고 있답니다. 그렇기에 신흥국으로서 첫걸음을 내딛기 위해서라도 국가 규모의 사업을 벌이고자 합니다. 그러므로———."

뭘 하면 되겠는가. 그게 묠란의 질문이었다.

"그, 그야 전에도 말했듯이 농업을———."

"그건 문제없습니다. 모든 것이 이상 없이 돌아가고 있으며, 지정받은 농작물도 재배에 착수했으니까요."

"어, 그럼 다른 것은———."

으—음, 다른 게 뭐가 있었더라?

내가 떠오르는 대로 질문을 해봤더니, 그 모든 것이 이미 대책이 다 세워져 있었다.

귀족 장악은 디아블로의 손에 의해 완벽하게 끝났으며, 요움은 국민들로부터 절대적인 지지를 얻고 있다. 군사적인 문제도 역학 관계가 뚜렷한 상태였기 때문에, 국내는 하나로 뭉쳐 있다고 했다.

구(舊) 파르무스가 멸망하면서 신흥국인 파르메나스가 탄생했다. 그 혼란을 종식시키는 것이 맨 처음 할 일이라고 생각했는데, 그건 이미 완료되었다고 했다. 그것으로 끝난 게 아니라, 앞으로는 농업을 중시할 것을 국민들에게도 다 전달해놓은 상태라고 말했다…….

디아블로가 사전 준비를 한 것은 틀림없지만, 그 방침을 계승한 뮬란도 생각했던 것 이상으로 우수한 인재인 모양이었다.

"그러면 일자리가 없는 사람들을 모아주겠소?"

"잘 알겠습니다, 리무루 님. 가능하면 저희도 스스로의 손으로 레일을 까는 공사를 하고 싶다고 생각하고 있었답니다. 우리나라에서 만든 농작물을 운송하는 수단이라는 의미에서 보면, 교통망은 곧 생명선이 되겠지요?"

"뭐, 그렇게 될 것이오. 자신들이 소비하는 몫뿐만 아니라, 앞으로는 좀 더 대량으로 농작물을 만들게 될 테니. 썩기 전에 필요로 하는 나라에 운반하는 것도 국가 차원에서 중요한 일이 될 거라 생각하니까."

드워프 왕국의 상품을 유통하던 파르무스 왕국 시대에는 화물의 내용물이 공예품이나 무기 같은 것들이었으며, 썩을 우려도 없었다. 운반에 대한 책임은 상인들이 지며, 국가는 관세를 매기면서 노동 없이 수익만 올렸었다.

앞으로는 그렇게 되지 않는다. 유통되는 화물에 책임을 지는 것은 상인들뿐만 아니라, 국가 차원에서도 신용도를 높이기 위해 노력해야 할 것이다.

로지스틱스(물류의 합리화)를, 국가가 보장하는 시대로 바뀔 것이다.

"'마도열차'가 대초원을 달릴 날이 기대되네요. 앞으로는 상인들도 존재 방식이 바뀌겠지요. 저희도 그에 대응할 수 있도록, 미리 공부하지 않으면 안 되겠습니다."

"마차보다 빠르기 때문에 앞으로는 일주일의 시간을 들여서 운반했던 상품을, 세 시간도 안 돼서 전할 수 있게 될 거요. 게다가 운반량은 백 배 이상이 되겠지."

"""네엣?!"""

가젤과 에르메시아는 예상하고 있었는지 놀라지 않았지만, 다른 자들은 그렇지 않았던 것 같다. 너무나도 예상외였는지 모두가 놀라서 표정이 굳어져 있었다.

유우키와 히나타 그리고 마사유키는 다른 의미로 건조한 웃음을 짓고 있었다.

"뭐, 지금 당장은 일단 필요한 땅을 매수해서 가능한 한 직선거리에 효율적인 운반 경로를 계획하고 싶군. 계루도의 부하들과 이 도시에서 학습 중인 수인들이 슬슬 측량도 가능한 수준으로 성장했지. 최종 확인은 내가 할 테니까, 한번 맡겨볼까 생각하고 있소. 뮬란 씨, 당신이 모아준 노동자들은 그 녀석들의 지휘를 받도록 투입하겠소. 읽고 쓸 줄 아는 자를 리더로 삼아서, 작업반을 배분해주면 좋겠소."

"잘 알았습니다. 왠지 가슴이 두근거리네요."

뮬란은 그렇게 말하면서 내 제안을 받아들여주었다.

처음부터 우리를 도와줄 생각이었기 때문인지, 이야기는 별지장 없이 끝났다.

그다음에 손을 든 것은 휴즈다.

"워낙 대단하신 분들이 모여 계시다 보니, 그만 인사가 늦었습니다."

그러고는 쓴웃음을 짓는 휴즈.

전야제 때부터 참가했다는데, 내 주위에 모인 사람들을 보니 기가 죽어서 말을 걸 수 없었다고 했다.

나도 알아차리긴 했지만, 타이밍이 맞지 않아서 말을 걸지 못했다. 하지만 축제를 재미있게 즐기는 것 같기에, 나중에 인사를 하자고 생각하다가 그만 잊어버리고 말았던 것이다.

"야아, 미안하군. 말을 걸어야겠다는 생각은 하고 있었는데 말이지."

"리무루 님은 바쁘셨던 것 같으니 괜찮습니다. 그보다 말입니다, 오늘은 제 친구가 이야기드리고 싶은 게 있다고 합니다. 그것도 때마침, 지금 화제가 되고 있는 내용에 대해서 말이죠."

휴즈가 소개한 사람은, 나도 잘 알고 있는 베르야드 남작이었다.

일처리에 관해선 방심할 수 없는 인간이라고 기억하고 있다.

"베르야드입니다. 오늘은 좀 억지를 부려서 이 자리에 참석했습니다. 리무루 폐하께는 감사를 드립니다. 그리고 이 자리에 계신 모든 분들께는 앞으로 잘 부탁드린다고 말씀드리고 싶군요."

단정한 자세로 똑바로 서서 우아하게 인사하는 베르야드. 도저히 소국의 귀족으로는 보이지 않는 훌륭한 인사였다.

"그러면 우리 블루문드의 왕이신 드럼 폐하를 대신하여 제가 질문을 드리려고 합니다."

베르야드는 아주 잠깐 옆자리를 한번 쳐다봤다.

그 자리에 앉은 사람은 방금 이름이 언급된 블루문드 국왕 부다. 언제부터 있었지, 라는 생각이 들 정도로 존재감이 없었다.

드럼 왕에겐 나중에 정식으로 회담 자리를 마련하겠다고 전했지만, 그럴 필요가 없게 됐다. 지금 바로 회담을 하는 것과 마찬가지인 상황이 되었으니까.

싱글싱글 웃으면서 사람 좋은 할아버지같이 굴고 있지만, 그래도 되는 건가 하는 생각을 지울 수가 없다. 그런 블루문드 왕 드럼은 내버려두고, 베르야드가 이야기를 시작했다.

"리무루 폐하의 말씀은 잘 들었습니다만, 우리 블루문드 왕국이 앞으로 어떤 방식으로 존재할 것인지에 대한 계획을 가지고 계시다고 휴즈에게서 전해 들었습니다. 그리고 드럼 폐하로부터도 우리나라를 유통의 중심지로 만들 예정이라고 들었습니다. 그게 어떤 식으로 진행될 것인지 저 나름대로 궁금하게 여겼습니다만, 지금까지 하신 얘기를 듣고 이해하게 되었습니다. 즉, 폐하는 우리나라에 물류의 집적지라는 역할을 맡길 생각이시군요. 폐하께서 말씀하신 '마도열차'의 등장은 물류의 상식을 바꿀 것입니

497

다. 그 중계기지가 우리나라에 만들어진다면, 세계 각지에서 다양한 화물이 모이는 것은 당연하겠지요. 그렇다면 그 물품들을 관리하는 자가 필요해집니다. 또한 각국에 무엇이 부족한지를 조사하여 적절하게 배분하는 역할도 요구될 것입니다. 리무루 폐하, 그 역할을 우리가 맡기를 바라시는 것입니까?"

역시 베르야드, 휴즈와는 달리 두뇌가 명석하군.

내가 머릿속으로 생각하던 내용을, 훌륭하게 말로 표현해주었다.

"그 말이 맞긴 한데, 가능하겠나? 더 말할 것도 없지만, 장소만 제공해줘도 되네. 그렇게 될 경우엔 토지 사용료라는 명목으로 매년 일정 비율의 세금을 내겠다고 약속하겠지만 말이야."

"농담도 잘 하십니다. 그 시스템에서 제외된 상태에서 얻을 수 있는 이익만으로 나태하게 살아갈 것이라 예상하시다니, 우리 국민들을 우습게 보시는 것도 정도가 있습니다. 우리는 지금부터 교육을 실시해서 다가올 때를 대비하도록 할 것입니다!"

위험하군.

이자는 정말 어디까지 멀리 내다보고 있는 거람.

나에겐 믿음직스러운 라파엘(지혜지왕) 선생이 있지만, 이자는 순수하게 자신의 머리만으로 이 대화 내용을 다 이해하고 있단 말인가?

선견지명이 있다는 말로는 표현이 부족할 정도로, 아주 머리가 뛰어난 남자였다.

블루문드 왕국에선 지금까지의 가치관이 완전히 바뀌는 패러다임 전환이 일어날 것이다. 그건 다른 나라도 마찬가지지만, 블루문드 왕국은 극적으로 변할 것이라고 추측이 가능하다.

베르야드는 그걸 미리 꿰뚫어 보고, 지금부터 준비하겠다고 선언한 것이다.

티무니없는 남자다. 날 상대로 한 번 승리한 적이 있는 만큼, 역시 경계했던 대로 방심하지 말아야 할 인물이었다.

적이 아니라는 것이 든든할 지경이라니까, 정말로.

"그렇다면 부탁하겠소. 각국의 수출입 품목을 조사해서 필요한 것을 필요한 곳에 보내는 시스템을 만들어주시오. 정보 수집과 정보 조작에 능한 귀국이라면, 이런 일은 잘 처리하겠지요?"

"이거 참, 리무루 폐하는 역시 방심할 수 없는 분이군요. 알겠습니다. 이 건에 대해선 돌아가서 보다 자세히 검토해보겠다고 약속드리겠습니다."

당신이 할 말은 아닌 것 같다고 생각하면서, 나는 고개를 끄덕였다.

개국제의 반성회만 할 예정이었는데, 참으로 힘든 신경전을 벌이게 되었군.

하지만 보람은 있었으며 블루문드 왕국과의 교섭도 잘 끝났다. 좀 더 시간을 들여서 어려운 교섭을 하게 되지 않을까 예상했었는데 베르야드 남작이 있어주어서 다행이었다.

다행인지 아닌지는 모르겠지만 이렇게 된 이상, 철저하게 협조를 받기로 하자.

나는 그렇게 생각하면서 앞으로 베르야드에게 어떤 것을 부탁할 것인지 속으로 고민하기 시작했다.

그건 그렇고, 앞으로의 국가 운영에 관한 어려운 과제만 계속 얘기하게 되었지만, 지금은 반성회를 가질 시간이다.

기분을 새로이 가다듬고 모두의 의견을 듣기로 하자.

"어——, 달리 말하고 싶은 의견은 없나——?"

그런 내 말을 기다렸다는 듯이 바로 일어선 자가 있었다.

베루도라다.

안 좋은 예감이 들어서 못 본 척하려고 했지만…….

"리무루, 그건 대체 어떻게 된 거지?"

어떻게 된 거냐고 물어본들…….

"뭐가 말이야?"

"당연히 미궁이지! 나는 계속 기대하고 있었는데, 아무도 지하 100층까지 쳐들어오지 않았잖아!!"

아까도 그렇게나 꾸짖었는데, 전혀 반성을 하질 않았네?

정말로 남의 말을 듣지 않는 녀석이다.

모처럼 대사를 열심히 연습했는데——라고 베루도라가 투덜댔지만, 그건 내 알 바가 아니라고 대꾸해주고 싶다. 하지만 그러지 않기로 했다. 그런 말을 했다간 그야말로 큰 난동을 부릴 게 뻔하기 때문이다.

"뭐, 그에 관해선 나도 생각이 있어."

"그렇지? 역시 믿음직스럽군. 그래서 앞으로는 어떻게 할 생각이야?"

어떻게 할 생각이냐고 물어본들…….

적어도 모험가의 실력에 맞게 마물을 재배치하지 않는 한 이 문제는 해결되지 않겠지.

"뭐, 그대로 놔두면 안 되겠지. 그래도 그들은 모험가로 치면 중급 이상이었으며, 그나마 괜찮은 수준에 들어가는 도전자들이었으니까――."

"그나마 괜찮은 수준이라니……."

"실례되는 말씀입니다요……."

"하지마안, 부정은 못 하겠네에……,"

카발 일행 삼인조가 어두운 얼굴을 하고 있지만, 그쪽은 보물 상자를 뒤지는 것에만 정신이 팔려 있었으니까 이 정도 비아냥거림은 허용해주길 바란다.

"뭐, 저 같은 경우는 그냥 걷기만 했는데, 무슨 까닭인지 지하 10층까지 도달해버렸으니까요. 정신을 차려보니 동료들이 어느새 보스를 토벌해버렸고 말이죠……."

마사유키는 위로해줄 생각으로 그렇게 말했겠지만, 사실 비아냥거림에 지나지 않는다. 애초에 에렌은 그런 걸로 풀이 죽을 성격도 아니니, 본인들에겐 아무 문제가 되지 않을 것으로 보이지만.

의외로 아무렇지 않은 것처럼 보이니, 그냥 방치해둬도 될 것 같다.

"――그러므로 당분간은 네가 나설 차례는 없을 거라고 생각해줘."

베루도라라면 영원히 나설 차례가 없을지도 모르겠지만 말이지.

"뭐라고오?! 그러면 나와 라미리스 그리고 밀림의 노력은 어떻게 되는 거야?!"

거기에 나도 끼워주면 좋겠지만 뭐, 그건 넘어가자.

"안심해. 이번에 미궁을 공개하면서 각국에 홍보가 아주 성공적으로 되었다고 할 수 있으니까."

"호오?"

"묘르마일 군, 설명을 해주게!"

내 신호를 받자, 묘르마일이 일어섰다.

그리고 자신만만한 표정으로 베루도라에게 설명을 해주기 시작했다.

"이번에 미궁 내부의 영상을 공개하면서, 각국은 흥미를 보였습니다. 그 보물 상자에서 레어 급의 아이템이 나온 것이 큰 홍보가 되었다고 하겠습니다."

"내 덕분이란 말인가……."

으—음, 그렇게도 말할 수 있……으려나?

"그 광경을 본 각국의 귀족들이 빠짐없이 모험가를 고용해서 파견할 것으로 추측됩니다."

묘르마일의 설명은 이랬다.

귀족 중에는 모험가나 솜씨가 좋은 용병을 경호원으로 고용하는 자가 많다고 했다. 즉, 그런 자들이 이 미궁에서 보물이 나온다는 걸 알게 되면 많은 모험가를 파견해서 그 보물을 얻으려고 들 것이다.

자신이 고용한 도전가가 얻은 보물을 얻는 대신에 그 도전자들을 지원해줄 거라고 묘르마일은 말했다.

또한 고용주가 없는 모험가들도 일확천금을 꿈꾸면서 도전을 반복할 것으로 예상된다.

그 가이를 봐도 알 수 있듯이, 레어 급의 장비는 그만큼 손에 넣기 힘든 장비인 것이다.

이 자리에선 말하지 않았지만, 묘르마일은 좀 더 악랄한 것을 꾸미고 있었다.

복권처럼 가짜 당첨자를 미리 준비해서 사행심을 부추기는 수법이다. 모두가 주목할 정도로 가치 있는 아이템을 입수하는 모습을 보여줌으로써 경쟁심을 품게 만드는 것이다.

그런 잔재주를 통해서 모험가나 귀족들을 푹 빠지게 만든다는 작전이었다.

묘르마일에겐 그 외에도 다른 복안이 있었다.

"그뿐만이 아닙니다. 상금 제도라는 것을 신설하는 것도 생각 중입니다. 지하 100층── 즉, 이 미궁을 제패한 자에게 막대한 상금을 제공하겠다는 내용을 미리 퍼뜨려놓으면 많은 귀족들이 모험가를 지원해서 이 땅으로 보낼 것으로 예상합니다."

그렇게 말하면서 묘르마일이 씨익 웃었다.

막대한 이익을 거둘 수 있다고 생각하게 만들면, 돈을 밝히는 귀족들까지도 참가할 것이라는 게 노림수였다.

유능한 모험가라면 당장 고용주가 나타나겠지. 그리고 장비 등을 지원받으면서 더 좋은 환경 속에서 미궁에 도전하게 되는 것이다.

말하자면 스폰서(출자자)라고 하겠다.

자신이 고용한 모험가가 활약하면 귀족도 면목이 선다. 더구나 큰 이익을 얻을 가능성도 크다.

귀족들이 움직이기에 충분한 이유가 된다고 했다.

그리고 스폰서가 될 귀족들은 전부 우리나라에 느긋이 머무르게 하여, 다양한 오락거리를 소비하게 만든다는 계획이었다.

콜로세움(원형경기장)을 이용해서 미궁을 공략하는 모습을 방영하는 것도 재미있을 것이다. 그 외에도 다양한 기획을 생각하고 이런저런 수를 동원해 사람들을 불러 모을 것이다.

그건 그렇고, 스폰서라.

그 아이디어를 들었을 때는 묘르마일을 다시 봤다. 대단한 자라고 생각은 했지만, 이 정도까지 앞날을 내다보리라고는 생각하지 못했다.

확실히, 자신이 응원하는 도전가가 활약하면 스폰서는 기쁠 것이다.

정말로 다양한 아이디어를 떠올렸군.

그리고 마지막으로 하나 더.

나와 묘르마일은 몇 번이고 논의한 끝에 자유조합에 협조를 의뢰한다는 계획을 세우고 있었다.

베루도라도 묘르마일의 기세에 눌렸는지 얌전하게 얘기를 듣고 있다. 지금이 기회라고 생각했는지 묘르마일은 의견을 얘기하기 시작했다.

"그랜드 마스터(자유조합 총수)인 카구라자카 유우키 님, 실은 당신께 부탁, 이라기보다 제안을 드릴 게 있습니다."

"제안? 뭐죠?"

"지금 설명해드린 대로 미궁 공략에는 상금을 걸 예정입니다.

그걸 자유조합이 관리해주면 좋겠습니다."

"왜죠?"

"홍보 효과가 크다는 게 첫 번째 이유가 되겠군요. 각국에 지부가 있는 조합이라면 홍보가 빠른 속도로 널리 퍼질 것으로 기대할 수 있으니까요."

"과연, 지당한 말이군요. 그리고 또 다른 이유는 뭐죠?"

"네. 도전자 관리에 모험가 카드를 이용하고 싶다고 생각했기 때문입니다."

"과연. 아주 좋은 생각을 했는걸, 정말로……."

유우키는 감탄하는 것인지 아니면 어이가 없는 것인지, 깊은 한숨을 쉬면서 생각에 잠겼다.

우리나라에서 미궁 카드를 발행한다는 계획도 있었지만, 품이 너무 많이 드는 일이었다. 필요경비를 최소한으로 줄일 수 있으며, 게다가 자유조합에서 필요한 인원까지 지원을 받을 수 있다. 그렇게 남의 힘을 빌려서 시행하자는 작전이 바로 묘르마일이 세운 계획의 진면목이었던 것이다.

"하지만 이건 자유조합에게도 이점이 있습니다."

"네?"

"리무루 폐하의 명령에 의해 쥬라의 대삼림의 마물은 관리되고 있습니다. 쥬라의 대삼림에 인접한 장대한 국경선을 앞으로는 우리나라가 관리하게 되겠지요. 그렇게 되면——."

"그렇군. 마물을 토벌하는 일이 줄어든단 말인가?"

"바로 그겁니다. 하지만 문제는 없습니다. 미궁 안에는 앞으로 대량의 마물이 발생할 것으로 예상하니까요. 그 마물들을 토벌하면서 '마정석'이나 모피나 이빨, 발톱 같은 마물의 소재를 정기적으로 얻을 수 있을 겁니다──."

"──!!"

"그렇게 되면 조합의 이익도 늘어나지 않겠습니까?"

마물을 토벌하면 그 소재를 입수할 수 있다.

그것을 팔아서 모험가는 수입을 얻는다.

그걸 사들여 필요한 가게에 넘기는 것으로, 자유조합은 차익금을 얻을 수 있다.

그리고 우리나라는 자유조합에게 관리를 맡기면서 세금을 거두는 것이다.

앞으로 일거리가 줄어들게 될 모험가들. 그런 이들에게 새로운 일자리를 창출해 주는 것으로, 도움이 된다. 모두가 행복해질 수 있는 계획이라고 생각한다.

자, 과연 유우키의 반응은 어떨까?

"리무루 씨의 아이디어도 들어 있는 거죠? 묘르마일 씨라고 했죠? 그 제안을 자세히 검토해보고 싶다는 생각이 드는데, 논의할 만한 장소를 제공해줄 수 있을까요?"

"물론이고말고. 필요한 인원이 다 준비되면 느긋이 의논해보자고."

"나 참, 리무루 씨는 당할 수가 없군요……."

유우키가 쓴웃음을 지으며 말했다.

이리하여 나와 묘르마일의 계획은 채용되는 수순을 밟기 시작했다.

*

나는 베루도라 쪽을 돌아보면서 말했다.

"잘 들어, 이 계획이 채용되었으니 앞으로는 모험가가 더 많이 늘어날 거야."

"흠흠."

"1년 만에 나오는 건 어렵겠지만 2, 3년 정도 지나면 어느 정도 실력이 있는 자들이 늘어날 것으로 생각해."

"호오? 무슨 이유로?"

"이유야 간단하지. 죽을 위험이 없는 미궁에서 자신의 기량을 갈고 닦을 수 있으니까. 강해지지 않는 게 더 이상하겠지."

"그렇군. 역시 리무루야. 기대되는걸!"

오래 사는 베루도라에겐 2, 3년 정도는 순식간에 지나가는 시간이겠지. 그래선지 기쁜 표정으로 기대가 된다면서 웃어주었다.

좋아, 좋아. 이걸로 납득해준 것 같으니 다행이다.

내가 속으로 웃고 있으려니, 히나타가 손을 들어서 발언권을 요구했다.

"이야기 좀 해도 괜찮을까?"

"뭐지?"

이제 와서 이견을 말할 것 같진 않지만, 살짝 긴장했다. 상대하기 버겁다는 이미지가 한번 박혀버리면 좀처럼 털어내기가 어렵다.

"부탁이라기보다는 제안이 있어."

참으로 미움을 사기 좋은 말투다.

묘르마일은 아예 식은땀을 흘리면서 시선을 피하고 있고.

"……말씀하시죠."

"고마워, 그럼 실례하지──."

그리고 히나타가 말한 내용이 무엇인가 하면, '모험가가 미궁 밖에서 활동할 경우, 위기의식이 낮아질 수 있다는 문제'였다.

미궁 안에서 죽지 않는 것에 익숙해진 모험가가 밖으로 나오면 방심하게 되지 않겠느냐고 우려했다. 그건 나도 마음에 걸리던 점이지만, 그 문제는 어디까지나 자신의 책임이라고 딱 잘라 생각하고 있었다.

그런데 그 점을 히나타가 지적하는 바람에 말문이 살짝 막히고 말았다.

"으──음, 그건 각자가 알아서 해결할 수밖에 없지 않나. 나는 그렇게 생각했는데……."

"생사에 관련된 문제야. 그렇게 쉽게 넘길 수는 없어."

"아니, 그렇지만 말이지……?"

"안 돼."

"아니, 아니. 히나타 양?"

내가 당황하며 히나타에게 부탁하듯이 말하려고 했을 때, 히나타가 제안을 했다.

"──하지만 내 제안을 받아준다면, 당신의 방침을 인정할 수도 있을 것 같아."

"그게 뭐지. 이야기해봐."

여기서 히나타의 기분을 상하게 만드는 건 좋지 않다.

그렇게 생각해서, 상당히 저자세로 대응하기로 했다.

하지만 그건 지나친 걱정이었던 모양이다.

"후후훗, 당신이란 사람은 정말── 아무것도 아니야. 그렇게까지 긴장하지 않아도 돼. 내 제안은 양쪽에 다 이익이 가는 거야."

"뭐?"

"미궁 공략은 전체적으로 괜찮다고 생각해. 기본적인 실력이 늘어나는 것뿐만 아니라, 마물에 대한 유효한 전법도 고안해낼 수 있을 테니까. 하지만 죽는 것에 대한 조심성이 약해질 수 있다는 불안도 있어. 그러니 서방성교회에서 프리스트(신령술사)를 파견하고 싶은데."

"프리스트라고요?! 그런 말도 안 되는……. 진심입니까, 성기사단 단장 히나타 님?!"

큰 소리로 외친 사람은 내가 아니라 이야기를 듣고 있던 휴즈였다.

놀라는 사람이 많기에 그 이유를 물어봤다. 그러자 프리스트는 신앙계의 회복마법을 다루는 자들이라고 했다.

그러고 보니 예전에 같은 내용의 말을 들은 것 같다.

서방성교회가 비공개로 감추고 있는 '신성마법'을 습득했으며, 그 수가 얼마 되지 않는 사제급 이상의 자들. 대사제급 이상이 되면 부위결손(部位缺損)조차 치료할 수 있는 '신의 기적'을 다룰 수 있게 된다고 했던가.

"그래, 진심이야. 확실히 비공개된 기술이긴 하지만, 이대로는 그들도 성장하지 못해. 천재라고 불릴 만한 재능이 있어도 신의 기적 : 리저렉션(사자소생)을 쓸 수 있는 수준까지 도달하는 데 성공하는 자는 적어. 그래서는 고대로부터 계승되어 온 지식을 헛

되이 묻어버리게 될 거야. 전란의 시대라면 모를까, 평화로운 시대에선 기술을 계승하는 게 어렵지."

쉽게 말해서 소생시킬 대상이 없으니까 기술이 쇠퇴한다는 뜻이려나?

조금 다른 것 같기도 하지만, 히나타의 의도는 이해했다. 우리던전(지하미궁)을 이용하여 자신들의 '신성마법'을 연습하겠다는 심산인 것이다.

하지만 그건 우리에게도 바라 마지않던 얘기였다.

신의 기적 : 리저렉션까지는 아니더라도 회복마법을 쓸 줄 아는 자가 늘어나기만 해도 미궁 밖에서 작전을 짤 때도 안전성이 높아질 것이다. 게다가 내가 루미너스로부터 배운 '신앙과 은총의 비오'를 완전한 것으로 만들려면, 실제로 그 마법이 구사될 때의 정보를 해석하는 것이 더 빠르다.

내가 반대할 이유는 아무것도 없었다.

"우리야말로 잘 부탁해."

"후훗, 당신이라면 그렇게 말할 줄 알았어."

놀라는 자들을 곁눈질로 슬쩍 바라보면서, 나와 히나타는 서로의 아이디어에 동의했다. 이것으로 미궁 안으로 프리스트를 파견하는 것이 결정된 것이다.

그걸로 끝나는가 싶었는데, 히나타의 제안은 하나가 더 있었다.

"그리고 다른 이야기를 좀 할 건데, 홀리 나이트(성기사)들의 수행의 일환으로서 미궁을 공략하도록 시키고 싶어."

"뭐어?"

"거기 있는 베루도라란 사람── 당신은 분명 노점에서 타코야키를 구워서 팔던 사람이지?"

"그, 그건 지금은 관계없잖아? 그보다 본론을 빨리 얘기해줘!"

"그, 그래. 나는 절대 '가명'이라는 이름으로 타코야키 가게를 운영한 적이 없어!!"

"……흐음, 내가 잘못 본 거라고 필사적으로 믿으려 했는데…… 역시 본인이었구나. 뭐, 딱히 상관은 없지만."

피곤한 표정으로 중얼거리는 히나타.

얼버무려서 히나타를 속이는 건 무리였다. 아니, 베루도라를 알고 있는 사람이라면 누구라도 속여 넘길 수 없겠지.

베루도라가 무슨 일이 있어도 철판구이 가게를 열고 싶다고 떼를 썼기 때문에, 묘르마일에게 부탁해서 점원까지 준비시켰다. 그러자 무슨 생각을 했는지, 베루도라는 한창 바쁜 쿠로베에게 특별히 주문해서 철판을 준비하도록 시킨 것이다.

그건 오사카에선 친숙한 타코야키용 철판이었다.

가게를 내는 조건은 베루도라가 본인이라는 것을 들키지 않을 것. 그렇긴 하지만 애초에 도시에 사는 주민들에겐 얼굴이 다 알려져 있었다. 그래서 적어도 점원들에겐 들키지 말라고 타이른 뒤에 가명을 쓰라고 말했었는데…… 그래서 베루도라가 내세운 이름이 '가명'이었던 것이다.

'가명의 타코야키 가게'라는 노점이 무슨 이유인지 대성황을 이뤘다는 소문을 들었다.

하지만 그건 지금의 화제와는 관계가 없다.

"그 건은 일단 잊도록 하고, 홀리 나이트의 수행에 대해서 좀 더 자세한 이야기를 듣고 싶은데?"

나는 억지로 이야기를 돌리기 위해서 히나타가 꺼낸 화제를 다시 언급했다. 히나타에게도 이견은 없었는지, 아무 일 없던 것처럼 중단된 이야기를 다시 이어갔다.

"내가 보기엔 이제 막 홀리 나이트가 된 이들의 실력으로는 고즈루라는 자에게도 이길 수 없어. 그래서 다섯 명에서 열 명 정도로 파티를 꾸려서 공략하도록 시키고 싶어. 실전 훈련도 될 테고 방금 말했던 프리스트의 육성과도 이어지겠지. 상급자라면 50층은 금방 돌파할 수 있을 거라고 생각해."

"호오? 나는 상관없어. 아니, 바라는 바야!!"

베루도라가 의욕적인 반응을 보였다.

확실히, 홀리 나이트는 A랭크 이상의 자들뿐이다. 그 실력이라면 몇 명만 모여도 고즈루를 돌파할 수 있겠지.

"그리고 그 파티에는 대장급도 참가시키려고 생각 중이야."

히나타의 발언은 그 자리에 있는 자들을 놀라게 만들기에 충분했다.

"진심입니까, 히나타 님?!"

"저희도 미궁 공략에 참가한단 말입니까?"

우리나라에 맨 처음 머무르게 된 아루노와 박카스가 맨 먼저 히나타의 말에 반응을 보였다. 그러나 히나타는 동요하지 않고 당연하다는 듯이 대꾸했다.

"당연하잖아? 죽을 걱정이 없는 최고의 수련장인걸. 중간 단계인 50층에 그 정도의 실력을 가진 자가 있다면, 그 이하의 층은 더 강한 자가 지키고 있다는 말이겠지. 당신들의 실력으로 이길 수 없을지도 몰라."

음음, 하고 베루도라가 만족스러운 표정으로 듣고 있었다.

그에 비해 아루노와 박카스는 불만이 가득한 표정으로 반론했다.

"아니, 그럴 일은 없습니다, 히나타 님. 저희는 최강의 크루세이더즈(성기사단)——. 그뿐만 아니라 '마왕'과 대척되는 자리에 있는 '성인'이란 말입니다."

"그 말이 맞습니다. 마왕의 부하 중에서 간부급이라면 모를까, 미궁의 마물 따위에겐——."

"그렇다면 실력으로 증명해봐."

아루노와 박카스의 의견은 히나타의 정론 앞에 분쇄당했다.

그 말대로 지하 100층을 돌파해서 미궁을 제패하면 자신들이 옳다는 것을 확실히 증명할 수 있다.

반론 따윈 허용하지 않는, 단순하면서도 명쾌한 진리였다.

단, 슬프게도——,

"아니, 잠깐만요!! 그 지하 100층을 지키는 것은……."

"큭큭큭, 크앗——핫핫하! 사실은 비밀이지만, 몰래 가르쳐주마. 뭘 더 숨기겠나, 바로 내가 '폭풍룡' 베루도라다!!"

기쁜 표정을 짓고 있는 베루도라 씨.

그에 비해 아루노와 박카스는 절망감으로 얼굴이 새파랗게 변해갔다.

그야말로 명암이 확실하게 갈라지는 순간이었다.

이렇게 나는 히나타의 제안을 받아들이기로 했다.

*

이것으로 모두의 이야기도 대충 끝난 것 같다.

그때 나는 이 기회를 이용해서 한 가지 확인을 해두자고 생각했다.

아니, 그보다 이게 바로 관계자들을 전부 이 자리에 모은 이유이기도 하지만.

"모두에게 한 가지 묻고 싶은 게 있는데——."

그러면서 내가 물었던 내용은 동쪽 상인들에 관한 얘기다.

나는 이 녀석들이 갖가지 공작을 벌이고 있을 거라 생각하기에 충고의 의미도 포함해서 화제로 꺼낸 것이다.

"우리나라는 누구라도 받아들이며 통행의 자유를 인정하고 있으니, 동쪽 상인도 들락거리고 있을 것이다. 하지만——."

"네, 가젤 폐하. 드나드는 자들은 전부 저희 감시하에 있습니다."

무장국가 드워르곤에선 나이트 어새신(암부)의 수장인 앙리에타 씨가 감시하고 있다고 했다. 이런 상황에서 암약하는 것은 자살 행위가 될 테니, 동쪽 상인들도 얌전하게 구는 모양이었다.

"아쉽게도 우리나라는 거래 상대라는 측면에서 보면 소국에 지나지 않습니다. 그럼에도 불구하고 첩보부만큼은 우수하니까 말이죠. 상품이 유입되기는 합니다만, 동쪽 상인의 모습은 그다지 눈에 띄지 않는군요. 얻을 게 별로 없다고 생각하는 게 아닐까요?"

"이봐, 국왕 폐하도 계신 자리에서 그런 식으로 말하는 건 좀 아닌 것 같은데……."

블루문드 왕국에도 들락거리는 것 같지만, 그 수는 적은 것 같았다. 충분히 감시할 수 있는 것 같으니, 이곳도 걱정할 필요는 없으리라.

"우리나라는 안심할 수 있겠지?"

"당연합니다. 외래품은 모두 중앙에서 관리하며, 13왕가에는 관여할 권한을 주지 않았으니까요."

애초에 마도왕조 살리온은 쇄국에 가까운 상태를 유지하고 있다. 다른 나라와는 거의 교류가 없으니 동쪽 상인이 들락거릴 틈이 없다고 한다. 뭐, 에르메시아의 눈을 속여 넘길 수 있는 자는 그리 흔하지 않을 테니, 이곳도 괜찮을 거라고 생각했다.

걱정이 되는 곳은 요움에게 맡긴 신흥국 파르메나스인가.

"그러고 보니, 디아블로 씨의 명령을 받으면서 라젠 영감이 장부를 조사하고 있었지?"

"요움, 격식을 갖춰서 말하세요. 실례했습니다. 모든 것을 다시 살펴보고 어디까지 영향을 받고 있었는지 조사한 뒤에 그 뿌리를 끊겠다고 하더군요."

걱정할 것도 없이, 디아블로가 이미 대처를 한 뒤였다.

디아블로는 지나치게 유능해서 무섭다. 칭찬해주려고 했지만 손님들이 보는 앞이라 참기로 했다.

"자유조합은 각자의 판단에 맡길 수밖에 없는데요."

그건 그렇겠지.

동쪽 상인도 공작원만 있는 게 아니라 평범하게 장사를 하는 자도 있을 것이다. 그런 상대와 현재 진행 중인 모든 거래를 본부의 명령으로 중지한다는 건, 조합원에게 지금의 생활이 있는 이상 가능할 리 없다.

이 일에 관해선 자유조합 본부 쪽에서 나름대로 지도를 하겠다

515

고 유우키가 약속해주었다. 맡겨두기로 하자.

"서방성교회는── 아니, 신성교황국 루벨리오스는 동쪽 상인들과의 거래를 전부 중지했어."

"뭐?"

예상외의 말을 뱉은 건 히나타였다.

이유를 물어보니 히나타가 이용당할 뻔했기 때문이라고 했다.

"상인의 이름은 다무라다. 상당한 거물이었어. 그렇기에 그 말을 믿었던 건데…… 설마 나를 속이려들 거란 생각은 하지 못했지 뭐야."

"속였다고?"

"그래. 그날 밤──발푸르기스(마왕들의 연회)가 있었던 밤에, 누군가가 루벨리오스에 침입했어. 우연히 내가 거기 있었기 때문에 쫓아낼 수 있었지만, 사실은 다무라다와 만날 예정이었거든."

"흠. 그건 의심할 것도 없이 서로 연결되는 것 같군."

히나타의 설명을 듣고 가젤 왕도 다무라다와 침입자가 한패일 것이라고 말했다.

나도 그렇게 생각한다.

히나타가 말했던 정체불명의 상대. 그 녀석들은 동쪽 상인과 연결되어 있는 걸까.

아니, 그리고 보니 그날은 마왕 로이가 살해되었다고 했었지. 그 말은 곧, 그 침입자가 로이를 죽였다는 뜻인가?

"뭐, 어찌 됐든 이걸로 다들 이해되었을 거라 생각해."

내가 결론을 말하자, 모두 고개를 끄덕였다.

이러면 됐다.

동쪽 상인에 대한 경계망을 구축해서 앞으로의 움직임을 파악하도록 노력하자.

　여기 모인 자들의 뜻을 확인한 뒤에, 그만 자리를 해산하기로 했다.

＊

　──그리고 회의실에는 내 동료들만 남게 되었다.

　"그래서 리무루 님. 결론은 나왔습니까?"

　"그래, 틀림없다. 클레이만이 말했던 '그분'이란 존재는 카구라자카 유우키겠지."

　"쿠후후후후, 저도 그렇게 생각합니다. 증거가 없는 것이 아쉽습니다만, 그자가 틀림없겠지요."

　베니마루의 질문에 대답하는 나. 그리고 디아블로도 동의해주었으니 의심할 여지도 사라졌다.

　아니, 루미너스의 충고를 들었을 때 내 안에서는 확신으로 바뀌었지만 말이지. 나머지 한 명은 아직 보류 중이지만, 유우키는 틀림없다고 확정한 것이다.

　애초에 나와 시즈 씨의 관계를 아는 자는 적다. 누가 히나타에게 그 정보를 유출했는지가 의문이었는데, 그건 동쪽 상인이었다고 히나타 본인으로부터 들었다.

　그리고 내가 캐묻고 돌아다니던 중에 재미있는 정보를 손에 넣었다.

　"뮬란이 말하기로는 중용광대연합 같은 존재는 들어본 적이 없다고 하더군."

"클레이만은 조심성이 많은 마왕이었습니다. 부하조차 믿지 않고, 그 광대들의 존재를 숨기고 있었을 거라 생각합니다."

내 말을 듣고 게루도가 고개를 끄덕였다.

그 말대로 클레이만은 아무도 믿지 않았다. 그렇기에 암약하는 중용광대연합의 존재를 숨기고 있었던 것이다.

"하지만 동쪽 상인들은 슈나가 조사해준 대로 공공연히 접촉했을 거라 생각한다. 뮬란도 몇 번인가 그 모습을 목격했다고 하고, 상인들의 거래 상담에도 응했다고 말했지."

"호오. 그렇다면――."

"광대들이 상인으로 분장해서 클레이만과 접촉했었다는 뜻인가?"

게루도와 가비루도 납득했는지, 맞장구를 치면서 고개를 끄덕였다.

"이에 관해선 아다루만에게서도 증언을 들었다. 아다루만 앞에선 중용광대연합은 그 모습을 드러내고 다녔다고 하더군."

아무리 그래도 눈앞에서 상인 모습으로 변장하지는 않았겠지만, 그 모습을 감추려고 하지는 않았던 모양이다.

클레이만의 성 부근까지 중용광대연합이 찾아온 것은 확실하지만, 성 안에서는 아무도 그 모습을 보지 못했다고 했다. 그렇다면 내 추측이 정답일 확률이 높아진다는 얘기다.

"중용광대연합과 동쪽 상인. 이자들이 연결되어 있다고 보는 것이 틀림없겠지요."

디아블로도 한층 더 깊이 미소를 지으면서 그렇게 말했다.

"그렇게 되면 마왕 로이를 죽인 자는, 그 전쟁에 모습을 보이지 않았던 라플라스라는 녀석이겠군요."

베니마루도 대담한 표정으로 웃으면서 자신의 추론을 얘기했다.

우리가 알고 있는 광대 중에 풋맨과 티어는 전쟁의 뒤에서 암약하고 있었다. 클레이만을 배신하려는 마인을 처단하는 역할을 맡고 있었던 것으로 보인다.

그런 상황에서 또 다른 한 명은 무엇을 하고 있었는가…….

베니마루의 말대로 루벨리오스에 침입하여 뭔가를 찾고 있었다고 봐야 할 것이다.

나는 고개를 끄덕이면서 계속 말했다.

"나와 시즈 씨의 관계를 아는 자 전부가 방금 전의 회의에 출석했다. 그래서 조금 전에 마지막으로 그런 질문을 해본 것이지."

카발, 에렌, 기도, 이 세 명은 논외.

가젤과 에르메시아도 용의자에서 제외된다.

휴즈랑 베르야드, 블루문드 국왕 부부도 의심이 풀렸다고 해도 좋을 것이다. 동쪽 상인과의 관계성도 희박하고, 명확한 동기가 없기 때문이다.

그리고 히나타도 이용당할 뻔했다는 점에서 생각해보면 흑막이 아니다.

남은 건 유우키뿐.

"동쪽 상인과 교류한 적이 있다는 걸 그는 인정했었죠."

"인정하지 않을 수 없겠지. 예를 들어서 질이 좋은 종이 같은 것도 동쪽 제국에서 들여온 수입품이라고 하니까. 그런 걸 대량으로 준비할 수 있는 유우키가 동쪽 상인과 교류한 사실이 없다고는 말할 수 없었겠지."

"쿠후후후후. 만약 그렇게 말했다면 꼬투리를 잡을 수 있었을 텐데, 아쉽습니다."

확실히 아쉽긴 하지만, 그렇게 비관할 것도 아니다.

나와 시즈 씨의 관계는 특수했으며, 이런 얘기를 친하지도 않고 아무 관계도 없는 상대에게 가볍게 얘기할 만한 사람은 없다. 만약 그 정보를 흘린 자가 있다면 그건 명백한 적대자라는 뜻이 된다.

그리고 무엇보다, 그 정보로 히나타가 움직일 것이라고 확신할 수 있는 인물이라면── 나는 유우키밖에 떠올릴 수 없다.

실은 나는 카발 일행도 수상하지 않은가 하고 의심했었다. 그러나 에렌의 조언이 있었기 때문에 나는 마왕이 되겠다고 결심했다. 그리고 에렌의 배후에 에르메시아 황제가 있는 이상, 내 정보를 동쪽 제국에 흘리는 건 의미가 없다.

그런 중요한 비밀을 유출하는 짓은 이적 행위와 다를 바 없기 때문이다.

블루문드 쪽의 인간들도 마찬가지. 만약 나와 적대할 생각이었다면 조약을 맺는 게 의미가 없다. 처음부터 어부지리를 노리고, 너무 깊게 파고들지 않으며 교류를 모색했을 것이다.

"아마 동쪽 상인들의 목적은 서방 열국에서 세력을 넓히는 것이 아닐까 생각한다. 그러기에는 교회 세력이 방해되지 않았을까?"

"저도 그렇게 생각합니다. 히나타와 리무루 님을 싸우게 만든 것도 같이 쓰러지는 것을 노렸을 가능성이 있으니까요."

"어느 쪽이 이겨도 문제없다. 그런 의도가 뻔히 보이는군요."

베니마루와 디아블로도 고개를 끄덕였기 때문에, 나는 계속 말하기로 했다.

"서방 열국에선 평의회와 교회가 양대 세력을 구축하고 있어. 내 생각이지만 아마도 동쪽 상인은 양쪽 세력을 뒤에서 움직이고 있었을 것 같아. 그렇게 서서히 자신들의 영향력을 늘리고 있었겠지. 그리고 거기에 협력하는 것이──."

"자유조합, 이라는 말씀이군요?"

디아블로의 말에 나는 크게 고개를 끄덕였다.

동기를 따져보면 이게 가장 크면서 타당한 이유가 아닐까 생각했다.

물적 증거는 없지만, 틀림없다고 확신할 수 있었다.

"그러면 이제 어떻게 하시겠습니까?"

지금 당장 죽여버릴까요. ──그렇게 말하는 것처럼 들리지만, 그러지는 맙시다.

"상대가 어떻게 나오느냐에 따라 달렸다고 할까. 저렇게 당당하게 협조 요청을 받아들이는 걸 보면, 내가 잘못 생각했을지도 모른다는 생각이 들기도 하지만. 앞으로는 주의 깊게 대처하면서 상대의 꼬리를 잡도록 하지."

"잘 알겠습니다. 이 마을에 만든 자유조합 지부도 주요 관찰대상으로 설정해두겠습니다."

"부탁한다, 소우에이. 그리고 너희도 모두 지레짐작으로 먼저 나서는 일은 절대 없도록 해라!"

"""네!"""

이걸로 됐다.

본심을 말하자면, 지금 당장이라도 따져 묻고 싶은 마음이다.

하지만 물증이 없는 이상, 변명을 대고 빠져나가면 끝이다. 유우키는 자유조합의 총수이니 증거도 없이 추궁하는 짓은 할 수 없다.

그리고 무엇보다, 내가 잘못 생각했을 가능성이 아예 없다고 말할 수도 없는 것이다.

《해답. 그럴 가능성은 극히 적다고 추측됩니다.》

추측, 이란 말이지.

라파엘(지혜지왕)도 확실한 증거가 없으면 확정은 할 수 없는 것이다.

"뭐, 무죄추정의 원칙이라는 것이 내가 예전에 살았던 나라에는 있었지. '죄가 확정되기 전까지는 무죄로 본다'는 뜻이다. 그렇다고 해서 절대 방심하지는 마라. 알겠지?"

내 말을 듣고, 간부들이 진지한 표정으로 고개를 끄덕였다.

과연 유우키는 무슨 생각을 하고 있는 걸까. 그건 나도 모르겠다.

나와 히나타 그리고 클레이만도.

동쪽 상인과 자유조합, 어쩌면 평의회 그 자체까지.

모든 것이 유우키의 손바닥 위에 있을지도 모른다.

지금의 우리에겐 그 사실을 확인할 방법은 없지만, 지금부터는 다르다.

경계해야 할 상대가 확정된 지금, 조용히 준비를 갖추면서 대결할 때를 기다릴 뿐——.

　즐거운 축제는 끝났다.
　우리를 다그치듯이 일상이 돌아온다.
　해야 할 일은 산더미처럼 쌓였으며, 문제는 처리하고 또 처리해도 계속 생겨나는 법이다.
　깊은 생각에 빠져들고 있을 여유 따위는 지금의 우리에겐 없다.
　앞으로 시작될 유우키와의 속고 속이기를 생각하면서 나는 우울한 기분으로 한숨을 쉬었다.

종장

탐욕의 불꽃

Regarding Reincarnated to Slime

뮤제 공작은 비틀거리며 걸어갔다.

공포를 맛보았다.

절망을 맛보았다.

마왕 리무루는 뮤제가 마음먹은 대로 움직일 수 있는 상대가 아니었던 것이다.

적당히 은혜를 베풀어서 뮤제의 뜻대로 움직이도록 길들인다. 그런 계획이었지만, 지금 생각해보면 자기 분수를 너무나도 모르는 짓이었다.

뮤제는 자신이 우스꽝스럽기까지 했다.

손바닥 위에서 갖고 논다고 생각했지만, 오히려 놀아나고 있었던 것은 자신이었다.

웃지 않을 수가 없었지만, 그럴 기력조차 이미 바닥나 있었다.

(생각해보니 나보다 그자들 쪽이 더 비참하겠군······.)

뮤제는 자신이 모은 상인들을 떠올리면서 그렇게 생각했다.

마왕 리무루의 그림자에서 나타난 미청년이 한 명 한 명의 출신국과 이름 그리고 상품과 가격을 읽기 시작했다.

그 목소리는 주박처럼 뮤제의 마음을 옭아매고 있었다.

(저자들은 대체 어디까지 조사했단 말인가······.)

마왕이 다스리는 영역에서 장사하는 것을 허락받지 못하면, 저 상인들이 갈 곳은 자신들의 나라밖에 없다. 그러나 마왕은 그것도 다 꿰뚫어 보고 있을 것이다.

출신국을 말한다는 것은 나중에 압력을 가하겠다고 협박하는 것과 다름없었다.

앞으로 발전이 예상되는 마왕령. 그리고 그 협력 국가.

그건 일대 경제권이 구축된다는 뜻이며, 그 경제권에 받아들여지지 못하는 국가는 다른 나라들과의 경쟁에서 뒤처진다는 의미와 같다.

나라에 있어 자국에 소속된 상인을 보호하고 새로운 경제권을 무시한다는 선택은 있을 수가 없다.

이번 개국제를 직접 본 뮤제에겐 그 사실이 지극히 당연한 것으로 받아들여졌다.

훌륭한 음악에 신기한 기술.

서방 열국에선 보기 드문 맛있는 요리에도 놀랐다.

마물의 나라, 촌구석의 도시, 기타 등등…… 이 땅을 방문하기 전에는 우습게 여기고 있었는데, 지금은 그런 자신이 비참하게 느껴질 정도였다.

아직 본 적이 없었던 문화의 기운을 느끼면서 가슴이 뛰는 걸 느꼈을 정도였으니까.

그런 마왕과의 교섭 단절은 무슨 일이 있어도 막아야 하는 중대 안건이다. 그런데 뮤제는 자신의 책략을 자신만만하게 여겼다가 마왕에게 잘못 대응했던 것이다.

(그 상인들도 갈 곳을 잃게 되겠지만, 그건 나도 마찬가지란 말이지…….)

뮤제는 그렇게 탄식했다.

출세의 길은 막혀버렸다.

실패한 자를 용서해줄 정도로 오대로(五大老)는 만만치 않다.

재산을 잃고, 여차하면 숙청될 것이다.

하지만 그래도 뮤제가 할 수 있는 것은 진실을 보고하는 것뿐이다. 이 넓은 세계 어디에 있어도 로조 일족의 눈에서 도망칠 수는 없으니까······.

●

"역시 실패했어요, 할아버님."

"그렇구나. 마리아베르, 너에게 맡기길 잘했다. 보고를 들은 내가 그 나라를 박살 내는 게 아깝다는 생각이 들 정도이니······."

"그건 어쩔 수 없어요. 저도 봤어요. 들었어요. 그리고 느꼈어요. 그리운 문화의 향기를. 하지만 그렇기에 더더욱 그게 알려지기 전에 멸망시켰어야 했어요."

그란베르의 지시가 너무 온화했다는 뜻을 담아서 마리아베르가 넌지시 말했다.

그걸 자각하고 있기에 오대로의 리더이자 로조 일족의 두령이 된 그란베르 로조는 씁쓸한 표정으로 마리아베르의 말에 동의했다.

각국의 왕후 귀족이 초대된 개국제.

마리아베르가 말리는 것을 듣지 않고 그것을 한번 지켜보자고 판단한 것은 그란베르였다.

마왕 리무루에게 은혜를 베풀면 자신들에게 유리하게 평의회로 끌어들일 수 있다고 판단을 내린 것이다.

　움직일 수 있는 장기말이 크게 줄어들면서 그란베르는 마음이 약해졌다. 그렇기에 마리아베르가 직접 움직이는 것을 막고, 우선은 부하를 보내서 동향을 살피게 시킨 것이었다.

　그 결과가 뮤제 공작의 실패였다.

　마리아베르만 있으면 로조 일족이 패배할 일은 없다. 그렇게 믿는 그란베르였지만, 겉으로 보기에 어린 소녀인 마리아베르를 내보내는 것을 자신도 모르게 망설이고 말았던 것이다.

　"할아버님, 역시 제가 움직이겠어요."

　"──그럴 수밖에, 없나."

　"걱정하지 마세요. 저는 마리아베르. 저는 '탐욕'. 모든 것을 바라며 모든 것을 이 손에 쥐는 자. 이 세계는 우리 로조 일족의 것이에요!"

　"그렇구나, 그 말이 맞아. 너에게 모든 것을 맡기마."

　그렇게 말하면서 그란베르는 마리아베르의 머리를 자상하게 쓰다듬었다.

　──그리고 '마리아베르(탐욕)'가 움직였다.

　템페스트(마국연방)에 카운실 오브 웨스트(서방평의회)가 보낸 편지가 도착하는 것은 이때부터 한 달 후의 일이다.

○○ 카페

만화 : 카와카미 타이키

후기

　오랜만에 9권을 전해드립니다.

　이번에는 마감이 빨랐기 때문에, 겨우 늦지 않게 마무리 지으면서 안도의 한숨을 쉬고 있습니다.

　그건 그렇고 이 9권말입니다만, 앞 권에서 이어지는 내용으로 만들어진 책이라 '마도개국편'의 후편에 해당됩니다.

　아니, 실제로도 그렇습니다.

　다 쓰고 난 뒤에 납득했습니다만, 8권과 9권을 한 권의 책으로 묶는 시도는 처음부터 무모한 짓이었다는 생각이 들었습니다.

　앞 권은 다소 페이지가 줄면서 정상화되었지만, 이번에 다시 요요 증상이 일어나고 말았습니다.

　그렇습니다, 요요.

　모처럼 노력하여 다이어트에 성공했지만, 방심하면 금방 원래대로 돌아가버리는 그것 말입니다.

　제 몸무게도 마찬가지로 집필 기간에는 운동할 여유가 없었던 탓인지 7킬로그램 정도 다시 찌고 말았습니다.

　다음 권에는 이런 일이 없도록 좀 더 여유를 갖고 집필을 하려고 생각하고 있습니다.

　우선 중요한 것은 플롯이겠죠.

　플롯이라고 말해도 너무 막연하니까 좀 더 구체적으로 말해볼까요.

등장시킬 캐릭터와 이벤트를 먼저 적어둘 것!

최소한 이 정도는 해둘 것.

시간 순서나 캐릭터 사이의 관계 등은 일단 미뤄둔다고 해도, 이게 너무나 중요하다는 것을 통감했습니다.

왜 이런 말을 하는가 하면, 다 써갈 때가 되어서야 '아, 그 이벤트를 넣는 걸 잊어버렸네!' 혹은, '아, 그 캐릭터를 등장시키지 않았어……' 등등, 중대한 실수를 많이 저질렀기 때문입니다.

뭐, 솔직히 말하자면 이번 권에는 등장인물이 너무 많았습니다.

어느 정도는 반성해야겠지만, 감히 말하겠습니다.

어쩔 수가 없었다고 말이죠.

이번 권의 내용이 축제이다 보니, 등장인물을 덜어내는 것이 어려웠습니다.

그리고 보니 문득 초기──2권을 집필했을 때였던가요?──무렵에 편집자인 I 씨와 나눴던 대화가 떠올랐습니다.

"그 권에서 처음 등장시킬 인물이 너무 많지 않는 게 좋겠는데요."

"네, 그런가요?"

"네. 독자가 캐릭터를 기억하지 못하면 누가 누군지 모르게 되니까요. 그러면 이야기에 집중할 수 없게 됩니다."

"과연……."

"그 외에도 캐릭터 디자인도 힘들어지는 등, 많은 이유가 있지만요."

"혹시 삭제하는 게 좋을까요? 쿠로베 같은 캐릭터는 그다지 출연할 기회도 없으니까, 하쿠로우에게 대장장이 역할을 통합하는 식으로 진행할까요?"

"아뇨, 그대로 적으셔도 괜찮습니다. 전생 슬라임은 캐릭터도 잘 잡혀 있으니까, 이상하게 삭제하는 게 더 문제라고 생각합니다!"

그런 식으로요.

옛날과 비교하면 이젠 기억력에도 자신이 없으니 세세한 부분은 보정이 반영되었다고 생각합니다만, 대체로 이런 느낌의 대화였습니다.

그때는 그 말에 납득하면서 삭제하지 않길 잘했다고 생각했습니다.

지금의 쿠로베가 있는 것도, 담당 편집자가 I 씨였던 덕을 본 것이죠.

그런 식으로 면죄부를 얻으면서 캐릭터를 새로 등장시킬 때마다 자중하지 않게 되었습니다.

그리고 7권을 집필할 때에.

"저기이, 논의를 드릴 것이……."
"네, 뭔가요?"
"히나타의 부하 수가 늘어날 것 같은데, 괜찮을까요?"
"……몇 명 정도가 될 것 같은가요?"
"으음, 여섯 명의 대장급과 그와 별도로 세 명 정도를 더 예정하고 있습니다."
"조금 많은 것 같은데——."

"아뇨, 잠깐만요. 왜냐하면 히나타는 두 개의 조직을 총괄하고 있잖아요? 나름대로 이름이 있는 캐릭터가 필요하다는 생각 안 드십니까?"

"그렇게 말씀하신다면……."

"그리고 말이죠, 루미너스의 세력을 강화하기 위해서라도 여기서는 중요한 캐릭터를 늘리고 싶습니다!"

"과연! 잘 알았습니다. 그렇다면 그렇게 해주시길 부탁드리겠습니다."

이런 식으로 I 씨가 루미너스를 좋아한다는 것을 눈치채고 있던 저의 설득에 호응해, 아루노 일행이나 '삼무선'의 등장이 결정된 것입니다.

그리하여 8권을 거쳐 이 9권에서, 그런 식으로 늘어난 캐릭터에 신규 캐릭터가 더해지면서 엄청나게 많은 수가 등장하게 되었습니다.

그야 당연히 혼란을 일으키게 되겠지요.

처음부터 제대로 이름을 적어놓았다면 그런 실수를 막을 수 있었을 텐데요.

그렇게 하나하나 공부하면서 나중에 잘 살려보려고 생각합니다.

뭐, 마지막으로 확인할 때는 제대로 기억을 떠올려서 무사히 원고 수정을 마쳤습니다만——.

네? 방금 전에 화제로 언급했던 '삼무선'이 등장하지 않았다고요?

그러고 보니 그렌다 씨는 배신한 뒤에 로조 쪽으로 붙었습니다만, 사레와 그레고리는 뭘 하고 있을까요?

9권에선 확실히 등장——하지 않았습니다.

뭐, 뭐어. 그런 일도 있을 수 있는 거죠.

'작가조차 잊어버리고 있던 캐릭터', 이번에 등장하지 않은 캐릭터에 대해선 앞으로의 활약을 기대해주십시오!

*

여기서 화제를 좀 바꾸겠습니다.

제가 중대한 착각을 하고 있었기 때문에 이 자리를 빌려서 여러분께 알려드리고자 합니다.

루미너스 님이 말할 때 자신을 '와라와(妾)'(일본식 호칭. 우리말에 대입하면 '소첩' 정도에 대응 됨)라고 칭하곤 합니다만, 이 호칭은 제 이미지 안에선 신분이 높고 당당한 느낌의 여성이 하는 말이었습니다.

그런데 실제로는 자신을 낮추는 겸양어였던 모양입니다.

솔직히 말해서 그게 옳다고 혼자서 믿고 있었습니다.

실은 서적판에 루미너스가 등장할 무렵에는 올바른 의미를 알고 있었지만, 이제 와서 말투를 바꾸는 것도 위화감이 느껴진다는 생각이 들어 그대로 사용하기로 했습니다.

인터넷 연재 시에는 '역부족'의 오용으로 상당히 많은 지적을 받았습니다만, 이것도 솔직하게 말하자면 그대로 쓰고 싶었습니다.

잘못 쓴 것이라고 해도 그런 의도가 있다는 게 전달되면 되는 것 아닌가 하고 생각했죠.

하지만 세상에 내놓는 책에다 그런 실수를 당당히 사용하는 것은 언어의 바른 의미를 후세에 전달하는 것을 저해하는 결과를 낳고 맙니다.

작가의 표현이 제한을 받아서는 안 된다——라고 생각합니다만, 바른 언어를 사용하는 것도 중요하다고 생각합니다.

적어도 그런 오용을 조장하는 것은 문제가 있다고 생각했습니다.

말투에 관해선 교정 체크를 하지 않으므로, 감히 이 자리에서 확실하게 밝히도록 하겠습니다.

루미너스는 다른 사람을 대하면서 자신을 낮추고 있다는 의식을 전혀 하지 않습니다!!

분위기를 중요하게 여기면서 루미너스는 오만불손한 느낌으로 '와라와'라는 호칭으로 자신을 지칭하고 있는 것입니다.

그렇게 이해해주시길 일단 부탁드립니다.

*

글을 적다 보니 후기의 지면도 이제 슬슬 끝나려 하는군요.

이번에도 I 씨로부터 가벼운 말투로 "후기는 6페이지 정도로 부탁드립니다!"라는 부탁을 받았답니다…….

초고 시점에서도 이미 상당한 양의 문장으로 완성되었는데, 원고를 수정할 때에 지적을 받아서 캐릭터 묘사를 늘린 것도 모자라 후기까지 넣다니…….

I 씨 또한 매 권이 점점 두꺼워지는 것에 대한 저항감은 이젠 아예 사라져버린 것 같습니다.

내용을 줄이라는 말을 듣는 것보다는 좋으므로 불만은 없다——고 말하면 거짓말이 되겠습니다만, 다음 권은 어떻게 될지 조금 불안하네요. 왜냐하면 본격적으로 이야기가 진행되기 시작할 예정이라서 말이죠…….

이벤트는 잔뜩 쌓여 있으니 앞으로 이야기를 어떻게 만들어갈 것인지 스스로도 기대가 됩니다.

우선은 이번에는 다 쓰지 못한 던전 파트를 넣자——. 그런 생각을 하면서 플롯 작업에 집중하려고 합니다.

그러면 다음 권에서 또 뵙도록 하죠!

TENSEI SITARA SURAIMU DATTA KEN Vol. 9
©2016 by Fuse
First published in Japan in 2016 by Fuse.
Korean translation rights reserved by Somy Media, Inc.
Under the license from Micro Magazine Co., Ltd., Tokyo JAPAN

전생했더니 슬라임이었던 건에 대하여 9

2017년 4월 1일 1판 1쇄 발행
2023년 2월 14일 1판 14쇄 발행

저 자	후세
일러스트	밋츠바
옮 긴 이	도영명
발 행 인	유재옥
본 부 장	조병권
담당편집자	정영길
편 집 1팀	김준규 김혜연
편 집 2팀	정영길 조찬희 박치우 정지원
편 집 3팀	오준영 이해빈 이소의
미 술	김보라 박민솔
라이츠담당	김정미 맹미영 이승희 이윤서
디 지 털	박상섭 김지연
인쇄제작처	코리아피앤피
발 행 처	㈜소미미디어
등 록	제2015-000008호
주 소	서울시 마포구 토정로222, 403호 (신수동, 한국출판콘텐츠센터)
판 매	㈜소미미디어
마 케 팅	한민지 박종욱 최원석 박수진
물 류	허석용
전 화	편집부 (070)4164-3962, 3963 기획실 (02)567-3388
	판매 및 마케팅 (02)567-3388, Fax (02)322-7665

ISBN 979-11-5710-839-8 04830
ISBN 979-11-5710-126-9 (세트)